图书在版编目 (CIP) 数据

石头城 / 房伟著. — 北京：北京十月文艺出版社，
2024.2

ISBN 978-7-5302-2327-7

Ⅰ. ①石… Ⅱ. ①房… Ⅲ. ①长篇小说—中国—当代
Ⅳ. ① I247.5

中国国家版本馆 CIP 数据核字 (2023) 第 167195 号

石头城
SHITOU CHENG

房伟　著

出　　版　北 京 出 版 集 团
　　　　　北京十月文艺出版社
地　　址　北京北三环中路 6 号
邮　　编　100120
网　　址　www.bph.com.cn
发　　行　新经典发行有限公司
　　　　　电话 010-68423599
经　　销　新华书店
印　　刷　北京盛通印刷股份有限公司
版　　次　2024 年 2 月第 1 版
印　　次　2024 年 2 月第 1 次印刷
开　　本　850 毫米 ×1168 毫米　1/32
印　　张　15
字　　数　430 千字
书　　号　ISBN 978-7-5302-2327-7
定　　价　72.00 元
如有印装质量问题，由本社负责调换
质量监督电话　010-58572393

引　子

　　我醒来时，听到院子里的鸟声嘈杂。玄凤鹦鹉和金丝雀，挂在廊下的笼中，正唱得慌乱。微风吹过，紫铜铃"叮叮当当"作响。深秋的早晨，听着有风，我起身开门，雨一层层地飘下，打湿了绿笼。我拎走鸟笼，回到院子，拍了拍院里出租车的白雨布，闷闷的，全是凉凉的雨水。我家院子不大，二层老宅，属于大悲巷老街区。院里种着紫竹和棕榈树。街上此刻，肯定也落满了黄黑的梧桐叶。

　　震晖，路上注意。里屋传出几声咳嗽，又不见了声响。

　　父亲起得比我还早。过了九十岁生日，父亲越来越不爱走动。从前的父亲，不是这样。他喜欢将有关南京历史的小文章，小心翼翼地剪下，再把它们粘贴到A4纸上。他还有本老相册，相册用软牛皮做封面，搭配雕刻着荷花纹路的铜纽扣。父亲开照相馆谋生，新中国成立后公私合营，才去成贤街小学教书。老相册有张全家福，穿黑长袍马褂，不苟言笑的长胡子老头，是我的太爷爷，中央大学蒋乾中教授；太爷爷身边的小脚老妇，是太奶奶蒋鲁氏，她的手里攥着一把水烟枪；清清瘦瘦，面色阴郁的青年男子，是二爷爷蒋坤安，他是有名的京苏菜厨师；靠着二爷爷的，是一位高个妇人，二奶奶柳如春；第二排有个穿西装、戴眼镜的潇洒青年，父亲说是三爷爷蒋坤模，在总统府当行政秘书；他身边穿翠绿旗袍的时髦女孩，笑得开心，是三爷爷的未婚妻陈菊美，金陵女大的学生；挽着她的胳膊，还有一个穿蓝色学生装，剪着短发的圆脸女孩，是我的姑奶奶蒋坤瑶。

照片上人多，前排有个少年，怀里抱着个胖丫头。我问父亲是谁。父亲嘿嘿地笑着说，那就是他，蒋家长子蒋巽丰。他抱着的，是小姑蒋巽玉。我问，爷爷奶奶呢？父亲说，你看最后一排。我在照片上发现两个奇怪的女人，一个面色黄瘦，愁眉苦脸，一个趾高气扬，烫着卷发。父亲说，年纪大的是大奶奶柏翠芬，年轻的是小奶奶周慧。我又问，爷爷在哪里？父亲叹了口气，说，你爷爷不愿拍照，那天他去齐凤阁喝酒，深夜才被人家抬回来。我说，真是荒唐的家伙。

傻儿子，你从小就是老实种。父亲拍着我的头说。

蒋家在南京算不上名门望族，但也是大家庭。1937年，世界改变了。照片上的人，死去和失踪的很多。父亲晚上九点睡觉，早上五点就醒。屋檐上惊走一只猫，夜鸟号叫几声，都能让他惊醒。睡梦中的父亲，眼球快速转动，脑门出汗，他也呓语，磨牙，说些我听不懂的梦话，依稀听着像日语。父亲最近一次远行，是七月份到纪念馆看望墙上的老朋友。铺满石子的路，太漫长，太硌脚了。父亲颤巍巍地走着，身边是一座座黑铁色雕像，喷泉冒出汩汩流水，大大小小的鹅卵石，仿佛无数被冻住的眼泪。走到纪念馆内门，父亲擦擦汗，甩了甩手，脖子那条大筋抽动。我说，你来过很多次，干吗怕那些雕像？父亲摇头说，是不想听流水声。水有啥可怕？我问。父亲说，那是血的声音，汩汩地在耳边流过，每晚都能听到那声音，我陪伴了它们八十多年。

父亲总有些古怪想法，有时像"老顽童"，我也是半大老头，但还没有足够老，我还想做点事，和不同的人打打交道。早上，我出车后，父亲徘徊在附近小区的垃圾桶周围，他拿着白色编织袋，在垃圾里挑拣。有人看他可怜，把他当成无家可归的流浪者，丢些钱物，他也照单全收。他收回家的垃圾千奇百怪，长霉点的苹果，开口胶鞋，脱线毛衣，废旧小电池，各式各样的小刀。我在沙发底下，发现塑料袋里十几把黄色裁纸刀。他的小屋堆满垃圾，床上和地上都是，他就睡在上面。

我问他，为啥把破烂弄回家。父亲认真地说，不是破烂，有大用。他原本有英吉沙刀，还有军刺叫"毛奇"。我耐心地对他说，现在没鬼子了。他摇头，固执地说，好东西收集起来，交给华小姐的手工学校，换军票，买吃的和用的，要攒钱，修好大门，爸爸会找不到我的……父亲声音越来越低，突然惊恐地抱着我大哭。我意识到他有问题了，带他看医生。医生说，没啥，年龄大了，阿尔茨海默症，从前受过大刺激，现在小脑萎缩，记忆混乱，创伤性回忆能想起来，现在的事，反而记不住。他坚决不让我清理垃圾，我只能趁他睡熟，偷偷运出去一些，不让他发现，否则他又要发脾气，说我要害他。

父亲慢慢接受自己"老糊涂"这个现实。去纪念馆，对父亲来说，也是大事。他穿上干净衣服，收拾利索。纪念馆光线很暗，照片墙上，每个幸存者照片下，都亮着一盏灯。纪念馆人很多，有的心软的女孩，会站在幸存者照片下默默哭泣；也有些人不在意这些，特别是夏天，很多老妇人带着孩子，在这里跑来跑去。孩子们的笑声，充斥着大厅。摇着蒲扇的老妇人，坐在透明玻璃走廊，惬意地说笑，全然不在意那之下的累累白骨。她们大多是带孩子来蹭空调的。南京的小孩，有种天然对死亡的容纳力。我小时候就喜欢在清凉山乱跑，追着蓝莹莹的鬼火撒野尿。

父亲呆呆地看着那面墙，全然不管周围的人。他像一根锈迹斑斑的钉子，牢牢地钉在墙下，但没有泪水。我问父亲，认识墙上的人吗？他说，有的认识，很多也不认识，只是亮着的灯，越来越少喽。那面墙上，很多照片下没有灯。照片变成一片灰黑色。父亲的那张照片，是纪念馆照的，我给父亲梳头刮脸，穿上藏青色中山装。父亲非常配合。他笑着说，把我打扮得帅一点。这张照片，要挂在墙上，千千万万的人都会看到。

我明白他的意思。左前方还有好多墙，上面是1937年冬天死难者的名字。那是一个更大的队伍。他们静静地看着父亲，等待着他的加入。爷爷蒋坤典也挂在墙上。那是张军装照，写着"中央军校教导总队三等军需正蒋坤典少校"。爷爷梳着油亮的背头，露出点坏坏的笑意。父亲说，这是爷爷唯一的照片，是爷爷的小妾周慧送他的。家里的老照片，大都毁于战火。

蒋坤典这辈子享福喽，父亲仰着头说，打起仗，找不到他了。

死了吗？我问道。

我更相信他活下来了，父亲说，永庆巷老宅，我住了几十年不肯搬，就怕他哪天回来，找不到。

他回来过吗？我又问。没有，父亲说，也许他隐姓埋名，在哪里逍遥了一生，早把我们忘了，也许他和日本人打得英勇，死在其他地方了。

清晨六点半，我准时出车，通常绕行仁爱医院，那里有几面高大沉默的青石墙。夏季快结束时，我在石墙下，看到几辆白色救护车。透过微雨间隙，石墙背后的院里，汪着一窝窝浊水，铺着鹅卵石的小径，四散着被碾烂的、湿漉漉的枯梧桐叶。前一晚雨水肯定非常大，医院的柏木窗紧闭，散发着樟脑球气味。听说四个少男少女溺死了。八个医护人员抬着他们下车。斜风吹过，混着黑褐色污渍的灰裹尸袋掉在泥水中。车里的客人说，手机新闻爆料，他们相约去江边消暑，一个掉下

5

去，其他人去救，浪打过来，所有孩子都漂走了。一个漂亮苗条的女生，嘴唇死死地咬着，磨烂了筋肉，你在车里看不到。

人总要死。每个人的一生，都是一次不可重复的故事。父亲那一代人，有太多可怕的事。纪念馆为他录过口述实录，但只是很少一部分。我也是六十多岁的老人了，早年读过外贸学校，结过婚，还有儿子。很多年前，妻从外贸局辞职，跟着香港人做生意，过了几年，我们离婚，她带着孩子去美国，再也没回来。退休后，我出去开出租，挣点小钱，顺便散散心。我总要找点事做，否则，只能陪着父亲，弄点剪报，看看旧书。我想将父亲的故事记下，就像那些照片，将来会有千千万万的人看到。

援助会的刘女士，经常给我介绍生意，都是来南京参观的日本人。南京有些出租车司机恨日本人，拉着他们多绕路。我不这样。我们不卑不亢，公平公正，才能让人家看得起。当过兵的日本人，眼神硬硬的，他们有的诚恳，有的藏着不说，目光躲躲闪闪。我按规矩带着他们游览，但介绍景点，会痛骂日本兵。我骂得痛快，他们听得脸皮发涨。我恨日本兵，但对没做过坏事的日本人，也不太排斥。他们对父亲很好奇，有人提出要访问他。父亲坚决不同意。他见到日本人气得发抖，要追着骂的。

几年前，父亲精力更好些，会在五针松下打拳。松针落满地下，踩上去硬硬的。父亲脚步绵软，身形还有筋道。我悄然立在他身后，不敢打扰。几分钟后，父亲的皮肤发红，额上冒了汗，这才收了劲，大吼一声，杀敌报国！声音洪亮，全然不像耄耋老人。我被他吓了一跳。父亲拍拍我，说，傻儿子，我是死人堆里爬出来的，命硬，咱俩还不知谁能熬过谁呢。他调皮地冲我眨眼。那一刻，我仿佛看到年轻时精力充沛、胆大勇敢的父亲。我真怀疑，他那个"老糊涂"症也是装的，就是为捉弄我。

客人在南京南站叫了滴滴打车。我开过去，是个拖着行李箱的中年人，他说去中华门转转。我说，你来南京干啥？他说，对南京抗战史感兴趣。这人是个教师，自己掏腰包，琢磨几十年前旧事，也是有意思的人。我说，我是个老头，也晓得世道变了，现在的小孩，读网络小说，听易烊千玺的歌，看李子柒的短视频，你把血淋淋的事翻出来，人家有兴趣吗？那人执拗地说，总有人愿意了解。我想了想，又说，要是信我，带你去个地方，想了解南京，那是不错的去处。

我在鬼脸石头城遗址公园门口停车。1965年夏天，父亲被单位停职，勒令回家反省。母亲也离开了我们。父亲带着我在湖水边洗脚。我们在长满野草的城墙飞奔，像蹦蹦跳跳的萤火虫。那些茅草、白蒿、小蓬草、胡枝子，还有些叫不上名的灌木，郁郁葱葱地长在"鬼脸"的头和脸上，像绿油油的头发和胡子。它们划伤了我的胳膊，留下长长的疤痕。那个夏天，我被划伤胳膊，跌落在鬼脸城墙脚。城墙根凹陷，里面蹲着个石菩萨。我摸摸菩萨的脸，充满潮气，额头陷进去条缝，像什么硬物卡在里面，似乎是银圆。快下雨了，我仿佛看到红彤彤的"鬼脸"，一点点地融化成血湖。我放声痛哭，很快引来父亲。他将我搂在怀里，我惊讶地发现，父亲的脸上，布满泪水。

很多年过去了，我变成了老头，"鬼脸"还是老样子，看来人还是比不过石头。

想听我给你讲故事吗？我拍着城墙砖，对教师说。

教师说，南京的故事很多，就从你家开始吧。

第一章　童子军

客从金陵来，为述金陵事。未言先唏嘘，太息更流涕。——南京幸存者的诗

一

太阳升至中天，像只快被闷热水汽憋死的甲虫，打着摆子。户部街王荣兴小酒馆，门脸不大，五六张油腻八仙桌，汤包馄饨好吃，酒只有绍兴米酒和冰镇无锡甜酒，酒肴只是干丝、茶干与萝卜饼。老城南春来池泡过澡的闲人，歇晌的人力车夫，运绒花的脚帮，走街串巷卖布头或箍桶的小贩，臭烘烘地挤在这小馆。烟火熏黑的墙上，除了"莫谈国是"红字白条幅，还有"九一八"香烟、柔媚粉之类的广告。过了大暑，天还是闷，摸一把脸，能刷下水。酒没啥度数，还是醉倒几个，东倒西歪地奔出馆子，丢了刨子和锯子，伏在黄土路，吐得一

塌糊涂。灰蓝水雾，笼罩着他们，他们涨得红彤彤的脸上，大粒汗珠滚落，全然顾不得街角奔出乱哄哄的乞丐，被人家摸走荷包，顺光了值钱物件。

巡警懒得去管。乞丐有的面带死灰，不时咳血，一看就是吸劣质东北红土膏的废渣，熬得只剩半条命。还有些带东北口音的乞丐，身强力壮，面色凶诈。南京乞丐管这叫"剥活尸"，管路倒死尸叫"剥死猪"。虽说南京是首善之都，巡警饷钱也欠了两个月。他们衔着铜哨，戏谑地在嘴角转了两下。他们远远地就瞥见那几个倒霉货，多半是乡下进城卖货的农民，被酒馆托儿灌了药酒，发作起来，倒在门口。没有上级命令，他们不愿和乞丐冲突。本地乞丐多入安清帮，巡警拖家带口，犯不上和他们较劲。东北的难民更蛮横。九一八后，学生三次在南京请愿，在珍珠桥挤死了人，很多东北人也流落首都。有的做工，有的成了妓女、乞丐。这些人不能惹，有股家仇国恨无处报复的怨气。

走出户部街，过了夫子庙，花神大街，穿过中华门出城，沿着南门外大街，到处是米行、箩行、斛行，还有半开着门的锡箔店和棺材铺，再到雨花台，才能稍微透点气，看到了成片水田。下关码头，搬货的多是苏北流民。他们喝着廉价粗茶，抽着黄铜杆旱烟袋，青黄眼屎挂在眼角，粗大关节肿得发亮，黑瘦皱纹堆叠的脸上，烟雾环绕，盘旋在短短的灰白髭须上。太阳像只快要发疯的红狗，吐着炽热气息。黄玉带般的扬子江，一艘艘轮船的桅杆，随着江水上下起伏。这里有和记洋行大船，利济这类民营公司的货船，穷苦人家小乌篷，也有土鳖形小火轮，也有冒着黑烟的双管炮艇，都紧张地忙碌着。

巽丰桃干（逃学）不止一次了。他喜欢在街头闲逛，看皮影戏，听听评书，吃各式点心。他的前世，应是一只燕子，而且肯定是只中国燕子。他讨厌鸣里哇啦的英语，乱七八糟的外国规矩。他是一只中国燕子，白肚皮，坚硬的喙，黑色油亮的毛发，会唱中国歌。它箭一般飞过鼓楼，冲上蓝天，在扬子江上飞翔，也可以在玄武湖水面低空盘旋。他要飞出户部街，飞过紫金山，飞出南京，然后沿江而上，从山东跨海飞到日本，给可恶的日本人来几个大炮弹尝尝。名字他都想好了，叫"南京汤圆"，把大汤圆灌到富士山，看着火焰汁液四处喷溅，日本人惊慌失措地乱跑，多么惬意！他郑重其事地向父亲讲述了志向。他要当飞行英雄，夺回东四省。父亲笑了笑，将他送到美国基督教长老会办的益智小学。他苦熬了几年，总算快毕业了。上午最后一节是音乐课。他喜欢唱歌，可他不喜欢索菲亚嬷嬷。她是校监，兼任音乐教师，也是道胜堂出身的美国修女。

索菲亚嬷嬷的家族，是最早来自法国的移民。她五十多岁，满头银发，高大肥胖，红红的脖子。她来中国十多年，可以讲汉语，但很少讲，她更多时候都是操着浓重佐治亚口音，给中国学生训话。夏天来临，她也不脱下厚厚的修女袍，她仔细地遮着身体，依然无法掩饰硕大的乳房和浓重的狐臭味。她拎着一条长长的黑藤条，巽丰尝过藤条的滋味。为此他曾偷偷将一只蟑螂塞进嬷嬷的嘴里。索菲亚有午睡习惯。她张着大嘴，打着响亮的呼噜，在胸脯上留下白亮涎迹。巽丰和同学们打赌，如果他能让嬷嬷吃下蟑螂，三位同学负责请他去马祥兴吃松鼠鱼和凤尾虾，然后去首都大戏院看《风云儿女》。这部电影他看过，可就想再看。

巽丰将一只肥大的蟑螂，丢进嬷嬷的嘴里。嬷嬷从睡梦中醒来，发觉嘴里有活动异物。她把异物吐出，才发现小家伙竖着长长的须，蹬着几条小细腿，向她猥琐地笑着。索菲亚嬷嬷瞬间崩溃了。她像被侵犯了似的，又喊又叫，庞大身躯在教师休息室蹦来蹦去，发出下关火车站常见的车头般的嘶鸣。嬷嬷脱了那件厚重的，充满汗味和狐臭的修士服，手忙脚乱地寻找蟑螂。心虚的巽丰冲上去，一脚踩扁了蟑螂。蟑螂的汁液和内脏流淌出来，将巽丰的新皮鞋染成屎褐色。嬷嬷目睹惨案，翻着白眼昏了过去。

挨训诫是必然的。巽丰紧紧地咬着嘴唇，对藤条的威力不闻不问。他要做梁山好汉，而不是"虔诚羔羊"。索菲亚嬷嬷说，感激是心灵和头脑的状态，很难存于顽劣中国学童身上。她还说中国应向日本学习，听从日本的建议治理国家。巽丰忍不住和她辩论。日本占领东北，是不折不扣的侵略。这一点，索菲亚无法否认，但她依然认为，东北是日本帮助中国从俄国人手中抢回来的，日本牺牲了十几万士兵，中国人至少应在东北给日本更多权益。她还要求中国人践行基督精神，爱你的敌人，用宽容的爱感化所有人。巽丰涨红脸，不再和她辩论这些事。所幸学校其他教师，和索菲亚不太一样。很多牧师和神职人员，都对中国抱有好感。道胜堂在下关开设"道胜小学"，原本也叫益智。那里的马吉牧师，和蔼可亲，善待中国人。巽丰听过他的布道仪式。他说日本占领东北是人道灾难，中国人要团结，抵抗日本的侵略。

巽丰被打后，回家向母亲诉苦。母亲常年吃斋念佛，对西方的耶和华也保持敬意。她温声软语地劝他，要诚心向嬷嬷道歉。父亲则认为，挨打是好事。男孩不经过摔打，不能成才。只有姑姑坤瑶支持他。姑姑长得美，脾气大，她对所有人声称，她的婚姻必须自己做主，如果逼她嫁人，她就到燕子矶寻死。那里有块"想一想，死不得"牌子，但她要想跳，没人能拦住她。家里本想让她嫁给一位世伯的儿子。那位公子留学日本，如今在南京日本化工企业当技正。蒋坤瑶痛恨日本，也不想早嫁人，最终让这门亲事黄了。蒋鲁氏摔碎了好几个花瓶，也责打了坤瑶，但坤瑶还是不屈服。母女俩"乒乒乓乓"地吵了一架，最终蒋鲁氏让步，蒋坤瑶考进金陵女大，虽说也是教会学校，但校长是中国女学究吴博士，教员对中国学生很好，特别是华群小姐。坤瑶认为，索菲亚打巽丰，是对中国人有偏见，对小学生更不该施加如此刑罚。这是种族歧视，外加欺凌幼小。

哪里有不平，哪里就有反抗！蒋坤瑶伸着拳头，仰起脑袋。

姑姑，你说得容易！巽丰摸着屁股上的鞭痕，苦笑着说，你是大学生，当然不怕，我要是被开除，父亲要用马鞭打的。

二

巽丰和同学们在练习赞美诗。巽丰开始长个子，被安排在后排。他不能担任主唱，只能充当合唱声部。他大大地张着嘴，最后变成了缓慢的哈欠。几滴眼泪从他的眼角流过。索菲亚嬷嬷规定非常严格。唱诗班成员不可以交谈说笑，不能打瞌睡，不能把白袍拉开衣领或拉到膝盖位置。女孩不允许化妆、穿拖鞋，更不能不穿袜子露出脚趾，这样才能虔诚地"沐浴在上帝的光辉之下"。上帝也才能喜悦地接受奉献。巽丰的小把戏，逃不出索菲亚嬷嬷的火眼金睛。她的藤条指向巽丰，示意他认真些，否则要挨罚了。

巽丰白天疲倦，是因为晚上躲在被窝玩飞机模型。铅皮和锡做的小飞机模型，是稀罕玩意儿。新街口和北大马路商店，品种不多，做工粗糙。巽丰苦苦拜托同学，在上海租界买到，寄了过来。巽丰花光了压岁钱，但他不后悔，这些小飞机，他都编了队，日本一队，中国一队，日本的是川崎九一式战斗机，中岛九二式战斗机，还有八七式和八八式轰炸机。中国机是苏联货和美国货。他左手拿中国机，右手是日本机，两方不断爬升，追逐战斗，几场小型空战，最终还是中国获胜。他模拟飞机马达轰鸣和子弹飞舞的声音，头脑中全是被击中的飞机冒着黑烟落地的场景……

巽丰收回心思，继续唱诗。赞美诗是《当我们望着神奇的十字架的时候》《你是我的乐土》。慢慢地，他的头越来越沉，眼前的景象越来越模糊。同学们的袍子，忽闪忽闪地，变成了白蝴蝶，美妙的歌声，变成了海妖般的诱惑声，喊着，睡吧，睡吧。窗外的秋蝉，拼命地喊着，似乎也要加入劝说的队伍。他的脑袋里，一会儿是飞机轰鸣声，一会儿是秋蝉鸣叫声。他抬起沉重的眼皮，十字架上，耶稣愁眉苦脸地看着他。巽丰掐掐大腿，有点清醒了。他赶紧举手，对嬷嬷说，肚子痛，要方便。嬷嬷示意钢琴教师停下，狐疑地看了他一眼，看到巽丰龇牙咧嘴，头上冒汗，这才同意他离开。

巽丰跑到休息室，拿出刚发下的童军制服。小学高年级才有童军训练。一周一次，配合公民课。民国二十五年被定为儿童年，童军活动恰逢其时。中国童子军司令部还出了月刊，《三民主义纪》《总理事略》这些东西，巽丰不耐烦读，《国耻小史》他看得滚瓜烂熟。各种军事礼节，如执棍礼，徒手礼等，之前就听父亲说过。他最想学的，还是野外生存训练，比如生火，野炊，追踪侦察敌人，还有枪械使用。巽丰这个年龄，摸到枪较困难，要成为"高阶童军"才有希望，他想得上几个徽章，向朋友炫耀。学校说10月下旬，召开全国童军大会，表现优异的，能提前接受枪械武器培训。

巽丰偷偷换上童军制服。卡其布土黄色军装，摆弄得有棱有角，蓝白三角领巾扎在脖子上，扎上绑腿，系上铜扣腰带。至于船形军帽，他没戴上，他觉得那样太过扎眼。巽丰在镜子前照了照，一个英姿勃发的少年武士，齿白唇红，双目炯炯，现在缺少的，就是一把沉甸甸的钢枪。军哨、军绳、瑞士军刀和童军棍这些东西，要等到童军大集训才能发放。他打算偷出父亲的手枪，父亲虽爱喝酒，对枪支保管得却很严，这让他无从下手。

巽丰计划和高约翰、张人杰会合，跑出中华门，去雨花台附近空地，进行刺杀、格斗训练。张人杰的哥哥张人豪，刚考上中央军校，被他们拉过来当教官。说好了凑钱请张人豪吃顿大餐。巽丰央求仆人老赵头，砍了棵小杨树，做成木枪的样子。老赵头从前当过木匠，干活仔细，为了让木枪看着逼真，他还在上面刻出扳机，刻出标尺和准星。步枪带是真的，是巽丰从爸爸那里偷的。老赵在枪身镶嵌铁环，帮他装了上去。这把杨木假步枪，背在肩上，天色暗时不仔细看，还真能吓人一跳。

巽丰迈着方步，周围一切仿佛静止了，街面嘈杂的声音，也被隔离开了。笔直的马路，变成了千万人厮杀的战场。他就是千军万马中七进七出的白袍神将赵子龙，或是三眼大神杨戬。来来往往的人群，变身为各路仙家，珍奇异兽，或凶残的日本人。拉黄包车的人力车夫，唬得撞到电线杆上；骑脚踏车的时髦女孩，停下来窃窃私语；送绒花的脚帮，掉了箱子，风吹走了不少绒花；摆陵园西瓜的小贩，也忘记吆喝，被客人拿走不少瓜；就连街边打把式的大汉，都被这小童夺了风采，钢叉铁枪掉散了一地。巽丰没看到这些，他只见到驾着战车的太阳神"阿波罗"，被他挑于马下，战车散了架；长着翅膀的雷震子，被他击落在法阵之前；还有手持凶器的匪徒，都被他一一斩杀；最可恶的，是那些日本人，他们运来很多大号"西瓜地雷"，可他早就有所防备，赶紧射击，日本人哭爹喊妈地逃窜，地雷扔了一地，骨碌碌地乱跑……

兵哥哥好！清脆的呼唤，打破了巽丰的胡思乱想。一个梳着粗辫子的大眼睛少女，盯着他嬉笑，手里拎个大青花粗瓷茶壶。南京茶馆多，低档茶馆一般是城墙外的野茶馆，一个棚子，几张烂桌椅，支起茶壶灶头。更便宜的，是街上的茶壶妹。她们拎着大茶壶，背上有小碗匣，客人要喝茶，随时给客人倒上，没啥好茶，多是红茶砖末儿，但喝着解渴。巽丰本想解释，不知为何，嗫嚅了半天，没有开口。你执行任务吗？茶壶妹用乌溜溜的眼，盯着他。巽丰含混地说，出城训练。这么小当兵，父母不担心？茶壶妹纠缠着，巽丰只能说必须离开，茶壶妹恋恋不舍地给他倒了碗茶，说什么让他喝，说不要钱，兵哥哥好好练，把日本人赶出去，日本浪人，喝了茶，不给钱，还打人呢！

看着茶壶妹的泪水，巽丰郑重地点头。他继续走，刚到户部街小馆，一个胖大醉汉撞来，压在他身上，巽丰拼命挣扎。醉汉竟吐了，喷在巽丰崭新的制服上。巽丰急得要骂。一个细瘦的半大孩子，戴着破毡帽，野猫似的，从侧面钻过，对着巽丰乱摸，掏走了他身上的两块法币，又嘲弄地将假枪耍弄几下，丢在地上。醉汉"嘿嘿"地笑着说，毛娃兜里有点钱。钱是请人杰哥哥吃饭用的。醉汉擦擦嘴边污秽，目光全是阴冷，哪还有醉意。半大孩子"呸"地在巽丰身上吐了口唾沫，说，装什么。巽丰拼尽全力，从醉汉身下挣脱，对着男孩喊，把钱还我！别碰我的枪！

这是枪？男孩撇着嘴说，小孩过家家，别在街面招摇。我就讨厌你们这些南京小孩，牛气得很。巽丰恼羞成怒，撞在男孩腰上，把他顶了个跟头。醉汉拍着手笑，说，小剪，活丑倒折，被这毛娃弄倒了！男孩也不答话，从怀里掏出个物件。巽丰看去，是半把剪子，非常锋利。男孩将剪刀抵住巽丰的脖子，说，莫动，再动要你的命。

三

巽丰从小顽皮，营养好，长得壮实，胆子也大，可最后还是被那小剪摁在地上，捆起，嘴巴封布条，眼睛蒙上黑布。迷迷糊糊地，他感到被人背起，塞在辆马车里，向远处驰去。黄土路不平整，巽丰被颠得骨头疼。他隐约感到，马车应出了太平门，往南郊去了。那有很多荒坟，也是义冢的所在。后来他才晓得，醉汉叫周文贵，是南京安清帮青皮，和他差不多年龄的男孩，叫秦小剪，是东北流落过来的。他虽瘦弱，但鬼点子多，善用剪子作案。

巽丰从麻袋被掏出，解开眼罩。那是一片枫杨树林，几个男人挑着灯笼，懒散地坐在坟边。大块黑粗布平展在草上，有苹果香蕉等水果，钢笔砚台等文房之物，还有各式各样的钱包和褡裢，高档小牛皮钱包，农民用的灰粗布褡裢，巽丰甚至还看到卤好的猪头，摊在布面上，看来是分赃现场。星光点点，有不知名的虫鸣叫，坟头飘浮点点绿莹莹鬼火，和白蜡灯笼互相映衬。醉汉不怀好意地打量他，叫小剪的家伙，又把破剪子掏出，在他脸上轻轻地滑来滑去。冰冷的刀锋，幻化成一条游动的毒蛇。

巽丰连饿带疼，昏沉沉的。秦小剪和周文贵，都向坐在坟头上的一个瘦削阴冷的男人看去。男人五十多岁，穿着印度绸褂，脚上是一双青色千层底布鞋。他用小刀将卤猪头的耳朵一点点地割下，小口地品尝着，仿佛对秦小剪和周文贵视而不见。过了好半晌，他才悠悠地开口说话，声音异常嘶哑。

他说，小哥，可否是独子？看你那衣服，多半在教会小学读书吧。

巽丰不再逞强，老老实实地说了家庭住址和个人情况。

小剪说，四爷，问过了，没啥大不了，多要几个钱算了。

四爷说，我们这一行，沾着"黑"字，但比不了山东和东北大响马，这里是首都，在南京讨生活，最不愿碰，也不能碰的，一个"公"字，一个"洋"字。这孩子的爹是军官，他又在洋人学校读书，家里人多在公门供职。绑票的事，不太好办。

怎么办？人都绑了，小剪为难地说。四爷目光一紧，叹了口气说，小毛娃，别恨我，乱世讨口饭不容易。他转头对周文贵说，你和小剪一起，将这小娃埋了吧，小剪吃惊地说，为何要坏小孩性命？周文贵呵斥，奶奶个呆匹，四爷做事，用你来教？四爷不恼，指着兀自挣扎的巽丰说，乱世本没什么道理，线索断了，探子想查就难了……

坑挖得不深，只有一尺左右。挖到一半，小剪喊饿，跑去喝酒吃肉，周文贵也不肯傻出力，把巽丰丢在坑边，也跑去喝酒。喝了一个多小时，俩人酒足饭饱，才晃悠悠地回来，重新挖坑。巽丰被绑住手脚，堵着嘴，丢进坑里。小剪趁着绑绳子机会，凑到巽丰耳边说，我叫秦小剪，你到阴间告状，提我的名字好了。巽丰没理他。巽丰望着墨蓝天幕，星星无动于衷地眨着眼，坑里湿度大，黏糊糊的，有股土腥味。巽丰想吐，张不开嘴。眼泪从眼角争先恐后地淌下，裤裆里凉飕飕的，不晓得是不是吓尿了。铁锹晃动，一把把细土，从上面扬下来，慢慢盖住了身体。

巽丰即将绝望的时刻，迷迷糊糊地听到一声号响，悠远细长。他仿佛看到，黑暗寂静的枫杨树林外，走来一个穿着大褂和皮鞋，大衣襟插着红蓝两色钢笔的高大男人。他的手抓着一把乌黑左轮手枪。男人向天空开枪示警，枪声清脆明亮，唤醒了巽丰的求生意识。他奋力挣扎，顶开覆盖在身上的浮土。四爷和秦小剪、周文贵这些匪徒，警觉地作鸟兽状散了。男人看到铺在草地上的粗布，还有剩下的赃物。男人收起枪，从怀中掏出锡制酒壶，抿上几口，又用小刀割了卤猪头剩下的一个耳朵，大口嚼着。他听到巽丰挣扎的声音，慢吞吞地走过去，解开绳索和堵嘴的破布，将他从土坑提出。巽丰闻到一股冲鼻酒气和卤肉味道，睁眼就看到他胸前真有两支钢笔。那人打着酒嗝，说，我叫曾泰，警察厅的，你爸爸的同学，也是你姑姑的朋友，他们随后就到，你安全了。

巽丰对曾泰这个救命恩人感觉并不好。这男人没有警察的严肃气质，他还让匪徒望风而逃，一个都没抓住。巽丰只是哭泣，不搭理曾警探，直到父亲和姑姑赶来，才蜷缩在父亲怀里，慢慢睡去。蒋坤典非常气愤。他许诺谁抓到凶手，就赏大洋五十块。跟在曾泰身后的警探，眼中都冒出了光。

曾泰隶属于首都警察厅第九局，他和巽丰父亲是高中同学。巽丰父亲在军校任职；曾泰家境不好，去了警察学校，毕业后当上警探。这人看着懒散，却是"南京十大神探"之一。他听到巽丰父亲报案，顺着益智小学几条街道查起，很快通过线人，找到他被掳走的帮派的窝点。

巽丰回到学校，受到热烈欢迎，也得到索菲亚嬷嬷的垂怜。她说，JACOB深陷绝境，他深爱基督，拼命祷告，感动了主，最终派出警探救了他。巽丰的英文名字叫"雅各布"JACOB，学校制服上有个绣着英文名字的标记。孩子们欢呼，一些虔诚的小姑娘，眼里饱含热泪。巽丰将神迹在各班级宣讲，收到很好效果。索菲亚以"上帝羔羊沐浴神恩，逃离魔爪安全返回"为题，写了篇小文章，投给基督教长老会的会刊，受到中国大教区神父的表扬。索菲亚给巽丰做了水果沙拉、奶昔和布丁，还让他去教堂告解，让马吉牧师开导他。马吉牧师给他讲了很多上帝神迹的故事，巽丰有些怀疑，他被埋时听到的军号，莫非不是幻觉，是上帝的暗示？巽丰不敢讲，只偷偷地告诉了母亲。母亲道了声"阿弥陀佛"，说众神有灵，我整日拜佛，佛祖会保佑全家，你虽不心诚，但在教会学校读书，想来上帝听到呼唤，原谅了你的鲁莽。巽丰不得不承认，尽管索菲亚非常严厉，但她的确是一个虔诚的、有爱心的好嬷嬷，他不该再捉弄她。

四

童军集训通知如期下达。巽丰的童军训练耽误了很多，但他的热情很高，姑姑蒋坤瑶虽说是大学生，也可参加童军高级班。第二届全国童军大露营，在10月上旬召开，露营地点选在陵园新村。太阳刚露头，巽丰邀着高约翰、张人杰，准备旗帜，按照片区集合。南京教会学校按照学校和年龄段，分了好几个团，汇文女中、育群中学的人不少，姑姑蒋坤瑶属于金陵女大团队。益智和其他南京教会小学，编成了三个队伍。

到了陵园新村，义工早等在这里了，大学生充作义务教工，帮助童军分配区域，发放帐篷等必需品。忙忙碌碌几个小时，其他几个省的童军也陆续赶到。上海童军人最多，纪律不好，吵吵闹闹，女生化妆，男生身上一股雪花膏味。很多上海童军还带着脚踏车，在林子里耍着，做出花哨动作，全是公子哥派头。他们之间彼此多称呼英文名字，听说巽丰也是教会学校的，有人问他的英文名。巽丰冷冷地说，中国人，蒋巽丰，没英文名。还有些年龄大的广东"老童军"，胡子刮得青青的，风吹掉帽子，露出了老相。人杰笑着对巽丰说，老头也来充数啦。老童军连"三指礼"都不会，觍着脸过来，同志，同志地喊着，要巽丰教给他们行军符号。他们领的东西不少，胸前徽章、绳子、热水瓶、小刀、饭碗，还有绿色帐篷。

下午三点入营仪式，中午饭要求童军自己做。很多童军没接受过野营训练。巽丰也不会做饭，他们家平时都是苏州娘姨阿秋烧饭。他们商量了一下，只能去蒋坤瑶的教工食堂打秋风。教工食堂不过是几个帐篷，有些女性教员和女大学生帮厨。巽丰看去，有火腿三明治、洋葱炒肉、清炒包菜、炒西蓝花、西红柿蛋汤。坤瑶打趣巽丰，说，你为了当童军，差点被人撕了肉票，做饭难住你了？坤瑶身边一个女孩，烫着卷发，胸前配着芙蓉色绒花，面容姣好，看着略显成熟。她笑着对坤瑶说，哪有你这样当姑的，亲侄饿肚子，还说风凉话！坤瑶哈哈大笑，拍着巽丰说，你要感谢菊美婶婶，她来求情，放你一马。

巽丰发愣，哪来的婶婶？坤瑶摇着手指说，你坤模叔和菊美是郎才女貌，现在就差上门提亲啦！巽丰这才醒悟，听坤模含含糊糊提过，她是金陵女大家政科三年级学生，明年毕业。爷爷说，学历可以，还要仔细打听女方家庭，才能做决断。不想在这里先见到了未来婶婶。陈菊美笑吟吟地说，你是巽丰？早听坤模说起你，说是蒋家长房长孙，大家夸你聪明呢。前几日，听说你被匪徒绑走，也临危不惧！听到菊美夸赞，巽丰满脸通红。

吃完饭，巽丰发现姑姑身边，多了个穿蓝大褂的男人，大襟上有两支红蓝钢笔，这人正是救命恩人曾泰。曾泰笑嘻嘻地对蒋坤瑶讲话，看到巽丰，亲热地打招呼。他过来和巽丰握手，巽丰感到他的手很软，又潮又冷，好似滑腻的蛇，赶紧甩开。姑姑也不太待见"神探"，表情冷冷的，和他说着话，还安排别人干事，心不在焉。见到曾泰和巽丰搭话，她勉强说，巽丰的事，多谢你啦。曾泰淡淡地说，本分所在，蒋小妹如愿赏光，让我请你和令侄吃顿饭，给他压压惊吧。坤瑶叹了口气说，你这人也是执着，又歪头想想，说，看巽丰的意思吧。巽丰问，去哪里吃饭？曾泰反问，想去哪里？巽丰说，去番菜馆吃西餐吧。曾泰击掌说，中西大餐馆不错！

曾泰带人离开了。巽丰看到，姑姑明显松了口气。坤瑶是有名的"小潘西"，除退了婚的日本企业技正，她读中学时收到过很多情书，一概不理会，只将情书收集起来玩。她去金陵女大读书，又招惹了很多男人，曾泰也是追求者之一。巽丰讨厌曾泰，自己在坑里要被憋死了，他还有闲心吃匪徒留下的酒肉，还让匪徒从容逃走，明显不想得罪坏人，只想在姑姑和父亲面前表功。巽丰不喜欢曾泰。坤瑶也不喜欢他，撇着嘴说，鬼鬼祟祟，多半是"复兴社"的。陈菊美遮住她的嘴，紧张地说，姑奶奶，别乱说！巽丰好奇地问"复兴社"是干啥的。蒋坤瑶和陈菊美把话岔开了。

巽丰几人回到帐篷，休息了一阵子。集合号响起，大家再次按方阵集结。巽丰被委派为"中国童子军第二一二团第三中队第一小队小队长"，发了队长袖标和领章。伴随着哨音，一个个方阵集合，黑压压的一大片，像一块块黑硬的生铁。各省童军服装，主要是土黄色斜纹布制服和草绿色童军服。女童军穿裙子，腰束铸有童军军徽的铜扣皮带。男生头戴大盖帽或船形帽，女生是大盖帽和圆顶帽。有的省准备齐全，发放瑞士军刀和童军棍，穷的省自然没有。约翰对巽丰说，嬷嬷说这次男女童军，加上服务人员，足足有上万人。一个胖胖的老男人，穿着童军服，登台讲话。听说是何应钦，他讲话口音太重，巽丰听不懂，只略听到"将党义训练和野外生活训练结合"这类话。

"何大人"下台之后，开始给童军发纪念章，一把弓和十支箭造型，寓意"团结起来，抵抗外侮"。接下来童军大检阅，童军迈着整齐步伐，走过主席台。南京方阵因是首都队伍，格外引人注目。巽丰挺着胸脯，高昂着头，连约翰这样的"上帝羔羊"，也站得笔直。"东四省童军团"让大家受到很大刺激，不知谁喊了声"还我河山，还我东北！"顿时无数声音吼起，呼喊声此起彼伏，快要停歇，又有人喊起，无数旗子，无数童军的拳头，都在空中挥舞。巽丰旁边一个男生，抽噎着说，童军有用吗？咱的国家是不是要亡了？巽丰怒道，当然有用！陵园新村广场的光线黯淡下去，天空翻滚着阴云，从很高天幕看下去，一群蚂蚁般的小人，如同聚集在湖面的一大块绿茵茵青苔。风不断吹，"青苔"上下左右浮动。巽丰喊了无数遍，嗓子都哑了，眼泪迸飞，浑身血液凝固成一条滚烫的火蛇，它在血管中不断游走，速度越来越快，冲撞着身体的五脏六腑，仿佛他一张嘴，这血火之蛇，就要爆体而出，化作漫天血雨……

第二章　玉陵春

忆否？杀尽夷寇光复民族的明故宫之遗址？忆否？誓死不屈血书篡字的方孝孺的忠魂？寄语台城上的杨柳，勿教他人攀折，玄武湖的樱桃，静候着我们重来和您亲吻。

——希孟《南京的回忆》

一

局势越来越紧张，绥远日军紧逼，傅作义狠狠地打了一下。北平和上海，日本不断挑衅。南京学校的学生，酝酿着新的游行示威。转眼就到深秋，巽丰拜了一个卖烟的老姜头当师傅，学些外家拳法。人杰的哥哥也教他军校训练的法子，他选了几个实用的，和人杰一起锻炼。人杰和巽丰是一对小恶魔。巽丰给索菲亚嬷嬷嘴里丢蟑螂，就是人杰的主意。他俩还偷过国文老师的眼镜，把蛇放在女校长办公室里。人杰干坏事，都

27

喊上巽丰。巽丰也不例外。俩人商量过，抽空去关帝庙拜把子，将来一起考军校，报国杀敌。秋天他们正式毕业，人杰和巽丰、约翰都被中华路育群中学录取了。

毕业那天，索菲亚嬷嬷伤心地流下眼泪。她抱着巽丰和人杰，用汉语说，上帝保佑你们，你们出生在一个多灾多难的国家，一个多灾多难的时代，你们要好好活下去，不要逞强斗狠，但愿你们的国家能熬过可怕的战争。巽丰没想到，嬷嬷的汉语说得不错，他错怪了嬷嬷，红着脸向她认错。嬷嬷在胸口画着十字，慈祥地说，上帝哇，我在中国生活了十几年，怎能喜欢日本呢？中国人有很多坏毛病，但中国人爱好和平。和平，才是这个时代最需要的东西。巽丰抱着胖胖的嬷嬷，她身上的狐臭味好像也没那么可怕了。

蒋坤典的大洋赏格公布了几个月，见不到动静，曾泰只说尽力，也没消息。他俩只好先找师傅学武。人杰读还珠楼主入迷，还嚷着去青城山，学个"飞剑"啥的，巽丰说那是扯淡，他推崇赵焕亭北派技击小说，实打实的真功夫。他们要学杀人技。练习武功，趁手兵器很重要，蒋坤典送给巽丰一把小匕首，新疆朋友给的英吉沙，黑钢刀口，锋利得很，刀子不大，沉甸甸的，刀把还镶着象牙。他揣着刀子，和人杰在户部街一带转悠。他还和人杰分工，只要发现匪徒，人杰报警，他悄悄跟着，给他们来个一锅端。

巽丰经人介绍，认识了身怀绝技的武林高手老姜头。朝天宫，泮池旁红色宫墙下，老姜头蹲在那里，支着个烟摊。他头发乱蓬蓬的，佝偻着腰，眯着小眼，身上有股积年污垢的馊味。他的怀里抱着根底端开裂的黄竹竿，怎么看都不像世外高人。人杰小声嘟哝着说，不会是老骗子吧。巽丰仔细一看，老姜头耳朵像两只机灵的小野兔，机警地转来转去，虽然眯着眼，但捏着竹竿的手非常有力。他对巽丰说，来学艺的？先交费吧。他丢掉竹竿，伸出结实的手。那双手似两只刺出的虎头钩，闪着寒光。秋天的阳光闪烁，大叶法桐的黄叶，纷纷扬扬地飘落，巽丰清晰看到，他脸上银白色的毫毛，一根一根闪烁着光芒，仿佛昆仑山巨猿威风凛凛的毛披风。那一刻，巽丰几乎相信，老头的确是世外高人，也许曾在深山老林修炼，也许在海底秘密洞窟龟息，肯定有不为人知的绝技。

老姜头见两个小屁孩发呆，晓得不太信任他，就劈了几块砖，还打了趟散手，辗转腾挪，蹿上跳下。他说还会躲子弹。他扒开油腻的破布衫，露出疤痕累累的胸膛，得意扬扬地说，义和团那些人说自己刀枪不入，纯属瞎吹，有功夫的人，能在子弹打来时避开要害，那些子弹本来朝向心脏，但他会轻功提纵术，躲闪过去，只留下些擦伤。

老姜头终于让巽丰和人杰心服口服。他们拿出十块钱，给了老姜头。老姜头问巽丰，为啥想学拳。巽丰说想报仇，要把秦小剪的破剪子踩扁，还有就是将来打日本。老姜头又给了他们两个沙袋，绑在腿上跑步，还有两根上漆包好的木棍。这些东西又要了两位徒弟两块钱。两人没钱，商量先欠着，改天回家拿给他。他们听说老姜头从前在袁世凯新军当过兵，功夫是家传的。

老姜头的烟摊，卖大前门、老刀、美丽、金字塔等各种烟卷，就是没有日本烟和东北烟。有商家给他推销低价日本烟，大陆、满洲，还有日本下层军人抽的"誉"牌无过滤嘴纸烟。烟的品质不错，也便宜，但老姜头说什么也不卖日本烟。人杰和巽丰，每周过来两次，帮他看烟摊。傍晚时，老姜头找地方教他们练功。老姜头在摊前点上一根蚊香，蜷缩起来，等顾客上门。人杰说，师傅，又没蚊子，点香干啥。老头嘿嘿地笑着说，你们富贵人家少爷，抽烟自然论包买。我这里的烟，都是卖给车夫小贩，搬货物的苦力，自然一根一根地卖，香是给他们预备的。

老头的手满是伤疤和冻疮，力气却不小，他教了几个练掌法门，巽丰每天都去插沙子和大米，手练得肿了，也不吭声。老头还教了巽丰一些阴招，掏下阴，插眼睛，坐膝盖等，关键时刻伤敌保命。巽丰想，这几招如果会用，就不会被醉汉压住，被把破剪子制住。老姜头的授课，通常持续到接近晚上八点。那时已过了饭点，大家又累又饿，只能请老姜头吃饭。老头很瘦，饭量却大得惊人，能吃六笼汤包或四锅生煎。这让巽丰和张人杰不断哀叹，看来又要想办法向家里骗钱了。老姜头大口吃着饭，叹了口气说，我是老朽了，将来要看你们年轻后生，保家卫国，要有真本事。巽丰看着老姜头嘴角流满的汤包肉汁，很难将他和"老朽"联系在一起。

二

巽丰报名童军值勤，帮着维持街面秩序，监督各饭店浪费情况。从夫子庙开始，到新街口，北大马路，花牌楼路，南京大小酒楼饭馆，总也有上百家。新生活运动提倡"四菜一汤"，这些饭馆总能想出办法来糊弄。巽丰曾检查某酒楼泔水桶，发现很多剩菜剩饭，毫不留情地将他们举报了，好像也没啥用。巽丰想和高阶童军一起清查汉奸，人家说他年龄太小，也没同意。巽丰提议，还是先把结拜的事搞起。蒋坤典读军校时，和十二个人结拜，号称"铁血报国十三兄弟会"，他们这个组织变成喝花酒，逛花船，郊游踏青的损友团伙。巽丰提议叫"磨剑社"，取自贾岛小诗"十年磨一剑，霜刃未曾试"。人杰说，听着比啥"兄弟会"要强。

人杰粗壮高大，英文名字是"BILL"，听多了就是"BEAR"。但没人敢称呼他"小熊"。他暴怒的样子，连索菲亚嬷嬷都害怕，说他受到了魔鬼的影响。他上学也晚，如今年龄过了十五，脸上星星点点冒出"小草莓"。他穿上西装冒充大学生，估计都有人信。这头"少年野熊"在益智小学是恐怖的存在，只有蒋巽丰敢和他分庭抗礼。他们的缘分，来自学校餐厅冲突。当时人杰吃掉自己那份午餐，包括两个蒸蛋，一个鸡肉卷，还有一个大份三明治和大碗红菜汤。巽丰领了餐，祈祷后肚子不舒服，就将饭放在桌上，去上厕所。当他回来，桌上只有一把沾满菜叶的汤匙，滴溜溜地转着。

巽丰气愤极了，他在人杰的嘴角，看到了一丝阴险冷笑。益智小学的两个少年恶霸，展开了一场对决。巽丰不是人杰的对手，也将他的脸抓出三道血痕，用叉子捅了人杰的屁股。人杰事后反而向他道歉，请他吃养心斋回民菜。按照人杰的说法，巽丰勇猛胆大，点子多，如果在圣经时代，肯定能成为击杀巨人歌利亚的抛石童子大卫。"小恶魔组合"正式成立。在小学时，他们还满足于欺负同学，捉弄老师，自从拜师学艺，巽丰感到体内有股"野蛮力量"苏醒了。

只有两个"光杆司令"，磨剑社没法成立。巽丰想发展约翰，这小子犹豫很久，才同意给社团提供场所和资金。社团总部设立在约翰父亲的大纶纱厂废旧仓库。人杰表示遗憾，本来兄弟三人可以像"三个火枪手"或"桃园三结义"，而"两个火枪手""两结义"听起来不太威风。巽丰很快找到七八个家伙，都是上次童军集训认识的。按照童军规定，集合十人以上，可称为"队"，五十人以上，可称为"团"。他们有自己的团旗，有属于这个团的动物徽章。他们的召集口令，就是学动物的吼叫。

在大纶纱厂废旧仓库，"磨剑社"宣布成立。巽丰当仁不让成了社长，人杰成了副社长。他们宣读立社誓言，划破手指，歃血为盟，喝了血酒。后来磨剑社规模越来越大，报到上面的名字就是"南京童军战地服务第五团"。他们的团被称为"班超团"，以班超为保护英雄。率领三十六人横行西域的班超，是巽丰敬佩的对象。他们的守护动物定为"狂狮"。他们的召集令是狮子吼。大家学得不像，怎么听都像狼嚎。

约翰作为外围人员，不用歃血为盟，但成为粮台军师，负责收会费、接受捐助和后勤保障。他们特邀人杰的哥哥，中央军校步兵科新学兵张人豪，作为特别顾问。国事纷乱，强敌在侧，结社团体很多，从成年人到少年，从中央到地方，到处都是"铁血十三兄弟"这类团体。人豪也参加军校讲谈社，研究军事技术为主。他不屑于和小屁孩掺和，看在巽丰孝敬几块大洋的分上，才勉强答应。同时被聘为顾问的，还有人杰和巽丰的便宜师傅，卖烟的老姜头。老姜头倒义气，还捐助了几盒大前门香烟。他们抽着烟，坐在破轮胎上高谈阔论，吃着约翰赞助的盐水鸭和酥油饼。几瓶法国葡萄酒，几个半大孩子，喝得不亦乐乎。他们的教会校服，被仓库的污垢和尘土搞得肮脏不堪。他们像成年醉汉，四仰八叉地躺在水泥地板，浑身的臭气，让仓库变成了发酵的酒坛。

为了武装这些"小恶魔"，巽丰颇费脑筋，童军部分配了瑞士军刀和童军棍，瑞士军刀野外露营不错，伤敌就差很多，童军棍更像玩具。棒球棒挺贵，铁棍或橡胶棍就较常见。他们定期锻炼武功，上街巡游。他们的铁棒在空中交鸣，发出骄傲的赞叹。巽丰没忘记秦小剪，他一定要找到那混蛋报仇。他们在垃圾桶翻找，在太平门外城郊野坟搜索，他们还从长乐街，牛市，玉带巷，徐家巷，追查到水西门。找不到秦小剪，夜晚巡游的磨剑社，只能追打过街老鼠，或偷窃熟肉店的烧鸡、驴肉和卤牛舌。普通市民眼中，这哪是啥爱国少年团体，简直是穿着制服的小混混，比东北叫花子还可恨。

功夫不负有心人。秦淮河边六朝居酒楼，巽丰发现了一群奇怪的小乞丐。他们有的断了胳膊，胳膊扭在脸的两边，有的腿怪异地别在脖子后面。他们不断呻吟，像一堆被拼插错误的人偶玩具。有一个瞎男孩，跪在那里磕头。巽丰一眼认出，"瞎男孩"是秦小剪。巽丰怎么也不能忘记，他细瘦的脖子，灵活的双手，还有别在腰间的半把剪子。小剪翻过眼白，不装瞎子，骂了句，毛娃，还没死够？人杰也不说话，拿着中正短剑捅去，小剪亮出雪亮剪刀和他撕打。巽丰吹响了铜哨子。巽丰给每个孩子配了个铜哨，关键时刻，一起吹响，声势唬人，也能吸引巡警。奇形怪状的孩子，远远地听到呼哨，被吓得哇哇乱叫。从后街跑出几个成年汉子，抬起残废孩子就跑，边跑边招呼小剪。小剪也落荒而逃。巽丰这次虽没抓住秦小剪，但打得他们逃走，也摸到了他们的活动区域。

磨剑社和黑社会打架，轰动一时。教会学校的家长，纷纷把孩子们领走。不过又有些平民半大孩子加入，有中小学生，还有朝天纺织局和首都钢铁厂、江南水泥厂的学徒工。他们的队伍扩充到了四五十人。平民孩子对巽丰他们的教会做派很反感。巽丰要求社团聚会时，不穿教会校服，不说洋文，不叫洋名字。"雅各布"和"小比尔"立志告别昨天的自己。高约翰表示异议，坚持不改对上帝的信仰。学过拳脚的中学生"花佛"，江南水泥厂的学徒"铁鹰"，都成了核心成员。"花佛"喜欢交际，头脑灵活，他父亲是军人，死在东北抗击日本的战场上。"铁鹰"沉默寡言，去水泥厂之前，在日本化工厂干过，被打折过腿，都和日本人有着家仇国恨。

巽丰向曾泰汇报了小剪的行踪。曾泰说，多半是安清帮干的坏事。曾泰面带忧虑地劝巽丰，不要冒险，你们不是黑社会的对手，对付他们，还要看警察。他们可能涉及毒品和赌博，人口买卖，甚至为日本服务，收集情报。曾泰表情严肃，用拳头砸了好几下办公桌，奖励了巽丰几张首都大戏院的电影票。

三

曾泰几次请蒋坤瑶吃饭，都被她推了。拖了几个月，蒋坤瑶实在没法，拉着巽丰挡驾。巽丰来者不拒，定下周末去玉陵春吃西餐。玉陵春中西餐馆，坐落在夫子庙，西餐做得好，中餐以京苏菜为主，也就是南京菜，胡长龄大师也曾在这里掌厨。

秋天的南京，热了几个月，清爽下来。曾泰的警队有辆黑别克，说要去接他们。蒋坤瑶怕太招摇，没同意。她和巽丰搭乘大黄包车。这辆大黄包，原本跑紫金山旅游专线，又宽敞，又漂亮，配着香妃竹帘子，挡住尘土，栏杆扶手都是镀铜和克罗米的，胶皮轱辘又大又宽。车夫二十多岁，一张黑红色的健康脸庞，脖子泛着层细细盐花，一双大脚很稳重。他笑着说，漂亮"小潘西"，还有小公子，你们放心，别看街上堵，我对南京熟透了，保证不耽误。车夫跑得飞快。巽丰说，姑姑，你不节俭呀，不符合童军条例。坤瑶点着他的鼻子说，小毛头懂啥？我们班的女同学，出去玩都摇电话叫出租汽车呢，贵得吓死人，去下关码头来回就要两块。我这又算啥？

不一会儿，到了玉陵春酒楼，金漆大字，朱红酒楼门面，门前八级石阶，一对汉白玉石马，油光水滑。楼上十六排各色圆顶灯笼，正门前两只大肚红纸灯，门里镶着新式电灯，将酒楼照得灯火通明。十几位跑堂伙计，各有特色，有的穿西装打领结，头发梳得油亮，有的是青布小褂搭配黑布鞋，肩膀搭着雪白热毛巾。曾泰请蒋坤瑶和巽丰吃饭，还是那件蓝大褂，只不过戴了顶爱克斯黑呢礼帽，换了皮鞋，衣服略干净些。

迎门小童跑来，眉开眼笑地说，几位贵宾，西餐还是京苏大菜？炖生敲、一品牛头，酒凝金腿，都是本店特色，秋天吃烤鸭也对节令，客人觉得腻，也可吃螃蟹宴套餐，还有鲜美蟹肉包。曾泰说，我们吃西餐。小童冲着门里喊了句，西餐贵宾四位！说完扭头就走，门里噔噔地又跑来个洋装侍者，忙不迭地将几人往楼上让，嘴里一连串地吐出洋文，曾泰错愕，侍者赶紧换腔调，叽里咕噜另一种洋文，坤瑶上前，和他用洋文接洽，侍者改用汉语说，几位贵客，楼上点餐，今天惠灵顿牛排新鲜，鹅肝不错。曾泰有些窘，拿了菜单，上面是洋文，不知怎么点，索性给了坤瑶。坤瑶也不客气，头盘点了鱼子酱、鹅肝，副菜点了荷兰汁调煎鲑鱼，汤是牛尾清汤，主菜是蘑菇汁惠灵顿牛排，另加一道水果沙拉和餐后花色冰激凌甜品。她还顺便点了瓶法国红酒。

侍者鞠躬退下，曾泰看了坤瑶令人眼花缭乱的操作，说，坤瑶小姐，对西餐很熟悉？蒋坤瑶昂着下巴说，家父留学日本，也曾在外交部门任职，西餐自然熟悉。曾泰苦笑着说，我们这些土包子，就是有钱，规矩讲究学不来，我的洋文也不行。坤瑶说，侍者最看人下菜碟，学几句洋文，牛上了天，你要怯，不知要吃多少白眼。曾泰说，金陵菜好吃，苏帮菜和淮扬菜也不错，哪像洋饭，又冷又黏，吃着不舒服。

坤瑶笑着说，曾警官，你吃瘪的样子比较真实。曾泰也笑了，说，坤瑶小姐喜欢就好。蒋坤瑶吃着牛排，摇头说，我不喜欢西餐。曾泰奇怪地说，那为何要吃？坤瑶调皮地眨着眼说，西餐贵喽，也检验你的诚心，顺便观赏你吃瘪的表情。曾泰举起红酒，说，如您所愿，博美人一笑，吾愿足矣！

巽丰看着一男一女耍嘴，颇感无聊。他吃了牛排，其他菜没啥胃口，就溜下楼去玩。坤瑶和曾警探聊得热切，也不管侄子了。楼下是京苏菜地盘，也是中国人的地盘，不像楼上西餐区，大部分是金发碧眼的洋人。巽丰闻着松鼠鳜鱼的香味，看着流着鲜美汁液的蟹黄包，食指大动，正待细看，却听得"哗啦"声响，眼见一桌饭菜被掀翻，汤汁和菜肴洒了一地，接着是不间断的日语咒骂。随着战事紧张，金陵城的日本人少了很多，侨民大多居住在使馆区周围。南京也加强了对这些人的防范。

伙计过来劝，被日本人打了耳光，一个经理模样的人来赔笑，也被踹了两脚。正闹着，走出个清瘦清瘦的青年厨师。一个日本人用生硬的中文说，菜是臭的！青年厨师不慌张，弯下腰，将扫到地面上的整块松鼠鳜鱼拎起，放在鼻子上闻了闻，温声说，新鲜活鱼，做工也没问题，中国菜肴安徽菜有道臭鳜鱼，是食材本身的特殊味道，对人身体有益无害，初尝着臭，入嘴后化为醇厚香甜。松鼠鳜鱼本是苏帮菜，鄙店京苏大菜对此多有改造，口味更加酥甜糯软，汤汁浓郁，断不可能有臭味。日本人不依不饶，谁知道中国人安的什么心？你们必须赔偿！青年厨师问，赔多少呢？日本男人伸出巴掌，翻了翻个，青年厨师说，五倍？日本人嘿嘿笑着说，十倍！青年厨师不答话，兀自坐在地上，大口吃着地板上狼藉的松鼠鳜鱼和其他菜肴，不住地高声称赞，酒凝金腿，红白相间，香醇厚，味甜咸，形素雅，清炖狮子头也好哇，口感松软，肥而不腻！……

一层楼的人都静了下来，无论食客，还是跑堂伙计，连闹事的日本人都目瞪口呆。猛然大家醒悟过来，很多人眼里却含着泪。胖经理连续拉了几下青年厨师没拉动，也蹲在地上"呜呜"地哭，嘴里嘟哝着，欺负人，说着，他也坐在地上，陪着厨师一起吃。

灯光摇晃，巽丰泪花闪动，青年厨师分明是二叔蒋坤安！他早知二叔在这家馆子，原想去后厨看望，没想到遇到这一幕。他向那领头日本人撞去，日本人没防备，被撞倒在地。巽丰出门匆忙，没带英吉沙小刀，老姜头教的几招，可都使上了。日本人虽说是成年男子，也被打得惨叫连连。另外几个日本人发现是中国少年搞事，也恼怒地扑上去。坤安没想到侄子在这里，丢了剩菜，和日本人拼命。楼上的曾泰和蒋坤瑶也冲下来。曾泰冷着脸，挡在巽丰面前，一把揪住领头日本人，把他们分开，向饭馆老板亮出身份，让老板赶紧打电话到警察厅，找警察来处理。日本人见来了正牌警察，气焰小了不少，几人边骂边向门口走，巽丰气愤地要阻拦，被曾泰拦下，说，随他们去吧。坤瑶恼怒地说，几个日本鬼摆明来敲诈，就这样让他们走，你这警察是插标的草人吗？曾泰苦笑着说，没你们想的那么简单，国家危急，不能轻起事端。

巽丰挣脱开曾泰，哭着扶起二叔，叫上姑姑坤瑶，找了辆汽车，往家的方向去。曾泰摘下帽子，尴尬地看着汽车远去。巽丰透过车玻璃，突然发现，这位有点落魄不羁气质的神探，腰竟有些佝偻，鬓角间也有些白发。午夜的风中，曾泰可怜孤单的背影，让人很没有安全感。汽车在黑暗中行进，夫子庙一带灯火辉煌，繁华异常。无数人在热闹地喧哗，汽车鸣笛声和小贩夹杂着方言土语的叫卖声，都让巽丰感到如此虚幻，仿佛一场老电影逝去的片段。无数电灯和霓虹灯，闪烁着五颜六色的光彩，从车窗透进，一条条光影印在他们身上，带着阴冷的幽光……

四

日本人寻衅滋事，有时不是敲诈。身为警察厅高级警探，曾泰自然知晓此中利害。一年后，日军大举入侵，曾泰面临生死关头，终于与巽丰和解。曾泰说，如果当时和日本人闹起来，玉陵春酒楼受到牵连，二叔要倒霉，日本也找到武装干涉借口，极有可能引发严重事件。民国二十六年冬，日军破城，曾泰剩下半条命，躲在燕子矶旁三台洞，昏迷了好几天，都是巽丰看护他。俩人不敢点灯，晚上摸着黑，躺在山洞里。外面飘着雪，巽丰冻得发抖，紧紧地挨着曾泰。曾泰为了熬时间，就和他聊天。他问巽丰，小子，晓得我这"神探"名头如何来的？巽丰说，多半是你吹牛吧。

曾泰有点咳嗽，继续说，民国二十三年初夏，日本驻南京总领事馆通知南京政府，他们的藏本副领事"失踪"了。日本称"此次事件系拳匪事件，杉山书记被杀以来最重大之事件，要求南京当局绝对采取强硬态度"。日方调派第三舰队二十七队驱逐舰"苇"号、巡洋舰"对马"号开赴南京下关。行政院长汪精卫急电坐镇庐山指挥"剿共"的蒋介石。蒋电令："南京全城戒严七十二小时，三天之内务必寻获藏本！"全城乱成一片，情形危急，如果找不到藏本，抗战有可能提前几年爆发。

我爱写日记，曾泰说，我接手这案子，在日记写下一句话，寻找目标非常困难。忙碌半天，我的南京警察厅九局第六行动小组疲惫沮丧。警察厅散发藏本的照片，是一个温和忧郁、瘦削矮小的日本人。日本传言甚多，外相广田弘毅公开发布战争威胁。日本《每日新闻》讲，藏本被两名"中国巨汉"（可能是宪兵）挟持而走。这简直是一派胡言。日本领事馆戒备森严，寻常人根本不能靠近。但如果不能在七十二小时内找到藏本，南京城会陷入战火，中国也许会如萨拉热窝，成为点燃导火索的"火药桶"。

你是怎么办的？巽丰好奇地问他。

曾泰说，我去过阴阳营藏本的住宅，找到了一些线索。十几名嫌疑人送过来，都被证实不是他。外交部亚洲司司长沈觐鼎、情报司司长李迪俊、警备司令谷正伦、行政院秘书长褚民谊等高级官员，都急成了热锅蚂蚁。警备司令部在南京各报纸刊登大幅广告，悬赏寻人，宣布"将藏本直接寻获，赏洋一万元，能知踪迹，赏洋五千元"。首都警察厅连日在南京市人口稠密地区及外国人常来的地方仔细搜索，也没有结果。

日本人是我们杀的吗？巽丰又问。

曾泰摇头，冷笑说，他没死，这是日本的一贯伎俩，借助丢失人口搞事。宛平城下，他们不也是这样办的吗？谁料到那藏本不想死，也不想挑动战争，他留下了一首小诗："人生飞紫鸿，寒露坠金网，悲风恋江南，万里协扶桑。"暗示他就藏身在紫金山。他就在紫金山紫霞洞藏着，我找到他时，他饿得有气无力了。

藏本最后如何了？巽丰接着说。

曾泰叹了口气，说，藏本没完成任务，回国后被判处死刑。他是热爱和平的日本人。我还记得，当时我在日记写下，以"诡死"撬动东亚局势，无论自戕者为个人缘故，还是国家利益计，陷邻国于战火，成全铁血帝国之贪婪，荣耀邪？悲哀乎？堂堂中华大国，动辄因个人事务，备受要挟，可以久长乎？我幸运地侦破了失踪事件，但中日之间，还是爆发了战争……

曾泰的叹息，引发了一阵剧烈咳嗽。他的腹部被日军刺刀捅穿，有些化脓，曾泰还有些发烧，只有拳头紧紧地攥着。洞外风声呜咽，似乎有不知名的野兽在巡游，间或有枪声划破夜空，格外惊心动魄。巽丰曾感激过曾泰，也恨过他，可他奄奄一息地躺在那里，巽丰只能去照顾他，将干草盖在他的身上，喂他喝点水。这么重的伤，曾泰是否能活下去，也是未知数。

三台洞这一带洞窟有十几个，还有观音泉、玉泉阁等名胜，不少从燕子矶逃出的伤兵和难民都躲在附近。巽丰和曾泰选的洞窟较隐蔽，堪堪躲过日军几次搜捕。他在外面找到一只发臭的死狗，用河水冲洗了。借着月光，巽丰向小河看去，这才发现，河边蜷缩着几具尸体，已泡得发胀，河水在月色下，泛着浅浅血红色。从服饰上看，应是三台洞附近的农民。巽丰干呕了几下，除了胃液和前天吞下的生麦，啥东西也没有。

他拔了些青草，将死狗肉擦拭了一遍，再闻闻，有青草的清新气息，臭味淡了不少。他把肉割成一条条粗肉丝，在洞外用火柴点起一点小火头，将肉丝用泥巴包了，放在火堆里，烧一会儿，然后盖上树叶，从火堆灰烬旁挖出一个隐蔽烟道，靠着火焰余烬将肉慢慢烘熟。巽丰不自觉地在胸口画着十字，祈祷着死狗千万别引发拉肚子和中毒。

他没告诉曾泰肉的来源，曾泰也没问，大口吃了下去。巽丰艰难地吞咽了一些，黏黏的，赶紧躺下了。他弯着腰，在石洞中蜷缩成一团，希望用睡眠驱散胃的痉挛和喉部的恶心抖动。可他依然清醒感受到，胃在烧着，被"黏黏的肉"点燃了。它们贪婪地舔着他的胃壁，仿佛融化了所有痛觉。他站起，捶捶胸膛，然后再慢慢躺下。他多希望摘下这胃，把它清洗干净，再重新缝合回去。他多希望石洞是无底深渊，就这样让他在窒息中沉入死亡。迷迷糊糊的梦中，他仿佛又回到玉陵春。饭店高朋满座，人声喧哗，惠灵顿牛排，数不清的京苏大菜，散发出诱人香味。二叔向他走来，端上一盘冒着香气的清炖大肘。姑姑慢慢喝着红酒，他却吃得满嘴油花。他清晰看到，明亮的汽灯下，伙计高举着雪白的、冒着热气的手巾把子，笑眯眯地帮他擦拭。他闻到手巾有股香水味道。可是，这一切美好的东西，都在一道亮瞎人眼的闪光中化为乌有，那是日本最新型炸弹，所有灯都一起爆炸，所有的桌子都在燃烧，所有人都在尖叫，灯火辉煌的玉陵春酒楼，变成了一座火地狱……

第三章 蒋家的事

彩袖殷勤捧玉钟，当年拚却醉颜红。舞低杨柳楼心月，歌尽桃花扇底风。

——晏几道《鹧鸪天》

一

巽丰的家原在中华门内的边营，蒋乾中嫌那里杂乱，迁徙到靠近中山东路的永庆巷。中式一进院，四下宽敞，水磨青砖外墙，门罩是五彩琉璃砖。小瓦片贴得紧，抬头能看见高耸的封火墙。进了黑漆松木大门，绕过影壁，是一片庭院，栽着古槐、蜡梅、蔷薇和鸡爪槭，墙角有阔叶山麦冬和无花果。院当中一座小假山，环绕池水，有石桌石椅，闲暇时可在此下棋。院角有压水井。四周是厢房、客房、厨房与厕所，正房坐北朝南，厅堂会客，侧屋为主卧与书房。书房正对门有一大匾额，篆体大字：退思阁。博物架整整齐齐摆着各类古籍，奇石文玩，最显眼的是两只明窑玉色窑纹香炉，还有日本浅草布偶，美国汽车模型，爱尔兰木刻人偶等。做工讲究的花梨木桌椅后也悬挂一副对联，左联是"以佛治心以老保身"，右联是"以周经世以孔教人"，横批"成教于国"。

巽丰会闻到各种味道，花香、草清气，植物树皮散发出的干爽味道，还有池水的氤氲味，青苔滑腻的潮湿气，压水井打上来的水，又凉又甜，有股淡淡的糖精味。早上，蒋乾中爬起，围着假山转圈，锻炼身体。听到动静，蒋鲁氏指挥老赵头与苏州娘姨，打扫院落，准备早餐。老赵头挨个厢房敲门，名义是顺着马子巷收集过夜红漆马桶，实际催促各房赶紧起床。这也是蒋家的家规，不能睡懒觉，也不能熬夜。熬得太晚了，会有仆人过来问是否加灯油，也是催促休息。起来后，大家洗漱，读书，各有分工。

蒋家还养了宠物。蒋坤典从军校抱回一只德国黑贝，成了巽丰和巽玉的宝贝疙瘩。狼狗长到一岁，耳朵尖尖的，浑身黝黑，犬目炯炯有神，一条粗粗的尾巴，显示了惊人的力量。这是一只沉稳的公狗，从不轻浮吠叫，或对别的小母狗搔首弄姿，对看家护院的工作，忠于职守。巽丰叫它"恺撒"。每天上午，老赵头都会去遛遛它。巽丰有时间时也陪着它玩。另外就是一只受宠的母猫，是只胖橘，腹部和嘴边带着白毛。胖橘是一只懒惰加不正经的家伙。它趴在窗台上，懒洋洋地晒屁股，发出胖女人才有的呼噜声。深夜来临，它迅猛地蹿出，和一群野公猫鬼混，唱着婉转哀怨的情歌。它擅长取媚，只要有好吃的，马上用最轻柔的喵叫声，向你询问，不时在你身边挨挨蹭蹭。蒋鲁氏和柳如春特别宠爱它，巽丰叫它"李香君"，让秦淮名妓暂时得了转世。

那些规矩，只针对大人，对孩子就宽容得多。巽丰是长房长孙，常常睡懒觉。他从梦中醒来，会闻到奥灶面味道。苏州娘姨是昆山人，蒋鲁氏跟随父亲也曾驻防昆山，喜欢苏式美食。巽丰从小吃这面，也熟悉味道。阿秋娘姨是个身材小巧的中年女人，白皙面孔，薄嘴唇，稍微有点吊梢眼，常穿竹布衫和阴丹士林蓝布衫。她喜欢和蒋乾中嬉笑，看护巽玉心不在焉，和其他娘姨搓麻将，奋战起来就忘记做饭。蒋鲁氏也有些不喜欢她，几次想辞退，但她在蒋家多年，颇有苦劳，她做的饭菜，符合全家人口味，蒋乾中强烈反对辞退她。巽丰多次捉弄，她都忍了，反而因此涨了工钱，这让巽丰很没辙。

苏州娘姨的奥灶面，普通厨师难以匹敌。奥灶面首先要熬得好汤。苏州娘姨前一天深夜，将青鱼的鱼头和鱼骨、鱼鳞剔出，用大瓦罐小火熬煮，煮上一夜，第二天再分红汤白汤，都鲜美异常。再就是做浇头的肉和鱼，隔几天就换花样，有时是焖肉，有时是香爆鱼，麻鸭。面条扯龙须也要功夫，下锅时紧下快捞、碗热、汤热、油热、面热、浇头热，秋冬天吃最能驱寒暖胃。苏州娘姨炫耀说，她在昆山老家，就是开奥灶面馆的，面装在红汤，要能紧凑如"翻身鲤鱼"，才叫最高境界。巽丰不喜欢苏州娘姨，可喜欢汤面的味道，有点甜，解渴又解馋。总吃这个也不行，也有各类糕点和早餐，调换着花样。蒋家常差遣老赵头去买。南京"早点四绝"，李荣兴牛肉汤，清和园干丝，乌衣巷包顺兴小笼包，还有三泉楼烧饼。早餐常更新，吃着也有营养和新鲜感。

巽丰是个馋嘴少年，常偷偷买零食吃。桂花酒酿，藕粉小元宵，炒米粑粑，欢喜团，甑儿糕，都是他的最爱。半夜偷跑出去疯，就嘱咐老赵头给他留着小角门，可回来后，刚躺下，又感到肚子咕咕叫，只盼着卖小刀面的潘五哥早点来。潘五哥是宿迁人，晚上在五条巷一带卖小刀面。他摇着银铃鼓，吆喝"小刀，小刀"，巽丰快速溜出去，伸着手说，五哥，大碗的！潘五哥利落地答应着，拿出发面团，用一把小银刀，"唰唰"地削去，一片片又薄又细的面片，扑通扑通地跳到大骨汤里，等着面片在汤里跳舞，再放虾油、韭菜末、紫菜、芫荽和五花肉丁，简直好吃得让人跳起。巽丰吃得爽滑，常要吃好几碗。五哥的两个男娃，八九岁，又瘦又小，听名字是"大孬"和"二孬"，帮着照看摊子，羡慕得直流口水。潘五哥干笑着说，穷人家的孩子不通事，小公子别介意。巽丰生气，说，你这当爹的太狠，小孩子饿了，就要吃东西。他自掏腰包，请"大孬"和"二孬"吃面，两个小孩赶紧给自己盛了满满两大碗，恨不得将瓷碗咬下半边。潘五哥又尴尬又感激，说，小公子，将来肯定能当将军，有豪杰气！巽丰笑着说，两碗面，不值什么，不过我将来肯定要上军校，打鬼子！

也有人不喜欢家的味道。蒋坤瑶天天抱怨，说这是大牢笼，充满封建气息。她将来要嫁出去，坚决与之决裂。蒋坤典倒是不说，可宁愿住在教导总队军官宿舍，也不回来住，就是回来，也是酩酊大醉，躲在小客房里睡。可怜巽丰的母亲，才三十几岁，守了活寡，难得见上丈夫几面，靠吃斋念佛打发日子。坤安是最不受待见的蒋家子孙，他白白净净，平时讲话细声细气，不想读书，愿意学厨师。"中央大学蒋教授的儿子当厨子"，也是轰动江宁文化界的大事。读书人走了"勤行"，成了下九流"五子行"，蒋乾中深感耻辱。蒋乾中留学东洋，自诩思想开明，但到了自己儿女身上，总放不开。其实回国多年，蒋乾中钻研国粹，越来越对外国人的东西产生怀疑。为了让二儿子迷途知返，他勒令坤安负责全家伙食。他冷笑着说，你不爱做饭嘛，代替阿秋娘姨吧。谁料坤安昂着头说，做饭不是烹饪，吃饭不是品菜，真正的美食是人生至高境界，通喜怒哀乐，蕴人生滋味，可寄情养志，培养情操！蒋乾中气得想拍桌子，又忍下来，说，围着口舌打转，下贱不说，简直玩物丧志，追求饕餮享受，怎能励节养气！

蒋乾中和儿子互不相让，谁也不能说服谁。他曾将坤安赶出家。半年后，架不住蒋鲁氏哭哭啼啼，二儿媳妇柳如春常来请安，他默许坤安搬回来住。蒋坤安喜欢厨艺，并非性格有多么叛逆。他回来向父亲磕头认错，继续做孝子贤孙，只是蒋乾中不再干涉他的"美食事业"。坤安也知趣，在家里低调，很少开口讲话。坤典是长子，当年寄托了蒋乾中的厚望，结果他喜欢惹是生非，不喜读书，上了军校，留学日本，回来变成了浪荡腐败的军官。蒋乾中想好好培养坤安，结果培养了一个"京苏菜厨子"。失望之余，他将目光投给三儿子蒋坤模。坤模从小学习优异，东吴大学法科毕业后，在江苏高等法院工作过一段时间，被调往总统府当秘书，可说是最让蒋乾中自豪的儿子。虽然学问之路，他没继续精进，但好歹是中层政府官员。蒋乾中特别希望坤模能娶个知书达理的贤妻。坤模个子高大，这些年在政府机关养气，小肚子都凸起了一块。他常年穿藏青色中山装，皮鞋和头发油光发亮，衬托着有了几分官威。巽丰不喜欢三叔，他笑嘻嘻的，看似老好人，可没啥立场。对抗日这件事，蒋坤模态度模糊。他常搬出那套"中日友好论"给大家洗耳朵。什么"胡适之要举办低调俱乐部""汪精卫先生呼吁国民忍耐""中国攘外必先安内""日本内部不扩大派亲华"。巽丰不懂这些，但感觉三叔讲不通，刀都架脖子上了，低头认怂，就可以混过去？你是小娃，不懂政治和外交，坤模剔着牙，不紧不慢地说，你问问爷爷，当年在同文馆学日语，后来留学东洋，也办过外交，日本人是好相与的？中国太落后，飞机没有，大炮很少，军舰更可怜，凭几条中正步枪，几颗手榴弹，和日本拼命？战争的背后是政治，是国力的较量！

坤模的话像导火索，迅速引爆了蒋家内部矛盾。坤瑶立刻拍案而起，痛斥这等投降言论。巽丰给姑姑摇旗呐喊。蒋鲁氏脾气火暴，见不得这等孬包，自然是痛斥坤模。蒋坤模也有支持者，巽丰的母亲柏翠芬，就说不要打仗，平平安安。蒋坤典身为军官，深知中国军队情况，也劝说要忍耐。出人意料的是，柳如春赞同坤瑶。她气咻咻地说，我本不该说，可实在忍不住，老三你好歹是国府官员，大哥也是军人，你们都这么悲观，将来日本人闯进咱家怎么办？让人家抢，让人家杀？坤模沉下脸，鼻子哼哼了几声，不屑地说，我不是投降，只是从长计议，徐徐图之嘛。蒋乾中和蒋坤安没表态。巽丰喊着，爷爷，你说话呀！蒋乾中叹了口气，许久才抬起眼皮，说，知其不可而不为，是之为智，知其不可而为之，是之为勇，理论上讲，中国打不赢日本，但从道义与国际大势上说，国府团结一心，凝聚四万万国人拼死以争，加之国际形势变化，或可化险为夷！爷爷讲得深奥，巽丰不太懂，扭头问二叔，爷爷啥意思？该不该打？坤安沉声说，打过来，自然要反抗，打不过也要打，我是厨子，也是中国人，大不了去战场给士兵做饭，国军吃饱了，多打几个日本兵。老二这厨子有觉悟，比你这个处长强！蒋鲁氏讽刺坤模，大家一阵大笑，蒋坤模讪笑着，摸着鼻子小声说，大话谁不会？将来刺刀来了看真章。坤瑶拍着手道，三哥，看到中国的人心了吧，我们断不会屈服于三岛倭寇！

秋天过后，南京的雨就凉了，天色昏黄之际，屋内灯火通明，笑声不断。蒋乾中虽有点古板，但并不遵守"食不语"习惯，相反，他觉得，晚餐是加深家庭成员情感，交流思想的重要途径。"恺撒"蹲在门口放哨，"李香君"趴在屋檐下，幸福地打着呼噜。正屋的黑瓦屋檐，缓慢地凝结着雨点，一滴滴地从瓦的边缘垂下，变成一条断断续续的水线，飞溅在房屋前排水道的青条石上，发出"吧嗒吧嗒"的声音，如同无数粉红色高跟鞋鞋跟叩击在红木地板上。

南京大屠杀纪念馆建成，巽丰第一次见到滴水纪念处，就想到了雨中的蒋家屋檐。

二

蒋乾中已过花甲，胡子白了一半，鬓角也白了一半，偏偏还要留长胡子以示威严，每次吃饭，都要用手按压，以防沾上汤汁。每当看到此情景，巽玉都要咯咯发笑，她要伸出白胖胖的小手，去揪那胡子。蒋鲁氏是个胖大老祖母，她虽祖籍山东，但长在江南，饮食习惯融合了江南的甜腻与鲁地的豪放。她喜欢"万三蹄"的苏菜富贵大肘。这种大肘子，大集成或龙门居做的，才符合口味。要用花椒、大料、桂皮、砂仁、豆蔻、丁香、草果、小茴香，制成特殊药料袋，慢慢熬煮肘子。

最后将原汤放入勺内加味精烧开，用湿淀粉勾芡，淋上花椒油，浇在猪肘上。吃的时候也有意思，不是用刀，而是用蹄髈的一根细骨代刀，将它抽出，一点点地剔着松软的肉吃。隔三岔五，她就让老赵头买来解馋。大家觉得肥腻，蒋鲁氏浑不在意。她圆滚滚的手臂，将金镯和戒指都撑得万分痛苦，油腻腻的肘子皮，被她像喝水似的吸进去。她最爱长孙巽丰，巽丰却不敢爱她，怕她身上那股汗酸味。柏翠芬因是在家居士，单独准备饮食，多是芡儿菜汤、菱角、鸡头米等素食，就连青菜，也多用热水烫熟加盐，淋点麻油，都不用锅热炒。她吃得少，有时不过几个素菜饺。坤安也不大吃东西，在酒楼长时间忙碌，对油腻味比较敏感，就没了胃口。还有一个原因，就是他瞧不上阿秋娘姨的烧菜水平。蒋坤典最喜欢喝汤，多半是因为宿醉，正好要用素菜汤解酒，蒋鲁氏每次都要叮嘱苏州娘姨，弄几道清新可口小菜，给大少爷醒酒。坤模吃得也不多，是因为他要谈恋爱，菊美最讨厌胖子，他必须控制饮食，加强锻炼，塑造形体，以博得美人青睐。

餐桌上最勇猛善战的，除了蒋鲁氏，就是坤瑶、巽丰与巽玉，还有二嫂柳如春。柳如春是小户人家，胃口也壮。蒋鲁氏让她心思多用在坤安身上，早点要上孩子。坤瑶和巽丰、巽玉，都是"湖里海天"的"活闹鬼"性格，平时跑跑跳跳，活动量大。巽玉虽然还小，已有女豪杰的影子，喜欢疯跑，还将屎尻尼抹在老赵头的扫地笤帚上。老赵头与苏州张娘姨，在主桌旁再开一个小桌，饭菜基本和主桌相同。蒋乾中对待下人和气，工钱开得足，待遇也好。来了客人，苏州娘姨抱着巽玉去副桌吃饭。饭菜大都要苏州娘姨开办，老赵头偶尔也帮忙。但她每次都要稍微晚点上桌。苏州娘姨爱干净，做完饭后，要快速擦洗一下，在内衣塞上薰衣草香包，或喷上香水，方才款款地来到桌前。她吃饭不讲话，一边吃饭，一边咬着汤匙，斜斜地看蒋乾中。蒋老教授压着胡子，瞥见苏州娘姨温热的目光，自己先慌了，胡子翘起，沾到菜汤，非常狼狈，惹得巽玉又要去揪。

蒋乾中叹着气，半开玩笑地求饶说，莫要揪，老了，中看不中用啦。

苏州娘姨的眼神黯淡，低下头，小口饮汤。蒋鲁氏看到这一幕，也不言语，只呼呼噜噜地喝汤。蒋坤瑶气得脸发白，苏州娘姨身上的香水味闻着像法兰西"夜巴黎"味道，前些天，她买来孝敬母亲的，她晓得，母亲心粗，对洋人化妆品不在意，但是，它怎么这样快到了阿秋娘姨那里？她下决心，和巽丰好好商量，把这臊狐狸娘姨撵走……

家里吃饭，人凑得齐，争论总要迸发几次。巽丰的童子军装，也成为三叔嘲讽的对象。巽丰对训练有着超常热情。闲下来，他愿意和二叔坤安在一起。姑姑好是好，但太闹，搞不好被她整一下。二叔很安静，屋子收拾得干净，身上没有一般厨子那股葱花味，相反还有股淡淡香气。蒋坤安说是薰衣草味道。他每天洗澡，驱除油腻杂味。厨师须自身清洁，做出的饭菜才有清爽味道。肮脏的厨师，对自己不尊重，也丧失了使人幸福的能力。巽丰挠着头说，二叔，就想吃你做的蛋炒饭。坤安笑了，说，别人让我做，我不一定做，巽丰开口，如你所愿。坤安的蛋炒饭讲究，比扬州炒饭还要多几道工序。隔夜米定要选东北大米，颗粒饱满，米质坚挺，江北草鸡蛋用来炒蛋最好，他还敢用麻鸭蛋和安徽大鹅蛋来炒。一般而言，这两类蛋腥味重，适合腌制而非炒蛋，坤安奇思妙想，用法国白兰地和绍兴酒混合去腥，炒出来的蛋，不仅香甜可口，且有淡淡酒香味，细细品尝，绍兴酒的甜热与白兰地的冷香，恰到好处地搭配在一起，虾仁、青豆、梅子和豆干更是绝配。巽丰管这蛋炒饭叫"安丰蛋炒饭"。蒋坤安笑着说，我发明得好不好，和你有啥关系？巽丰说，不是我催促，你怎能有这等创新？蒋坤安点头说，也是个道理，听你的吧。

叔侄俩平日里嘀嘀咕咕，柳如春却不待见巽丰。她父母在北门桥南开了估衣店，捎带裁剪男女服装。当初这门婚事，蒋家不同意，嫌弃她家门槛低。坤安那时刚从金陵中学毕业，有次逛街，一眼看中了倚在门框上的柳如春。如春个子高，身条好，皮肤白皙，眼睛妩媚灵活，能说会道。她穿着阴丹士林学生装，黑色圆头皮鞋，怎么看都不是估衣店主的女儿。她常年站柜台，练就了察言观色的本事，几次试探挑逗，情窦初开的坤安，哪是她的对手，只能缴械投降。半年后，挺着肚子的柳如春，顶着"奉子成婚"的豪气，去蒋家谈婚事。蒋家虽不守旧，也讲究三媒六聘，对"上门逼婚"的事，比较反感。蒋鲁氏不同意，说，女孩面带桃花，恐不安分，坤安这孩子老实头，许要吃亏。坤安是犟脾气，最终还是把她娶了进门。柳如春自己不争气，贪吃凉东西，回娘家时，逞能拿重物，孩子就流掉了。柳如春伤心许久，几年努力下来，药也吃了不少，肚皮却不见动静。好在坤安厨艺有名，收入不菲，柳如春稍感安慰。她内心的苦闷，只能对"李香君"哭诉。可那只该死的母猫，也对她冗长的烦恼毫不在意，听着听着，就发出了呼噜声。

三

巽丰离开二叔的屋子，向母亲请安。柏翠芬身体瘦弱，脸色蜡黄，长着褐色暗斑。她把卧室布置成小庵堂，供奉着观音大士。烛光闪耀，白瓷观音像线条柔和，柏翠芬的脸色忽明忽暗，手里佛珠不停转动，发出低低祈语。她也是大家闺秀，嫁给蒋坤典后，被莫名其妙地冷落着。时间长了，柏翠芬的心也冷了，除了一双儿女，世上让她牵挂的事不多。她把多余的精力和情感，投入到佛教事业。可慈祥的佛祖，没有拉回丈夫的心。巽丰整天寻衅滋事，让人担心。她看着巽丰稚气未脱的脸庞，说，最近还参加童军活动？晚间要巡逻？说到这些，巽丰变得兴高采烈。他讲得滔滔不绝。柏翠芬听着，突然说，最近见到你父亲了吗？巽丰见过几次蒋坤典，匆匆忙忙，也没说上几句。柏翠芬想了想，欲言又止，最后还是说，听说他常在秦淮河一带喝酒，如果遇到他，劝他早点回家。

巽丰对母亲的叮嘱不太在意：父亲怎会听他的安排？巽丰也模模糊糊地感觉到，母亲大概是怕父亲喝花酒与赌博。那时他还小，没有觉察父母的紧张关系。实际上蒋坤典不是出去喝酒浪荡这么简单，他喜欢上了秦淮河"六喜台"的窑姐周慧；他不仅喜欢周慧，还给她在莫愁湖边租了高级公寓；他不仅给周慧租了公寓，还想把她领回家当姨太太。巽丰不喜欢父亲在外边厮混。另外，蒋坤典比柏翠芬更了解巽丰。巽丰的尚武精神，也是蒋坤典从小灌输的。父亲受过高等军校教育，留学日本，为什么却甘心在教导总队后勤当蝇营狗苟的小军需官，难道因为军需有油水？巽丰很难理解父亲对中国局势的颓废之情，但他从心底，不认为父亲是怯懦苟且的男人。

巽丰的心思都在磨剑社上，连学习也不太管。校监吉爱梅女士，是一位和气的美国基督教宣教士，亲自找他们谈话。巽丰对功课问题表示遗憾，又坚持说，日本侵略日渐加紧，童军必须全力支持国家。吉爱梅女士想了想，还是特别批准，周末给几个活跃的童军补课。校方做出让步，因为巽丰和人杰受到了童军组织嘉奖，颁发"勤勇"奖章。他们的大名登上《童子军月刊》，受到宪兵司令部萧长官的接见。萧长官听说，巽丰的父亲和人杰的哥哥都是军人，高兴地拍着他们的肩膀说，豪杰之家，将门后代，期待你们立新功！他们奖励给巽丰和人杰两把德制方头工兵铲，外加两把德制98K步枪，加牛皮套的军刺。巽丰高兴坏了，特别是军刺，刀身烤蓝，血槽又长，橡木制手柄，两处"双翅鹰"生产戳。肩背工兵铲，腰带军用刺刀，大摇大摆地走在街上，简直"拽死"得了！巽丰给军刺取名"毛奇"，希望在德国名将的加持下，这把刺刀能带给自己好运。

相比之下，英吉沙刀就有些逊色了。他将它送给了约翰。约翰眼红巽丰和人杰的荣誉。自从他们出名，每次出校门巡逻，总能吸引女生的目光。育群中学女学部，总有女生跑来，看心目中的小英雄。她们喊巽丰"岳云"，叫张人杰"牛皋"。约翰委屈地想，他怎么也算"汤怀"或"王贵"吧。如果没有他的财政支持，磨剑社怎会有这么大名声？巽丰表示理解，拍着胸脯发誓，下次再有荣誉，肯定推荐约翰。鼓励之下，约翰的热情也高涨，主动参加军事训练。经过整合，全社成员达到六十人，分为两个大队，"铁鹰"和"花佛"分别担任大队长。他们统一了武器，特别制作了半尺长的黑铁棍，一头钝，一头尖，可以当矛，也可以当棍，刻上磨剑社徽章。约翰偷拿家里的钱，将仓库借给磨剑社，家里到底还是知道了。出乎意料，约翰的爸爸没有指责他，不但默许约翰继续使用仓库，还给了他一张支票，解决磨剑社"童军棍"费用问题。人豪将他们的事汇报给中央军校第一大队指导员张奠亚中校。张中校毕业于法国巴黎大学，兼任第一大队劈刺教官，他感动于少年的热情，专门给他们讲了一节劈刺课，特别是日军刺杀术，讲究"刀气体合一"，一击而成，技术很有可取之处。少年们制作了几十把木枪，捉对厮杀。

有了这身行头，又经过刻苦训练，磨剑社终于有点正规军的肃杀之气。巽丰让"铁鹰"兼任内部军法官，平时督查纪律，战时督查军事。偷拿百姓东西的事绝迹了。童军督察员，想让他们多监督新生活运动的落实情况，但巽丰他们前一阵已干够了那些事。人杰没好气地说，衣服是不是整洁，洗没洗手，吃饭是不是吧唧嘴，饭菜要几个盘，蒋委员长都要管，吃饱了撑的？大家哄堂大笑，决定敷衍一下算了。磨剑社发动募捐，给东北流亡乞丐看病，约翰父亲的纱厂，收留了不少流民当工人；他们帮助受到痞子敲诈勒索的孩子，把流氓打得屁滚尿流；他们帮助小商小贩，向那些吃东西不给钱的警察大爷讨费用；他们帮着下关贫民区百姓挖排水沟，不让雨水倒灌；铁匠铺和香烛铺的学徒，被师傅欺负，磨剑社也专门过去，给学徒撑腰。他们迈着正步，行进在街面，引来不少掌声，很多市民都自发给他们捐款。

四

风冷了，秦淮河的水结了薄薄的冰。每隔两周，磨剑社会去夫子庙或北门桥转转。他们听评书、相声，看红白局演出。北门桥为传统商业区，桥南多估衣铺，北有鱼市街。顺兴茶馆的评书最火，张洪儒的"说三国"，赵春山的"三侠剑"，讲的都是英雄豪杰。少年们拍红了巴掌，还有的摔碎了茶壶。桃叶渡和顺茶楼，钱天笑几位相声师傅，着实厉害，不管贯口、腿子活儿、柳活儿，还是数来宝、太平歌词，张嘴就来，活灵活现，南京方言"小现挂"，信手拈来，令人捧腹："你家肥净白净八斤狗，咬我家肥净白净八斤鸡，那天礼拜一，抱到大街西，拖到法兰西，卖了一块七，我还不依，你妈是阎婆惜，还是小呆屄！"少年们笑出眼泪。夫子庙天香阁，四明楼，飞龙阁，都是有名戏茶厅，周末大厅有红白局。少年们挺着腰板坐好，一个白发苍苍的老男人在台上唱《哭妻房》："听谯楼打三更，哭了一声，我贤德的妻房，睡至在半夜三更有点寒凉，拿棉衣与娇儿，连忙让他盖上，我的个贤妻呀，无娘的娇儿怎能受风寒！"老男人声音嘶哑，唱得悲切，几个少年想到凄苦身世，不禁流下泪来。

天黑了，看完演出，磨剑社少年们又去吃东西。下午场买票便宜，到了夜场，价格要翻上一倍。苏式大肉面，一角钱一大碗，一只吊炉烤鸭子要七角钱。巽丰豪爽，没多少钱，只能请大家吃"茶糕担"。就是一个小贩子，敲着红竹板，走街串巷。小贩有个圆屉玻璃盒，特制长方形铜片刀，将糕点切成长条，撕块荷叶一包就成。茶糕入口松软香甜，荷叶清香扑鼻。茶糕中间夹着厚厚一层糖，掺和桂花、松子、核桃仁、芝麻、白果等，糕面撒满了红丝绿丝，色泽鲜明，诱人垂涎。少年们大呼吃得过瘾。

晚霞飞动，秦淮河两岸的灯火，依次亮起。"花佛"吃了茶糕，直勾勾地盯着远处热闹所在，使劲咽口水。"花佛"十六岁了，细高细高的，脸孔白皙，笑起来露出两颗结实洁白的板牙，有些贼头贼脑。这小子会拳脚，但不肯下苦功，手脚也有些不干净。巽丰本不想要他，可他死乞白赖地要加入，说要报国仇家恨。巽丰让人杰私下告诉他，如果发现他干坏事，就把他开除。见他发痴，巽丰不耐烦地说，看什么呢？"花佛"笑着说，婊子拉客。人杰不屑地说，又脏又臭，还不如听戏。"花佛"挠着头说，人杰哥，你是练兵狂，不晓得女人的好处。古人说，牡丹花下死，做鬼也风流。女人没好处，怎么这么多男人，倾家荡产，不要命地向里冲。巽丰呵斥道，你别消磨大伙的意志！

"花佛"不答，眼还是往那里瞟着。巽丰也忍不住向对岸一家最热闹所在看去。几排闪烁霓虹灯下，有个金光闪闪的招牌"六喜台"。门前倚着花枝招展的女人，有的烫着长发，有的穿着貂皮大衣，嘴里叼着长烟卷。男人们在她们的拉扯下，半推半就。巽丰看到个瘦削身影，影影绰绰，摇晃着往里进，像父亲蒋坤典。他对人杰说，你陪我去侦察侦察。人杰有些奇怪，还是跟着他走过去。一个涂着厚粉的胖妓女，挖着翡翠烟管的污垢，看到巽丰，嘻嘻地笑，将烟管放在身后，高声叫着，小雏鸡，也来玩玩？老娘有优惠。巽丰吐了口唾沫，和人杰蹲在门口。人杰有点胖，缩着脖子，晦气地说，挺冷的，回去吧，在这烂地方等啥？秦小剪在这里？

　　巽丰不答话，闷闷地踢着小石子。父亲在这里寻欢作乐，他怎么办？把他带回去，还是扭头就走？胡思乱想着，只见那影子又出来了，果然是父亲。他穿着美国式棕色短夹克，头梳得油光锃亮，脸上戴着墨镜，足蹬尖头皮鞋。父亲长年在军伍，本应腰背挺拔，可这几年消磨，背有些驼了。跟着父亲出来的，还有个冷艳的女人，二十多岁，表情慵懒。她穿着芙蓉花色旗袍，曲线玲珑秀美，外罩白狐皮短袄，最显眼的是乌黑头发间镶嵌各色宝石的点翠发簪。蒋坤典抱住女人，女人张着两手，淡淡笑着。许久，才拍拍蒋坤典的肩。蒋坤典松手，兀自恋恋不舍，完全不像玩世不恭的浪子，或是杀伐决断的军人，而像个情窦初开的中学生。巽丰低下头，拉着人杰也把头低下。蒋坤典转身离去，没发现巽丰。这时巽丰才看到，女人有一双姣美而摄人心魄的眼，长长的睫毛，扑闪扑闪的，有一双漂亮酒窝。

　　人杰小声问，怎么挺眼熟？巽丰烦躁地说，别问了。人杰想了想，张了张嘴，又识趣地闭上了。河对岸磨剑社队员都跑了过来。巽丰嗔怪说，不是说了吗，你们在对岸等。"铁鹰"沉声说，社长，你看我们把谁带来了？人群分开，巽丰发现地上跪着两个半大孩子，满脸血污。一人抬头说，你不是满世界找我吗？怎么不认识了？巽丰细看，竟是秦小剪！他的脸有些肿，牙也掉了一颗。小剪吐出口带血的吐沫，冷笑着说，我不是你手下这群笨蛋捉的，小爷主动投案，否则就这几块地瓜土豆，捉我可不容易！巽丰有点奇怪，秦小剪脸色一黯，旁边那个孩子哭着说，哥，你快跑吧，别管我！巽丰听着细细的声音，像小姑娘。孩子抬头，露出一张清秀可爱的脸，也带着血污。原来由于拒绝安清帮的安排，兄妹差点被除掉。好在他们够机警，及时逃了出来。至于为何找巽丰，也许是冥冥中的意气相投吧。

　　过了中秋，秦淮河的画舫就停了，都靠在岸边休整。晚霞好似奔出胸膛的处女血，在乌云深处流淌。台城的柳树和梧桐，一棵一棵地衰败着。三山街口、文德桥边，换班的黄包车夫，号褂已湿透，他们抓着毛巾擦拭着油腻臭汗，一边用鸡毛掸赶着灰尘，一边向晚班同伴仔细交代着什么。卖绒花的脚帮倦了，将尖头扁担的竹篓轻放下，摆成整齐一排。风吹过嘴边，变成一团白雾。星星渐渐爬出，夜在一点点入侵，南京大大小小的街道，轰隆隆地响起收工回家的平板车的声音，金陵女大的下课铃声清脆动人，鼓楼的大钟已敲了六下……

一群背着绿色报夹的小报童，在秦淮河两岸疯跑，手里扬着一张张白花花的报纸——纸上的黑铅字还是热的。人们骚动着，听着哨子乱响。报童一边疯跑，一边嘶声狂喊："号外！号外！蒋委员长让张、杨逮啦，天下大乱！天下大乱啦！"

第四章　往事如风

虎踞龙盘兮，女校曰金陵，科学分文理，研析求其真。看山高水长，浩荡莫与京，国家民族待，兹山川效应。……女界多才秀，莘莘赖栽成。

——《金陵女子大学校歌》

一

蒋坤瑶再不想理曾泰了。她问过大哥，曾泰为何对她感兴趣？坤典含蓄地说，爱情嘛，哪有那么多道理。曾泰不错，就是太冷静，难得喜欢你这样大炮脾气"小潘西"。蒋坤瑶受不了哥哥的调笑，跺着脚跑开。坤瑶喜欢文学家，像徐志摩那样温柔多情的男人。辛弃疾那种豪放粗犷的也能接受，最好也能写词。曾泰显然不属于前者，如果发挥硬汉气质，倒也能加分。可惜，玉陵春酒楼，曾泰的"忍辱负重"，怎么看都是"奴颜婢膝"。蒋家小姐毫不客气地将曾泰从后备名单剔除了。

蒋坤瑶这一届，不过两百学生，坤瑶成绩只是中等，却高票当选为学生会副总干事。她们毕业后，像校长吴贻芳博士那样成为职业女性的只是少数。有的幸运些在公务机关当文员，很多也就是嫁人了。对女人来说，嫁人也许比找工作重要。大学文凭不过是"金嫁衣"，多些养育后代的知识优势。《金陵女大校刊》每隔几期就登载校友结婚的消息，如某校友嫁给某洋行经理、大学教授等。嫁得好的校友，会收获大家的祝福。早晨陈菊美来宿舍找坤瑶，坤瑶不住校，但在校舍有床位，有时太晚了，就在这里休息。蒋坤瑶昨天写英文材料到夜里十二点，早上就赖着不起。

陈菊美轻轻拍着坤瑶酣睡的脸，小声说，舍监程女士摇了好几遍铃，食堂没饭啦。坤瑶翻了个身，喃喃地说，让我多睡会儿。菊美又说，你不吃饭，但总要上课吧。坤瑶睁开眼，没好气地说，翘课啦，身体不舒服，好嫂子，你帮我请假。菊美说，你这样疯跑应酬，也不是办法。蒋坤瑶说，我不是应酬，是社会实践，我学的是社会科，自然要多实践。过几天，我要调查在宁女佣的生存情况，我不像你，你们家政科就是学嫁人啦。菊美笑着劝坤瑶，我们教给女性生存技术，你会打毛衣、织袜子？恐怕插花与制作绒花，你也是瞧瞧就好吧。女人嘛，嫁人难免，难道当女光棍？现在世道不好，就算你是"中国娜拉"，逃出去也难。你没看过鲁迅的《伤逝》？那里面的子君，也没啥好命……

你好烦！蒋坤瑶捂着耳朵，继续装睡，可怎么也睡不着。她爬起，挥着拳头，大声喊，我讨厌女子当男子的附庸！我讨厌社会对女性的歧视！我讨厌这不死不活、黏黏糊糊的生活！

耳朵被你吵聋啦！陈菊美捂着耳朵，笑吟吟地说，有点淑女风范好不好？我讨厌当淑女！蒋坤瑶回敬一句，索性穿好校服，跳下床。她掸了掸衣服，皱着眉头说，我也讨厌冬天穿制服，就是蓝棉袍，把人都变成臃肿的蓝蚂蚁。运动服多好，白布衫，黑裤子，射箭服也好看，月白色夏装旗袍，哪像冬天的衣服，难看死了！

不要抱怨，陈菊美劝解道，你穿什么都好看。蒋坤瑶被陈菊美拖着，不情愿地去了教室，听了几节课，昏昏欲睡，被艾米丽老师点了名。下午听报告，蒋坤瑶又被菊美拖去小礼堂。一个儒雅倜傥的中年男子，不紧不慢地讲着什么。这是国民党中执委、内政部常务次长张道藩。讲座题目是《贤妻良母之我鉴》。听到这题目，蒋坤瑶就有些作呕。张道藩讲，中国需要"贤母良妻"，也需要"贤父良夫"，这样才能有良好平衡。中国才能建设"完美家庭"。张次长松了松领带，呷了口水，继续说，当然，特殊才能的女子不在此行列。蒋坤瑶承认，张次长相貌堂堂，也有才华，据说国立戏剧学校是他创办的。她就是不喜欢那种圆滑体面的"官僚腔"。去年11月12日，总理诞辰纪念日，她在教育部礼堂，听过这位张次长的演讲。当时他还只是国民党文计委副主委。日本要杀到家门口了，我们还讨论当"贤妻良母"和"贤父良夫"，可笑迂腐至极。偏偏这位张次长在金陵女校有很多崇拜者，讲台下有一群眼睛发亮，脸色绯红，流着涎水的"未来贤妻良母"，心里暗自想象着，如何才能嫁给张次长这样的"成功人士"。这肯定也包括菊美这样的"女校精英""江宁大家闺秀典范"了。

二

讲座结束，女学生围着张道藩问这问那，菊美也想让张次长签名。蒋坤瑶很厌恶，拒绝参与。张道藩走后，学生们刚想散去，吴校长和华群小姐来了，还来了很多教职工。吴校长让大家等一会儿，有重要事情宣布。大家窃窃私语。吴校长说，经北美浸礼会和基督公会牵头，我女校两位品学兼优的精英，被选派去美利坚合众国进行数月交流。她们将访问蒙特霍利约克学院与密执安大学等著名学府，两位同学代表中华女界风范，必能承载我女校厚生主旨，增强中美女界的友谊！台下欢声雷动，很多人向菊美道喜，菊美面带羞涩。蒋坤瑶才晓得，人选之一是"未来嫂子"兼"闺中好友"陈菊美。很多同学都知道这个秘密，就是她这位闺中密友不知道。中美女界交流，很多前期资料都是她帮着整理的，只是不晓得，这么快就定下了人选。她也想去美国，如今没希望了。坤瑶脸色发白，问陈菊美，你去美国，和三哥商量过吗？你们不是要结婚？菊美小声说，短短几个月罢了，不影响什么，婚期可拖延。坤瑶不再说什么，一言不发地离开了礼堂。

　　蒋坤瑶爱菊美性情柔顺，恨不得将心肺掏给人家。这位"未来婶婶"南京小门户出身，父亲是教会小学教员，母亲是家庭妇女。她从小学会和上帝亲近。她的耐心与容忍，也是一种交往武器。她长得不错，但不是特别惊艳，靠着手腕和心机，她能让坤模对她死心塌地，也让坤瑶对她知无不言。她想赴美交流，之所以瞒着坤瑶，不过是怕她"抢"罢了。坤瑶成绩不如菊美，但在学校有好人缘，文章漂亮，被人称作"民国女史"。坤瑶天生丽质，出身优越，热情爽朗，很多男生都为她神魂颠倒。尽管只是大一学生，但她高票当选学生会副总干事。校董会曾把坤瑶列为考察对象。这些信息都是和菊美关系好的程舍监偷偷说的。菊美整晚没睡好觉。机会对坤瑶不过是锦上添花，对菊美来说，就是重要台阶。她连夜找华群小姐，哭诉对美国文明社会的向往。她握着华群小姐的手说，希望能像华小姐，将一生奉献给福音事业。华群小姐被深深打动。她是一个耿直真诚的美国女修士，苦行苦修，一辈子没结婚。她亲自见证了菊美接受洗礼仪式，在校长那里力荐陈菊美。她没想到，"贤妻良母"才是中国女人最大的事业。陈菊美在美期间，真认识了一位美国绅士罗伯特。罗伯特先生是美联社新闻记者，他爱上陈菊美，短短几周后，他离了婚，最终娶了她。女校的同学，都传说着这样的故事，说陈菊美在一次冷餐会上，用南京白话背诵《红楼梦》的《葬花吟》，用婉约的"华人女性之美"，深深打动了罗伯特。

这里有一个小插曲，可见陈菊美坚韧不拔的上进心。民国二十六年春，陈菊美和另一个女生唐瑛，踏上了去美利坚合众国的征途。她们先是坐船去上海，然后从上海飞往纽约。可当降落到美国松软的土地上，没来得及欢呼雀跃，美国海关人员操着冷漠的纽约腔英语告诉她们，她们需要"检疫"方能进入美国。她们被关进美国海关观察室长达十几天，被确定"带有病症"。两个女孩非常惊恐。观察室房子不大，有两扇大玻璃窗，晚上还好，她们可从里面拉上百叶窗，但白天来往的人很多，金发碧眼红脖子的外国人，都凑过来好奇地"观察"，仿佛打量两只从非洲塞伦盖蒂大草原运来的母狒狒，或两只南极的母帝王企鹅。她们垂着头，会被抱怨不够活泼；她们怒吼抗议，会被认为是狂躁，需要镇静剂。蒙特霍利约克女子学院，位于美国马萨诸塞州的南哈德利，也是此次访问的第一站，如今在她们的泪眼之中，是那么遥不可及。

陈菊美第一次意识到，她的一切，包括引以为豪的东西，在这片土地上，也许不过是奇怪的风景，甚至精心准备的南京绒花，一朵朵漂亮的丝织与金属组合物，都被认为是类似南太平洋土人羽毛类饰物，需要"检疫"。尽管她不得不承认，那些漂亮的传统中国饰物，确实和动物有关，比如那根点翠玛瑙胸针，大概是她最值钱的饰物。她向那个肥胖高大的检疫员，解释了它的制作经过——检疫员惊声尖叫，活似一个受到惊吓的六岁女孩。二十多岁，陈菊美第一次踏出国门，却遭到如此挫折打击。经过多方交涉和抗议，她们最终被允许进入美国。她们有什么病？美国人说，是"灰指甲"和"营养不良"。陈菊美非常羞愤。灰指甲是烈性传染病？她本来不瘦，但出国前听说美国喜欢中国"瘦美人"，她特意清减不少，怎料成了病？

1936年12月那个下午，菊美接受赞美和祝福，并没有意识到，她和蒋坤模看似深情不渝的爱情，很快就在美国被终结了。那天傍晚，街上传来爆炸性的消息，蒋委员长被张学良和杨虎城捉了。同学们议论纷纷，有的说张、杨没啥错，蒋介石是投降派；有的咒骂张、杨是祸国奸臣，不应挟持领袖。街上越来越乱，中山门外几家米铺和杂货铺让人抢了，还有歹徒在下关和浦口码头纵火，甚至可能有日本特务参与。这种混乱情形，更让陈菊美坚定"主的拯救"的必要性。蒋坤瑶邀请她去大纶纱厂参加磨剑社童军聚会，被她拒绝了。此刻她要去江苏路大教堂，乞求上帝的救赎。这个周末是道胜堂马吉牧师在此布道。她要练习《千古保障歌》的《普天颂赞二十一首》："上帝是人千古保障，是人将来希望，是人居所，抵御风雨，是人永久家乡。"她的教名是"玛丽"。陈菊美希望能成为金发碧眼的"陈玛丽",而不是担惊受怕的"陈菊美"。

三

坤瑶去了大纶纱厂废仓库,见到很多青年,这里有谢东山和张人豪。谢东山是金陵大学化学系学生,却是个文学爱好者,自诩"金大郁达夫"。谢东山是常州人,尖嘴猴腮,人也邋遢,头发像鸟窝,棉袍袖口又黑又亮,好似两尊德制105毫米榴弹炮的炮口。这个比喻是张人豪给的。他在军校训练,最羡慕调整师和教导总队的德制装备。谢东山被人豪称为"袖口大炮手",而不是"金大郁达夫"。谢东山热爱文学,喜欢用第一人称书信体,模仿庐隐或郁达夫笔调,发表诗歌与小说。最近东山创作旺盛,他遇到坤瑶,认定是前世的爱人。他在金大校报发表连载小说《一个颓废青年的自述》。他将小说做成剪报,亲自给坤瑶送来,在宿舍当众朗诵。小说开头写道:"阿瑶:从你走后,刚满三个月,料想不到我竟然颓丧到了这般田地,如今,格外颓丧了,话也懒得说,事也懒得做,终日只是浑然而已。"同学们起哄说,我的个乖乖,哪是小说,分明是情书嘛。谢东山一本正经地解释,小说是虚构之物,饰小说以干县令,其于大达亦远矣!谢大才子的眼光,不断瞄着蒋坤瑶。坤瑶笑得花枝乱颤，一缕头发散落在腮上。蒋坤瑶对这位"金大郁达夫"倒不讨厌，只是他身上的气味，让人受不了。她对才子是客气的，也肯敷衍，如果进一步发展关系，那肯定很难。东山认为蒋坤瑶不轰他走，就是喜欢他，写作劲头更大了。他还买了上等螺纹宣纸，裁成小开毛边小册，毛笔小楷手录他写给坤瑶的十首诗，有首小诗《潇湘竹上的斑渍》："这颗微小的红豆似的弱光，只是它，伴随着我在这纸上写着，世界已是寂静得像死去的魂灵，只有这颗红豆，它惹起了我的情思。"还有郭沫若风格的自由诗，署名"常州狂生"，有两句"爱要爱那死去的太阳，爱要爱那垂死的狮子"，让一众女校学生笑弯了腰。

其实谢东山在化学方面颇有天赋，他在校刊还发表过防备日军毒气的文章，非常详细，特别是解读窒息性毒气分子式图非常专业。只不过这些枯燥的东西无法用来泡妞。张人豪和磨剑社混得熟悉，有次在巽丰书包发现蒋坤瑶的童军像，十分惊讶，称她为"当代穆桂英"，说是"英姿飒爽犹酣战"。也因为如此，人豪第一次和谢东山见面，就成了情敌。人豪嘲笑谢东山是酸白菜，谢东山鄙视人豪是没头脑的武夫。张人豪泡妞手段简单粗暴，就是讲军事训练心得，特别是如何杀日本人。人豪讲，日本探子多，他们装扮成中国人，混在南京城。据在日本上过军校的教官说，分辨日本人还是中国人，一是要看脚趾，日本人穿木屐，脚趾分得开；二是看眼皮，我国人下眼皮厚，弧形大，日本人下眼皮较薄，弧度较小而直。坤瑶和巽丰听了，感觉很神奇，也不知真假。一年之后，南京城破，巽丰他们靠着这些或真或假的知识，逃过了数次劫难。

人豪的这套东西，对了坤瑶的路子。但蒋坤瑶对他客气有余，亲热不足，弄得这位军校才俊喝了好几次闷酒。巽丰有点纳闷，这些男人什么眼光？美人怎样也要胡蝶、周璇那样，姑姑是什么美女？脾气大，又喜欢指使人。话虽如此，但只要蒋坤瑶来废仓库，磨剑社人气就格外火爆。人杰说，巽丰，你姑嫁给我哥，咱就是二四八不差的实在亲戚啦！巽丰对和人杰结亲戚不感兴趣。人杰的父亲曾是领兵将军，姨太太好几个，整天吵吵闹闹。人杰和人豪都是正妻的儿子，他们的母亲曾在海军部当文员，结婚后才辞职相夫教子。看到人杰和人豪五大三粗的样子，巽丰可以想象他们父母的长相。他们的家教是军事化的，老爷子脾气暴躁，坤瑶嫁过去，免不了天天上演"三国演义"。相比之下，巽丰承认，姑姑所有的追求者中，曾泰的长相与能力，是比较出众的。

汽灯雪亮，大纶纱厂废仓库的人越聚越多，凳子不够用，很多人将书包垫在屁股底下，又动手拆了木箱。这次有很多金大、金女大、中央大学的学生，他们自发带来很多东西，有金陵火腿，四门桥茶干，萝卜丝饼，如意巷牛巴，美国奶糖，水果蛋糕，英国红茶，德国巧克力，奶油瓜子，西山核桃，还有绍兴黄酒、法国红酒和意大利白兰地。他们还自带餐盘和酒具，分成几堆演讲或辩论，讲的东西又深奥，身为主人的磨剑社成员，反而没人搭理。他们将磨剑社总部变成大学生俱乐部，青年酒会和相亲会。这次聚会来了不少女生，既有大学生，也有中学生。她们的兴趣，不仅在听演讲，也在于看那些满脸冒粉刺、生猛激情的小伙。喝多了酒的男学生，在仓库后面储物间旁撒尿，臊气尿液流进储物间，险些将磨剑社童军服泡烂了。一些大学生还奚落童军服和童军棍，笑着说，穿成这样干啥？唱戏吗？洪山戏还是平戏？昆腔还是柳活儿？《金沙滩》还是《苟家滩》？"花佛"气愤地说，社长，他们是鸠占鹊巢！巽丰也没法，谁让这帮"大鸠"比"少年小鹊"年龄大，知识多？巽丰让大家散开，开开眼界，学点知识，不能整天打打杀杀。磨剑社成员不是黑帮打手，不是马前卒，将来都要成为带兵的将军。大家觉得有理，不再沮丧，挤到人群里，认真听起来。

巽丰首先看到金大的刘伊万，那是一位中俄混血青年，栗色头发，淡蓝色眼珠，中国式扁鼻。他站在木箱上，挥动着瘦弱的胳膊，愤怒地说，中国青年不喜欢追求知识，拿愚昧当有理。中国青年精神颓废，喜欢写些乱七八糟的诗文。刘伊万说着，眼神在人群中飘过，鹰隼般锁定在朗诵诗歌的谢东山身上。伊万认为，中国需要日本武士道精神，才能打败日本。有人不同意他的看法。那是中央大学经济科的青年。他是个胖子，西装革履，头发梳理得一丝不苟，油光可鉴。他认为，日本最大的危险，不只是军事侵略，更是经济侵略。日本每年要强迫贷款给中国，1931年，对中国贷款达到日元五亿一千万元，英国人贷款，利息五分，日本人高达八分或九分，简直是强迫高利贷！

也有些学生觉得，中国人天性热爱和平，应尊崇儒家教导，学习印度人甘地不抵抗主义，或基督教牺牲精神。对这些迂腐言论，人豪那些军校生嗤之以鼻。人豪大口吃着牛巴，用带着牛肉汁的手指，指向泛爱主义青年，含混不清地说，小炮子！不抵抗？爱心能让三八枪歇手？日本从唐朝就想侵略中国，现在我们气衰，正好来蚕食！你们没读过《亡国小史》？波兰与土耳其的悲惨命运，就是我们的明天！人豪激起了大家的共鸣，一群人哄起，举着拳头，喊了半天口号，可中国如何对抗日本，大家都拿不出好章程。大家七嘴八舌，最后讨论集中在委员长被抓的事。一个女大教育系女生，戴着深度眼镜，对张学良表示愤慨，说张学良劫持统帅，扰乱国本。

这话不对！人群中有人大声说。大家循声看去，一个十几岁的半大孩子，静静地站在中央。是秦小剪在搭话。小剪跟着乔老四，干了不少坏事，但他毕竟还小，难免让人有些不忍，偏偏乔老四又逼小镜"下水"当"花搭子"，引诱男人搞"仙人跳"，小剪忍无可忍，带着妹妹反了草。他能去哪里？想来想去，偌大的首都，只能找巽丰。他们虽有过节儿，但小剪看出巽丰是仗义之人，就来投奔，让巽丰把他送到警察厅，只求能保护妹妹。巽丰被他感动，找到曾泰讲了情况。曾泰说，可暂时不抓小剪，但让他帮忙，端乔老四的老窝。小剪咬咬牙，答应了。这些天，他和小镜整天跟着巽丰，吃住在仓库。大纶纱厂有保卫队，安清帮那伙儿歹徒，不能轻易闯进。小剪听了大学生的演讲，开始觉得挺新鲜，可听到批评张学良，不高兴了。他是东北人，做梦都想回老家。少帅再不成器，可要求一致抗日，总没啥错。日本人的刀都顶在脖子上了，老蒋还镇压异党，那不是要亡国吗？日本人会坐等你统一天下，然后跟他抗衡？

蒋坤瑶第一个跳出来支持。她激动地拉起小剪说，我也相信张少帅不想犯上作乱，这次的事，一定会妥善解决。人豪和谢东山，也争先恐后表示同意。蒋坤瑶在张人豪的扶持下，也跳到木箱上，笑着说，大家听说了吗？于右任要给日本海改名呢，叫和平之海，从此，咱们国家的世界地图，没有日本海啦，日本要侵略，就要跨越和平之海，当"和平的罪人"！一群学生和少年，都笑起来，压抑烦闷的心情，好了很多。

四

国家大事谈完，接下来是沟通感情，结交友谊。虽然此刻，蒋委员长因为翻墙和爬假山，摔伤了胯骨，在被囚禁的地方，卧床休养身体，每日和随行大员长吁短叹。他幽怨的目光，无法穿透西安行辕。他藏身的假山，后来被放上指示牌"藏蒋洞"，他逃命时经过的小亭，也被放上指示牌"捉蒋亭"。国民党内部晦暗不明，张学良后悔了，何应钦主张打过潼关，宋美龄坚决不让打。韩复榘和刘湘蠢蠢欲动。共产党的调停紧锣密鼓地展开。苏俄与日本、美国等多方国际势力，也在密切关注……

这些大事距坤瑶、巽丰他们的生活，是那么遥远。冬夜，南京天空凝聚着一片片青紫色云。它们飘移着，流淌着腥涩眼泪。金色闪电环绕着青紫色皮肤，钻来钻去，如同一只只灵活的深海红电鳗。坤瑶被众多男生簇拥，如同高贵的叶卡捷琳娜女皇。她喝着红酒，抽着雪茄，剔着牙间碎肉，放肆地尖笑，说着下流粗鄙的骂人话。东山不胜酒力，"德制105毫米榴弹炮"炮口，灌满了红红绿绿的呕吐物，红的是红酒，绿的是萝卜丝饼残渣。人豪硬撑着不倒，手倒不老实，在坤瑶腰上摸来摸去。还有几对男女，说着说着，竟相拥而泣。刘伊万掏出白铁口琴，一边吹奏，一边疯狂地跳着踢踏舞。青年们吹着口哨给他助威。巽丰听到伊万的黑牛皮鞋在仓库地板发出"嗒嗒"的清脆叩击声。

磨剑社的小魔鬼有些失落。世界究竟不是他们的。他们那些歃血为盟、醉酒唱歌的故事，和成年人相比，只是些小玩闹。"花佛"一脸向往，想加入狂欢队伍，可大女生都不愿搭理他。人杰厌恶地说，我哥也变坏了，他原来最讨厌叽叽喳喳的女孩。小剪躲在仓库房檐下，用磨刀石轻轻磨着那把破剪子。小镜十五岁，已开始发育，胸脯前像趴着两只小鼹鼠。她慌乱地扯着巽丰衣袖，小声说，巽丰哥，是不是人长大了，都是这德行？巽丰无法回答，他拉着亲爱的战友们，蹲在仓库屋檐下。石板湿冷，坐在上面，屁股如同被贴上了一层冰。仓库汽灯闪了闪，又恢复了明亮光芒，给了这些渴望欢乐的男女放纵的借口。磨剑社的少年肩并肩坐着，如同几十只孤独严肃的甲虫，巽丰突然有种拒绝长大的念头。他甚至希望，日本早点杀过来，他带领磨剑社冲上去，省得整天被这群自以为是的大学生看不起。

蒋坤瑶喝得醉醺醺地回宿舍，临走不忘警告巽丰，不能把这些事告诉家里，否则拆了这间破仓库。巽丰送姑姑回学校，没让几个男生继续占她的便宜。坤瑶在宿舍又哭又闹，幸亏宿舍几个同学照顾，吐过两次，才沉沉睡去。同舍还有国文系两个女生，吴莉莉和郭秀雯，都猜测蒋大小姐是不是失恋了。其实她喝那么多，也是因为被陈菊美抢走出国机会，有点不痛快。陈菊美这女人太阴险，还假惺惺地跑来安慰坤瑶，又跑出去买橄榄，泡水给她喝解酒。坤瑶冷冷地看着菊美和蔼亲切的微笑，暗暗觉得恶心。

坤瑶抽空去了总统府，在接待处见到三哥蒋坤模。这几天坤模忙重庆赈灾的事，好几天都睡在办公室，见妹妹找来，疲急地问什么事。蒋坤瑶没好气地说，亏你还在这里傻忙，老婆都快跑了。坤模惊讶地问缘故，蒋坤瑶把菊美的事说了。坤模茫然地说，她没和我说过这事。坤瑶说，等一切办妥，最后一个告诉你。坤模想了想说，一两个月，有什么关系？蒋坤瑶摇头说，亏你平时以精明自诩，怎么到了自己头上，发了糊涂？中日之间形势瞬息万变，出去几个月，说不定事情就会变化，你们两情相悦，感情早就公开，这么大的事，不和你讲，显然有了不同想法。蒋坤模眼前发黑，跌坐在凳子上，半天不出声音。坤瑶恨恨地说，她对你不是真心。坤模呵斥道，别说了，你不懂！坤瑶识趣地闭上嘴巴。坤模叹了口气，苦笑着说，菊美心气高，不过没想到，变得这么快。蒋坤瑶看到哥哥失魂落魄，明白是打到痛处，也不忍，就劝道，赶紧找她问清楚。如果没外心，先订了婚，再让她出去；如果有别的想法，你们各自向前走一步吧。

金女大宿舍门口，坤模和菊美的谈话并不愉快。菊美指责坤模，为何迟迟不去陈家提亲，彩礼也没确定。坤模解释说，事务繁杂，原准备去专门办理。菊美冷笑说，等年轻貌美、家世好的女人，还是等中日开战？坤模被噎得眼角冒出泪，说，对我不满，为何不早言明？我们家家规严谨，当不起你这女代表。陈菊美本来心有愧疚，听坤模这么说，也生了气。俩人你来我往，菊美气得拿毛巾来打，坤模怕丢人，匆匆地走了，临走不忘说，把我的东西还了吧，你远走美利坚，中国俗物恐怕看不上眼，你给我织的围巾，包括两件衣服，我也还你，两不相欠。菊美本以为见到坤模，肯定是坤模苦苦乞求，她居高临下，用"相濡以沫，不如相忘于江湖"的道理训诫他。谁承想遭到这番抢白。临到决裂，才发现感情这东西，哪怕半真半假，也像盘丝洞的蜘蛛丝，粘得越多，时间越长，摘下时越发血肉相连。她回到宿舍，整理坤模送的东西，发现有瑞士表，还有不少值钱首饰。不知是心疼东西，还是心疼感情，她嘤嘤地哭了半夜，坤模往日的好，又浮现心头，她暗暗叹息，还是火候不到，这时节不宜翻脸，总要等真去了美国，有了新男友，再和坤模分开。坤模对她不错，找这样学历、家世、长相、人品和地位的男人，也不容易。

坤模听到小巷此起彼伏的叫卖声，看看天边闪烁不定的星星，才晓得自己让人甩了，不禁悲从中来，挤出两滴泪。他自幼苦读，如今在政府工作，正是青春上进，在女色方面要求很严，谁料竟是如此结局？他对菊美是真心的，对她也没有太多要求，她的家世他不在意，只求菊美相夫教子，这也是错？也许爱情这东西，是文艺家编出来的。男女不过各取所需罢了。几年的柔情蜜意，也抵不上一个去美国的机会。推而广之，人生所谓信仰和原则，也不过是交易筹码而已。一念之间，坤模似乎变了一个人。

转眼到了民国二十五年平安夜。西安闹了半天，据说蒋介石接受了抗日条件，保证停止内战。南京是首都，大、中学生很多，洋人的节日，也热闹非凡。很多酒吧和咖啡店，都打出平安夜大酬宾招牌，秦淮河边很多中餐馆也参加了，玉陵春酒楼别出心裁地推出"国泰君安"情侣套餐，据说是煎牛里脊、炒鸭胗、清汤鱼肚，搭配茄汁虎皮鹌鹑蛋，外加苹果沙拉，取"几（里脊）度（鱼肚）平（苹果）安（鹌鹑蛋）几度春（春江水暖鸭先知）"诗意境界。这道菜是京苏大厨蒋坤安创制，融合西餐冷拼盘和中餐饮食诗意，荤素搭配，中西搭配，既有祝福情侣之意，宗教祈福之意，也有祝福国家摆脱困境之意，受到广大青年学生热烈欢迎。很多成婚男人也请夫人去吃，以示浪漫。六朝居和五凤楼等中餐馆，也纷纷模仿，蒋坤安的名头，更加响亮了。

金陵女大吴校长，在南山新建的教工宿舍，请全体教职工，还有几个学生代表吃饭。晚饭后，小礼堂有英文戏剧《驯良之鹿》。宿舍前有个前厅，大家搬来长桌和椅子，热热闹闹地聚餐。这里就有菊美和坤瑶。俩人互不搭腔。晚上六点多，大家唱了女大校歌："虎踞龙盘兮，女校曰金陵。科学分文理，研析求其真。看山高水长，浩荡莫与京。国家民族待，兹山川效应。……女界多才秀，莘华赖栽成。"舍监程女士在交谊室给大家布置了游戏，这是家政课程训练益智类游戏，在房间藏东西，快速公布要找的东西名单，看谁找到的多。都是订书针、小针、邮票、图钉这类小玩意，最后，苏菲老师和菊美获奖，她们各自找到十件，奖品为美国康涅狄格州产糖果一袋。吴校长让大家点燃蜡烛，激动地说，正餐之前，告诉大家一个好消息，我和宋美龄女士下午通过电话，委员长平安脱险，他在机场发表宣言，联合一切中国抗日力量，抵抗外侮！吴校长哽咽了，华小姐喃喃地说，中国有救了。大家互相拥抱，又哭又笑。陈菊美突然抱起坤瑶，坤瑶想挣扎，菊美的眼泪下来了，抓着坤瑶的胳膊，凑在她耳旁说，坤瑶，对不起。泪水打湿了坤瑶的肩头，坤瑶心头一软，也就没推开她。远处，灯火闪烁，烟火绽放在半空，如同一片片燃烧后破碎的军旗……

第五章　娶窑姐过年

古韵凌波十里欢，风摇画舫雨含烟。夜游惊艳思八艳，情洒秦淮不夜天。

——《夜游秦淮河》

一

过了平安夜与圣诞节，中国旧历新年就近了。春节前，蒋乾中翻修小院，清除杂草，栽种花木，各屋排水道也要更换。书房藏书，尤其那些明版书，加上收藏书画，都要做防霉防虫处理。南京湿气重，雨水多，一年两次书画保修，要预约玉金陵书坊定制方案。蒋家在南城郊几处房产，租给日升碾米厂与恒丰绸缎庄经营。年底营租账目，也要结算清楚。年三十团圆宴，初一祭祖，初三祖坟拜祭，一堆事要处理。年关前后，也是书画古玩减价出售的时机，蒋乾中去清凉山文物街淘东西，也去新街口程阁老巷。那里中低档拍行较多，卖美国旧西服，中式旧大衣，很多想显摆又不愿多掏钱的客人，就在那里找面子。也有世家子弟流出的瓷器玉石，上品名人字画，挑选时要看眼力和气魄了。蒋乾中一直潜心撰写的一部《红楼梦批注》印行。十几年间，他花了大量时间，用六种彩墨批注《红楼梦》，洋洋洒洒十数万言，可说是心血之作。

蒋乾中涉猎极广，也颇有述而不作之风，但极看中这部批注。他忙里偷闲，还去花牌楼神州国光书社买了套《中国内乱外祸历史》丛书，书是蔡元培先生作序，专门记载中国被侵略的惨案，如《扬州十日记》《庚子国变记》等，蒋乾中读到至惨至烈时，拍着桌子，痛哭流涕。蒋鲁氏平时脾气火暴，这时也小心地问他，大过年的，怎么了？蒋乾中沉着脸说，你懂个屁，战争要来了。蒋鲁氏抱着胖橘，慢慢地抚摸，有些疑惑，说，委员长不是回来了吗，日本人这段时间挺消停，怎么又要打仗？"李香君"从蒋鲁氏怀里跳出，跑到蒋乾中眼前献媚，被蒋乾中阴着脸，一脚踢开。蒋乾中默默吟诵着："布奠倾觞，哭望天涯。天地为愁，草木凄悲。"闭目不语。

南京也出了些异事。连续几天大雨，"鬼脸子墙"不是流下红膏泥，而是一股股红血。全城麻雀乱飞，如同灰色小炮弹，惊恐地过江而去。乌鸦特别亢奋，从早到晚，聚集在中华门、太平门、挹江门、清凉门、光华门，拼命嘶喊，聒噪声传出数十里。它们黑色的队伍，如同地狱飘荡而来的黑风，发出

85

腥臭气息。它们的白色粪便，如恶魔毒痰，一摊摊地粘在古城墙、石板路基上，也落在绿皮公交车顶，和夫子庙鳞次栉比的商号招牌、广告牌彩灯上，甚至街边叫卖的小贩的头上。不常见的褐色蚂蚁，过冬的蟾蜍，成群结队地从墙缝钻出，从田埂烂泥爬过，浩浩荡荡地向城外逃去。紫金山天文台说，今年地动异常，气候异常，恐春夏有地震或酷热，冬季有大寒。几个秦淮河算命瞎子嚷着，紫微星暗，主东方煞星闪耀，恐有巨敌渡海而来。《南京人报》专门辟出版面讨论。党部和宣传部发训诫令，说不得散播谣言惑乱人心，也就慢慢平息下去了。

巽丰自从跟踪父亲去"六喜台"，心中有了秘密。他每次进到母亲那间冷冰冰的禅修室，内心就充满想诉说一切的冲动。但当他借着光线，看清母亲蜡黄的脸和无神的双眼，很快打消了念头。为了验证秘密，他数次跟踪父亲，发现他的活动有规律。他每周要去"六喜台"喝两次酒，和那女人见面。临近春节，蒋坤典在莫愁湖旁艾米莉公寓，租了间房子。他们的约会地点，有时也在那里。去"六喜台"往往是几个人一起应酬，很多是蒋坤典的同僚，或形形色色的社会人士。

艾米莉公寓是"花佛"找到的。"花佛"说，艾米莉公寓是法国人开的，很多富人将情人安排在那里。公寓走廊有十二盏八角形、绘有希腊女神形象的彩电灯，十四张圣徒油画。走廊尽头，有两个黄铜造的、丘比特造型自来水喷头，扭开机关，丘比特的"小鸡鸡"会往外喷射干净自来水……我没问这些，巽丰不高兴地说，我问那窑姐的事。"花佛"收回话头，说，打听清楚了，她叫"红玉喜"，"六喜台"的窑姐。"花佛"那天谎称给"红玉喜"送绒花，骗过守公寓的黑瘦越南人，成功潜入公寓内部。他在那间205公寓前逗留许久，听到里面肆无忌惮的男女呻吟声。女人叫床的声音，像发情的波斯猫，妖娆悠长。"花佛"站在门口，听了足足十分钟，口水打湿了那朵偷来的、红艳艳的牡丹绒花。这些细节，他没告诉巽丰。他只是说，"红玉喜"真是个要命的女人。

人杰的父亲是下台军阀，有五个姨太太。人杰对巽丰深表同情，说，妓女和戏子一样，都是不祥的女人。他传授给巽丰秘诀，只要正妻子女稳固，家庭就有主心骨，关键要看他这个长房长孙是否有出息，只要他发展得好，母亲地位就稳定。巽丰没想到，人杰看着粗鲁，竟对"内斗经"如此熟稔。他想了想，母亲柏翠芬性子懦软，姥爷家也已败落，两个舅舅不过是公职人员。蒋坤典如果死活将这女人娶来，说不好柏翠芬会去尼姑庵。想到这里，巽丰坚定了把"红玉喜"赶走的决心。

巽丰找二叔和三叔商量，他们表示爱莫能助。坤安同情巽丰，说，家务事只有你爷爷能当家做主。坤模没支持巽丰，反而批评他干涉大人生活。奶奶脾气暴躁，不愿让窑姐进蒋家，但她最疼蒋坤典，不要说讨个妾，就是坤典枪杀了委员长，奶奶也会默默地帮他掩埋尸首。蒋乾中要脸面，坤典娶窑姐，能把他气得吐血，巽丰还不敢轻易告诉他。坤瑶是闹事好帮手，但只能敲敲边鼓，恐怕帮不上什么大忙。

小剪兄妹很担心巽丰，时常开导他。小剪拍着胸脯说，巽丰如果实在担心，他就去艾米莉公寓，花了"红玉喜"的脸。她毁了容，蒋坤典肯定不要她了。巽丰感激小剪，但如此一来，父亲肯定恨死他了，小剪也不能在金陵安身了。小剪和安清帮的纠葛，刚告一段落。小剪拜乔四为师傅，属于外堂口，没上大香堂，"一脚门里，一脚门外"，不是正式帮会弟子。小剪逃走后，乔四发了追杀令，巽丰将小剪兄妹藏在大纶纱厂。曾泰说，他不是正式弟子，但晓得帮会秘密，退出也麻烦，按照规矩，要凑足四十块大洋，砍下两根手指。目前倒有条路，你们蒋家把悬赏花红撤了，再给他们五十大洋，让乔四答应不追究。巽丰睁大眼说，你是警察，怎么帮着黑社会？巽丰怀疑，抓不到乔四，就是因为他们互相勾结。曾泰叹了口气，说，我本想端了乔四老窝，但每天办公室抽屉都会发现信封，里面都是钞票，还有信，劝我放手，不要再查，否则性命不保。警察厅内部，早有警察和他们勾连，我再查下去，估计哪天会暴毙街头。他们晓得我和你们家关系密切，传过话来，让我来说和。

巽丰愤愤地说，我白给他们埋了一次？还给他们大洋，有天理吗？坤典对曾泰也不满，放言找军队动手。坤典虽不过是军需官，这些年上上下下，结交了不少能人。安清帮内，也不仅乔四一家，还有"六大龙头"，闹起来，双方都不好收场。

最后还是曾泰说和，说，乔四也知理亏，大洋不要了，但要小剪送六色糕点、六大件"退师礼"，方能烧了"拜师帖"。小剪没钱，还是巽丰发动磨剑社捐款，了结了此事。"退师礼"那天，巽丰亲自给小剪助阵，曾泰领着两个警探，既是中人，也给他撑腰。为了办好这件事，巽丰在仓库召集磨剑社成员开会。人杰和约翰反对把小剪兄妹吸纳进来，也反对介入黑社会事务，"铁鹰"和"花佛"这些平民孩子，倒同情他们，可对于安清帮乔四，还有些畏惧。老姜头和张人豪，斜着眼看着巽丰，看他如何拿主意。巽丰怒道，乱世当前，几个青皮都怕，回家当乖宝算了，谈什么打日本？日本人不比他们更凶更狠？人杰感到羞愧，觉得巽丰有道理。见面那天，安清帮包下绿柳居二层，乔四带了不少人，还有几个白胡子"青帮大辈"见证。时间不过一年，巽丰感到胆气长了不少，他穿着童军制服，腰里别着"毛奇"军刺，大大方方地和乔四见面。老流氓瘦得不成样，脸色青白，一双青筋暴起的大手，把玩着大铁球，左手边桌子上，摆着茶和画眉鸟笼。乔四冷笑说，小剪，找到靠山了？可惜还是些小孩。巽丰看到那张青白的脸，晓得这人抽大烟，不由得更加轻蔑了，拍着桌子说，小孩怎么了？莫欺少年穷，你打开窗，看看我们的队伍。乔四慢慢打开窗，只见楼下数十个少年，排成整齐军阵，清一色童军制服，手持黑色尖头铁棍，嘴里含着铁哨，却是鸦雀无声。虽是半大孩子，但铁棍如林，也有几分肃杀威武气息。乔四一惊，手下那些懒散青皮，也被唬得不敢动弹。乔四喃喃地说，还是军人力量大，上阵杀人，将来说不好要靠这些少年。

曾泰也感慨非常，巽丰不过是少年，半年时间，竟训练得如此，将来长大领兵，还不知如何。曾泰拍了拍巽丰说，国难当头，警察实在没精力管乔四。他也没时间约蒋坤瑶，只让巽丰给他传话，说改天赔罪。巽丰开玩笑说，你可要抓紧，目前我姑姑的追求者很多，金陵大学的谢东山和中央军校的张人豪，都是你的竞争对手。曾泰拍拍脑袋，懊恼地说，我也没办法，工作忙，日本人渗透过来的特工小组越来越多，他们的汉语都很好。他们装成小商贩或普通农民，甚至买通很多汉奸。有些帮会势力也跟着掺和。曾泰说，他警告了乔四，如果他给日本人当走狗，无论如何也要办了他。巽丰自告奋勇给他帮忙，他想了想说，你们还是先训练吧，过了年，我申请给童军实弹训练。形势这么紧张？报上不说挺好吗？巽丰有些怀疑。曾泰说，总要高度警惕。

小剪经过此事，对巽丰感激涕零。巽丰请人杰帮忙，在纱厂给小剪兄妹找了活计。他还掏钱给他们报名参加纺织工会夜校班。小剪盟誓加入磨剑社，巽丰让他先跟着"铁鹰"。社会的事儿，他门道熟。小剪长得清秀，穿着件米黄色西装，打着领带，留着小分头，颇有几分小开派头。西装是约翰的，领带是巽丰从父亲那里偷的，巽丰还让姑姑给小镜买了几件好看衣服。巽丰问过小剪，为何父母给他们起这么怪的名字。小剪说，他们家在哈尔滨开裁缝铺，父母希望他们兄妹像剪子和镜子般，平平常常，又能有用。日本人来了，烧了裁缝铺，父母带着他们逃到南京，本要投奔亲戚，可亲戚搬走了。他们在中华门外城墙下搭了窝棚，父亲得了白喉，没多久咽了气，母亲白天在码头给搬运工做饭，晚上浆洗衣服，有次累极了，昏倒在街上，让汽车撞出十几米，没等送到医院，人就没了。小剪轻轻地说，这世道死容易，活着可真难，咱们都要好好活。

小剪有本事，就是嘴巴不饶人，有股子傲气，在磨剑社的人缘不太好，不仅人杰、约翰这些教会学校子弟不待见他，"花佛"这类平民孩子也不喜欢。他只和巽丰、"铁鹰"交好。巽丰不看人下菜碟，"铁鹰"嘴巴紧，下手狠。小剪是街头混出来的，打架机灵。老姜头动了心思，要收他为衣钵弟子。小剪对他的功夫瞧不上，他想跟巽丰学正规军校的本事，再长几年，就去当兵。小镜有次偷偷告诉巽丰，埋你那次，是我小剪哥救的你。巽丰问怎么回事，小镜笑着说，我哥想讹你点钱，不想杀人，可乔四非让杀，他拖着周文贵喝酒，让我跑去报警，才救了你。我躲在树林吹了几声铜哨，惊走了乔四，要不你的小命真玩儿完了。你以为曾警探是黄天霸！巽丰挺感动，也没想到，小剪的心挺软。他说，你们来时咋不说。小镜子说，我哥说了，做人要有骨气，不能买恩。巽丰对小剪，不由得多了几分敬重。小剪提议对付"红玉喜"，巽丰不想让他冒险。

我家的事，还是我自己来。巽丰坚定地说。

二

二十五岁那年，蒋坤典爱上了酒。他不顾家里反对，投考了军校，还在日本混过，可当了军人又如何？国家混乱，军界和政府腐败，想堂堂正正做点事，难上加难。他心灰意冷，混上了教导总队三等军需正，胡乱打发日子。教导总队是王牌中的王牌，待遇好，军需供应丰富，求他办事的人多。有的想给部队供货，也有外国军火商推销。拍板大事轮不到他，吃吃喝喝，明里暗里的好处，肯定少不了。几年下来，烟熏火烤，醇酒与温柔乡浸泡着，白花花大洋养着眼，坤典慢慢变得消沉。他盼着儿子比他强，将来当个好将军，但将来中国如何，谁也说不好。一口酒下了肚，天地混沌，如重入盘古世界，万事万物模糊了，不管中国人，还是日本人，都变成梦幻中飘来荡去的仙人。

他这样放浪，也是对家庭不满意。老婆柏翠芬一张姜黄瘦弱的脸，死气沉沉的，像流干了汁液的柿饼，让人提不起兴趣，又像月光下军校场训练跑道，又冷又硬。她怯生生的，做爱也一声不吭。蒋坤典喜欢兰心蕙质的女孩，能懂男人的心。虽说生了一儿一女，蒋坤典不愿见柏翠芬，不愿回冷冰冰的屋，那里整天香炉佛经，抬头便是观音大慈大悲的脸。柏翠芬说，你天天回，我万事依你，你一个月难得回一次，我没办法，念经才能睡着。蒋坤典对她动了点怜悯之心，看着她瘦瘦的脖颈，清晰凸起的颈骨上，垂下的黑发潜伏着几丝枯白发，顿时又没了兴致。

蒋坤典大醉后，躺在教导总队冰冷的后勤宿舍，就觉得又死去了一点。如果人的生命，好似一根点燃的蚊香，每次宿醉就是一次迅猛消耗。蒋坤典三十多岁就进入"等死状态"。他在教导总队也有好友，第一旅的团长秦士铨常劝他振作起来，他说，日本侵略日甚一日，军人迟早死在战场，将来灵谷寺忠烈祠，终有一个牌位，死在酒场和女人肚皮上，毫无价值。道理是那个道理，但蒋坤典就是懒散性子。

桂军一个师长来首都公干，请他们吃饭，蒋坤典第一次见到周慧，只感觉这女人生得媚，几番酒桌厮杀，倒让他刮目相看。周慧酒量大，白兰地、红酒，茅台、五粮液，或伏特加、龙舌兰、朗姆酒，来者不拒，脸色越喝越媚，红得滴下火，她口才好，脑筋快，打得好牌，推得好麻将，会唱小戏，唱流行歌，把军需处长哄得团团转，最终许了帮桂军长官走私"小东西"。事情谈罢，桂军师长眉开眼笑地给了周慧一条"小黄鱼"。周慧没客气，淡淡地收下了。

众人散了，蒋坤典不走，留下和周慧磨牙。周慧也不恼，慢慢地与他应酬。管事的龟公，上来问了几次是否包夜，坤典只说等等看，还是与周慧闲聊。周慧说，客人听口音是金陵本地人吧，我的花名"红玉喜"，如果您中意，我和管事说，今夜专心陪您。坤典不答，笑着看周慧，露出四颗亮晶晶大白牙，像个从未来过这种场合的毛头小伙。周慧翻了翻白眼，有点气恼，叹气说，你们这些男人，别管是百依百顺的"豆腐客"，还是狠敲一笔的"核桃客"，都不过是哄女人开心，新鲜过了就丢在脑后，更怕的是啬皮格儿"跳蚤客"，仗着张俊脸，说要和你"讲真感情"，费了不少唾沫，都把自己当成张生、贾宝玉，恨不得窑姐儿倒贴。

我是什么客？蒋坤典嗑着西瓜子，饶有兴趣地说。

你多半是"肥皂客"，黏黏糊糊，纠缠不清。周慧讽刺道。

蒋坤典丢了瓜子，拍拍手，正色道，我从不骗女人，也不会看不起女人，你们凭本事挣钱，比腐化的蛀虫干净得多。那你更可怕。周慧幽幽地说。我怎么可怕？蒋坤典不解。周慧抚弄着琵琶弦，缓缓地说，女人都是要男人骗的，男人三心二意，女人何尝不知？女人何尝不是？世上哪有白首不相离的梁山伯与祝英台？都是互相骗着就成了半真半假，父母之命媒妁之言的夫妻，多少不也这样？男人肯骗女人，说明心里还有她，如果连骗都不肯，男人就是天下最狠心的男人，女人也就是天下最可怜可悲的女人。

这番话听到蒋坤典耳朵里，仿佛天打五雷轰，心想这女人如此厉害！不过二十岁出头，心思缜密，看事通脱。他和柏翠芬，不正是如此？周慧又说，你这哥哥，看着也是"老甲鱼"，总在欢场混，俗话说，常在河边走，哪有不湿鞋，你老实回家，搂着糟糠老婆睡觉吧，仔细碰到我这样红粉金刚，胭脂堆的黄天霸，骨头渣都不剩。周慧一激，蒋坤典反而不走，吩咐了龟公，重新摆酒，晚上包夜。周慧偏要给他省钱，退了酒席，让坤典带她出去吃小夜宵。她笑着说，闹了一宿，饿了，去奇芳阁，听戏，吃东西。你要有心，不嫌烦，就陪我走走。

蒋坤典梦游一般，跟着周慧出了六喜台，来到老城门奇芳阁。深夜，戏还没散，唱的是昆曲《玉堂春》，稀稀拉拉几个闲人，昏头涨脑地听戏，演员还挣着精气神，咿咿呀呀地唱，丝毫不见散活儿。周慧坐好，伙计笑嘻嘻地凑上来说，"红玉喜"姑娘，还是那几样？周慧点头，伙计飞快地下去，一会儿工夫端上几件小吃食，麻油干丝，红豆糕，酱牛肉，蟹壳黄烧饼，还有壶冒着热气的碧螺春，壶也别致，彩釉马蹄壶，配着两个马蹄形茶盏。蒋坤典笑着说，常客呀，看这壶，给你定做的？有时累了来坐坐，周慧笑了笑，扬起手，跷着兰花指，指向台上说，苏三长得真美，就不知她的王景隆公子在哪里？蒋坤典看着她飞扬的眉毛，娇媚的笑容，心里一荡，捉住了她的手。

舞台灯光映衬下，蒋坤典能清晰地看到她眉头下那双深邃得发亮的眼，就像一个古代武士，白茫茫大雪行军，筋疲力尽，突然间狂雪忽停，见明月飞于松林之端，照映在皑皑白雪之上。周慧笑着挣脱，说，这么心急，还不晓得公子叫啥，干啥的。蒋坤典清了一下嗓子，曼声唱道："本院王景隆是也，奉圣命出京巡查州郡，拥千军催骏马好不威严，想当年青楼床头金尽，数九天被鸨儿赶出院门，多亏玉堂春屡把银赠，方不负今日满腹经纶，思往事不由心烦闷，不知苏氏女何处存身……"几句昆曲唱腔，官生本念中州韵，不说苏州土白，只是情思真切，倒让坤典唱得百折千回，催人泪下。

要来骗我了吗？周慧笑吟吟地说，眼角分明也压着点泪。

坤典没再唱，将周慧搂在怀里，紧紧贴着她的脸。台上满头珠翠的玉堂春苏三，亮了流云水袖，拖了一个长长的水磨腔调，听得一声幽幽的"哎呀呀"叹息，四下空气一窒，一片炸雷般叫好声，连带着喊醒昏昏欲睡的老客，擦擦涎水，也跟着叫好。浓浓的哀怨，仿佛一只带血的飞燕，从台上打着滚翻飞进两个拥抱的人的怀里。坤典只觉怀中女人，脸上皮肤滑腻温热，焐热了冰冷胸膛，要勾引出一团炽热如岩浆般的火。

我在恋爱？蒋坤典意乱情迷地想着。

三

周慧在六喜台不是头牌，但也是"六大喜"之一。她父母是小商贩，极力供养她在徐州新式女子高小毕业。周慧认识了一个姓徐的富家子弟。俩人来南京求学。不久，徐中断资助，迫使周慧退学。周慧又得到同乡帮助，俩人很快同居。周慧心高气傲，不久又至绝交。她应聘教师和文员，怎奈不是本地人，学历不高，最终做不长。她不愿给人洗衣做饭，咬牙去了钓鱼巷六喜台，说好按合同分账，开始了皮肉生涯。她的希望也是"起起伏伏"。有位军政部恩客，帮她报考警察训练班，不料考期到了，恩客撒手不管。周慧总结自己的失败，前半程太过自尊，不肯向男人低头；后半程到了欢场，又没了自尊，有点机会恨不得粉身碎骨。她不是"梁红玉"，也不是"赛金花"，这样的事有过几次，就死了心，在红尘戏海中游戏人间。

这种状态直到她遇到蒋坤典为止。她还年轻，只有二十三岁，她朦朦胧胧地感到，这也许是她最后的机会。她还有希望从"红玉喜"重新变为"周慧"。坤典是教导总队后勤军官，长得潇洒，银钱不少，家世也好，在女孩身上也有耐心。可这些东西，也许不是"红玉喜"最动心的。官比他大的，钱比他多的，长得比他帅的，她也见了不少。坤典让她动心的地方，还在于那点真诚的孩子气。俩人腻在一起，总有说不完的话，他连小时的事都翻出来，让她评价。周慧一个眼神过去，坤典晓得她想说什么，要什么。天天迎来送往，不知多少形形色色男人，可她一眼就辨出，坤典是肯为自己上刀山下火海的男人。周慧无数次想到，如果她刚来南京遇到坤典就好了，她就可以堂堂正正嫁给坤典。可人生哪有那么多"如果"？

"六喜台"的女人，有的羡慕，有的嘲讽，有的还说，八成是"红玉喜"姑娘"浥浴"呢。从这里从良嫁人的妓女，不是没有，但很多是所谓"渧浴"，先宣布从良，花光男人的钱，再回来重操旧业。周慧发誓她不是这样的女人。艾米莉公寓包租费，其实也是她自己出的钱。她想光明正大地嫁给坤典。姐妹们对这段感情普遍不看好。"抱月喜"和"珍珠喜"都嘲弄她。周慧坚定地说，我信坤典。她还年轻，总要在世上信点什么，就算被骗又何妨？她真的刻骨铭心地"信"这个男人。坤典常给她描绘将来的日子：沐着晨风，他会带着周慧去踏青，在郊外野茶馆喝苦茶，背着她采摘带露水的青梅。晚上回家，听屋檐下雨声，在书房画粉彩，他给周慧捏脚，周慧伏在他的怀里，听他讲军营里粗鄙滑稽的故事……周慧欢喜得眼睛发亮，笑着说，请你骗骗我吧，哪天你累了，烦了，还请告诉我，我会自动走开。坤典赌咒发誓，我是真娶你，就在年前，若是口不应心，让我给日本人乱枪打死！周慧捂他的嘴，心"扑通通"乱跳，说，别发这么毒的誓。

眼看到年关，秦淮河上百家妓院、歌舞厅，也有很多规矩，年前要彻底洒扫，更换损坏的桌椅，将花台装饰一新，早早准备鲤鱼与红纸花，初一接天神，初二请地神，初四供财神，都用得上。大年初一，送妓女炸年糕、小汤圆和春卷。恩客春节过来，要送两个果盒，也要有云片糕，青枣，核桃，南糖。大上海这方面最洋气，正月初四夜迎接财神（烧路头）的仪式，非常盛大。照例要拜赵公明和管仲。龟公、杨老鸨、妓女尤其重视，要以大盆放置火炭，龟公将烧酒浇倾在炭盆上，火焰越高，预示来年生意更好。南京秦淮河庆祝仪式没那么复杂，只请道士来诵宝卷，为来年祈福，年前也会拍上女孩画片，写上花名，美其名曰"花册"或"金钗玉容"，在街口送来往恩客。

　　大华照相馆的小厮很早赶来，嬉皮笑脸地给姑娘拍照。周慧这次准备阴丹士林蓝布学生装，洗了妆容，将烫的卷发弄成齐耳学生头，拿上张恨水的《春明外史》，将众人看得呆了。六喜台的窑姐儿，最出名的是"六大喜"，春节"花册题名"，有旗装、粤装、道姑装、男装、西装和日本装十几种扮相，最难的是学生装，穿不出清纯干净味道，"画虎不成反类犬"。"红玉喜"能驾驭这类服装，说明她真是"千变万化皆天机"。"珍珠喜"噘着胖嘟嘟的嘴，喷出口烟，嫉妒地说，都说窑姐儿效女学生，女学生从窑姐儿，这一串行，果真吓人呢。周慧的脸有点冷，慢慢地说，我是当不得真，我不是家生姑娘，六喜台哪天住得不舒服，退房走就是了，倒是妹妹你，日子要慢慢熬。"珍珠喜"被噎得脸发红，冷哼了一声，扭头走了。"抱月喜"说，人家本就是学生，你置什么气？谁让你那狠心爹妈，五六岁就把你卖给"六喜台"，你要赎身，可要扒层皮，你认命吧。周慧是分账合同，与六喜台是合作关系，"珍珠喜"她们，从小被卖到妓院，杨老鸨控制着卖身契。想到这里，周慧的心又软了，赶紧拿了盒胭脂，给"珍珠喜"赔罪。周慧拍这照片，不是为了宣传，而是拍给蒋坤典看。坤典说了，明天就接她先住到艾米莉公寓，六喜台是不再来了。她昨天晚上，收拾了一个通宵。杨老鸨让她早休息，注意身体，将来要给蒋家生了娃，才能真正立得住。杨老鸨对手下这些姑娘很体贴。周慧想着她的好，心下也是感激。

说着闲话，龟公说有位小公子找"红玉喜"。大家向楼下看去，一个十五六岁清秀少年，稚气未脱，穿着笔挺学生服，戴着黑色学生便帽，立在花厅，向上看着。旁边还有位少年，个子高些，米黄色西服，眉眼清晰，仿佛刻刀刻画出来的。大家哄笑，说，我的个乖乖，"红玉喜"厉害，两位小杆子，被她弄到了。周慧心下奇怪，从未见过两位少年，当下下来应酬。矮个少年不说话，上上下下打量她，说，你从前是学生？周慧晓得是个雏，轻轻地笑了，说，小公子第一次来六喜台？为何晓得我的花名？矮个少年的脸先红了，窘得说不出话。高个少年跨前一步，呵斥道，别和我们家少爷乱缠，找你谈事，惹恼了小爷，烧了你这鸡窝！周慧看着他，觉得有些江湖气，又拿不准，出言试探说，小杆哥混哪条路上的？我可有不周之处，得罪了你们？我在六喜台是暂住，马上要走，你们烧了这里，恐怕要吃官司。高个少年浑然不惧，冷笑说，艾米莉法国公寓205房间，你总要回的吧，不小心走了水，烧个花脸，蒋少校还能要你？

来的是蒋巽丰和秦小剪。巽丰要自己处理问题，小剪担心他从未和窑姐们打过交道，怕他吃亏，就跟着过来。"铁鹰"和"花佛"也仗义陪同。巽丰本来想约曾泰帮他谈判。曾泰满口答应，但来时又说厅里有案件，必须到句容侦查。巽丰和黑社会交过手，本以为不会怕什么窑姐，可真见到，不知为何，他倒怯了。女孩不过二十出头，打扮都是学生装束，透着股清水芙蓉的柔媚，和那天所见，又是大不相同。巽丰脸都红了，手足无措。还好有小剪，他是老江湖，和窑姐盘黑话，讨价还价，不在话下。果然听得"蒋少校"三个字，"红玉喜"气焰顿时减了几分。小剪用安清帮规矩，摆了品字形茶盅，"红玉喜"更客气了，转而问巽丰，是不是蒋坤典的公子。巽丰说，别再缠我父亲了，你要多少钱，盘个价，离开金陵城，别让我看见你。说着，"花佛"和"铁鹰"，扛着童军棍，立在门口，登时打碎门口照衣帽的大镜，唬得几个拍照的六喜台姑娘，惊呼尖叫。龟公瞧见，立即找杨老鸹，问是否要通知警察，要不然找六喜台的打手，招呼几个小崽。杨老鸹是老江湖，叹口气说，多半是蒋家人找"红玉喜"的麻烦，别急动手，谈不拢再打发他们，几个小崽没啥，怕打了小的，引出老的，断了"红玉喜"的路，她恨我们一辈子。

小剪掏出几块大洋，丢在周慧脚下，说，碎碎平安，赔你们的镜子钱，你考虑考虑，给个痛快话。周慧对巽丰哀求说，我和你父亲两情相悦，我也不是出生就在妓家，还望给我个机会，我定恪守妇道，辅助夫君，尊重夫人，你赶我走，你父亲断然不同意，到时你父子反目，怎么收场？小剪打断她说，少爷和老爷是亲父子，又是长房长孙，怎会为了你反目？就算一时翻脸，时间长了，也总会缓和，这不是你一个外人能想到的。这种场面，周慧也是预料到了的。原本想先在艾米莉公寓住下，成了亲，有了身孕，再去蒋家，自然也有了说法，如今事发仓促，对方虽是小娃，但也不好对付。巽丰看周慧低头沉思，说，你好好想想，我们过几日再来。几个少年推开围上的龟公和妓女，径直走了出去。小剪猛地掏出半边剪子，插在沙发靠椅上，说，"红玉喜"，看仔细，下次没那么轻松了。

见周慧遭了威胁，几个姑娘七嘴八舌地出主意。"珍珠喜"说，不就是几个毛娃，我认识安清帮乔四爷，不行就找他搞定。"抱月喜"嗤之以鼻，说，人家为母出头，你打了人家，怎么进蒋家门？还有姑娘说和蒋坤典哭闹，先要一笔钱，实实在在买个宅子，看事情进展，实在不行，回来重操旧业。周慧勉强地笑着说，那不真成了"涮浴"。大家散了，杨老鸨看着怔怔的周慧，说，你这是关心则乱。周慧向杨老鸨施礼，说，请姐姐提点，"红玉喜"终生不忘。杨老鸨说，蒋少校我看过，有点憨气，但对你是真心。有个靠底男人托住下半生，你比我有福气。这事说难也难，说易也易，关键不在蒋少校和他儿子，而在大夫人。周慧问，此话怎讲？杨老鸨说，妓女从良为妾，能否在宅子立住，要看能否有子息，孩子是否有出息，要看如何与老夫人、大婆处理关系。太夫人疼爱儿子，你懂得做人，她多半不挑你毛病，夫人据说向佛求善，人也懦软，否则今天就不是十四五岁毛娃来找你麻烦了。要真正进入蒋家，你该求那夫人。

周慧眼前一亮，这确是稳妥可行之路，就不知结果如何。

四

快到旧历年关，巽丰要期末考试，童军训练次数少了很多，很多时候是"铁鹰"领着训练。巽丰将家里淘汰的一台美国飞歌牌电子管收音机，也搬到了仓库。这台老机器，红木盒子，看着像大佛龛，表盘安在前面，两旁有两个黑旋钮，负责调试电台。机器刚买时还好，要九十块大洋，用了没两年，二婶又求蒋鲁氏，买了唱片机和美国产新收音机，这台旧的就被巽丰搬了过来。除了国民党中央广播电台，大部分电台都在上海、苏州和北平。比如上海北四川路电声广播电台，上海法租界奇闻广播电台，节目也很丰富。大家各自忙过年的事，小剪住在仓库，没事就喜欢听音乐，听新闻。时局还是紧张，日本和苏联在边境时常摩擦，华北驻屯军频繁调动，好消息也有不少，国民党和共产党关系缓和了，两党高层不断互动，商讨联合行动，对付日本。巽丰他们大闹"六喜台"，大家都听说了，没跟去的弟兄们，都高兴地说，但愿能吓住窑姐，要不然巽丰可惨了，还要管她叫"小妈"。巽丰梗着脖子说，怎么可能。人杰担心地说，你父亲铁了心娶她，爷爷和母亲又阻止不了，这事还真不好说。高约翰也表示同意说，男人纳妾的很多，只要窑姐服服帖帖，你不理她就成了。

巽丰回到家，吞吞吐吐地将"红玉喜"的事告诉了母亲。母亲很平静，似乎已经晓得了。柏翠芬望了房间里的观音像，念叨了一阵，抚摸着巽丰的脸，说，巽丰，你要争气，将来出息了，母亲就有了依靠，你父亲我指望不上了，他不来烦我就好，这家里有我一口饭，我就吃着，哪天烦了我，我去普渡寺当比丘尼。巽丰焦急地说，母亲，你千万不能同意，窑姐进咱家，我就离家出走！柏翠芬拉住他，摇头说，你父亲铁了心，那女人也来找过我，在我面前跪了许久，你父亲陪着她一起哭。我实在受不了这个。巽丰扯着母亲的衣服说，您要管哇，您不管，我可怎么办？

巽丰又去找爷爷蒋乾中，蒋乾中被气得半死，但也没办法。蒋乾中说，除非我把他从蒋家族谱除名，你同意吗？巽丰也只能作罢。蒋坤瑶出主意，让柏翠芬和蒋坤典离婚。她的理由是，女性应追求真正的爱情和婚姻自由。巽丰跺着脚说，什么馊主意！我要你把父亲劝回来。蒋坤瑶表示爱莫能助，她说，你三叔也失恋了，他对菊美多好，到头来还不是分开？巽丰给曾泰打电话，曾泰说，你父亲好热闹，你母亲又太闷，俩人都太极端，不过你放心，时间长了，"红玉喜"早晚也会被厌倦。巽丰又问，男女之情都易生变，那人对国家和民族的情感，是不是更易变呢？曾泰想了想说，这就不好说了。

天色暗了，路上行人不多，巽丰跑去军营见父亲，当值军官说，蒋坤典少校不在。巽丰明白，一定在艾米莉公寓。巽丰好不容易找了辆黄包车，车夫急着回家，他多给了钱。车速很快，车夫年轻，气力足，专门抄青石板小巷近路，脚后跟不点地。两只健壮的胳膊，稳稳地攥着车把，车身大胶皮轱辘，轧在青石板上，被凹凸不平处弹起，颠簸得巽丰紧紧抓着黄铜把手。车夫咧嘴笑了笑，露出口黄龅牙，说，小少爷，能撑住吗？巽丰说，没事，快些就行。车夫应着，脚下石板路，飞快地向后退去。巽丰怀中的"毛奇"军刺，不停跳动，发出"呜呜"低鸣，仿佛一条南非草原中凶悍的狐獴。

远方，霞光似是褪色的血迹，沾染在店家打折减价的琺琅招牌上，忽明忽暗，看不清金色粉底的字。从夫子庙开出的最后一班公交车，晃荡着开来，穿绿色制服，戴大檐帽，背票夹子的售票员，疲惫地打着盹。街角红色茶室的墙壁上，八角琉璃灯缓缓亮了，房内传来女子的浪笑，评弹软糯糯的唱腔，都压不住"噼噼啪啪"打麻将的声音。西装革履的男子，身穿白色狐皮大衣的年轻女郎，行色匆匆，也从他的眼角，倏然飞去。臭烘烘的乞丐，摆着不怨天、不尤人的神气，安然地在街角捏玩着虮子。巽丰突然发现，世界如此陌生。忠诚与背叛，不过是嘴上说说的游戏。他突然感到强烈的无聊气息。艾米莉公寓并不远，很快就到了，巽丰站在楼下许久，205房间的灯一直亮着……

　　大年三十，周慧第一次出现在蒋家。周慧用花名"红玉喜"在《新民报》发了从良声明，脱离六喜台，不涉足欢场。蒋坤典坚持在莫愁路教堂举行了简单婚礼，只有神父为他们送上空荡荡的祝福。周慧戴上那枚蓝宝石戒指，眼泪奔涌而出，让神父不知所措。蒋坤典挽着她的胳膊，慢慢走出教堂。周慧抬头，看到教堂圆顶上帝那怜悯的目光，阳光从左右两侧大斜窗透进，五彩斑斓的玻璃，描述着圣徒殉教的故事。一个俊美男人赤裸地被绑在树下，浑身插满箭矢，鲜血从年轻的身体中流出。阳光从他的眼角渗出，流淌成黄蒙蒙的雾。她的心没来由地被揪住了。坤典告诉她，那是圣塞巴斯蒂安，一个真正的牺牲者。

　　周慧和坤典回到公寓，周慧不想挪动分毫，只想享受片刻人生满足。坤典提醒她，下午回家吧。周慧这才意识到，艾米莉公寓不是她最后归宿。周慧特意换了身素气的月白色旗袍。前些天坤典带她来过蒋府一次，是半夜从角门进来的。这次进门，自然不同，须光明正大地走前门。老赵头在门口搞卫生，看到蒋坤典带着女人回来，就立在旁边。坤典介绍说，老赵，这是姨太太周慧，还要请你多关照。周慧赶紧递上封红包，老赵接了红包，塞在裤兜里，向他们鞠了一躬，头也不抬，继续洗刷大门口的狮子。周慧讪讪的，这才发现，蒋家门口两座狮子，脸部用红漆写了六个大字，婊子慧——莫进门。周慧脸色煞白，坤典暴跳如雷，不用想他就知道，肯定是巽丰干的。他压住火气，领着摇摇晃晃的周慧，进了大门，谁料到，"恺撒"也蹿过来，张开血盆大口，对着周慧狂吠。坤典怒骂老赵头，为啥不拴好狗。老赵辩解说，小姐要遛狗，狗又认生，才闹了这一出。周慧咬着牙，目中垂泪，看到假山后面，有个五六岁小姑娘，对着自己"阴险"地笑着，这肯定是坤典的女儿蒋巽玉。她深深地吸了一口气，跟着坤典进屋，先拜访正堂的蒋乾中和蒋鲁氏。蒋乾中沉着脸，不言不语，蒋鲁氏讲了蒋家的家法，说，来了蒋家就要和过去一刀两断，今天开始，须做个守规矩的姨太太。蒋鲁氏高胖壮大，"呼噜噜"地抽着水烟，"姨太太"三个字说得咬牙切齿。周慧赶紧跪下，眼中含泪，发誓恪守妇道，孝顺公婆。蒋鲁氏点头，给她指定了屋子，赏给她两根簪子，两个金手镯，一块瑞士女式表。坤典冲着母亲挤挤眼，蒋鲁氏没办法，对周慧说，你才新婚，穿那么素干什么？这里有一百大洋，随便买点什么吧。周慧磕头致谢。他们又去拜访柏翠芬。柏翠芬端坐蒲团上，没睁眼看周慧，不过赏了她几件新衣裳。

晚上蒋府挂满灯笼，热闹非凡，一般不下厨的坤安，使出浑身解数，做了一桌京苏庆春宴。周慧自告奋勇，去厨下帮忙。坤安有点同情周慧，对她还算和善，柳如春也对她没什么恶感。周和柳都是小门户出身，如春讲讲估衣街笑话，周说说老家徐州风俗，俩人很快亲密起来。一桌饭做好，单少了柏翠芬，说是心口疼的毛病犯了，吃不下。蒋鲁氏让苏州娘姨挑出几样素菜，给她送房间去。蒋坤模对这位姨太太也是淡淡的。坤瑶嘟哝着说，啥年代了，还整姨太太，腐朽封建，中国真没希望了。周慧脸羞得绯红，柳如春岔开话题，混了过去。周慧要去和苏州娘姨、老赵头他们几个一桌吃饭，被蒋鲁氏劝住了，说，我们蒋家几位老爷，都是留过洋的，不讲那么多封建规矩，老爷也说了，天地人伦，只在一心，你上这桌来吃就行。周慧感激婆婆，眼中含泪。她哪里晓得，这是坤典向母亲软磨硬泡好几个小时求来的"恩典"。

晚宴还是出了些"小插曲"。蒋巽玉用筷子挑起一大块汤汁淋水的"万三蹄"，丢到周慧的脸上。周慧默默地擦掉汁液，毫无怒气，还阻止了蒋坤典打骂巽玉。那种气度和心胸，连蒋鲁氏都佩服，赶紧让她退下清洗。蒋巽丰不说话，快速扒了一碗饭，擦擦嘴，蹲在廊下，磨那把德国军刺。坤典让他过来，和周慧打招呼，巽丰懒懒地说，早认识了，"红玉喜"姑娘嘛，名不虚传。坤典抽了皮带，要打巽丰，却被儿子冰冷的眼神吓住了。他这才发现，这半年巽丰个子蹿得快，几乎要超过他了。胳膊也结实，看得出有过很好的体能训练。清秀稚气的脸上，颇有几分杀气。坤典放下皮带，颓然地发现，自己有些老了。他恳求巽丰不要闹事。巽丰不答话，趁着周慧出正屋换衣服，跟过去，冷冷地说，在我们蒋家，你只有老实认命的份儿，我会看着你，不老实的话，等着挨收拾吧。

大年三十，吃过团圆宴，放过鞭炮，一家人守在收音机旁，听音乐节目。蒋鲁氏开了一桌麻将，招呼女眷来打，对这些东西，周慧自然熟悉，小心应酬着，几个小时，输了几十块大洋，倒是皆大欢喜。第二天，照例正厅前拜祭蒋家先祖，午餐后，喝了元宝茶，去和顺茶馆听听戏。第二天下午，蒋乾中找照相馆师傅，照张全家福。他对蒋鲁氏说，中日之间，和战不定，趁着如今还有太平日子，有一张全家福，也是很好的纪念。全家人都来拍照，苏州娘姨、老赵头也凑过来。柏翠芬被婆婆从禅房中劝出来。恰巧，陈菊美来蒋府拜访，她说过几天去美国，一来向蒋乾中教授和蒋鲁氏问安，二来和坤模与坤瑶辞行。坤模这阵子缓过来了，对她只当普通朋友，蒋乾中夸奖陈菊美有向学的志气，邀请她一起拍照，说，你和坤模毕竟谈过朋友，我们是新式家庭，大家过年热闹罢了。菊美大大方方地应了。这次照相，少了蒋家长房长子，蒋坤典少校。大家等了几个小时，坤典都未现身，蒋乾中让师傅不要等了，先拍了照。过后大家得知，蒋坤典去齐凤阁喝花酒了。六喜台不去了，蒋大少爷又换了去处。蒋坤瑶不屑地说，大哥就是浪荡子，刚娶了二夫人，就去外面胡混。周慧面无表情，慢慢地退回那间新婚喜屋。雪白的电灯亮着，隔着院子，对面就是柏翠芬的禅房。周慧听着“笃笃”的敲木鱼声音，闻着飘出的香烛烟味，抚摸着蓝宝石戒指，六喜台、艾米莉公寓，诸多地方，种种过往，像电影画片般闪过心头，仿佛一个个逝去的梦。

第六章　准备好了吗？

千百年来碗里羹，冤深如海恨难平。欲知世上刀兵劫，但听屠门夜半声。

——愿云禅师《戒杀诗》

一

民国二十六年春，日本在平津演习，蒋介石不再喊"攘外必先安内"，南京城抗日标语越来越多，连带着卖日货的杂货店，日式料理店，很多都被迫关门。张人豪在军校听教官们讲，日本皇道派失势，统制派掌权，对华入侵，势在必行。文圣律教官曾留学日本九州帝大，讲起中日当前之局势，总悲愤难抑。大衍筮法东瀛易术师高鸠嘉佑卫门的门徒，占卜大师小玉吞象，在大阪为日本国家气运卦象推理，称"千年未有之中日之争或起于昭和十二年"。河南农民丁小汉向国民政府呈送自作《爱国忠仁自强歌》《爱国孝勇自强歌》等四十二首，请国府刊行天下，以壮民族声威。巽丰在曾泰办公室读过几首，说是警务部队内部试刊发。有一首写汉相陈平："爱国智勇汉陈平，忠心保汉奇谋生。雄才大略世无双，赤心自强保汉宗。"巽丰说，真是"民间高人"。

南京和上海等地，虽是抗日气氛浓，但商家活动似乎更活跃，南京百货公司开始为期二十天春季九折大优惠，柳如春、周慧、蒋坤瑶等蒋家女眷，加入大抢购热潮，几次买进大量物资，计有酱油十桶，香油二十瓶，并草纸三十箱，说是战时储备，被蒋乾中呵斥了一顿。大兴烟草公司推出"爱吸大兴牌国货香烟，即是真正爱国烈士"广告词，在各大报纸猛烈宣传，引起其他烟草公司抗议。金陵大药房推出"维他命牛肉汁"，据说有"伟大滋养力"，可"提高国人抗战体质"，一大瓶卖两元，谢东山这个化学系学生，居然也买了好几瓶，说是可以强身健体。赵焕亭的《侠义英雄谱》还在连载，大家讨论"武功救国"可能性，老姜头自告奋勇帮磨剑社训练五百少年，闹了一阵子，也作罢了。还有一本卖得最火的书，《蒋委员长蒙难真相记》，广告上说"此书记载诸多政治秘密""贡献全国民众纪念需求"，一时间弄得洛阳纸贵。巽丰在花牌楼大东书局买了一本，大呼上当，感觉没写啥东西，纯粹是骗钱。

中国各地也异事频繁。南京、上海等地早早进入酷热，6月底，南京气温达三十多摄氏度，7月初，热死了中华门外的几个洗衣妇，政府不得不延长玄武湖五洲公园的关闭时间。4月开始，天津河流港口，惊现大量浮尸，当局隐而不报，怕引起恐慌，但到五一劳动节早上，大直古新关口河内，发现尸体九具，均为三十多岁壮年男性；5月3号，港口又现浮尸六十具，有工人打扮的，也有儿童，均为中国男性。有谣言说，这些人没有脏器，是在天津租界内被日本间谍捕杀，用于生化研究。也有江湖术士说，此乃梼杌巨兽重现人间，吸食人命，散布战争之灾。人心惶惶，议论纷纷。内政部警政署下了死命令侦查，却始终未能破案……

陈菊美去了美国，坤模没去送行。坤瑶去了下关，和金女大的师生代表，一起送走了她。陈菊美哭得悲切，迟迟不上船。坤瑶开玩笑说，不是出嫁，也不是当姑子，哭这么凶，给谁看？三哥不会来啦，船快开了，再哭就误事了。陈菊美慌忙擦了眼泪，跳上船舷，在甲板上，向岸边送别人群挥手致意。船离岸越来越远，菊美看着华群小姐的白发在风中飞舞，坤瑶的面孔也越来越模糊，心情万分复杂。

周慧在蒋家慢慢站稳脚跟。她跟着苏州娘姨学家务和烹饪，奥灶面做得有模有样。她每天给蒋乾中夫妇、柏翠芬请安，照顾蒋巽玉，忙得不亦乐乎。巽玉是淘气包，在恶魔哥哥的指点下，三天两头找周慧的麻烦。周慧早上在被窝能找到铁钉和蜈蚣，中午吃饭能吃出石子，晚上回房会被门前洒的油绊个"狗啃屎"。"当当"了几个月，周慧坚持着，巽玉和巽丰都没了脾气。清明节到郊外给蒋家先祖上坟，蒋乾中和蒋鲁氏特意带上周慧。插杨柳，烧纸钱，周慧一丝不苟，比柏翠芬更像合格的儿媳。祭拜的菜，两荤一素，清炒木耳，搭配卤鸡和烧鹅，都是周慧帮着苏州娘姨做的，外加青团、茶干、梅豆等小吃，都精致干净，不得不让人夸赞。

巽丰帮曾泰带口信，向坤瑶道歉。坤瑶想想事情前因后果，也晓得曾泰处置稳重，就是当时大小姐脾气上来了，哪里管这些事。曾说再请她吃饭或看电影。坤瑶说事务繁忙，有什么事写信吧。6月，女大三七届毕业生就要离校。她们这一届四十余人，很多去了高级中学教书，也有的参加政府公务员考试。巽丰问过曾泰，你是警探，年龄比姑姑大不少，为啥看中了她？曾泰苦笑说，我也不明白，感情这事谁都讲不清。坤瑶有女丈夫的豪气，也有知识女性的见识，人家讲金陵美女美在古典气质，我反而觉得，坤瑶才是金陵新女性代表。巽丰吐吐舌头，说，够肉麻的，我看和谢东山差不多了。

曾泰忙得脚不沾地，哪有时间写情书？坤瑶让曾泰写情信，一来是考验他的"爱情耐心"，二是要看看大侦探文笔如何。她喜欢的侦探，应该是一个书法清秀、文笔细腻的侦探。曾泰的钢笔字简洁有力，颇有杀伐气质，可文笔实在一般，他原学过点旧体诗，早忘得差不多了，苦思冥想作了几首，心惊胆战地送上去，被蒋坤瑶用红笔批得一塌糊涂，说"用典粗俗""押韵对仗不通"。

巽丰劝姑姑不要太残忍,坤瑶刮着他的鼻子说,小毛娃,懂什么,女孩结婚就完蛋啦,被丈夫和孩子困住,还有可怕的公婆和妯娌,你看咱家那几位,连娇艳的"红玉喜",不也变成"黄面盆"?我要享受爱情。巽丰讷讷地说,曾泰怎么办?坤瑶眼珠转了转,笑着说,给他当说客哇,老实交代,给你多少好处?巽丰摆手,说,没有啦,坤瑶怀疑地说,那你这么上心干啥?他还要再考察考察吧。巽丰点头,为曾泰悲哀。为了姑姑这个"夜叉娘娘",可怜的曾泰,不但要抓日本奸细,还要熬夜写情书。关键还在于,这些情书,可能只是姑姑的游戏哇。

曾泰让巽丰参加警察厅内部军事训练。虽说是警察,但国家形势危急,警务训练大多向军事倾斜,"以军事教育为主,政治教育为辅,警察教育为骨",又要求"平时为警,战时为军"。出了南京城,唐家山与赵古山一带,靠近京沪铁路,有金陵大学农林试验场和苗圃。这一带地广人稀,还有丘陵山川阻隔,适合进行打靶等军事训练。此次训练,由首都警察厅长陈焯亲自布置,声势浩大,巽丰被曾泰偷偷安排在第二梯队,补充警训练方阵。

巽丰分得一把七九口径中正式步枪,巽丰抚摸着结实但轻巧的枪托,比毛瑟枪更长的、泛着寒光的军刺,银光闪闪的节套,有花纹清晰的金陵兵工厂印记。一股新枪保养的机油味,钻入了他的鼻子。换上训练服,巽丰的心沉下来,一丝不苟地执行长官命令,先是固定靶训练,再是冲锋训练。训练场边,有白盔督查宪兵站在那里，持加盒毛瑟长手枪，气氛肃杀。巽丰趴在农田边缘，身上插着枯树枝编成的伪装，水稻绿油油的，大地好似铺上一层绿毛衣，翠绿色小苗，拱着他的脸，刺痒痒的，仿佛小花狗身上的软毛。土腥味升腾，太阳晒得枪托发烫。稻田旁的排水沟，还趴着一只羞涩的小刺猬。它撅着肥屁股，呆愣愣地看着巽丰，像是发现了一个抓着铁棍的大号同类。

巽丰的目光透过稻苗和野蒿子杂草，白蒲公英和金黄色矢车菊，停留在远处丘陵上的几块高大汉白玉石雕上。金陵有王气，南京多荒坟，训练场向前，是一系列奇怪地名，徐坟、胡坟、吴坟等，胡坟据说埋着胡大海，徐坟自然是明代将军徐达。石雕身穿武将服，手拄石剑，不知是哪位古代守护翁仲，隐藏在丘陵竹林与灌木中，冷冷地看着巽丰。号令枪响了，如同回荡在天地边的一缕叹息，小刺猬惊慌地钻入草丛，巽丰打了个冷战，一跃而起，从稻田旁猛冲上前。脚下的土是松软的，太阳刺中裸露的皮肤，一切风景都成为后退的敌人，只剩下喘息声，黏津津的汗液，干得要冒火的吞咽声。巽丰觉得胯下有股热流，小命根突如其来地硬了。他死死地攥着钢枪，朦胧地看到远方有个白色物体，好似"日本兵"。他赶紧趴下，屏住呼吸，压上子弹，打开保险，轻扣扳机，只感觉肩头一疼，像被谁撞了下，一股带着火的力量从枪管喷射而出，耳边发出"嗡嗡"鸣叫。巽丰真想大吼，我放枪啦！……

二

从训练场回来，巽丰好几天都沉浸在异样感觉中。在磨剑社，巽丰郑重其事地让张人杰、约翰等人看了他的手。人杰拨弄了两下，说，有啥不同？巽丰骄傲地说，我放枪啦。你们闻闻，中指现在还有火药味呢。人杰不屑地说，放枪有啥稀罕？我们家的枪很多，德制1924步枪、日本村田步枪、中国汉阳造和中正枪，老毛子水连珠，短枪有德国镜面匣子和美国马牌撸子，我早在家里打过枪。巽丰说，那可不一样，父亲的德国盒子炮，我也放过，现在可是在模拟战场训练中打枪，接近实战呀。如此一说，少年们就很羡慕了，老姜头在北洋当过兵，也说，千军万马的厮杀，和平常的木枪训练、队列训练大大不同。有的士兵上了战场，大炮一响，吓得尿裤子，有的还被吓成了疯子。

人杰提议，让弟兄们练练胆，否则日本人杀过来，搞不好咱们也会吓疯。"铁鹰"说，去坟场过夜。各国华侨的华兴公墓，灵谷寺忠烈祠，清凉山还有警察公祠与埋孤魂野鬼的义冢，这些都可以考虑。大部分孩子对此不感兴趣。南京坟多，大家晚上跑着玩，捡到死人骨头很常见。见死人不是杀活物，试炼没啥难度。"花佛"想了想，说，咱们买上几十只鸡，见见血，杀了后大家还可以聚餐。这个说法得到大家响应。巽丰和人杰，早就进行过"青蛙与刺猬"试练，对此也无所谓。但买鸡需要花钱，一下子买几十只鸡，也不是小数目。"大粮台"高约翰做了预算后，决定发起募捐。如果成功的话，弄不好还能解决点经费。

童军大队长和总监不同意募捐。杀生太过残忍，有悖中国童军"仁义勇礼智信"宗旨，胡乱募捐也易引发事端，不如加强战场救护和后勤服务训练，多多组织三民主义思想教育。大家都对"上官"的看法嗤之以鼻。人杰说，日本有陆军和海军幼校，十三岁左右儿童，在雪地越野跑，在瀑布冷水中练忍耐力，熟悉各种枪械，十六岁时，优秀者补入陆军士官学校，毕业就可成为合格军官。中国儿童，家长教育他们从小听话，没有少年血勇，也无社会能力，拿什么和人家拼？大家赞成人杰，不必理会这些官僚，甩开膀子干就是了。小剪提议，先从"六喜台"开始。"婊子门"几个打手，对巽丰他们挺凶狠，这次让"六喜台"先出点血。然后去各大饭店酒楼募捐，童军总部安排磨剑社查卫生和四菜一汤，他们睁一只眼闭一只眼，如今是回报时机了。至于刺杀武器，找铁匠铺想办法，能不能弄点军队淘汰的制式军刺，实在不行，去张人豪那里求援。试练定名为"杀鸡宰日大会"，地点在上新河岸。莫愁湖西边，出了江东门，往西去的郊区，就有上新河镇。周围的上新河岸，联结着很多河汊子，僻静又开阔，是杀生练胆的好去处。

磨剑社社员欢呼雀跃。他们没想到，仅仅过了半年，同样在上新河岸，数千中国残兵和百姓被日军杀死，并在这里堆起一个"万人冢"。

"六喜台"的龟公，挨个敲打姑娘的房间，催促她们抓紧梳洗。秦淮河妓家都是闹到深夜，有的还支撑到凌晨再休息。第二天，上午十点左右，才开门迎客。端午节到中秋，河上花船正红火，有的是岸上妓家包的，有的是专门生意。来往京沪之间的晋商、徽商，金陵本地富户，也常包花船玩乐。有了花船张灯结彩的点缀，秦淮河才真正显出烈火烹油的繁华态势。只可惜政府大搞新生活运动，花船少了不少。很多夏秋季卖身的船娘，只能偷偷摸摸地拉客。和光绪宣统年间相比，花船生意大不如前，就是老北洋时代，也远比现在好。"六喜台"刚开门，冲进一群少年，领头的正是两个俊秀小杆子。杨老鸹心下说，"红玉喜"不都在蒋家当姨太太了吗，怎么还来胡闹。

高个少年发话说，今天不是找你们麻烦，磨剑社巽丰社长，想请您募捐，支持抗战事业。杨老鸹有些疑惑，磨剑社是新起的黑帮，还是外围党派组织？矮个少年上前，讲了一通抗战形势，核心意思是，他们是中国童军组织，不是流氓团伙，因要军事训练，买活物模拟实战，特请"六喜台"支持。杨老鸹多少明白了，心想这群小崽真胡闹，杀个鸡鸭，能上阵杀日本兵？不过，话说回来了，如果鸡鸭都杀不了，上阵肯定尿得要命。可这群半大孩子管用吗？

杨老鸨瞅瞅他们，统一制服，擎着黑铁棍，看着有些威武。再训练几年，说不定能派上用场。都是爹生妈养，这么小的娃，想着上阵杀敌，也令人感动。杨老鸨眼珠转动，有了主意。她夸了这些少年，说个个都是罗成转世，岳云下凡，必能打败东洋鬼。接着，她哀叹说，中日关系紧张，恩客来得少，生意清淡，实在没得钱。少年的脸沉下，蒋家少爷，轻轻地弹着皮带上的带鞘军刺。杨老鸨赶紧说，挤挤总有点油水，"六喜台"没啥钱，可愿捐东西。杨老鸨捐给磨剑社十只活鸡鸭，就当支持周姨娘了。巽丰正色说，抗战大计，和她没啥关系。巽丰和小剪、人杰商量了一下，虽没募到钱，但也是开张发个利市。少年们涌到"六喜台"后厨，那里囤积着几十只鸡鸭，昨天在市场买的活物，都关在笼子里睡觉。巽丰要求挑选凶悍的捉，蔫头耷拉脖的，坚决不要。

为了表示感谢，巽丰送了杨老鸨一枚铜制童军徽章，两把童军棍，下有童军制式小圆号，周围有童军三角巾，底下一行字：救亡报国。杨老鸨有些嫌弃，但还是收了。少年扛着鸡鸭，兴高采烈地打道回府，七嘴八舌地议论，鸡鸭如何烧来好吃，活似抢劫完的土匪。姑娘们在二楼看西洋景，"珍珠喜"对杨老鸨说，"红玉喜"结婚，给她凑份子钱了，怎么她家大少爷还来打我们窑姐的秋风？杨老鸨挠着头说，说是抗日吧，办"杀鸡宰日大会"，我的个乖乖，没见打日本，先操弄到"婊子门"里来了。

有了"六喜台"先例，磨剑社信心大增，几方人马浩浩荡荡，又去了六朝居、绿柳居和玉陵春等十几家酒楼。这些酒楼有的捐物，有的捐钱，真弄了不少东西。玉陵春因为巽丰的二叔坤安在那里，格外慷慨大方，给了几十元钱，还给了一只待宰杀的黄毛大狗。这狗凶得很，巽丰一靠近，毛就乍起，蓬松得像毛围脖。黄狗目光狂热，低声呜咽，对巽丰发出警告，再近点就狂吠，还张嘴要咬人。小剪麻溜地用铁丝编成嘴笼，扣在狗嘴上，把它弄上拖车。下午五点多，几路召讨大军都有所斩获，总共五十元钱，十只鸡，十只兔，五只鸭，五只白鹅，还有花猫、鸽子、麻雀、蛇、刺猬若干，另有几只大动物，一只恶狗，一只发情的公山羊，还有一头半大猪。磨剑社员们，扛着这些动物，好似禽鸟市场搬家的苦力，鸡屎鸭粪、兔子尿和刺猬的臊味，搞得每人灰头土脸。但大家斗志昂扬，小声议论着聚餐问题。有的社员提议，这么多食材，弄不好太可惜了，不如找二叔帮忙，杀完之后，搞野营聚餐。

刺刀的问题，没有很好的办法。老城门一带有些小茶馆是"挑高箩"的破烂帮聚集的地方。这些人中午在这里吃饭喝茶，下午三点再去长乐路街角，交流行情和收集到的物件。小剪、小镜和那些人接洽，只有几把手工打造的长匕首，统统买来了。"铁鹰"和"花佛"去了铁匠铺，铁匠不敢打造军械，偷偷卖给他们十几把小攮子，说是帮派火并定做的，优先供应他们。人杰求他哥哥人豪，人豪说，找巽丰他爹哇，他管军需，这点东西也叫事？巽丰找蒋坤典，吞吞吐吐地说了打算。蒋坤典看着儿子勇武潇洒，颇有几分自己当年的影子，心里也是喜欢，想了想说，正经军械，肯定不能给你。我们这里淘汰些损坏了的老旧军刺，是要回炉的，你挑些吧，到时别说从我这里得的就好。巽丰大喜，赶紧点头。蒋坤典又说，今后不准找周姨娘的麻烦。巽丰的脸色暗了一下，把头一仰，飞速跑开了，把蒋坤典气得半死。说是淘汰残品，其实蒋坤典给了巽丰不少好军械，不过都是国产军刺，钢口差些，比铁匠做的小攮子，是强太多了。

　　武器解决了，还要找劈刺教官。人豪曾请军校教官给他们讲过木枪劈刺，这次杀鸡杀狗，人家觉得小儿科，不愿来。人豪有事，只能让老姜头客串。老姜头吃小笼包还行，出点下流武术阴招，也可以应付，真到了鲜血淋漓地杀生，有点尿了。他推荐两个人，他的拜把兄弟，一个是"华清宫"浴池看门打手封阿水，一个是"德祥记"酱菜园老板鲁大料。封阿水的老爹，清朝宣统年间，是南京老虎桥江南模范监狱刽子手，专门出"红差"。这行当很多是世袭，封阿水是"见习刽子手"，帮他爹杀过不少人。民国成立，死刑改成枪毙，封阿水失业，流落到澡堂当看门打手。鲁大料是山东人，在南京城四五年光景，此人原是屠夫，在老家杀了十几年猪狗牛羊，后来改行卖酱菜。南京酱园由扬帮、杭帮和苏帮把持，鲁大料一个山东人闯进来，好几次被人捣烂干柜，砸碎了湿柜。鲁大料发了杀气，拿出杀猪刀，当场砍翻两个，鲜血满地，把一群祖传酱菜师傅吓得哭爹喊娘，这才晓得杀神进了酱园。真见到了两人，巽丰有些失望，封阿水瘦小干枯，像个大号螳螂。鲁大料又肥又邋遢，嬉皮笑脸，浑身一股酸臭体垢味和咸菜味道，熏得人想吐。老姜头说，人不可貌相，朱亥冯谖之辈，都是不起眼的，但能干成大事。巽丰说，难得姜师傅转几句文，就听你的。

三

听说磨剑社搞"杀鸡宰日大会"，坤瑶乐得直蹦高。她爱热闹，肯定要跟着去。谢东山等一批大学生也要去，巽丰有点不乐意，说，他们又不是磨剑社的，我们不希望被打扰。坤瑶说，不要那么小气，打日本不分彼此，有好吃的，更不能厚此薄彼。坤瑶带着巽丰参加过南京高校学生会办的冷餐会。会上，巽丰昏昏入睡，这些"大学之士"都是耍嘴皮的高手。巽丰记得，有次南京高校联合会，会同基督教青年会等宗教组织，在金陵大学共同搞了主题演讲，刘伊万出了题目："值此抗战救国急切之际，吾人每叹过去人才如此，目前之青年又如此，将何以抗战？何以救国？"中央大学政治系学生，做"三民主义思想必胜"演讲，但讲得枯燥乏味，听的人跑了一半，谢东山做"弱国外交致胜论"，声称"弱国无外交之言，似是而非，国弱固然难取胜于外交，然仅国弱，未必即受侮之主因，国乱则斯难免外侮耳"。蒋坤瑶的演讲是"民主建国论"，力陈改变国民党独裁的重要性。她的发言异常大胆，受到热烈呼应。谢东山悄悄拉着她说，不怕让人扣上"红帽子"，拉到雨花台毙掉？蒋坤瑶不在乎地说，扣就扣，我晓得共产党在哪里，肯定要加入。巽丰明白姑姑的犟脾气，只能说，观摩可以，不能干扰活动。

春天的太阳刚爬出紫金山脊，磨剑社挑选出的四十名勇士，开始了征程。还有二十多名成员，不敢参与杀生，承担后勤运输工作，观摩团成员包括两位杀生顾问，一位武术顾问，另有十名大学生观察员。醉人的热风中，吃完早点的南京市民，发现了一伙奇怪的人，走在前面的是一群军装少年，肩膀扛着木枪，枪头绑着长长短短、式样不一的刺刀。俩少年负责奏军乐。后面的人，扛着各种笼子，有鸡鸭鹅兔等家禽，也有猫鼠蛇，还有山羊、狗和小猪。再后面就是一群嘻嘻哈哈的大龄青年，像看热闹的。市民有些好奇，跟着瞎打听，搞烤肉聚餐，还有铁板烤架？也有的说，不对，怎么扛着刀枪，去和黑帮火拼？动物是祭祀用的？最令人惊讶的是，每个动物头上都绑着一个日本旭日旗，古怪又滑稽。这是小镜出的主意，这丫头鬼机灵，说，社长，让大家这样杀，难免害怕，绑着这些玩意儿，大家想着可恨的日本鬼，就不那么怕了。市民们议论纷纷，越说越好奇，一大群闲人，好似黏在蜂蜜后面的蚂蚁，被虫子勾引的麻雀，呼啦啦地跟上穿城而出的队伍。

到了上新河岸，巽丰示意队伍停止，奏乐也停了，他讲了此次练胆的重要意义。大家举着带刺刀的木枪，齐声吼叫。巽丰刚想示意，将笼子拿出来。一个灰色身影闪现，口宣佛号，拦住搬笼子的"花佛"和小剪。巽丰看去，是一个黄瘦的师太，她自称是普照寺静娴比丘尼，请求磨剑社放了家禽动物。巽丰表示为难，他们今天来，就是要练胆，将来准备抗击日军入侵。静娴师太眼看劝解不得，只能摇着头，退在一边。

大家一个接一个地上去试练，每当一只动物死亡，人群都会爆发出一阵赞叹。谢东山等几个大学生都抄着手，撇着嘴，意思是这些玩意儿太小儿科。磨剑社还有一个女社员引起巽丰的注意。那是一个瘦瘦的女孩，个子不高，很干练，平端着木枪，口中低声呼喊，出枪准确迅速。她叫林秋月，育群中学女班的。刚入学没多久，她要求加入磨剑社。巽丰对她的家庭不太了解，只知道是做药材生意，人杰对那姑娘很有好感，强烈要求让她加入，巽丰顺水推舟，答应了下来，只是没想到，小姑娘表现得如此出色。

好一会儿，乱哄哄的场面，才慢慢平静，市民们一哄而散，磨剑社的社员，面面相觑，四下一片狼藉，连军旗和军号，都被丢在土里，被踩得不像样子。几个年纪小的社员，掉到河里，被救上来，现在还瑟瑟发抖。没人再提野餐的事了。巽丰提议，将死去的动物，埋葬在上新河岸边。没死的上交童军组织，当是交军费了。

静娴师太走上前，双手合十，说，阿弥陀佛，杀生源于内心恐惧，六道轮回，报应不爽，施主们怎知今天杀的，不是昨日之人？又怎知明日自己不被人所杀？鲁大料低下头，说，法师说的是正理，但我不杀生而生灵涂炭，众生陷于地狱火海，您说怎么办？静娴师太说，发慈悲之心，才能成堂堂正正仁义之师。顽敌凶暴，以坚韧之力抵抗之，杀意退而杀亦止。大日如来，金刚般若波罗蜜多菩萨，均意为不动明王，除魔斩妖，见我身者发菩提心，闻我名者断恶修善，闻我法者得大智能……

师太讲得深奥，巽丰听不懂，鲁大料对着师太深鞠一躬，俩人帮着收拾被杀的家禽动物，师太又盘膝坐地，念了一段往生咒。胖大肥壮的鲁大料恭敬地站在一旁，也做祈祷状。烈日骄阳，仿佛燃烧的火弹，耀得让人无法睁眼，将芦苇荡、河汊子，连同无数氤氲水汽，都煮得沸腾。上新河岸，已变成了黑褐色，巽丰汗流浃背，脸色煞白，跪在地上呕吐，好半天没缓过劲。林秋月走过来，递给他一条手巾，冷冷地说，没事吧，这下可练了胆？给动物们绑日本旗的做法，非常无聊。巽丰不耐烦地说，这是让大家克服对日本的恐惧，你懂啥，你又不是日本人。林秋月愣了，脸上露出笑容，我是中国人，也是日本人，我的日本名字，叫小林秋月。

第七章　日本林鹤子

隔着高见山，遥望我的姑娘，是由山高望不见大和，
还是故乡太遥远。

——日本诗歌《万叶集》

一

酷热的阳光，似要烤爆南京宽宽窄窄的青石板路。一条
条裂纹在石板上延伸，车夫头上落下黄豆般大小的汗珠，瞬间
被滚烫石板吮吸得无影无踪。树叶间也没有风，闷得像蒸炉。
新街口、花牌楼和秦淮河岸的繁华商埠，屋檐下躺满衣衫褴褛
的乞丐。他们四仰八叉，藏在屋檐阴凉下，撕开不能蔽体的烂
布，肆无忌惮地裸露着黑黢黢的，仿佛烤粗陶瓷似的身体，丝
毫不顾及行人厌恶的目光。屋檐下风铃没有动，街上驰过的公
交车和脚踏车，也走得有气无力。遮阳伞下，时髦女郎不断抹

着香汗，茶壶妹、擦皮鞋小厮、点蚊香的烟贩、卖软糖和茶糕的贩子，也都躲进茶馆，续一口水，喘上一口气。雨花台五彩石，好似要烤得化成五彩火河。中山陵的蝉拼命鸣叫，发泄着对老天的不满。城郊土路被烤成土粉颗粒，人踏上去，尘土沾在脚上。下关和记、中兴、招商、三北等船行，民船、商船异常繁忙，海军码头不断见到兵船进出。对岸的浦口码头，遥遥相望，能看到再远一点的铁路上，跑着无数冒着黑烟的火车。

7月7日，日军轰炸宛平城。天气酷热，南京市政府经理委员会照常通告对白下路东段招标，住宅区商场和公厕也在招标行列。卫生署招考公务员，燕京大学、北平师范大学、齐鲁大学都在报纸宣传招生，福建申请政府赈济水灾。新都大剧院上演《胭脂泪》，巨大广告牌写着："五个情郎四个暗杀，离奇惨案，闻所未闻。"民国大戏院上映泰勒主演的、米高梅公司的《百鸟朝凤》。京沪铁路南京站，出售金牛牌鲜橘水，一打一元二角，第威德牌补肾丸与如意台牌驱蚊膏，也都热卖畅销。金陵大学的学生郑乃涛因家贫自杀，广西女子李泽萍被现役军官遗弃，投扬子江获救。报纸呼吁捐款救助郑的家人，建议调查李泽萍的丈夫，将其绳之以法。

战争还是有很多蛛丝马迹。小麦突然涨价。日本大批驱逐留日中国学生，没有任何征兆，外交部极力抗议，但没有任何成效。日本商人在安徽等地，低价大批量收购白麻，以作为人造丝原料，也引起政府警惕。更可怕的是，北平、山西、南京等地，出现大批日本间谍和汉奸，在中国各地窥视和收集情报。开始，大家没认为一定开战，报上说10号中日之间会达成妥协，过几天，日本增兵了，各大报纸引爆"平津危急！华北危急！"特讯。那天，日本作家佐藤春夫，激动地写下和歌短句《我站在卢沟桥头放声歌唱》，中国各地大学纷纷通电，忍辱负重已六年，现在不能再失去一寸土地……

社会各界大游行闹了一天，夜深了才慢慢沉寂。白天，磨剑社组织游行募捐，正好碰上南京市政清洁队，他们一个街区一个街区检查，要求每户垃圾箱分成大小号两种，实行厨余和废物分类。人杰气愤地说，都要亡国了，还弄这些虚头巴脑的。炮弹飞来，都成了废墟，就不用分类了。大家骂戴着红箍的清洁队长。他哭丧着脸说，这是上官命令，日本人远着呢，可眼前日子也得过，城郊又出了猪瘟，很多农户家的猪都死绝了，发了瘟的死猪肉，又进城低价卖给市民，你说，我们不管行吗？巽丰想，这叫在其位谋其政，最起码人家还挺敬业。不像某些有钱人，一看战事起，想着往内地撤，跑到武汉或重庆。晚上，巽丰躺在床上，热得无法入睡，打起竹帘，只听得偶尔传来喊叫声，不知什么人，长长地哀号，仿佛动物垂死之前的悲鸣。远处，不时有火光冒出，在提醒着他，那是愤怒的人群火烧日侨商店和住宅。这几天，日本从本土驱走中国人，开始从南京等地撤侨，有的侨民回到日本，有的集中到上海、天津等地的日租界。巽丰朦朦胧胧地感到，他在进入一种历史性时间。他即将见证重要历史时刻。

磨剑社也召开了"抗议日本侵略 全民总动员"主题大会。大家见面，沉重又兴奋地说，奶奶个呆匹，这天终于来了。仿佛一个接头暗号，听到这句话，每个社员的脸涨得红通，彼此有力地握手。为了渲染气氛，巽丰让小剪打开美国收音机，调到几首铿锵有力的战斗歌曲。这次大会，几个顾问全都到场，外围代表也来了不少。这次聚会，也有不同寻常之处。巽丰和人杰，都有了真正的配枪。巽丰有了把勃朗宁手枪，人杰是德国造的镜面匣子。他们的配枪，都是经童军总部和警察厅批准并登记的。战事紧急，他们都是童军队长，应该武装一下。巽丰的枪，是父亲送的；人杰的枪，是他的将军老爸从库房挑的。他俩还一起在警察厅靶场练习了几次，才掌握了手枪的使用方法。磨剑社也有了警察厅安排的重要任务，就是协助警察和宪兵，在全南京抓捕特务和汉奸。他们二十人一组，遇到紧急情况就吹哨子，通知警宪来处理。同时，他们还和基督教青年会合作，学习伤兵护理和战地服务，蒋坤瑶带着小镜等女孩，主要进行这方面训练。

经过"杀鸡宰日大会"，巽丰和阿水与大料成了朋友，"正牌师傅"老姜头反而被晾在一旁。老姜头几次抗议说，你师傅武功太高，动手容易伤人，不能随便展示，这才找了两位师叔助阵。他们哪是我的对手？不信你问问他们？两位师叔就透露出谜一般的笑容。阿水平时不笑，笑起来露出两排后槽牙，非常瘆人。鲁大料对谁都点头哈腰，习惯巴结逢迎，有点好处就往里钻。这一点，比老姜头还不如。但巽丰佩服他们，他们是真正敢杀生的好汉。到了战场，他们绝对是百战精兵。他们的身上，显然也藏了很多秘密。巽丰几次打探，都被巧妙地避过去。坤安听说他和市井人物瞎混，怕耽误学业，就和坤典说了。封阿水和鲁大料，坤安也认识，特别是鲁大料，玉陵春的酱料与作料，都是由他供应的。坤安对鲁大料制作酱料的功夫，倒是很佩服。他还有点纳闷，巽丰要酱园师傅干吗？坤典反而挺欣赏儿子，说，世道要大变，男人在血里火里闯，要广交豪杰，别以为多认识洋人或精英就可以了，仗义每多屠狗辈，负心半是读书人。

阿水和大料不一样。巽丰是教会学校的学生，家世优越，父亲又是教导总队军官。巽丰还领导着六七十个少年，组织童军磨剑社，受到宪兵司令的嘉奖。这样的少年，居然佩服自己，和自己交朋友，真是莫大光荣。更何况，巽丰并不小气，每次来都给他带东西，有时是一只吊炉鸭，有时是酱牛肉。阿水收入不高，小费全靠汤客打赏，到现在没娶妻，家中还有老娘要赡养。"华清宫"老板陶德武，早年在日本留学，回国后，发展不顺利，就投资开了浴池。南京浴池，最早是朱元璋给修建中华门工人们洗澡开的。浴池讲究门口安装枣木大厚门和厚重布帘，以保持温度。用泥巴造大锅，泥巴里掺着各种草药，人泡在里面，舒筋活血，浑身通泰。伙计们用大叉棍，将汤客的衣服，分别贴上号，挑得高高的，挂在休息室房梁上。休息室既可掏耳，擦背，刮脸，修脚，也可下棋，唱京剧，也有小卤干、茶糕等各式点心伺候。天气冷，浴池烧得好暖，天气热时有冰桶，还上了进口鼓风扇，真是休息的好去处。人多了，事就杂，小偷，打架的，交易土膏的，溜沟子（搞同性恋）的，什么人都有。阿水相当于浴池保安，出了纠纷，人们就找他摆平。他在几个行当混过，和黑白两道也熟，就是人太闷，几脚踹不出屁。但他的狠辣，大家都有所耳闻。颜料坊玉清池，澄膳坊建新池，大板巷春来池，建康路建康池，三山街三新池，都是有名的大浴堂，门脸装修和内部设施更豪华，内堂休息室，土娼流莺也在这里交易。"华清宫"和它们比，寒酸了很多，老板陶德武也没有大志向，就这样混了下来。

氤氲水汽中，巽丰懒洋洋地躺着，他看着天花板上结满水珠的盘花顶，身边水声哗哗作响，一个个白花花肉体，在朦胧水汽中缓缓游动。封阿水递给他干净毛巾和一杯苦瓜茶，他擦擦脸，饮了茶水，还在想着那场迅猛而来的战争。阿水赤条条地站在池里，给巽丰演示贴靠搏杀技巧。无论战壕战，或街口偶遇，以巽丰的年龄和力气，正面硬拼肯定吃亏，一定要近身才行。他让巽丰在池子里面，利用水的阻力，练习贴靠速度。巽丰心不在焉地练了几次，都被滑溜溜的阿水躲了过去。两个男人在池子里贴来靠去，有些不好意思。此刻巽丰的脑海中，只是闪现着一个人，一个很棘手的女孩。林秋月，或者说，是

131

小林秋月。

受到战争威胁，南京所有学校，包括教会学校，都削减了课程。每天早上升旗仪式，越来越隆重了，升旗前要恭读《总理遗嘱》，唱《总理纪念歌》。升旗时巽丰又看到林秋月。她笔直站在青天白日旗下，认真地唱歌。巽丰感觉有些荒诞，一个日本人，唱中国歌，到底咋回事？她是个干练女孩，短短的头发，握拳姿势很好看。人杰对林秋月有好感，但听说她是日本人，顿时蔫了，说什么非我族类，其心必异。巽丰说，你先搞清情况嘛。人杰想了想，说，算了吧，我们家都是武将，我要和日本女孩交往，他们能打烂我的屁股。

升旗仪式结束，巽丰凑过去，说，林秋月，能聊聊吗？林秋月说，蒋大社长，有何吩咐？巽丰说，你真勇敢。林秋月摆摆手，说，要打仗，还是你们男生的天下。林秋月向巽丰介绍了她的家庭。她的父亲叫小林秀夫，大阪行商，很早就在南京经商，娶了中国太太，在南京二十年了。秋月的母亲是南京人，在南京也有亲戚。秋月生在南京，长在南京，日本话会说，但不流畅。我是南京人，林秋月仰起下巴，带着怒气说，我虽有日本血统，但不是女鬼子。后来，巽丰才晓得，林秋月在学校很孤立。她在南京日本人开的侨民小学读过书，父母为让她更好融入中国，又让她读了育群中学女班。在侨民小学，她因为母亲是中国人，被其他孩子看不起，常有日本小孩欺负她。到了育群中学，大家知道她是日本人，对她也很冷淡，中国少年撕她的国文课本，在她的桌上写下"女鬼子滚蛋"，往她的衣服上泼墨水。巽丰对她有些同情，秋月挥着拳头说，我是中国人，不管爸爸他们怎样，我是土生土长的南京人，我喜欢南京，我为啥支持日本占领中国？我恨搞侵略的日本人。但谁也不能欺负我，我从小练空手道，谁惹我，我就和他打！巽丰看着秋月瘦瘦的拳头，挺佩服她。他如果是一个中日"混血串子"，还不知有多痛苦呢。

有空来我家玩吧！林秋月说道。巽丰看到，她的眼睛亮亮的，有种透明的祈求，巽丰犹豫了一下，答应了。巽丰看着林秋月兴冲冲地跑远，瘦削的身影，孤单地在他的视线远处，拉成一条长长的竖线，消失在学校那扇红色窄门后面。湿热的空气，越来越凝滞，林秋月的短发在7月阳光下，散发着无穷热情和危险诱惑。

二

靠近中山东路石桥街，有一栋西式洋房，旁边是明德女中。一个眼神冷漠的日本仆人，对巽丰盘查半天，才进去通报。等了一会儿，巽丰被许可进入。巽丰顺着前厅进入正堂，到处都是中式布置，仿明家具，古香古色，各类古玩，景德镇陶瓷茶盏，悬挂的中国山水画和名人书法，和大多数中国有钱人家的布置，都差不多。巽丰见到秋月的父亲小林先生，一个笑眯眯的日本人。他不是巽丰想象中穿着和服与木屐，鼻子下有一撮卫生胡的狂妄日本人，而是一个穿着西服，笑容可掬，随时能用中国谚语开玩笑的商人。如果他走在大街上，只要不说，没人会认为他是日本人。小林听了童军的故事，还询问了些具体问题。巽丰不愿讲太多，他也没有问下去。客厅还有一个男人，三十岁年纪，端坐在椅子上，也是笑眯眯的，不停打量巽丰。他用汉语问，巽丰君，听说你办了"杀鸡宰日大会"，要杀日本人吗？巽丰有些气愤，说，我只想对付侵略中国的日本人。男人叹了口气，说，侵略？恶心的字眼，日本和中国是兄弟之国，日本愿意帮助中国。这里有很多误会。巽丰心中更不痛快了。男人又说，你是优秀的中国少年，希望你和小林秋月能成为好朋友。秋月快步跑过来，嗔怒着说，叔叔，不要刁难我的朋友。俗话说，威武不能屈，我们中国人不会害怕你的威胁。中国人？男人笑着将目光投向小林秀夫，说，兄长，你的汉化教育很成功，秋月不喜欢当日本人。小林先生尴尬地笑了笑，说，小孩懂什么，不要和她一般见识。他转头让秋月带着巽丰到房间去聊天。

那男人是小林秀夫的弟弟，小林春之，多年生活在日本，近期才到南京。至于他是干什么的，秋月也不清楚。巽丰小声对秋月说，你父亲和叔叔长得很像，都是笑眯眯的，但感觉怪怪的。秋月说，别管他们，他们这些人，鬼鬼祟祟，表面彬彬有礼，实际还不知在想什么。我喜欢舅舅，不喜欢叔叔。秋月的房间，布置得很日本化，整洁的榻榻米，推拉式糯纸糊轻便木门，摆在瓶中的日式插花，桌上富士山微雕盆景，都给人以简约之美。巽丰有点后悔来这里。但他答应过秋月，给她看飞机模型。林秋月有收集爱好，她有很多日本忍者布偶，成套花牌，十几个独乐，还有各种颜色日本剑玉。她教巽丰玩剑玉，巽丰的手不太灵活，球总掉下来，秋月就能稳稳当当地让球卡在木托上。还是你们日本人厉害，日本玩具我是不会的。巽丰讷讷地说。秋月脸色煞白，把剑玉丢在一边，眼圈红红的，冷冷地说，还以为你和其他男孩不一样，你还是嫌弃我。巽丰矢口否认，但又老实承认，自己有点不舒服。他的坦诚，让秋月的心情好多了，秋月仰着下巴说，我说汉语，爱中国，就是中国人。

林秋月和巽丰玩军事模拟游戏。巽丰派出侦察部队打探秋月的飞机场所在，不料遭遇了小林特战队的忍者小队。巽丰侦察部队的成员，都会中国功夫，每人除了驳壳枪之外，还配着雪亮大刀。忍者都有奇怪暗器，他们用黑纱包着脸，拿着武士刀，像月夜下成群结队的、挥舞着镰刀腿的甲虫。巽丰将飞机模型分给秋月十五架，组成日本华北派遣军陆军航空兵小林大队，共有川崎九一式战斗机五架，中岛九二式战斗机六架，还有八七式和八八式重型轰炸机各两架。他这里是国军空军第一师巽丰飞行大队，配备美国野马战斗机和霍克战斗机，还有苏联轰炸机。两方捉对厮杀，榻榻米上空，微雕富士山脚下，蒸汽缭绕的茶盏四周，都是战斗的好地方。巽丰的战斗机，时而翻滚，时而加速，有时还促狭地攻击小林部队尾部。战斗激烈，秋月也很投入，她将飞机紧紧贴着巽丰的战机，不时骚扰，趁其不备，上去啄两口。他们正气喘吁吁地纠缠着，巽丰闻到秋月头上的香气，一不留神，被秋月击中手腕，飞机掉下，秋月兴奋地喊了声，吆西。她也觉察出不对，赶紧收兵，脸色红红的，有点心虚。两人约定，改天去玉陵春吃饭。巽丰答应林秋月，让叔叔给她做好吃的京苏大肘。

巽丰离开秋月的家，那声"吆西"唤醒了他。他悲哀地想到，秋月为什么是日本人？她要真是中国人有多好？但日本人为什么不能和中国人做朋友？秋月的母亲不就是中国人？中日之间，为什么不能友好？巽丰被脑中冒出的一系列问题吓坏了。在大纶纱厂仓库，巽丰对人杰讲了秋月家的情况。人杰叹息着说，可惜啦。"铁鹰"提议，将秋月从磨剑社开除，她会泄露军事机密。咱们还机密？约翰有些不屑，同情地说，这女孩挺好的，就这样开除，人家会觉得咱们小心眼，我还想带几个英国孩子参加组织呢，搞得这么排外，谁还敢来？她不一样，她是日本人。"铁鹰"据理力争，他最恨日本人，当年在日本工厂，打他最狠的，就是厂主的日本老婆。"花佛"、小剪等人也不赞成让日本女孩参加。小镜反应最强烈，她噘着嘴说，你们不会被"日本妲己"迷惑了吧。人杰站起，脸红脖子粗地否认。巽丰摆手说，胡咧咧啥。小镜赌气地看着他，不甘示弱地说，我看你喜欢日本女孩，都跑到家里打飞机了，你还想干啥？下一步是不是亲嘴？众人哄堂大笑。巽丰羞得汗都下来了。

开除的事，巽丰不知如何对秋月说。她挺可怜，日本孩子疏远她，中国孩子不信任她。那次分手，秋月拿出精致的"御守"送给他，说是东京本愿寺求的，能保平安。巽丰悄悄地将它放在内衣里，感到一阵温暖。向一个认识不久的中国男孩送礼物，看似冷漠高傲的林秋月，内心肯定也很孤独脆弱。秋月担心地告诉巽丰，如果他想请吃饭，最好快点。他们家的玻璃，被人敲掉很多块，半夜还有人往院子里丢燃烧瓶。父亲考虑，把她带到天津日租界。天津离北平那么近，是不是也会打仗？巽丰担心地说。秋月说，我要留下来参加抗战，跟着磨剑社行动。巽丰一时心软，答应了秋月。如今又要开除她，怎么和她说？巽丰绞尽脑汁，非常头痛。那枚"御守"紧紧贴着他的胸膛，似乎在低声乞求。巽丰想，应尽快请她去玉陵春吃顿大餐，就当是赔罪和送行了，只要她离开南京，就没这些纠结了。

巽丰去和二叔商量。仗打起来了，酒楼生意清淡了不少，坤安闲下来，读读菜谱，指导厨子们做菜，倒也安心。巽丰犹犹豫豫地把林秋月的事说了，蒋坤安喝了口茶，半晌没说话，突然说，中央教导队整训，随时可能上战场。你有空多回家，和你父亲聊聊。教导总队是真正精锐，去年因张、杨扣押委员长，出兵在潼关打了一场。如今中日翻脸，教导总队难免上战场。蒋坤典属于教导总队经理部，平时管军需，战时要编入辎重部队，保证军队后勤。您说日本女孩怎么办？巽丰还是追问。能咋办？坤安挠挠头，她愿意去天津租界，你自然不用管，她愿意留下，说明彻底认可中国人身份，你们平时注意观察就是了，如果她真是间谍探子，总会露出马脚。抓了她，还是件大功劳。

巽丰没想到，这么纠结的事，二叔三下五除二就化解了。可他的心里还是空荡荡的，总觉得有算计林秋月的意思。二叔告诉了巽丰另一件事，姑姑蒋坤瑶和曾泰好上了。巽丰以为，姑姑不喜欢曾泰。尽管巽丰利用曾泰办了不少事，但警察这个职业，特别是他们和乔四那种说不清道不明的关系，还是让巽丰不舒服。蒋坤瑶会喜欢他？按照坤安的讲述，巽丰想象出一个场景：玉陵春二楼西餐厅，璀璨的吊灯下，蒋坤瑶摇着红酒杯，曾泰突然单膝跪地，深情地表白。坤瑶吓了一跳，抽出手，红酒溅出，竟洒在曾泰脸上。蒋坤瑶"咯咯"地笑着，帮曾泰擦拭，曾泰跪着不动，任凭红酒从眼角慢慢滑下。蒋坤瑶猛地搂着他的头，曾泰就势抱起她，周围的人一片惊呼，接着就是鼓掌声……坤安讲述时，语气羞愤，手不停摇晃。

巽丰的想象中，松鼠鳜鱼的香甜，吊炉烤鸭带着凉意的油香，凤尾虾的酥脆，这些仿佛是蒋坤瑶和曾泰的"爱情的味道"。曾泰很内向，能拿出这套浪漫劲头，想必也是战争逼的。战争到来，成千上万的人死去，成千上万的人奔波流离。两个看似不可能有姻缘的人，却以这种浪漫方式定情，这也许可喜可贺。巽丰打断二叔的话，说，很多人都在登报结婚呢，未婚青年都在忙着寻找爱情，姑姑这么做，也没啥大错。

三

夏季的酷热，没有影响柏翠芬的心情。她依然重复着一个在家修行的比丘尼应遵守的作息习惯和九条戒律。清晨软黄的光，爬过蒋家大院的封火墙，会有短暂的清凉的风，吹拂过弥漫着露水和植物气息的小院。柏翠芬打开窗，这是她唯一与外界交流的时刻，观音像白玉如脂，她看一眼，心里就格外宁静，点上香，念九遍《心经》。她听到蝉在桑树上悄悄地喝着树汁的声音，她看到公公蒋乾中在院子围着假山打转，念念有词。婆婆蒋鲁氏踮着小脚，让苏州娘姨看昨晚煮的肉骨汤和青鱼汤熬得如何了，老赵弓着腰，"唰唰"地扫着落叶。他将蒋乾中夫妇屋中红色恭桶提出，放在厕所旁边，集中处理。还有一个早起的人，是新来的姨太太周慧。"恺撒"慢慢熟悉了这位姨太太，不再对她吠叫，然而它的眼神仍然深邃，保持着德国贵族看待下贱女人时的轻蔑眼神。周慧不敢和它对视，绕着它走。周慧早上在厨房帮忙收拾，有时端着枣红木盆，静静蹲在院子角落压水井旁，仔细清洗衣物——柏翠芬一眼就看出，那是蒋坤典的内衣。那件夏布缝制小衫，此刻肯定还沾着酒气。周慧头上那支盘凤点翠簪子格外醒目，原本她也有一支。

柏翠芬没注意到，此刻蒋乾中也在悲悯地注视着她。蒋乾中留洋归来，最反对纳妾，谁想到，民国已成立那么多年，自己的儿子反而要纳妾。然而，家事再大，又岂能大过国事，他必须有所安排。他通知全家人晚饭时集合。蒋坤典破天荒表示，晚上无论如何要回来吃饭。晚饭是精心准备的，蒋乾中破例去厨房过问，按照每人喜好专门定制菜谱，没有的就去买。晚饭时刻，全家人凑在一起，蒋乾中特意让苏州娘姨和老赵头也到主桌吃饭。他们诚惶诚恐，蒋乾中说了三遍，才挨挨蹭蹭地坐下。蒋乾中看着一大家人，颇为伤感。俗话说，天下没有不散的宴席，蒋家这桌大餐，何时会散呢？

饭菜热气腾腾，花样繁多，香味直钻鼻孔，一家人围坐，蒋乾中沉默，其他人也不好开口。蒋乾中话没说出，眼中扑簌簌地掉下泪。蒋鲁氏赶紧劝解，蒋乾中才缓缓地说，大战将至，希望蒋家渡过难关。蒋乾中点了坤典的名字，希望他出征杀敌，切勿苟且退缩，要有杀身成仁的勇气。坤典不太高兴，也为"赴死"两个字心惊肉跳。坤模是政府公职人员，也要以政府命令为准。坤模不耐烦，打着腔调应付。坤安被要求保护家庭，努力给蒋家再添一个后代。柳如春满脸羞红。柏翠芬和周慧，被要求精诚团结，共渡难关。周慧向公公承诺，遇事会以家庭为重。柏翠芬只念佛，说不出什么。说到蒋坤瑶，蒋乾中很头疼。坤瑶对视着父亲，坚定地说，我不结婚，马上要打仗，还能管儿女情长？女人这辈子，还是要嫁人！蒋鲁氏说。坤瑶用手指敲着桌子，说，乱哄哄的，嫁什么人？又没合心意的。坤安这时插话，说出玉陵春的一幕。坤瑶毫不在意地说，大家谈谈朋友，离结婚还远呢。蒋乾中见她这个态度，也不说什么，只将目光转向巽丰。他拍拍他的肩，说，孩子，你挺身而出，保卫国家，值得夸赞，但我们蒋家，对你只有一个要求，就是活下来。巽丰不能理解祖父的悲怆之情。蒋乾中说，准备将大家疏散到苏州乡下，但他也表示，他肯定不走，敌兵破城，就殉了国家。

蒋乾中是认真的。全家人鸦雀无声，只有蒋巽玉用吸管喝汽水发出的"啧啧"声响。苏州娘姨颤声说，老爷，日本兵杀进城，我们怎么办？蒋乾中说，不会亏待你们，会发遣散费，你们愿意逃难，可早些订船票，从下关码头走。苏州娘姨失神地说，在蒋家好多年了，这回乡去，能干点啥哇。说着，她捂着嘴，咿咿呀呀地哭了。她这一哭，带起众多人心事。蒋巽玉发现大家都在哭，也丢了汽水，号啕大哭，只有蒋坤瑶拍着桌子说，不就是东瀛鬼吗。周慧抹了几滴泪，用眼角瞥了蒋坤典，看见他还是淡淡的，心头沉了沉，毅然抬头，对蒋鲁氏和蒋乾中说，公婆在上，你们不嫌弃我，让我进蒋家的门，生死我都会和蒋家在一起，只可惜未给坤典留下子息。蒋乾中和蒋鲁氏对视一眼，颇感惊讶，原只当她是聪明乖巧的窑姐儿，哪承想关键时刻，也是有骨气和担当，这还真是比只会念佛的正牌儿媳强很多。

蒋坤瑶拍手说，小嫂子，想不到你是"当代梁红玉"，可惜我哥不是"韩世忠"哇。蒋鲁氏拎着坤瑶的耳朵，往屋门外推。坤模和坤安，劝说母亲不要动怒。坤典懒洋洋地挑着根豆芽菜，脸上满不在乎。蒋乾中苦笑着说，万事皆有定数，不必太执着。我还有事没做完。蒋乾中让学生当助手，全力整理红楼批注，每想到"好一似食尽鸟投林，落了片白茫茫大地真干净"，就感到心口发疼。那天下午，他想到北平沦陷，天津不保，这样下去，金陵国都也难说安全，不禁写下"天意多悲吒，烽烟逼上京。昏鸦啼故树，孤客望奇兵"的诗句，写到最后的"兵"字，手腕不知为何发抖，那滴浓墨，竟然跳到了宣纸上，慢慢地氤氲开来，仿佛是浓浓的黑泪。

石桥街那栋白色洋房，如今人去楼空。铁栅栏被推倒，大门被敲出个洞，门窗空洞地漏着风，玻璃几乎全被敲碎。窗帘也被带走，没带走的被扯下，写有"日本鬼去死"字样。木窗棂被火烧过，显出黑黢黢褶皱。巽丰踩着窗台，扒着窗棂，向屋里看去，看得出主人走得匆忙。巽丰走进林秋月房间，前些日子那场"飞机战"，仿佛就在眼前。吊在黄铜门把手上五颜六色的千纸鹤，写着"爱和平 爱中国"的字样。紫色木制剑玉，被踩得稀巴烂。巽丰在窗台上还发现一只保存尚完好的模型飞机，这是巽丰送给林秋月的礼物。如今它孤零零地躺在窗台上。巽丰把飞机擦干净，收进怀里，又拿走千纸鹤，他听见胸前那只御守发出"呜呜"的悲鸣。

巽丰想，这大概是他和林秋月最后的交集了吧。从此后，天津日本租界会多一个穿和服但喜欢说中国话的女孩。她的眼神孤独倔强，她大概从此要叫小林秋月了。

四

很长一段时间，巽丰不愿意和父亲说话。每次见到他，都低着头，快速绕过去。对新姨娘周慧，更是横眉冷对。坤典也傲气，不向儿子低头。战争临近，冰冻的父子关系开始融化。坤典慷慨地支援磨剑社很多废弃军刺，他还和曾泰去大纶纱厂废仓库看了看，那里挂着一个大牌子：中国童军磨剑社。曾泰笑着说，你儿子气魄不小哇。坤典说，小孩瞎玩闹。他们去磨剑社，正赶上巽丰和人杰、小剪、"花佛"他们练习木枪刺杀，见到坤典和曾泰，巽丰立即停下练习，毕恭毕敬地跑来，喊了声，父亲大人。又对曾泰鞠躬，说，曾警长，欢迎指导。坤典慷慨地送了他们一些军鞋、军衬和训练护具。孩子们大声喊着，谢谢蒋少校！巽丰也笑得格外灿烂。

周慧巩固住蒋鲁氏和蒋乾中对自己的信任，与老赵头和苏州娘姨也结下善缘。老赵头本有些看不起周慧，如今也常说她对人的好处。对她最有利的同盟自然是柳如春。两人都是小门户出身，都读过些书，在这蒋家大院，也都不甚如意，周慧刻意笼络，两人自然成为无话不谈的好妯娌。坤安叹着气说，周姨娘真是厉害人物，从火坑爬出，洗干净污秽，摇身变成蒋少校的夫人，现在还好，要是生了男孩，将来恐怕你们大房有的闹了。说是这样说，蒋坤典还是出去喝花酒，只不过换了地方，不去六喜台。周慧晓得，男人要改这毛病也难，暗地里哭过几次，只盼着赶紧生下一男半女，可惜肚皮不争气，许久不见动静。

　　巽丰正上课，老赵头突然跑到学校，说，大爷要出征呢，说话就要走，只等着见你一面。巽丰的眼皮"突突"跳了几下，赶紧回去了。蒋坤典穿着整齐军装，立在院子里，和大家说话。日本占了平津，如今又在上海打，坤典请假回来，向家人告别。下午阳光正闷热，坤典的扣子扣得紧紧的，头发梳理得一丝不乱。苏州娘姨给他煮了奥灶面，蒋坤典吃了两大碗，满头大汗。老赵头眼红红的，把坤典的军靴擦得又亮又干净。

　　蒋乾中写了小楷《满江红》，让坤典带着，沉着脸教导，此乃国战，汝要身先士卒，以国家民族为根本，拼死抗倭。坤典摸着鼻子，说，我是经理部军需官，打理粮草后勤供应，不用上前线，我保证不投降日本就是。蒋乾中顿着拐杖，恨恨地说，就是行伍的伙夫，也是军人，你当了烈士，我为你风光大葬，你贪生怕死，我就碰死在中山陵！蒋鲁氏见儿子上前线，说是自豪，但眼泪止不住流。坤典给母亲磕了头，又嘱咐坤安和坤模照顾好家。两个弟弟齐声回答，让兄长放心。蒋坤典看到神色木然的柏翠芬，走过去，握着她的手，悄声说，最对不起的，就是你了，我要死在上海，给我多念几遍《地藏》。柏翠芬听了，又急又苦，流着泪说，别说不吉利的，我每天在菩萨面前保佑你。

坤典咧着嘴，心下却想，还是翠芬最傻，几句话逗逗，当了真。他又转头看儿子和女儿，巽玉不懂事，只抱着自己的腿，让抱抱。巽丰呆呆地站在门口，想说点啥，始终没说出口。蒋坤典抱起巽玉，大大地亲了口，巽玉摸着脸，嚷着爸爸的口水讨厌。坤典摸摸巽丰的脑袋，捶了他的胸口一下，巽丰抬头，泪水不自觉地在眼眶打转。坤典坏笑着说，你不原谅我娶周姨娘，我也没办法，你还小，将来别像父亲这般没出息就好。巽丰脸红了，赶紧转移话题，说，父亲，你先去上海，我就守在南京。坤典不再说什么，大踏步向外走，坤瑶拍着手，大笑说，大哥，妹妹唱几句送你吧。蒋坤瑶踢腿亮相，曼声唱道："狮子金铠锁连环，大殿披甲杀胡儿。英雄上马如鹰跃，幽州救驾胜还朝！"院里的人齐声叫好，老赵头弄来一百响红鞭，"噼噼啪啪"放着，谁都没看清，鞭炮硝烟中，周慧突然闯出，手里拎着件新夹衣，上面塞了朝天宫祈福咒。她猛地抱住坤典，惊天动地地哭起来。蒋鲁氏有些不高兴，柏翠芬的脸色更黄了，可周慧全然不顾，只抓着坤典的军服，脸紧紧贴着坤典的脖子，热泪成串地掉下。坤典有些尴尬，挣扎了几下，没走脱，索性也抱着周慧，将头埋在她满头秀发中，眼中居然也掉下泪。

这就是爱情？巽丰看在眼里，有些迷惑。也许生死关头，是可以考验爱情的吧。父亲和周姨太的感情，起码比坤瑶与曾泰更真诚些。巽丰心里乱糟糟的。送走了父亲，他突然发现，自己需要快点长大，才能应付越来越可怕的局面。战争打到上海，就意味着离南京不远了。蒋乾中让苏州娘姨与老赵头先撤，他们不肯先走。蒋乾中在苏州乡下还有些产业，计划再看看局势，说不行也让家人去那里暂避。但坤模说，看日本的计划，肯定是先打上海，再沿苏州南下，攻打南京，苏州也是不安全的。蒋乾中又给在武汉大学的朋友挂去长途电话，看能否安置家人。

自从坤典开拔，全家一片愁云惨淡，唯有蒋坤瑶像打了鸡血，精气十足地参加各种活动。她参加基督教青年会护士培训班，学会战地救护，还报名参加警察厅军训，枪法锻炼得不错。她积极参加学校组织的街头演讲和募捐，给淞沪前线捐钱捐物。她还要和其他大学生，排练爱国戏剧《花木兰》和《满江红》。戏里她担任主角花木兰，扮演岳飞的女儿兰儿。抽出点时间，她还要和曾泰约会。也不知她哪来的这么大精力。巽丰不解地问她，姑姑，你咋这么高兴？蒋坤瑶敲着他的脑袋说，这是一个风起云涌的大时代，铁与血的熔炼，才能看到壮丽灿烂的人生。我们生逢其时，要死得其所，哪怕生命只能像短暂的流星，也要闪耀动人！

蒋坤瑶接到消息，赴美访学交流的两位金女大精英，要胜利归来。不出所料，陈菊美找了美国男友罗伯特，俩人以闪电般的速度订了婚。听说，她本不想回江宁，可淞沪战事起，罗伯特被报社派往上海，专跑军事新闻，她就跟了过来。下关火车站，金女大很多师生都来欢迎她们。坤瑶看到车上走下个打扮精致的女子，仔细辨认，才发现是陈菊美。不过几个月，她似乎有了很多变化，虽说穿着高档旗袍，但烫了卷发，随身的包也都换成美国式样，不再是女学生气质。坤瑶嗔怪地说，兵荒马乱的，走就走了，还回来干什么？菊美热情地拥抱着她，说，金陵毕竟是我的家，我总要回来的。坤模从坤瑶身后闪出，讪讪的，手里捧着束康乃馨。菊美大大方方地接了花，还问候了他几句。

坤模是被妹妹拖来的，说上次走时未送行，来了定要接一下。经过几个月的情感伤痛，坤模缓缓地走出自怨自艾的情绪。沪上战事起，他被抽调到军政部，整天都是训令、文件、军队调动密令等文件，头都大了。好在他只是小官，上面有层层领导负责任。他也就是做好具体事务。但文件看多了，他对这场战事，越来越不看好。但他都能看到的，大官们怎会不知。再说，即使他说出来，也没啥作用，蒋坤模一日复一日地悲观下去。大哥开拔后，他接替了大哥"花花公子"位置，流连于"六喜台"，醉倒了反而舒服。听闻菊美的消息，心痛是没了，也觉得当初做得太过。妹妹拖他过来，就顺水推舟过来看看。

欢迎人群中，还有金陵女大程女士与艾米丽老师等人。大家都问菊美的打算。菊美说，先在道胜堂帮帮忙，女大这边有事，也会去参加。还要看上海战事如何。如果胜利结束，她就和罗伯特返回美国完婚。最近天气太热，南京的乞丐，很多都病倒了，无钱医治。白喉和痢疾病，夺去不少少年乞丐性命。很多女乞丐，也有严重妇科病。菊美打算做点务实帮助工作。菊美在胸前画着十字，虔诚地说，基督说，你们是世上的盐，盐若失了味，怎能叫它再咸呢，这场战争，正是主考验我们的时候。她这样一讲，坤瑶和坤模，还有在场众人，对她肃然起敬。坤瑶再次热烈拥抱她，邀请她帮助淞沪战场转移到宁的伤兵。

战事日趋激烈，一车接一车的伤兵，从淞沪战场撤下，南京各大医院、医疗站和救助站紧张开动，很多轻伤员在上海紧急处理了，转来的大多是重伤员，很多刚到车站就疼得咽了气。为方便管理，成建制师级以上部队，都在南京建立了接待处。三十六师办事处，在三牌楼宁波同乡会，不断收拢治愈或归队的士兵。不断有消息从上海传来，从上海来的逃难人群，也越来越多。蒋坤瑶在鼓楼医院帮助救护伤兵，几天没合眼，趴在伤兵的床前呼呼大睡，醒来到自来水管灌一肚子凉水。她回家换衣服，苏州娘姨居然在脏衣服里发现了虱子。坤瑶疲惫地说，大惊小怪，英雄虫嘛，前线士兵身上都是这玩意儿。她索性让老赵头给她推了个男式短发，借了把剃刀，偷偷剃光了腋毛和阴毛，据说这样防虱最管用。她痛痛快快地洗了澡，吃了两大碗肥肠面，又换上侄子的男式童军服，紧身军裤和腰带扎短军装，看着利索，从一个娇憨美人，变成了不男不女的野兵模样。蒋坤瑶不觉得丑，反而很得意，就这样重新去了医院。菊美也在医院帮了两天忙，又说要去教堂帮助牧师做福音传播，组织各类活动，坤瑶忙得顾不上她。菊美在教堂待了几天，又去帮着搞慈善捐款演出。陈群、戴季陶、张道藩等很多大人物都去参加了，她担任活动英文主持。会后，大家夸奖说，那个金女大学生，风度不凡，听说还是外籍人士的妻子，温文尔雅，真是中华女界精英。

五

南京的夏天没风。所有的热都像被闷在炉子里。人在街上走，热气蒸腾着全身，从头发根就开始渗出水来。水汽仿佛不是从空中凝结的，而是从毛孔中冒出来的，一股股的，从额头、腋下、肚子上，甚至脚面，缓缓淌下来。又像是把人浸泡在一个超级大号热水池里，水温滚烫，闸门咝咝叫，射出些白气，洗澡的人，都看不清彼此。那群高高矮矮的童军少年，疲惫地拖着脚步，行进在中山北路，仿佛一群漂浮在热水上的蚂蚁，有气无力，还在张牙舞爪地榨干着自己最后一点气力。

人杰是个肥壮胖子，此刻更是汗流浃背，跟在他后面的，是小剪和"花佛""铁鹰"，以及十几个社员。约翰热得中暑，只能回家休息。人杰小声地对巽丰说，差不多啦，往回撤吧，小镜在仓库准备了雨花茶。巽丰严肃地说，再查一会儿，这些天，磨剑社一个汉奸和日本间谍都没抓到，让别人比下去了。活跃在各地的间谍和汉奸很多。警察厅告诉他们，这些间谍汉奸，身上带着标有符码的本子，大部分是军事布置符号标记，如SM为重迫击炮，KK是骑兵集团，P代表工兵等。还有的汉奸以卖仁丹、水果、小吃等为掩护，相机窃取机密。他们有的蒙着红布和蓝布的手电筒，偷偷埋在预设地点，或藏在隐秘处，日军如攻打南京，这些手电筒就会为飞机提供信号。前不久，彰德捕获了大批搞破坏的汉奸，南京童军抓住了两个汉奸，宪兵司令部也捉来了几个。

"磨剑社"进展较缓慢。他们没看到面色慌张的汉奸，或面貌像日本人的家伙。有几个小贩，看到他们乱跑，以为是警察来抢东西。他们掀翻几个卖西瓜的瓜摊，没有密码本掉出来，也没有枪支等凶器藏在西瓜肚里冷笑，最后只能赔钱给瓜农，算是买西瓜让弟兄们解渴了。他们还进到一家服装店。他们刚在店里盘查，问小店里"日本旧西服"货源情况，听得"嗷"的一声，两个穿葱绿色旗袍的妇女，踩着高跟鞋，"咔嗒咔嗒"从店里逃走，好似两只在水面横渡的野鸭。磨剑社捉住她们，将她们涂满粉底的脸，用抹布擦干净，露出原本丑陋的面貌。原来只是两个女贼，互相打掩护，在服装店偷衣服。他们还逮过街头杂耍艺人，来宁的无锡农夫，偷汉子的茶馆女店主。这些人都赌咒发誓，和汉奸间谍没丝毫关系。

夜幕降临，磨剑社社员丧失了热情，军号也不再嘹亮，连两位队长的两把手枪的枪管，都似乎沮丧地松软下去。他们拖拖拉拉地走到清凉山附近，休息了一会儿，巽丰宣布，再搜查清凉山几个小山包，如果没有收获，马上收兵。清凉山也就是石头山，说是山，不过是些低矮丘陵，最高也不过百米，植物倒很茂盛，军政部与军委会都在扫叶楼有驻军。清凉山公园，连绵不断，也有十多里地，有很多隐秘之处，加之荒坟野冢颇多，外面再热，晚上在这里走，总感到阴森森的。巽丰他们搜查了半天，用铁棍扫着植株，再拿手电瞎照，漫天都是飞舞的手电光柱。

搜索了一会儿，大家决定集体"放水"，以一场奔尿仪式，结束沉闷无聊的搜查。几个半大男孩，大大咧咧地站在草丛边，解开裤带。几个少年玩得正欢，发现前面草丛动了几下，警惕起来，巽丰拔出枪，拨开保险，对准草丛，又让人杰也准备好枪，少年有的拿铁棍，有的拔刀，纷纷围拢，只见草丛中一个黑乎乎身影，一点点地长出，不像野物，倒像是人，难道是鬼魂？巽丰头皮发炸，不自觉地扣动扳机，"啪"地打了一枪。枪口奔出焰火，罗汉松被打得直冒烟。他吼叫着，是谁？影子慢慢地回答，不要开枪，我是人，这是误会。天大的误会。

"大误会"举着手，从草丛中钻出，巽丰才发现，是个三十多岁男子，穿着青色布褂，脚上蹬着布鞋。这家伙浑身被大伙儿的尿淋得透湿，散发着臊气烘烘的味道。人杰用枪指着他的胸膛说，你是谁？为何大半夜跑到这里？那人倒不生气，擦了擦尿渍，说，我叫林鹤子，小商人，肚子不舒服，在这里方便，小军爷们厉害，个个是天兵天将，愣是把我淋出来了。少年们哈哈大笑，但巽丰的疑心更大了，让"铁鹰"搜他的身。"铁鹰"嫌他埋汰，皱着鼻子搜了搜，突然停下，叫道："团长，他身上带着本子。"巽丰接过来，黑皮日记本里有张复杂的图，铅笔画的，还有些密密麻麻的鬼画符。小剪好奇地问，是啥符号？叫"林鹤子"的男人赔笑说，码头草图，我们在浦口码头有仓库，怕记不住，随便乱画的。巽丰仔细看了看，又看看男人的脸。男人尖下巴，长圆脸，眼睛不大，笑起来细成两道缝，跟着跷起的大嘴角，好似一根两头翘的香蕉。

巽丰冷冷地抬起枪，顶在男人的胸口，说，记录符号是日语，图是军政部清凉山布防，你不是林鹤子，你是小林春之，日本人。

磨剑社的巡查，终于有了回报。他们七手八脚地将小林春之绑着，从清凉山上撤退。小林春之有一米七三左右，在日本可被称为"巨汉"。这使得小林春之更像中国人，更何况，他的汉语流利，如果不是巽丰在林秋月家见过他，并有过交谈，可能就被他混了过去。路上很多市民发现了童军的战利品，纷纷对小林报以口水与怒骂。巽丰努力维持秩序，小林还是被揍得鼻青脸肿。小林春之平静地说，我真叫林鹤子，这是我的中文名，取自"梅妻鹤子"的林逋，中国少年不读书哇。他又打趣巽丰说，我的运气太差，是不是早上出门，忘记向屋子南方拜上几拜？巽丰问，秋月去天津了吗？小林摇头说，我们至今没找到她，如果发现她，请不要伤害这个无辜小姑娘。巽丰说，她可不像你，你是日本间谍。巽丰又问，你为什么不怕？小林春之伸了个懒腰说，为什么要怕？人生一世，草木一秋，死得其所哉。巽丰说，当间谍还这么理直气壮，活该你吃尿。

开战以来，中国也抓了些日本俘虏。日本人大多死硬，但一旦示弱，就会很快认屄。淞沪抗战中，《中央日报》刊登了一个被俘日本兵加藤佐一的忏悔告白。该俘虏声称原是东京小商店的店员，有老母和年幼的弟弟，心中十分记挂新婚不久的妻子。他深深地向中国人民谢罪。巽丰想直接将小林春之送到警察厅，可从清凉山下来快晚上八点了，大家都没吃饭，饿得肚子叫。人杰说，先将鬼子押到仓库吧，让小剪摇电话，找警察过来锁拿，就说半道怕让人抢走，咱们累了一天，在仓库歇歇，吃点东西。巽丰想想，也不错，押着小林来到大纶纱厂。听说抓了日本间谍，工厂都沸腾了，下晚班的工人，都跑过来看，还有很多街面的小贩和闲杂人等，也来凑热闹。巽丰怕出事，让社员拉了警戒线，只能在仓库外面看，不能进去摸或殴打拖曳。工人们很气愤，也很好奇，有人问巽丰，间谍躲在清凉山，查到个啥？巽丰也说不好，就随口说道，查地形吧，给鬼子飞机指轰炸点。

春来阁的侯老板，听说捕了日本间谍，让伙计给磨剑社送了两百个灌汤肉包，只求到仓库吐鬼子一口唾沫。巽丰正要去买吃的，有爱国市民捐助肉包，那口唾沫星子，就当奉送了。侯老板小心翼翼地凑过去，突然忸怩起来，一口浓痰喷到小林的鞋上，没有正中脸部。

小林春之双手被反绑，始终闭着眼，盘着腿，坐在库房废棉纱上，偶然睁眼看看，带着神秘的笑。他穿着一件海青布衫，黑布裤，扎着裤脚，脚上是一双厚底布鞋。不仔细看脸和手，就像三山街等生意的车夫，或光华门外七瓮桥边给人包活的苦力。可他的手很细嫩，脸也光滑，只有用布包裹了，蒙混一下。他先是淋了尿，又被人吐口水，砸臭鸡蛋，丢菜叶子，等到展览示众这会儿，已惨不忍睹了。可他没有垂头丧气，低头认罪，反而神情淡然，肢体舒展。这激怒了大家。"花佛"提议，扒光这家伙，在他脸上画满王八，来个"日本龟蛋"大展示。巽丰想起林秋月，心下不忍，阻止了。来往参观的人群络绎不绝，为方便展出，仓库点起电灯。对"日本林鹤子"来说，大纶纱厂仓库，大概是他人生的谢幕演出之地。不久之后，他会回到天照大神身边，继续养他的仙鹤了。巽丰看着小林春之的脸，有一种奇怪的陌生感。他不凶恶，相反，他的白皙脸庞、和蔼的笑容，都让人颇生好感。虽然他很像中国人，但的确下眼皮较薄，弧度较小而直。闷热夏夜，电灯召唤来了很多蚊虫，围绕着小林春之，跳舞，欢呼，进而占领那些沾着尿渍的浅黄色皮肤。小林坐在废棉纱上，盘着腿，依然保持安静。他像沉着的泥胎，只有那窄小的喉结，在不断抖动着。中国人指指点点，嘲弄着作为俘虏的"大日本"间谍的体面。

巽丰喂他喝了点凉茶，他迟疑了一下，张开了嘴。他有着薄薄的嘴唇，一口大白牙，好似小石川兵工厂生产的一排三八步枪枪刺，结实有力。老虎灶烧热的水，冲了一大壶雨花茶，冷凉了喝，夏天正解渴。大股碧绿茶水，流进小林春之浅红色阔大口腔，像夹杂着气泡的秦淮河水，在他的喉咙深处发出声响。茶水珠顺着嘴角两侧溢出，沿着脖子落到胸前，弄湿了布衫。小林春之打了一个响亮水嗝，抖动几下，仿佛水獭抖去浮水，屋内飘荡起茶水泡烂鱼的腥酸味。他喃喃地说，南京的雨花茶，真不错，值得拼死而拥有。围观人群愣了一下。闷热的夏夜，他浑身强烈的臊臭气，催人呕吐，撩拨起巽丰内心的恨意。他气愤地扇了小林两个耳光。

晚上九点多，曾泰派来的特务股警察，会同宪兵司令部的白盔宪兵，提走了小林春之。巽丰解开他的绑绳，看着他戴上手铐。小林扭头，笑着说，我们还有再见面的机会。巽丰骂道，别痴心妄想，你会下地狱，我却会迎来中国的胜利。小林春之又说，别说得那么早，也许我们很快就会在地狱里相见。

第八章　褐黑之都

什么是抗日？拼命向前去，死在战场上，方是真志气，我要快努力，我要快努力。

——1937年10月28日《冯玉祥日记》

一

巽丰梦见自己变成了一只甲虫。

他去巡逻，捉汉奸间谍，帮助转运物资和伤兵，简直把自己累瘫了。回到家里，他连饭都没吃，就上床睡觉。睡着睡着，就发现自己变成了一只甲虫。他观察起自己。这只雄性甲虫很年轻，刚成年，背上生着五颜六色斑点，无数细瘦小腿，两只长长触须。他的嘴也变成口器模样，只能吐出一连串大大小小红色气泡，飘散在半空。他的嗅觉和听觉也异常发达，他闻到厨房剩下的狮子头肉丸的香味，母亲房间的檀香味，姨太太周慧屋里飘来的女性幽香。他努力晃动触须，要摆脱这些气味，但气味还是往身体里钻。

他从床上爬下，快速越过门槛，他爬上窗台，看到周慧将收音机调得低低的，听着流行音乐，母亲则继续虔诚地在观音面前祈祷，爷爷蒋乾中点着两盏微弱蜡烛，在练习书法，时不时摇头晃脑地吟哦两句。祖母蒋鲁氏，坐在一边，借着微光，静静地做针线活。坤安夫妇早早睡下，屋子没啥声响。坤模和坤瑶的屋子空着，他们忙得不回家休息了。苏州娘姨也睡得早，在裤裆里夹着个"竹老公"，闭着眼，使劲地摩擦。他必须快点爬，务必不要惊动橘猫"李香君"。他不必担心"恺撒"。这个忧郁的德国王子，对小甲虫不屑一顾。风骚的母猫，正在月下和一只公猫缠绵着，发出快乐的"咪呜"声。它的好奇心很强，别让它注意到就好了。

他在院子的忍冬丛下，快乐地钻入地下，感受着南京湿润泥土的芳香。地下世界黑暗寂静，偶尔有几只讨厌的蚯蚓，也会被它咬为两截。它可以逃避猥琐而巨量的蚂蚁，有着锋利的喙的巨大母鸡，灰色彪悍的麻雀，还有无数城市嘈杂的声音。那是汽车马达声和鸣笛声，自行车的铃铛声音，军人行进的军械碰撞声，时髦女郎的高跟鞋敲击柏油马路的声音，还有无数欢笑、哭泣、呻吟、喊口号的声音，以及小贩无休止的叫卖声。入秋后，炎热慢慢退去，南京更忙碌了，白天晚上挖个不停。他钻在土里，能听到镐头和泥土相撞，简直震耳欲聋。

他奋力向前，老赵叔撑着盏昏暗的灯，哈欠连连，一个瘦瘦的中年男人，领着两个男孩，在努力挖洞。他翘起触须，借着月光仔细看，正是卖小刀面的潘五哥。后面两个将土奋力拉出的，拖着鼻涕的男孩，是大孬和二孬。他一不小心，跌落在大孬的头上，被他用手指一弹，飞了出去，撞在老槐树上。大孬捂着肚子，有气无力地说，爹，俺饿。小孬更没出息，流着哈喇子，呜呜地哭。潘五哥拧着眉毛说，你俩坐在土堆歇会儿。爹先干着，再干半个小时，咱们回家，你娘给你们烙饼。有烙饼吃！两个馋嘴娃，瞬间兴奋了，一骨碌爬起。潘五哥喘着粗气说，这是巽丰公子的家，人家平时对你们不错，买面给你们吃，蒋家工钱也给得足，咱们给蒋家把防空洞弄结实，日本飞机就不能随便拉屎屙屎蛋了。大孬不屑地说，爹，你是卖面的，防空洞是这样挖吗？潘五哥涨红了脸皮，啐了他一口，道，毛娃懂个屁，老子以前在乡下是泥瓦匠，挖洞和盖房差不多，琢磨琢磨就通啦，再说，报纸都说啦，泥瓦工奇缺，工钱都一天两元，就是条泥鳅，也恨不得让它拿上镐头挖洞，更何况老子这样的大匠？老子还不是想多给你们挣点钱娶媳妇……

巽丰又气，又觉得好笑。小刀面潘五哥，还会挖洞。政府资源委员会、南京市防护团等机关团体，在市内各交通要道和住户密集地区，建了许多公共防空壕，可不知自家也挖上了地洞，还请了潘五哥。想来这段时间，他太忙了，祖父也没和他说这些小事。他刚想过去攀谈，这才想起，自己是一只猥琐的甲虫。他只能晃动着小短腿，快速撤离这里，以防被大孬和二孬两个顽童看到，捉来弄死。他努力爬了一会儿，满爪都是泥，觉得速度太慢了。他现在可是甲虫哇！想着想着，他就飞了起来，秋天的风如此凉爽，在它的翅膀四周，形成颤动的小旋涡。这种感觉太棒了，他有种风驰电掣般的自由舒爽感。

飞过石鼓路，到了新街口，旁边是高大巍峨的交通银行大楼，防空委员会设计的巨大炸弹模型，孤独地立在那里，充满了警告。巽丰的速度越来越快，两边风景在飞速撤退，他的背部被风摩擦得有些疼，大大的复眼，也被风吹得乱转。无数景观颠来倒去，还好没有撞到电线杆上，也没什么高空异物。他们可都培训过，蓝色的飞机是中国的，火红如赤虫的才是日本的。据说，日本飞机还会丢毒气弹。谢东山给大家讲过，遇到毒气弹，千万别慌张，用手帕蘸着酒或者茶水，捂住口鼻，可以略微防毒。遇到毒气，也不要奔跑，要从毒气的反方向逃走。如果是在家里，要塞好门窗。

它再飞过上乘巷，实业部，碑亭巷与小狮子巷，到了中央饭店。这有头有脸的大饭馆，坐落在府西街和府东街中间，挨着总统府，如今也黑洞洞的，门庭冷落。有钱人家都在抢着逃难，下关码头的船，每天都排不上号，火车站想都别想，都是整车的伤兵，运走的都是政府重要物资。码头也是这样，所有民船都被收缴造册，黑市上，船票价格比平时高出六倍，即使买到，也要先乘坐小舢板，才能到江心轮船上。船不敢靠岸，人太多，都拥挤在江边，大家都在咒骂，叫唤着，有的女人瘫在地上哭泣，下关码头堆满被抛弃的家具、衣物，甚至是嗷嗷待哺的婴儿。年幼的孩子，哭喊着亲人的名字，睁大满是恐惧的双眼，可没人回应他们。他再经过逸仙桥小学和军医学校，就到了电灯厂。废弃电灯泡，堆放在墙根一角，阴险无比的老鼠，啃咬着那些放灯泡的木箱，发出残忍的声音。他不敢停留，只有继续飞，顺着逸仙桥，到达明故宫上空。这只与众不同的甲虫，越飞越高，直至半空，俯视着曾经辉煌无比的金陵城。如今它已变成"黑褐之都"。大街小巷都写满黑粗抗日标语，多数是"打倒日本帝国主义""一致团结抗日""坚持长期抗战，争取最后胜利"等，还有各类洋白灰底上的黑色简笔漫画。

为防备日军空袭，美丽的白洋房，被涂成了黑色；高耸的神圣教堂，被涂成了黑色；庄严的机关和学校屋顶，被涂成黑色。红色英国产公交车也被涂成黑色；美丽的黄铜路灯，被迫停止指引人们前进的工作；湖蓝色窗帘被撤下，苹果红色西式窗台，也被涂成褐色；商场门前红色气球被放掉气，彻底扁平，孩子们的黄色秋千被涂成黑色；五颜六色的狗舍，也被涂成褐色；绿油油的草坪，裸露着满是伤痕和血迹的身体；银行门前的石狮子，也被涂成黑色或褐色。严肃的宪兵和警察，甚至拆掉夫子庙五颜六色的霓虹灯，拉走所有花船，首都电影院最后放映的一场电影是 *TURN OFF THE MOON*，可要"月亮"

有什么用？剧院前霓虹灯已拆除，卖票的老妇逃亡他乡，只剩下风中被撕掉一角的海报，依稀可以看清女主角的烈焰红唇。

南京的防空举措，得到了外国人的夸奖，然而，将金陵城变成黑色之城，就能避免战争？巽丰这只梦中的甲虫，摇晃着翅膀，苦涩地笑着。

二

睡梦中，巽丰听到了巨大声响，像一百个炸雷在半空轰响，尖厉的声音直往耳朵眼里扎，房屋瑟瑟发抖，家具摇摇晃晃，墙皮扑簌簌直掉。他跳下床，听到街面有人狂喊"空袭！空袭！"，多半是巡查警察或宪兵。巽丰套上衣服，蹿出屋门，挨个房间拍门，家里人都跑出来，面带恓惶。蒋乾中严肃地说，不要慌，按照之前商量的办。他们打着手电筒，来到院子角落，那里已挖出一个大洞，上面盖着可移动的青石板，从旁边的新土可看出，这工程还没最后完工。老赵头领着几个挖洞工人，拿着工具还站在旁边。老赵头对蒋乾中鞠躬说，老爷，现在可以进人，就是防水没做好，洞子潮湿，有些渗漏。蒋乾中给了工人工钱，让他们也赶紧回家躲躲。巽丰辨认出，领头的工人正是潘五哥。他接了钱，说了感谢话，领着几个孩子，很快消失在夜色中。

街上响起防空警报，柳如春和苏州娘姨抖成一团，她们嫌弃地看着空气污浊的地洞，挨挨蹭蹭地不愿进，蒋鲁氏骂道，啥时候了？还讲究这些。她抱着蒋巽玉第一个钻进去，柳如春和苏州娘姨对视一眼，也咬牙钻进去。坤安让周慧也抓紧进去，周慧直摇头，说大家都进去才肯去。坤安又催促父亲，蒋乾中慢悠悠地说，你们都进去吧，我就坐在屋里喝茶，看炸弹能怎么样。女眷都劝。蒋乾中冷着脸说，妇道人家，知晓什么？我对生死早已看淡，我一生都期盼国家强大，不受外侮。国存我则存，首都沦陷，我就殉了金陵。我这志向，岂能被你们耽误？大家还要劝，乾中跺脚怒吼，大家不敢言语，蒋鲁氏哽咽着说，你要成全狗屁志向，可想过家人？你要是死了，这家老小就没了主心骨。

蒋乾中再不言语，径直走到正堂，端坐书案前，案上放着墨玉色焦尾古琴。他闭着双眼，缓缓地抚琴。坤安和周慧先后也进了地道。柏翠芬不肯进，说观音大士要考验她的诚心，最后也被蒋鲁氏拖了进去，怀里还紧抱着观音像和坤典的照片。巽丰要留下来陪爷爷，被臭骂了一顿。巽丰无奈，也钻了进去。只有老赵头坚持陪同蒋乾中。蒋乾中没再坚持。老赵头站在蒋乾中左侧，擎着铁锹，倒像关公身边忠心耿耿的周仓。巽丰猜想，老赵叔是想炸弹落下时，扑在爷爷身边，帮他挡挡。一主一仆，炸弹纷飞的深夜，竟然悠然地"风雅"起来。老赵叔还按照蒋乾中的吩咐，点燃一炉檀香。房屋不时摇晃，书籍和古玩，不时跌落在地上，有的甚至摔得粉碎，乾中也浑然不在意。

巽丰缩在地洞里，将青石板轻轻推上，借着石板缝隙，观察外面世界。防空洞上面，原有腌咸菜的酱缸的地窖。防空洞旁种着蜡梅和槐树等植物，也能遮挡入口。即使炸弹落在院子，也不会波及洞里。洞里还有通风设备，是两个简易通风口，通在外面隐蔽处。全家人挤在一起，彼此都能听到对方的呼吸与心跳。新鲜的酱菜咸味，在狭小的空间散布，周慧打开小手电，微弱的光，在地洞绽放，映衬着高高矮矮的身影。巽玉紧紧抱着祖母，小声说，奶奶，我们会死吗？蒋鲁氏安慰说，老天爷不收好人。坤安和巽丰侧耳听去，街面还有人在杂乱地跑动，爆炸声时远时近，高空呼啸而过战斗机和轰炸机的声音，还有我方防空高射机枪的反击声，或楼板倒塌发出的咯咯声响，房间解体后，那些铁钉跳跃，椽子崩碎，木头燃烧，石块解体的动静，听得非常真切。这些声音中，还偶尔夹杂着凄厉哭喊，想来来自那些被炮弹打中的人，或他们的亲属。可就在不间断轰炸中，他还是能清晰听到爷爷的琴声。琴声如泣如诉，却不绝如缕，轰炸声太响，他以为琴声已断，不料琴声又冒出来，好似坚硬的铁丝，剪不断似的。

轰炸持续了一个多小时，终于停下来。防空警报凄厉地喊了很久，从三级警报变成短促的二级警报，然后变成长音的一级警报，最后才慢慢停歇。巽丰从地洞爬出，有几分恍惚，他眯起眼，在漫天尘雾中看到远方夜空中几个黑点，似是远遁的敌机。国军在紫金山和清凉山，设有几十个斯佩里探照灯，一个个雪亮光柱，有时还会变幻出红绿双色，将墨绿天空捅成一块破布。天色微微发白，蒋家幸而完好，但周围好几家被炸得凄惨，冒出滚滚黑烟。日军的主要轰炸目标，是交通银行、中央军校、实业部等公共机关，但炸弹乱丢，平民跟着倒霉。挨炸过后，人都木木然的，蒋乾中弹了半夜古琴，这会儿说困了，要去补觉，回卧房安睡去了。蒋坤模在军政部连续加夜班，空袭来了，也躲进防空洞，现在跑回家中，看到家人完好无损，才放下心。大家都还镇静，就是柳如春吓得直哭，隔着衣服，巽丰都闻到一股尿臊味，这让大家有些尴尬。蒋鲁氏捏着鼻子，抱着巽玉跑开，小声嘀咕说，还不如六岁女娃。坤安脸色铁青，也没说啥，周慧赶紧找干爽新衣给她换上，劝解道，生死关头，谁都怕，我也差点晕过去，没啥不好意思。

这不是南京第一次挨轰炸。8月15日，上海战事刚开，就有几架日机大白天跑过来丢炸弹，程度并不猛烈，只是威吓性质，其中一枚炸弹丢在新街口，听说炸死了几个路过的小学生。巽丰看过那大弹坑，又深又大，也不知是啥炸弹，坑底还散落着一些漆黑炮弹皮，四周翻起来的土，散发着阵阵热铁与硝磺气味。巽丰想着人体被炸中的惨烈场景，胃里就有些翻腾，说不准坑里就有小学生的血肉残骸。第一次轰炸后，很多机关都开始挖防空洞，新生活运动委员会，搬到金陵女大邻里中心，那里是美国人的地方，想来安全些。这次轰炸又不同，持续时间长，轰炸目标多，看来日本的下一个目标，明显是南京了。这几天，逃出南京的人，越来越多，开进南京的部队，也越来越多。巽丰去磨剑社继续组织大家上街募捐。他们没想到，日本飞机的轰炸，从此后简直上了瘾，每隔几天就要炸一次，有时是白天，有时是夜晚，大多数情况是针对军政部门，如金陵兵工厂、总统府这些地方，有的则专门挑民居轰炸，以制造心理恐怖。时间长了，人们都有些麻木。经常是防空警报响了，人们照常干事。

巽丰的想象中，应有更多激烈空战。上海的空战消息他非常关注。日本开始轰炸南京，咱们的飞机怎么不去战斗？后来他才明白，咱们的飞机实在不多，无论外国赞助的，还是自己买的，打一架少一架，驱逐敌机的轰炸，主要靠防空炮火。苏联航空队也出动过，包括我们的飞行大队，也取得不少战果。特别是十二月份日军攻城，防空部队打下好几架日机。巽丰在梦中，化身为战斗机，它可能是意大利的菲亚特，也可能是美国波音281、寇蒂斯A-12、伏尔梯V-1。它凶狠地与日机在蓝天捉对厮杀，把他们的屁股逐一打得冒黑烟，灰溜溜地逃走。然而，现实情况是，日机还是隔三岔五轰炸。南京也奇怪，氛围如此紧张，白天街面上，人还是很多，各行各业游行募捐，演讲和展览，搞得轰轰烈烈。军委会政训处抗敌剧团上演《我们的故乡》，在香铺营中正堂公余联欢社连续上演数天，反响热烈。儿童抗敌漫画在中华路青年会堂也多有展出。南京商会，妇女界联合会，新生活运动服务团，都举办了各类募捐活动，包括一元捐、一角捐、防空捐、伤兵捐等名目。就连夫子庙的茶社、歌厅和妓家，也联合搞起歌女游艺会义捐活动。蒋家对募捐也热心，每次捐款的上门，都捐出去不少东西，就连柳如春，都咬着牙捐出了一些首饰。

很多大饭馆都歇业了，也有些饭馆不管这些，比如，中山北路岭南酒家，中央商场厚德福，夫子庙的别有天大饭馆，比从前更火爆了，当然只限于白天，晚上一律灯火管制。很多人说，都不知能不能活过明年，日本人冬天打过来，什么财产、房产、权位、荣誉，不过是一场空，还不如饱口腹之欲，就算被飞机炸死，被日本兵刺刀戳死，也是饱死鬼。大白天，轰炸时都有人坐在饭桌前，掸着身上的墙皮灰，若无其事地吃菜。饭店门口也有人醉倒，拍着柏油路面，失声痛哭。还有的老饕，黑灯瞎火的，偷偷在酒楼地下室聚餐。地下室按照防空洞设计，方便老饕客在炸弹鼻子底下醉生梦死。玉陵春偶尔也接"夜活"，工钱翻一倍。坤安死活不挣玩命钱，他到了晚上，就回家守着老父，做足了孝子功课。

周慧的举动，有些出人意料。她偷偷为游艺会演奏琵琶。尽管她躲在幕后，还是被"花佛"等人发现了，告诉了巽丰。巽丰私下找她，恨恨地说，你现在是蒋家的人了，父亲才走几天，你就抛头露面。周慧倒没示弱。她说，我没干啥丢人的事，你父亲是抗日军人，我自然要为抗战出力，我脱离妓家，就不可能回头，这次不过偶然帮忙，这是抗日捐款！我和她们再无瓜葛。巽丰毕竟是少年，相信了周慧。周慧给"六喜台"帮忙，肯定有抗日军人家属的心思，但在蒋家待了几个月，也实在有些闷。蒋家较开明，但各种规矩也实在烦琐。她待在那间屋，没事只能刺绣，或练习作画。她羡慕坤瑶能出去干大事，和男子一样受人尊重。她当初来南京，也是要读书自立。如今要去接续中断的学业，显然不可能，只能买了张恨水、张资平等作家的小说，读读解闷。时间长了，她更羡慕柏翠芬，她好歹有事做，每天守着居士规矩，活得充实。这真是在火坑上期望凉爽的水，可浸泡到水里，又惦记着火坑的灼热。坤典上了战场，生死不知，她的心更乱了，有坤典在，千难万难，都能坚持，如果坤典不在了，难道要她在蒋家憋屈一辈子？

那天她刚出门，看到"珍珠喜"畏畏缩缩地躲在蒋家门口，叫着她说，珍珠妹妹，你怎么寻到这里？"珍珠喜"用手帕遮着嘴说，红玉姐，你现在是脱离苦海，跟了个可心的人，又住在这样的大院，我们这辈子不敢想。周慧眼圈也红了，说，别叫我红玉，我现在叫周慧。你们只看到好，我快要憋闷死了。"珍珠喜"睁大眼说，好吃好喝，有人伺候，还有军官爷们陪着，还想啥？要是我，天天睡觉都能笑出花。周慧让"珍珠喜"逗笑了。俩人在"六喜台"没少拌嘴，但从不记仇。周慧又问她来何事。"珍珠喜"面带难色，吞吞吐吐地将来意说了，原来"六喜台"希望参加抗日捐款游艺会，少了一个琵琶师，杨老鸨想让周慧客串一下。

"珍珠喜"说，原来的琵琶师刘头，不知跑哪里去了。如今只有请她救场。周慧的琵琶水平高，就是琵琶师刘头在时，也自叹不如。周慧想了想，杨老鸨对她不错，平时分账从无差错，就说坤典这件事，出谋划策，到送她出"六喜台"，也算仁至义尽。她帮个小忙，也是理所当然。周慧答应去和杨老鸨商量。

南京下了宵禁令，"六喜台"不能留宿，生意大不如前，从前晚上宾客如云的情况不见了，只能改为下午场歌舞厅，靠着跳舞喝酒的客人对付。洋酒成了紧俏品，只要带洋码子，高出几倍价钱，客人也不晓得还价。很多人喝得烂醉，丑态引人发笑。那天周慧去"六喜台"，围着面纱，她一踏进大门，就被迎门龟奴认出，龟奴压低声音说，红玉姑娘，咋回来了？您这是想回行？周慧啐了他一口，说，狗嘴吐不出象牙，活该你当一辈子大茶壶！姑奶奶我是被请来商量事的。龟奴讪笑，姑娘还是那么厉害，当了姨奶奶更不饶人了。周慧往里进，眼光一瞥，看到蒋坤模躺在沙发里，怀里搂着"抱月喜"，醉醺醺的。她低头，让了过去，心想，蒋老三平时正人君子做派，咋也到堂子取乐？

见了杨老鸨，周慧赶忙下拜，口称杨姐姐，还将奇芳阁点心送了上去。杨老鸨满脸堆笑，说道，阿弥陀佛，慧姑娘好人有好报，将来必多子多福。周慧千恩万谢，又问生意如何。杨老鸨叹气说，勉强维持而已，分账的姑娘，走了很多，大多奔武汉或重庆，都说日本人杀人不眨眼。这边改了歌舞厅，好在"六喜台"大厨，也是苏菜名厨，客人少了，专门做苏式堂子菜，吃的虽是家常，但精致可口，比玉陵春这样的大饭馆便宜，又有姑娘唱曲，如今吃饭唱歌的收入，倒比皮肉生意收入还高。周慧对杨老鸨说，门口沙发上喝酒那位，是我们蒋家老三，你们悠着点，别宰他的黄鱼。杨老鸨说，这位爷常来，从不透底，每次都醉醺醺，心事挺重，你放心，我会关照他。

杨老鸨问，慧姑娘，你如今是军官太太，消息灵通，南京城能否守得住？我们这些杂鱼，一辈子心血都在秦淮河，"六喜台"楼面，花了数千大洋，五六年了，我才还了行帮的钱，还不算其他印子钱。让我们光着屁股逃走，实在舍不下。杨老鸨眼圈发红，周慧哪晓得这些东西，安慰她说，总理陵寝在这里，这民国首都，怎能说弃就弃？这里都不守，真得坐等亡国了。逃到哪里安全？日本人照样打过去，咱们还要多支持军人。杨老鸨点头称是，说，助捐游艺会，原不想麻烦姑娘，但实在没有琵琶师，姑娘肯帮忙，我们付双倍钱。周慧握着杨老鸨的手，说，姐姐不曾亏待我，这点小忙怎能不帮？只是蒋家规矩严，我只能悄悄助阵，上场要戴面纱，希望姐姐理解。

杨老鸨大喜，拍着手说，你能来，就是天大的面子。说着，她又拉住周慧说，还有件小事，将来也许妹妹也能参与。

她将周慧拉上"六喜台"三楼杂物间，如今这里收拾干净，还上了两把锁。杨老鸨看四周无人，轻轻打开锁，周慧才发现，房间堆满铁皮、印报纸用的白纸、成桶烟叶，还有数百罐"锚"牌奶粉。周慧说，您这是干啥？杨老鸨神秘地说，打仗嘛，物资总会涨价，我请教过高人，将来不管中国胜，还是日本赢，东西肯定稳赚不赔。杨老鸨"嘭"地坐到半人高铁皮上，好像一只母鸡发现了舒适鸡窝，她贪婪地喃喃自语，皮肉生意越来越难，将来就靠这些宝贝发财啦。

周慧也听明白了，杨老鸨无非希望坤典将来回南京，多帮她销点货。军需少校，官虽不大，但可以和很多军需高层交流。杨老鸨答应，只要生意成了一桩，就按两成比例抽水给她。周慧有些心动，还是说，坤典也不知生死，等打退日本再说吧，日本占领南京，你就是囤再多货物，都给你抢走，能怎么办？听周慧如此说，杨老鸨又担忧起来。周慧也暗暗打算，如果坤典回来，做点生意，也是不错的。

三

南京大中小学很多停了课，也有的还在坚持。没课上的少男少女，更像是脱缰野马，大家整天聚在磨剑社，练习刺杀器械，准备和正规军上阵杀敌。也有不想上战场的，约翰的父亲，严令他不能上前线，只能在后方服务。人杰和巽丰等少年，天天听收音机里的消息，日军打穿了上海，正一路向南京狂奔。磨剑社员却不怕，反而有种隐隐期待，希望和日本拼一下。人杰露出结实的胳膊，对着收音机喊，日本鬼子来吧，磨剑社小爷，和你们干到底！老姜头最近不卖烟了，在仓库混吃混喝，他哭丧着脸说，战备物资紧俏，本地烟厂没了锡纸包和硬纸盒，只卖简装的，就这样，数量也大大减少，外地烟很难进来。烟摊子生意越来越差，他索性停了，让巽丰给他安排点活计。巽丰想了想，让他住在仓库旁小门房，帮着小剪兄妹看社里物资。他们现在有了不少家底，除了尖头铁棍、军刺之外，警察厅又发给他们一些武器。按理说，童军不能直接配武器。但因为他们曾抓获间谍，也有功劳，曾泰大笔一挥，将磨剑社算作"地方少年自卫团"，给他们争取了二十支步枪，几千发子弹，还有一箱手榴弹。枪不是啥好枪，是汉阳造老套筒，比起中正式差远了。人杰的父亲，又给他们搞了几支毛瑟步枪。小剪和几个社员写了巨大条幅："不怕飞机大炮，只怕无勇无胆。不怕炸弹毒气，只忧无血无情。"大家举着它们，在中山北路喊着口号前行。

"铁鹰"提议，去看枪毙刑场。首都警察厅在雨花台枪毙汉奸与间谍。他们都是这段时间被抓住的，共有十八个人，还有一个作死的"战争骗子"。他叫胡文农，是中央军退伍军官，冒充军法官秘书，以抗战筹款名义，向各省驻京办行骗和敲诈，最终被南京宪兵司令部抓获。巽丰也想去看看，那个"日本林鹤子"有何下场。

众人到了行刑场，才发现白盔宪兵和警察，早拉起了警戒线。十几个人垂着脑袋，跪在地上，脑后插着朱笔写过的亡命牌。他们的嘴上，都被勒着铁丝。旁边站着些宪兵，戴着口罩和白手套，表情严肃，正检查手枪。他们都清一色地拿着德国产毛瑟手枪，看着非常威风。巽丰看了半天，没找到小林春之，非常纳闷。恰好他看到曾泰，过去问缘故。曾泰是警察厅派来执行枪毙任务的，悄悄地对他讲，小林春之，被人救走了。什么？巽丰简直不敢相信，怎会出现这种情况？曾泰很羞愧，解释说，日本间谍上面很重视，但押送转移过程中，居然冲出一批乞丐，这些家伙假装被警车碰倒，等警察下车查看，匪徒拔出枪械，击伤警察，救走了日本人。上面觉得丢人，这事压了下去。你们没查？巽丰几乎对着曾泰吼叫，曾泰面色变了变，忍住了，说，应是乔四一伙儿干的，但没有确凿证据，兵荒马乱，也抓不到他们。不过警察厅正式通缉乔四了。巽丰盯着曾泰的脸，突然发觉非常陌生。转移路线如何泄露的？乔四怎么敢冒如此大的风险？古人讲，警匪一家，难道是说现在？国家生死存亡之际，居然还有人做如此事，国家还有希望吗？他刚认识曾泰时，虽讨厌他的做派，但看着他还是一个有个性的家伙，如今看来，他也是个小官僚而已，根本配不上姑姑。

曾泰难过地说，我们只是小人物，左右不了大局，我只恨没有直接枪毙间谍。巽丰扭了扭身子，摆脱曾泰的手，沮丧地离开人群。人杰他们得知详情，也非常气愤，但都无可奈何。此时就得听得"叭叭"枪响，人群爆发出炸裂般叫好声。毕竟是小孩心性，大家又跑进去看，那些汉奸，一个个向前扑倒，后脑流出白花花的脑浆，还有的天灵盖都被打飞了，血和脑浆混合在一起。

秋天阳光很好，洒在死者身上，也洒在行刑者的警服上，似一层淡淡金粉。江南空气湿润，道路泥泞，刑场四周林木葳蕤，针叶松高大深沉，深红的紫薇花，有些衰败，零落干瘪地凋落在黑色土地上。银杏金黄叶片正茂盛，向四周伸展着高高树杈。没有敌机轰炸，蓝天空无一物，像被雨水洗劫过的大地。宪兵忙碌着，他们的白色盔帽，不停晃来晃去，像无数飘浮的白蘑菇。他们手脚麻利地摘掉批红亡命牌，验证罪犯已死得彻底。看到这些卖国求荣的尸体，巽丰想到上新河那些层层叠叠死去的鸡鸭鹅，还有那只凶恶的大狗。他期待着一场决死拼杀。他希望死后被投入熊熊烈火，这也许是一种有尊严的死亡。

回去的路上，大家兴致高昂，只有小剪注意到巽丰沮丧的情绪。他偷偷问巽丰，你怕了吗？巽丰摇头说，我不怕，只是感到无聊。小剪迷惑，说，你怎么这样？我只晓得龟儿子出卖国家，就该杀。巽丰说，那是自然，只可惜跑了日本间谍。小剪说，乔四是混蛋，居然当汉奸，这家伙不得好死。俩人正说着，有警察赶来，交给巽丰一封公函，是曾泰让磨剑社童军帮军政部搬运物资，去码头装箱上船。人杰他们不想去，"花佛"说，咱们是抗日打鬼子，看护伤兵，挖挖防空壕，救助挨轰炸市民，这也就算了，如今让我们当苦力，真是得寸进尺。巽丰说，现在是国难当头，哪有那么多牢骚，军政部物资重要，落到敌人手里就麻烦了。大家听了，这才稀稀落落地同意了。到了军政部，赶上里面在烧文件，人员进进出出，非常慌乱。巽丰他们帮助装车，是二十个大铁柜。人杰好奇地说，运这鬼东西到后方干啥，死沉死沉，又不能御敌。巽丰说，大概藏有机密。等他们跟着汽车去了码头，又将这些东西运上船，已精疲力竭了。巽丰看到了三叔坤模和很多洋人，原来是美国在撤出侨民。

这些侨民，有牧师等神职人员，也有商人、记者、教师和工程师。他们有的在南京生活多年，此时望着乱糟糟的码头，也明白南京少不了一场恶战。他们沉重的皮箱，装有贵重的银餐具、黄金圣十字架、南京刺绣和纺织品，各类中式珠宝首饰，还有各种纪念品。他们的金发在风中飘扬，他们的友情令人感慨。但是，一个每天被丢炸弹的首都，不适合侨民继续居住。巽丰看到了索菲亚嬷嬷。她比从前苍老了很多，步履蹒跚，脸上皱纹越来越深，手也在颤抖。她穿着件暗青色老式霍布裙，戴着黑色大檐女式帽，面上也蒙着层面纱。她在人群中看到巽丰，欢快地呼唤着"雅各布"，将他紧紧搂在怀里。巽丰感受到她的泪水滴落到他的脸上。她的手指关节，肿得更厉害了，像一个个触目惊心的竹瘤。那是痛风，肥胖的索菲亚嬷嬷，多年来一直受到这种病的折磨。她身上的狐臭味还很大，但巽丰感到她的怀抱真诚而温暖，像赞美诗中描述的圣母拥抱。他平静地问，嬷嬷，您会再回南京吗？我们想念您。她含泪点头，说，肯定回来，我希望那时能听到中国胜利的号角。我收回从前说的话，有你和比尔、约翰这些好青年，中国就有希望。那是肯定的！巽丰笑着说，到时您要穿碎花卡其布裙，您穿着它，非常漂亮。索菲亚嬷嬷羞涩地笑了，还将一根胸针送给他当纪念品，巽丰也送给她一枚童军纪念章，趴在她的耳边说，嬷嬷，您能原谅我吗？索菲亚嬷嬷挤挤眼说，上帝从不会让他的仆人记住孩子们的恶作剧。巽丰笑着说，多想再吃您做的牛肉馅饼，可惜，我现在不是孩子了。说话间泪水瞬间冲决而出。这是蒋巽丰最后一次见到索菲亚嬷嬷，三年后，她因肺衰竭病逝于佐治亚的一座农庄。相传，她临死前，还记挂着那些她在南京教过的中国孩子。她珍藏的物品中，就有一枚来自中国的童军徽章。

蒋坤模也在送别前女友，罗伯特夫人，原金陵女大学生陈菊美女士。在美国待了一段时间，特别是与罗伯特订婚后，菊美的英语水平提高得很快。她那种高贵气质，愈发浑然天成，人也胖了，散发着成熟迷人的异域气息。她不再是小家碧玉的、土生土长的南京"小潘西"，而更像一个生活在美国多年的女华侨。华群小姐对她的变化，有些不满。她希望菊美能更多承担实际工作，把更多时间花在照顾伤兵和提高女性职业教育水平上，她毕竟毕业于金陵女大家政系。然而，菊美回国后，俨然成为南京交际场的重要人物，很多国民党高官宴会，都愿请她。她还应邀在某部礼堂做了场《中华女性如何面对危机》的报告，受到女界的热烈欢迎。

这些变化，无疑在蒋坤模心中激起新的波澜。菊美刚离开，他满肚子委屈、气愤，还有颇多报复心理。菊美归来，她那些高雅做派，睿智眼神，美国口音的英文，又让坤模陷入了长久的渴望、懊悔和爱的纠结。他重新燃烧起对菊美的爱，或者说，他爱上了女神般的"罗伯特夫人"。他几次邀请菊美吃饭，都遭到拒绝。坤模只能将情绪埋在工作中，或去"六喜台"发泄不满。可他们之前毕竟有过感情，难免藕断丝连。菊美参加活动，他做护花使者；菊美头疼脑热，他嘘寒问暖。菊美的父母，不过是教会学校普通教员，从前菊美和坤模在一起，他们也是高兴的。如今，菊美虽已和美国人订婚，但蒋坤模三天两头献殷勤，他们也不反对。蒋坤模嘴甜，人长得高大体面，办事精明，深得菊美父母喜欢。私下里，菊美父亲也和她谈过，坤模各方面都好，且经过这些挫折，看起来也是可拿捏住的男人。你跟着他，肯定幸福舒心。父母这样讲，菊美有些动心。

胶着之际，罗伯特拍来电报，催促她去武汉，说上海战事结束，南京也将不保，他将在武汉继续采访，让菊美过去团聚。菊美给坤模看了罗伯特寄来的军政部公函复印件："暴日肆虐，寇我疆土，我神圣之民族解放战争全面开始，本部为扩大宣传抗战消息起见，特许友邦人士，美利坚合众国新闻记者J.M.罗伯特先生，赴武汉各地采访战地新闻。军政部特发给护照，以利行为公便。"公函是罗伯特让菊美办理船票用的，附有他本人护照、证件照，他们的婚书及订婚照。坤模看照片上的美国男人，是个粗胖大胡子，年龄三十多岁。坤模想着菊美要和外国大胖子共度余生，心里阵阵难过。那天晚上，他请菊美吃饭，喝了很多酒，不知不觉哭诉起来，菊美心里也有些纷乱，俩人半推半就地在酒店开了房间。一夜暴风骤雨，无数抵死缠绵，蒋坤模了结了心愿，菊美也品尝到了爱情的滋味。

菊美顺利办理了船票。坤模是国府秘书，如今在军政部帮忙，人脉广，他给蒋家搞到五张船票，顺便也给菊美父母搞了两张。这让菊美非常感激。俩人相约，今生若无缘，只看来世，但愿来世太平安稳。下关码头很乱，越来越多的兵涌进来，又有无数人涌出，就像两条对开的火车，无数相反的命运，在偶然的电光火石之间，汇集在小小码头空间。坤模抱着菊美，听着爱人湿润的呼吸，仿佛嘈杂的人声和市声都不存在了，耳边只有温暖的呼吸声。他低声对菊美说，好好活下去，将来在美国不开心，就回来。我总会等着你。当然，前提是我也要活着。菊美深深地吻了坤模，让唇印刻在了他的脖子上，像一枚鲜艳的图章。

第九章　地狱入口

日日从军势若狂，无人不道送行忙。遥知富士山前
月，待照中华儿女行。

——汪辟疆

一

月底，七万多人在南京总统府前集会，庆祝总理诞辰，拥
护政府抗战到底。五百多回教青年成立回教青年团，宣誓上阵
杀敌。有人考虑，释放南京囚犯，组织"铁膊团"，和日本血
拼。但囚犯们是否能保证南京城的治安，这也是未知数，该提
议也就作罢。委员长任命唐生智担任总司令，组织南京保卫战
防御工作。唐司令曾拜佛教密宗居士顾伯叙为师，自称"佛教
将军"，全体官兵受戒当佛教徒，部队佩戴"大慈大悲救人救
世"胸章。唐司令曾三次反对委员长，下野后，担任训练部总

监。由于长期斋戒，他面色苍白，经常发低烧，但他还是坚持陪同委员长检阅部队。除了佛教，他还喜欢古典文学，古代名将的事例激励着他。他烧毁了船只，自断后路，表示"与南京共存亡"。

曾泰告诉巽丰，教导总队在淞沪战场打得英勇，也伤亡不小，他们要撤回南京休整，担任守卫南京的职责。小林春之逃走，让巽丰对曾泰的好感大打折扣。从前乔四要弄死巽丰，是个人恩怨，如今涉及日本间谍，可牵扯到国家利益。说到底，曾泰是担心得罪上峰和同僚，也怕黑社会找麻烦。可都要亡国了，考虑这鸟事有什么用？除非他自己摇摆不定，也想当汉奸。巽丰将这个情况，和姑姑说了。坤瑶气愤地说，要是我，警长不干，也要枪毙间谍。她打电话给曾泰，气咻咻地吼道，咱俩完蛋啦。不等曾泰分辩，就扣下了电话。看到姑姑大发雷霆，巽丰反而不好意思，说，姑姑，别为了我和曾探长分手。坤瑶摇头说，不是为你，我和曾泰不合适。我找到了更好的爱人。巽丰对姑姑换男友的速度感到惊讶，询问对方是谁，蒋坤瑶说，谢东山，你认识的。

坤瑶邀请巽丰去一家还在开业的面馆吃饭，正式将谢东山介绍他。巽丰打趣说，姑姑，曾大探长请你去玉陵春吃牛肉，喝红酒，这位"金大郁达夫"兼"德式大炮手"，就找个小面馆打发咱们，你怎么这么不讲究？坤瑶说，你不了解东山，他是化学天才，也是诗人。我们在一起，正对路子。谢东山最近在金陵大学遭了处分，弄到快开除的境地，罪名是"在宿舍烹饪导致火灾，私自加灯头和电线，措辞荒诞，煽动学生罢课，私自携带图书馆书籍外出"。巽丰笑着说，你怎么在宿舍做饭？谢东山说，食堂伙食越来越难吃，菜量越来越少，米也没正经大米，都是掺了沙的北籼米。谢东山家庭不富裕，尖嘴猴腮，却还是老饕，最近战事紧张，食堂物资不全，他就自己做饭，改装电线，也是为晚上读书方便，带出图书馆的书，都是研制炸药方面的。

最有意思的罪名，是煽动学生罢课。谢东山委屈地说，我只是鼓动他们投军报国，这也算罪？据同学们反映，他还攻击蒋委员长，大肆赞扬共产党的好处。或许这才是他倒霉的根源。东山咬着牙说，学校肯定有蓝衣社的特务。这些杂碎，不去抗日，专门搞人。金陵大学，金女大，还有诸多南京高校，都要迁徙到重庆，东山不愿去。他自告奋勇留下，说是打鬼子，其实是陪着蒋坤瑶。为了取悦蒋坤瑶，他认真研究本专业，专攻炸药制造。他和蒋坤瑶在荒野做实验，先后炸死了不少母鸡和青蛙。他想和磨剑社合作，多制造出些炸弹，这东西不能和金陵兵工厂、巩县兵工厂的制式手榴弹、炸药包相比，但也很有威力。谢东山还在炸弹中加入铁钉、钢珠、缝衣针等杂物，估计被炸上了，就是不死，也难受得很。磨剑社武器不多，多弄些炸弹总是好的。巽丰没想到，这些炸弹后来真起到不小作用。谢东山制作防毒面具，用纱布裹上棉花，浸入碳酸钠、次亚硫酸钠、甘油与热水的溶液，拧干后盖在口鼻上，闻起来有臭屁味。他还做了简易防毒靴和防毒风镜。他打扮得像花花绿绿的叫花子，惹得大家大笑。坤瑶说，你这简易版"臭屁"防毒设备，会让日本人笑掉大牙。谢东山讪讪地说，我本将心向明月，奈何明月照沟渠，不领情算啦，简易版总比没有强。

谢东山陪着蒋坤瑶，看护伤兵，外出募捐，慢慢地，坤瑶竟对他有了好感。谢东山的邋遢做派改变不少，但那股狂傲劲、才子气，还是不减。蒋坤瑶之所以痛快地答应东山，将曾泰踢出局，还在于另一个追求者张人豪撤退了。中央军校在一个夜晚，偷偷地撤走了。居民们只听到脚步声和车辆的声音，响了一个晚上。巽丰再去军校门口，发现军营空空的，没有熟悉的口哨声和铿锵有力的踢正步的声音，几只灰麻雀冷眼蹲在军校门口战壕栅栏上，战壕的麻袋还在，四周野草未全部处理干净，小蓬草和路边青，都泛着黄色，灰白鸟屎挂在铁丝网上。站岗哨兵也撤离了阵地，只在蓝灰色岗亭位置，留下两个浅浅的脚印。巽丰看着脚印，想象张人豪站在上面，威风凛凛的样子，气愤地想，不是说和南京共存亡吗？

很多年后，张人豪面对巽丰，还对那场突如其来的撤退感觉非常惭愧。淞沪战场上，学生兵们死伤不少，上面为了保存抗战力量，让他们撤退整顿。在夜色的掩护下，他们背着武器，像"搞马路"的小偷，观察着周围动静。他们摘下引以为傲的中央军校徽章，垂头丧气地挪动着步伐。张人豪的脸上，留下了火辣辣的泪水。他甚至没来得及和坤瑶说声再见。经过十几个月艰苦跋涉，他们最终到达成都分校。他们的父亲，退休在家的张将军，也支持人豪到成都，保留抗战的种子，人杰虽年龄小，但想参加战斗，他们家也是坚决拥护。张将军变卖部分家产，除了捐款之外，老爷子组织家人训练，也要帮着守城，绝不从南京撤退。

巽丰每天清晨，都到中华门外去等父亲。民国二十六年深秋的南京，格外阴冷，呼啸的风似乎要渗透入骨头缝。漫天梧桐叶，被风卷起，飞越高大城墙，落在护城河外的长干桥边。据说这桥过几天也要炸毁，国军还要清理中华门外密密麻麻的低矮窝棚，以防日军利用，阻挡我方机枪射击。附近聚集的都是穷苦人家，拆掉后有没有补偿？巽丰不敢去想。他看到五花八门的武器和奇怪的士兵。他们的服装有蓝色的，卡其色的，灰色的，土黄色的。他们有的戴斗笠，有的打着草鞋，年龄小的只十四五岁，还没枪高，年龄老的，腰弯背弓，胡子拉碴，五十岁上下。士兵的枪支也是长长短短万国牌，烂枪太多，有的枪带都没有，用绳子穿在身上。部队供应有的很差，都是挑着担子。那些挑担的士兵，前面挂菜刀案板，后面挂米面，怎么看都不像兵，倒像赶庙会的农民。还有很多士兵，连枪都没有，背上一把大刀和一把雨伞，胸前挂着几颗黑乎乎的劣质手榴弹。"徒手兵"的数量不少。他们晓得入城是长脸面的事，都努力挺起胸脯。他们有操着广东口音的160师，从湖北赶来的41师、103师和112师，宋希濂的36师，德械87师和88师。

除了41师，大部分部队都是淞沪战场撤下来的，很多人面色焦黑，神情沮丧，也有的带些轻伤。巽丰只听到他们小跑前进的步伐，以及武器和零碎器件"丁零当啷"的碰撞声。巽丰拿着人杰的望远镜，眼都看酸了，还没看到教导总队。约翰凑来说，教导总队在后面，还有一种可能，你父亲受伤了。这是怎么说？巽丰赶紧问他。约翰慢吞吞地说，听人说，怕影响士气，伤兵不走中华门、太平门、光华门，统一被拉到下关车站，从那里再做分流处理。你看到的队伍，是整齐完好的，伤兵惨得吓人，基督教青年会，还有妇女救国会和很多志愿者，都在帮忙护理，开始伤兵没那么多，现在一天就几千。按理说，伯父是教导总队军官，不会遭此待遇，就怕伤重昏迷，很多部队的伤兵和军官，混在了一起。伯父如果受伤，不能及时归建，可能被拉到下关。

巽丰在鼓楼医院伤兵救助站帮过忙，不禁发了急，借了几辆自行车，和约翰、小剪、"花佛"，还有"铁鹰"，赶往下关车站。离车站很远，巽丰就听到了奇怪的声音。声音不高，但极广大辽阔，仿佛充塞了整个世界。越往近处走，声音越嘈杂纷乱，仔细分辨，有悲切的哭泣，悲愤的咒骂，无助的哀求，虔诚的祈祷，深情的呼唤，更多的是长长的呻吟。呻吟声竟压制住火车进站的鸣笛，像重伤将死之人无力却顽强的呼吸，又似野火在平原蔓延，充满生的渴望与死的不甘，时强时弱，时断时续，突然高昂起，又兀地低垂。铁红色天幕，又冷又硬，白石子般狠毒的雨滴，咬着深秋万物，折磨着翅膀被黏住的喜鹊，泛着黄的芦苇，胶水般凝重的池塘，还有高大却衣衫褴褛的下关车站。

他们在痛苦地等死。巽丰跳下脚踏车，慢慢地推着车向前走，最先看到的是一片蠕动的土黄色，那是陕西兵。再往里走，是越来越多混杂在一起的灰色、卡其色、深蓝色，大部分是地方军队，也有部分中央军，仿佛混在一起的各种过期墨水，散发着刺鼻气息。他们人数太多，一眼望不到边，从月台延伸到车站外的土路和水塘边，看上去约有万人。巽丰停好脚踏车，仔细察看。有的士兵有单人草席和毛毯，身边放着个缺把的白瓷缸，有点水喝，就是很好的待遇了。可怜的是昨天从苏州撤下的几千伤兵，大部被丢在月台。南京各医院已饱和，无力收容他们。他们被丢在车站。破烂的军衣，看不出原本的样子，有的烂成一条条的，有的脆得裂开。他们带着血痂的残躯，赤裸地暴露在众人面前。他们没有任何御寒的东西——哪怕即将熄灭的火堆，一杯温暖身体的热水。巽丰几人从他们身边走过，一个个地验看。他们盯着这群穿童军制服的半大孩子，面无表情。

他们在痛苦地等死。巽丰看到一个少尉，他的五官基本被高温火焰融化，只剩两个黑洞洞鼻孔，没有眼皮，眼合不上，没有嘴唇，紫色牙龈裸露在外面，不断流着涎水。还有一个被机枪扫射后活下来的二等兵，他的头部、腰部、胸部及大腿，都受了伤。旁边的志愿者说，他差点死于血中毒，如今又得上急性贫血。他的身上，不断渗出脓血，每一个小时，必须有人清理。一个腹部受伤的87师炮兵，动过了手术，可没取出全部残存弹片，他的腹部有一条丑陋的手术缝合线，巽丰清晰地看到，一截青绿小肠头，裸露在他的灰色肚皮上。一个残废上等兵，拉住"花佛"，让他帮助清理腿部。他没有腿，但他不相信，他常会感到腿痛。这是"幻肢"。他声称脚趾有一窝蛆虫在安家。兄弟，这些蛆，每晚都吃我，痒得受不了。他哭泣，鼻涕和血水流下，瞬间在肮脏的脸上汇集成两道红色小溪。"花佛"吓得挣脱，往巽丰身后蹭去。有位昏迷的中尉，在发高烧，脸烧得通红，紧闭双眼，身体抖个不停。巽丰头昏眼花，转了半天，看到几个教导总队重伤员，但没有蒋坤典。快走到月台尽头，一个伤兵鼻孔的血，溅射到约翰身上。约翰拼命喊叫，使劲地擦拭，但没人注意他，这里每个人都在叫喊，或听着别人叫喊。

他们在痛苦地等死。冷雨越来越大，许多伤兵注定熬不过这一天。巽丰看到一群外国人和红十字会志愿者。从徽章上看，他们是南京基督教战争救济协助会的成员。他们试图帮助这些无助的伤兵。美国人费奇先生，在安慰一个被炸掉了下巴的士兵。费奇流着眼泪，塞给伤兵5美元。他还看到金陵女大华群小姐，给一个胸部肌肉坏死的人擦拭脓血。每次擦拭，伤兵都疼得掉泪。华群小姐念着"上帝"，还是坚持做下来。华群小姐还将布盖在一位伤兵身上。他的一条腿，从臀部以下都被炸没了。火车轰鸣，又一辆车到站，这辆火车不是运送伤兵的，而是普通客车。一群群市民跳下车，捂着鼻子，在伤兵之间穿行而过，他们有的叹息哀伤，也有的默默垂泪，但都飞快地跨过伤兵的身体，没有回头。

　　他们在痛苦地等死。巽丰几人走出月台伤兵群，试图骑上自行车，却怎么也骑不动，只能迎着冷雨寒风，慢慢走在泥泞土路上。他们转到车站后面，试图从那里进城。那是志愿者和护士处理医疗废料的地方，其实是一条浅浅的阴沟。阴沟里堆着结块的毛发，带血的纱布，破烂的绑腿，被剪下的烧焦军衣，漂浮的粪便，还有混合着脂肪和血迹的油脂漂浮物。再往远处，就是一排排盖着布的尸体。没有白布，那些布大部分是麻袋改装的，或是廉价土布，血迹洇过来，形成了一个苍蝇和蛆虫的汇集地。巽丰扭头看小剪和约翰四人，大家再也不能忍受，齐刷刷地丢了车，伏在路边呕吐。约翰的眼泪和鼻涕黏在一起，哭着说，上帝，这是地狱吗？

　　路上，大家都没说话。沉重的氛围，像铅块般压过来。天色渐黑，夜色将至，大多数房子电源都被切断，沿街的商人，为减少损失，赶在宵禁开始前，在烛光下抛售库存，人们不知疲倦地吃喝，从豪华欧式家具到不起眼的叉子，从吃饭锅到雨花石，到孩子们读书用的书包和课本，商品琳琅满目，就是没任何地方能买到牛皮纸和包装箱。外地来的士兵购物热情很高，他们都是入城后确定防区的各地士兵，抓紧时间做最后休憩。蓝色军装和土黄色军装，拥挤在摊子前，认真地和南京商人讨价还价，像参加一次县城庙会。卡其色军装则买了很多南京小吃和纪念品，有的还小心包好，看样子想寄回家。他们不会想，明天日本人打过来会不会死，他们在战争前一天，还是热爱生活的朴实中国人。

到达永庆巷蒋家门口，巽丰发现门罩下卧着个人。从衣服上看，是穿着军装。"恺撒"对陌生人有很大警惕。这人居然卧在它的专用饭碗旁，像要对它的晚餐下手，"恺撒"自然毫不留情，高声狂吠。巽丰赶紧上前，拴住"恺撒"，将那人翻过来，仔细辨认，发现是个娃娃兵，年纪不过十三四岁，个子倒不矮，背着杆汉阳造，闭着眼，看样子昏过去了。约翰打着手电，发现他的臂章上写着国民革命军41师字样。

二

喝光两碗糖水，吃完两大碗奥灶面后，小兵心满意足地擦擦嘴，终于有些还阳的迹象。小兵很拘束，被磨破的军裤，露出一块黑不溜秋的臀部，他赶紧坐在石凳上，以掩饰窘态。

小兵说，他叫刘德才，湖北荆州人，早上跟着部队进城补充给养。他从没来过南京，很是新鲜，乱走乱逛，就走丢了。他跑了一天，没找到部队，打听部队收容办事处时，他有湖北口音，人家听不太懂，也没找对地方。好不容易找到宪兵司令部，宪兵告诉他，41师补充完后，被拉出南京外驻防，听说去乌鸦山一带。跑了一天，累得要死，他正好来到一家门口，有只大狼狗，很凶地冲他狂吠，就莫名其妙地昏倒了。巽丰等他稳定下来，问他是否认识教导总队蒋坤典。他的表情很茫然。

一家人都来看这个小兵。蒋乾中见他瘦瘦的，问他的年龄，他挺着胸脯说，今年十五了。巽丰想，倒和他差不多大。蒋乾中赞许说，小小年纪，保家卫国，是中华好少年。小兵摸摸头，显出羞惭表情，说，爷爷，我是抽丁抽上的，家里穷，养不住太多娃儿，我还有两个弟弟。那也了不起，蒋鲁氏心疼这小兵。才十五岁，转战千里，从湖北来南京，真不容易。她张罗着让柳如春和周慧给他挑几件干净衣服和几双鞋。再让巽丰带他洗澡。巽丰仔细打量这小兵。他有一张皱巴巴小脸，像被火烤焦的面饼，笑起来，露出发育不良的龅牙。他的脖子又瘦又长，像蛇颈龟一般，那双眼睛，充满活力与生气。他的绑腿打得不错，但军鞋难看，烂得露出大半脚掌。他非常瘦，穿着衣服看不出，脱掉连着补丁的破军装，就看到一排排岩层般压紧的肋骨。

洗完澡，小兵精神了很多，巽丰拎起他的枪，是条老枪，膛线都磨平了。小兵赶紧将步枪拿过去，说，莫乱动，枪是军人的第二生命。巽丰嘲笑着说，就这破枪，还是算了吧。他回房拿来中正步枪，还有那把"毛奇"军刺，可把小兵羡慕坏了，喃喃地说，你咋有枪？你也是军人？巽丰说，我是童军。啥是童军？小兵不太懂，巽丰懒得给他解释，就说和自卫团差不多。小兵羡慕地说，这里自卫团都用这么好的枪？巽丰吹牛讲，我们童军磨剑社，有几十把中正枪，还有手榴弹，天天都能吃饱饭。小兵喜出望外，说，你们这童军社，招收未成年的少年吧，我的情况行不行？我现在找不到部队，就加入你们吧，首都就是不一样，条件太好了。巽丰说，你的水平太差，跟着部队都能跟丢。小兵挠着头说，我枪法好，不给你丢人。巽丰说，那还要实验一下，合格才能成为童军。你有外号吗？小兵说，大家都叫我"糊鸡"。啥意思？巽丰问。小兵说，就是"糊涂蛋"。巽丰心想，跟着部队都能跟丢，还真没冤枉你。

"糊鸡"枪法其实一般。他在磨剑社仓库后面小靶场，打了两枪，不过七环左右成绩。巽丰撇撇嘴，真能吹，这枪法叫好？你练习了多长时间？"糊鸡"小心地说，总共半个月，这是我第三次打靶。巽丰了解到，他是在部队运输船上，学会了放枪。巽丰心里想，刚训练两次，就有如此成绩，"糊鸡"搞不好是射击天才。大纶纱厂已撤退，跟着很多企业向南方搬迁。"糊鸡"的到来，让磨剑社更热闹了。仓库本有小剪、小镜和老姜头三个留守人员，加上"糊鸡"，正好凑一桌麻将。"糊鸡"脾气好，帮助老姜头打扫院子和仓库，整理擦拭全社武器，跟其他社员一起训练。

小剪兄妹对他的加入不置可否，老姜头表示欢迎，这让他有更多时间打盹，吃东西，或思考人生。他们在荒凉的仓库，等待着日军。与此同时，日军越过吴福线，抵达南京外围，指挥战斗的松井石根大将，躲到苏州城养病，将指挥权交给一个精通法语的亲王。松井在江南小桥石巷，听着评弹，喝着清香茶水。瘦小干枯的松井，回忆起与蒋介石和郁达夫的交情，心中颇多感慨。他自奉艰苦，不讲究吃穿。这位"明治之子"的诸多理念，虽和新崛起的"昭和男儿"有很多不同，但开疆拓土的殖民野心，没什么差异。他曾获陆军大学第一名成绩，年轻时当过驻外武官，他同情皇道派军官，被编入预备役。他是位汉诗爱好者，喜欢参加东京汉诗社活动。他常和来自东京帝大的郁达夫切磋诗艺。此刻的郁达夫，正在福建担任《救亡文艺》主编，他在光禄坊寓所，借着昏黄烛光，为文学青年程力夫写下："我们这一代，应为抗战而牺牲。"此时的黄昏，蒋巽丰还在为父亲担忧，"糊鸡"和老姜头香甜地吃着馄饨面，秦小剪继续练习木枪刺杀，小镜偷偷地对着面镜子，认真描眉，想着如何吸引巽丰哥。松井大将也在雪白宣纸上写下汉诗："汗了戎衣四十年，兴国如梦大江流。君恩未酬人将老，执戟又来四百州。"上海派遣军司令部的年轻参谋们，侍立在他身边，松井将那饱蘸黑墨的毛笔，轻轻放下，沉默不语。

蒋家人四处打探消息。有人说，蒋坤典在罗店被炮火击中，身负重伤，也有人说蒋少校没事。柏翠芬的佛堂香气缭绕，蒋鲁氏和周慧、柳如春，都加入向观音大士祈祷的行列。蒋乾中说得硬朗，但也是长吁短叹。坤模不断打听政府内部消息。人杰找到个"柳半仙"，住在八宝东街，据说能掐会算，颇有道行。巽丰心里纷乱，和人杰去了一趟。那是个道士打扮的中年男人，看着有些仙风道骨。他掐指算算，让巽丰回家等，说人已回来了。巽丰半信半疑，回家后果然等到了父亲。"柳半仙"后来名声大噪，他在《南京人报》推测国运，说得煞有介事，甚至引发了委员长的关注，警察厅派人找他，却发现家中只有灵堂和遗像，听人说，已死去三年多了。警察去寻，真找到了柳金风的坟墓。死人能算卦写文章？这又成了一桩民国悬案。这个谜底到"文革"时期才解开。"复活"的柳金风，因有历史和"现行"问题被"南京八二七革命造反串联会"批斗。柳金风交代说，当年他到《南京人报》装神弄鬼扮"仙道"，是为给报馆留下"高人"印象，为日后谋差事铺路。不料惊动了蒋介石。害怕惹祸上身的柳金风，把自己的画像弄成"遗像"，用新亡不久堂兄坟堆为"道具"，诈死脱身。

蒋坤典在日落时分，步入蒋家大院。他从一匹大青马上翻身下来，掸了掸灰尘，才迈步进去。"李香君"闻到熟悉的主人气味，"喵呜"地叫起，来回蹭男人裤脚，尾巴也高高竖起。"恺撒"也兴奋地狂吠。屋里的人陆续出来，围着他嘘寒问暖。巽丰一眼看到，父亲胳膊受伤了，好在伤势不重。他抑制住情绪，慢慢走过去，恭敬地说，父亲大人，辛苦了。坤典有气无力地笑着说，搞这么隆重干啥，又不是迎我的骨灰。我是死里逃生，下次不知是否有这样的运气了。

蒋坤典回家团聚，久违的笑容又出现在众人脸上。他也不能多待，过一夜后，还要回部队。众人问起淞沪战场，坤典默然无语。坤安对蒋乾中说，家里人难得聚会，我做顿"团圆饭"吧。蒋乾中默许。这几天，他找来留在南京的中央大学学生，帮他抄录《红楼梦》笺注。他送出去很多藏书，也卖了一些，换成了银圆。剩下的书，他封在枣木箱子里，埋在槐树底下。同时埋下的，还有古玩玉器。他这几天一直病着，咳嗽，胃口很差，心脏也不舒服。他似乎预感到什么，提早让老赵头将那口柏木棺材拖了出来，架在侧房，又上了一遍桐油。前几天空袭，侧房被震塌一角，棺材盖了一层浮土。蒋乾中和老赵头，又擦了一个上午。空袭厉害，老赵头也不能每天出去遛狗，就打开绳子，让"恺撒"在院里巡逻。"恺撒"冷静地看了棺材一眼，犹如神父发现了身边的死神。它冷冷地摇头，对老爷子的顽固表示不屑。

家里商议的结果是，坤模先将蒋鲁氏、苏州娘姨和蒋巽玉转到安徽，再跟着政府去武汉。剩下的人，都守着南京。蒋乾中本要独守南京，可坤典是军人，有守土之责，柏翠芬和周慧自然也不走，坤安是孝子，百般劝着只是不走。柳如春想走，但坤安要尽孝，她也就不敢提了。坤瑶和巽丰，都是自愿坚守的死硬分子。坤模本来搞了五张船票，这下可好，多出来两张。我相信，政府能守住。蒋乾中须发皆张，眼中含泪。坤典想说什么，看看周慧的眼色，只能将话吞咽到了肚里。

坤安要办一桌"团圆饭"，让苏州娘姨、周慧和柳如春帮忙。但外面兵荒马乱，天天轰炸，菜场早不开市，只能从家里现有食材出发，弄出一桌"有意思"的饭。坤安想着，这顿饭既是团圆饭，就要安排成家常饭，不能太复杂。坤安指挥柳如春，先洗干净几种青菜，采用苏帮菜做法，加料酒、盐、鸡蛋、淀粉抓匀，快速翻炒出锅。京苏"团圆饭"必有热炒三兄弟：小青菜（安乐菜）、黄豆芽（如意菜）、芹菜（勤勤恳恳），也取祝福之意。周慧负责包水饺，要取韭菜、白菜与鲜牛肉做馅料，韭菜是"久财"，白菜是"百财"之意，牛肉则取"牛气冲天"之意。苏州娘姨负责汤和糕点，山芋糕与山药糕，取"一山又有一山高"之意。红豆芝麻小汤圆，则是"爱在心头，香在心里，圆圆满满"。

开餐时间，家里没电，只能点蜡烛，还不能多用，怕触犯了宵禁令。上了前面几道菜，又上了白灼竹节虾，寓意"竹报平安"，排骨年糕是"步步高升"，狮子头搭配雕刻成球的西蓝花，寓示"狮子头，滚绣球，好运全有"。大家印象深刻的，还是那道乾坤玉子烧鸭。南京有"鸭都"之称，坤安剖开鸭肚，藏入十三颗鹌鹑蛋，滚入汤里，既意在"多子多福"，又以十三口人为意。坤安轻声说，鸭就是南京，十三颗玉子，就是咱们蒋家。老赵头激动地说，二爷，我也算一个？坤安说，当然，你和阿秋娘姨都是家人。老赵头和苏州娘姨低下头，拿衣角拭着眼泪。老赵头哽咽地说，在主家几十年了，要遭大难，豁出去也要跟着老爷。巽玉夹起一个最小的鹌鹑蛋，娇声说，最小的玉子就是我！柏翠芬看着，眼里全是泪。

坤模拍手道，你们对二哥这道菜，解得不透哇。坤典问，你有什么花头？坤模说，十三者，谐音"失散"也，十三玉子聚乾坤，当然是"不可失散"。这预示蒋家渡过困难，阖家团圆。大家鼓掌喝彩，连坤瑶都赞扬他说，三哥，你这次真是狗嘴吐出了象牙。巽丰又叫道，还有一解呢！柳如春忙问巽丰还有何意。巽丰说，鹌鹑蛋者，"安"也，蛋在鸭肚，自有乾坤。此菜合二叔"坤安"名字，而"鸭"谐音为"雅"，意为赞颂二叔是厨行第一雅人！坤安赶紧摆手，红着脸说，巽丰，你现在也这么油滑啦。周慧含笑看着巽丰，心里不禁喝彩，好个文武双全少年郎，比坤典还要多了份灵透。

最后一道菜端上，坤安说，这道菜是"欢乐满堂"，从东北菜铁锅杂鱼乱炖中演化而来，不过全用江鱼与河鱼，我看过厨房，只有现存几种，就给炖上了。这里有鲫鱼、青鱼、白鱼，江团鱼，不用玉米饼，全用糯米团。柏翠芬问，这道菜有何意呢？坤安说，我们遭逢大难，要保持"时时清白"，"团鱼团食"，意思为"团团圆圆"。几个女人感到脊梁骨发凉，面色发沉。坤典赶紧说，菜上完啦，赶紧弄酒吧。老赵头搬出坛黄酒，大家开怀畅饮，坤典喝得大醉，坤瑶吐了酒，连一向稳重的坤模，这次也喝多了，抓着坤安的手，絮絮叨叨地说他和菊美的事。自始至终，蒋乾中没有喝一杯酒，他吃了几口菜，静静地看着热热闹闹的一大家人。

　　酒宴到了一半，刺耳的防空警报又响起，大家似乎都忘记了轰炸，沉醉于酒宴的气氛。好在轰炸主要在政府办公区，这边没有波及。深夜酒宴才罢，坤典死活抓着周慧不松手，醉眼蒙眬地说胡话。周慧让他去柏翠芬的房间，她看到柏翠芬在房门口，痴痴地看着。坤典就不撒手，还顺势抱起周慧，进了屋子。周慧心里高兴，又有几分伤感：男人也真狠心，十几年夫妻，两个孩子，最后一晚，都不愿同床共枕。周慧脱了衣服，隔着窗户缝隙，见到柏翠芬隐没在黑暗中。她的房间，照例又传来念唱佛经的低吟。

三

　　蒋坤典起了个大早，赶赴教导总队紫金山阵地。周慧凑在他耳边，低声说，如果你死了，我也不活。坤典懒洋洋地咧着嘴，说，又不是寡妇守节，什么年代了，谁离开谁都能活。老天该着我死，你就再向前走一步吧。周慧搂着他的胳膊哭了一场，才放手让他去。乾中没有相送，还是坤典热切，特意去父亲屋子，磕了几个响头。蒋乾中抚摸着油亮棺材，哽咽着说，我不送你们，是怕乱我心志，也怕我们动摇你的御敌胆气。我儿奋勇杀敌，勿以家庭为念。坤典不敢落泪，扭头出门。坤模雇了马车，带着蒋鲁氏、苏州娘姨和蒋巽玉，赶去码头等船。柳如春、柏翠芬、周慧和坤安、巽丰，将他们送到码头，只是蒋坤瑶没去，说是要会合谢东山，继续制造炸弹。蒋鲁氏抹着眼泪，咒骂说，该死的女娃，心这样硬！娘老子离开，也不来送送，也不晓得，今后还能否见上。众人在寒风中站了一个上午，将一班人送上船。坤模向军政部请假，先安置好母亲等亲属，再去武汉报到。坤安他们回到家，看到往日热闹的院子，一下少了几口人，不禁长吁短叹了一阵子。

　　日军猛攻汤山、淳化，巽丰收到南京童军总部与警察厅指令，协助87师共同守卫光华门。曾泰在电话中颇为沮丧，请求巽丰为他向坤瑶求情，说大战在即，他不想连女朋友都丢了。巽丰没好气地说，原以为你是好汉，没想到连个日本间谍都弄丢了，姑姑的事，我管不了。此时的蒋坤瑶，正和谢东山打得火热，他们在大纶纱厂搞了个炸弹制造间，没日没夜地制造土炸弹。谢东山的炸弹，是些土化学方案搞出来的。坤瑶被谢东山层出不穷的奇思妙想弄疯了，俩人一边制造炸药，一边打情骂俏。谢东山造上一阵炸弹，就出来给坤瑶吟诗，什么"炸弹轰鸣人不语，乱红飞过小命去""帘卷硝石风，人比雷管瘦""惆怅大纶一炸弹，人生看得几清明"，这些狗屁诗把坤瑶逗得狂笑。

巽丰去大纶纱厂办事，正赶上空袭。他和小剪、小镜、老姜头挤在一个防空洞。老姜头总放屁，想来吃多了，小镜尖叫着让他滚蛋，老姜头只能红着脸去了旁边另一个地洞。小剪在防空洞安了木床，离开地面稍微有点距离，不那么潮。通风口隐蔽通畅，他让妹妹和巽丰坐在木床上，他自己蜷缩在另一头打盹，等待空袭过去。黑暗中，没有灯，只有炸弹投下后引发的熊熊大火及探照灯闪闪的光，才能让他们在通风口，看清楚些东西。防空洞对面，是纱厂休息室，平时蒋坤瑶和谢东山干活儿累了，就在那里歇息。巽丰以为，姑姑和谢东山，早跑到别的防空洞躲起来了，可在炸弹和探照灯断断续续的光亮中，巽丰发现，休息室透着微弱光亮。那扇窗开着，他恍惚看到几根蜡烛的光，不太亮，雾蒙蒙的，伴随着一灭一亮的火光，休息室仿佛变成蓝色海底世界。姑姑全身赤裸，谢东山趴伏在她雪白的肚子上。坤瑶晃动乳房，发出响亮呻吟。巽丰听到小镜的喘息越来越粗，她拿起巽丰的手放在胸前，轻轻地说，巽丰哥，我们也好上一次吧，我死了，连个喜欢的人都没有。巽丰明白，小镜喜欢他，他只将小镜的头靠在自己肩膀上，静静等待空袭结束。小镜仿佛明白了什么，她的泪水，打湿了他的肩头……

大战在即，重要的是鼓舞士气。巽丰拍拍"花佛"说，害怕吗？"花佛"口头答不怕，可腿就有些发抖。好多天了，他一直做噩梦，总梦到那些吓人的伤兵。他在噩梦中喊叫，家人以为他犯了癔症。很多少年已和家人迁出南京。家长认为，打仗是士兵的事，他们不能让少年受到伤害。还有些孩子，天生胆子小，喊口号，游行，参加野营是有趣的，让他们杀生，就很难受。约翰被父亲弄回家，让他在防空洞藏好。"糊鸡"撇着嘴说，啥是孩子？在我们老家，十五岁可以结婚了。我是家里穷，才没说上媳妇。只有三十人左右参加协助。巽丰的磨剑社，对外公开身份是"南京童军战时服务团"第五团，如今队伍只剩下不到一半。巽丰打出印有狮子和班超头像的团旗，他对大家讲了上海童军杨慧敏的故事。

巽丰大声喊：南京童军战地服务第五团，班超勇士，勇往直前，狮吼震天！他兀自学着狮子吼叫，众人跟着嘶吼，倒有几分气势。吼叫声中，还有两个沧桑老迈的声音。"两头老狮"封阿水和老姜头也自告奋勇参加。两个半大老头，也想和少年们冲锋陷阵。鲁大料这个顾问，胆小怕事，说愿奉献酱豆与腌黄瓜两坛，祝磨剑社出师胜利，他必箪食壶浆，迎接大家。阿水"啐"了一口，说，老滑头，我们都是石头缝的猴精？我也在军队混过，我杀了欺压百姓的连长，才逃出部队，当了澡堂打手，混了大半辈子，也要做点光彩的事。巽丰看看阿水，没想到他有如此胆识。老姜头难得没有嬉皮笑脸。他也穿上童军制服，不过有点小，童军服土黄色大翻领，配合老姜头沟壑纵横的老脸，看着有点别扭。他肃然而立，恢复了武林高手渊渟岳峙的气度，他郑重地对巽丰说，徒弟，我若死了，箱子的大洋归你和人杰了，记得给我起个坟，坟头摆上盘肉包子。巽丰点头，说，咱们在家门口打仗，怎会退缩？大家不必每人都放枪，只不过在战场做点杂役，大家训练这么久，不就为了这一天？约翰气喘吁吁地跑来，他歪戴帽子，衣衫不整，一看就是偷偷溜出来的。他抱着人杰和巽丰说，咱们是益智小学"三剑客"，你们别想丢下我。人杰握着他的手说，来了就好。巽丰没想到，人杰这个粗糙壮汉，居然也流下"鳄鱼的眼泪"。巽丰安排小镜和另外两个年纪小的女孩，在大纶纱厂留守，负责磨剑社后勤保障工作，顺便帮谢东山和蒋坤瑶两个疯子，将制造好的地雷，小心存放在地窖。剩下的成员，唱着《大刀进行曲》，一起出发。

笔直的御道街，直通光华门，旁边有一大片住宅，属于老满洲蓝旗街，原是江宁满城正蓝旗衙门口所在地。洪武东街和洪武西街，分列光华门两旁，洪武西街住宅区人口密集，也全部迁出。这支小队伍行进着，军容整齐，斗志昂扬，一路都是逃难市民和开进的部队。街上只有裁缝店冒死开门，各式各样的平民衣物，卖得非常火爆。很多士兵偷偷摸摸地买便装。他们的想法不言而喻，战事不好，恐怕要换上便装开溜。巽丰看到七八个泥瓦工赶修防空洞，有一个戴黑毡帽的，竟是潘五哥。他停下来，大声对他说，开战啦，五哥，回家吧，和家人藏好，打退了鬼子，再去吃你的小刀面。潘五哥又黑又瘦，但眼神还清亮，他嘶哑着嗓子说，不修不行，鬼子凶，我不会放枪，只能修修洞，洞是给政府修的，不要钱。其他工人也默不作声，继续干活。巽丰冲着他们行军礼，继续前进。挨着光华门最近的单位，是东区第十六派出所和稽查所。87师在那里修筑环形工事。光华门外，有座工兵学校，由教导总队工兵营把守，他们也修建了很多掩体，并拉来大炮，试了几炮，震得天摇地动。

巽丰他们开到阵地，将接收公函给一个营长看了，营长咧着嘴笑，又来了些小娃。巽丰猜想，大概是上海童军战时服务第一团，他们有三千人，很多是上海童军，跟着队伍撤到南京，也加入战时服务。营长想了想说，你们不是正规军，不能上城墙，在派出所驻扎吧，拿这里当掩体。你们帮助守军修筑工事，抬送伤员，送弹药，清洗枪械，传递信息。我们也军训过，也会放枪！人杰争执说。营长和气地说，小娃有志气，等我们先死光吧。长官撤退令不下，我们死光了，你们再上。现在轮不到你们。营长想了想，又说，如果有汉奸间谍，观察窥探或搞破坏，就过来通知，把他们打掉。

他们把派出所前的硬地，生生地挖出个大坑。派出所原有琉璃色门窗，早被涂成黑色，如今也被拆下，窗口架上捷克式轻机枪。前面的花圃，都被推倒。绿色铁大门也被拆下做避弹片掩体。跟他们一起挖坑的，还有东区警察。首都警察被编成几个大队，直接参战。他们和内政部警察，宪兵总队，都成了编制内军队。警察对这项工作，多少有些不情愿。把派出所搞成这个鬼样子，修复起来困难了。巽丰想问曾泰在哪个大队，想想还是算了。干了一上午，大家腰酸腿疼，倚着战壕，都不愿动，被老姜头嘲笑了半天。吃的东西也难以下咽，都是硬面饼，水要自己去搞。好在磨剑社有鲁大料捐的咸菜，大家吃得舒服点，也分给警察不少。阴沉的天，不断有雨点滴下，黏在人身上发冷，少年们和警察都躲进派出所，斜眼向前看去，铁灰色的城墙上，每个垛口都有一两个士兵，有的蒙着层塑料布，有的没有任何避雨工具。他们稳稳地端着枪，密切关注着前方，仿佛铁铸的雕像。

巽丰正看着，一个戴着德式钢盔、穿军装的小兵，走到派出所窗前，用一把军刺，敲了敲机枪的枪管，说，蒋巽丰死了没有？还不滚出来！巽丰愣了，心想，我没得罪过87师呀？教导总队也不认识几个人。小兵看到了他，用军刺一指，说，看什么看？不认识军爷？人杰和小剪怕巽丰吃亏，拎着工兵铲，跟在后面出来了。小兵摘了钢盔，嬉笑说，巽丰哥，我是秋月！巽丰看去，真是林秋月，秋月长高了，更瘦了，剃了短短的头发，满面黛黑色，看着像个男孩。她猛地抱住巽丰，又笑又叫，又偷偷地凑在他耳边说，我给你的御守，还带着吗？巽丰咧开嘴，有点想哭地说，姑奶奶，你的劲长了不少，放手啦。其实他是闻到了秋月的体香，有点不好意思。

秋月看到巽丰脖子上那道红线，晓得是拴御守的，这才满意地说，放你一马。人杰他们都傻了，不明白林秋月怎么冒出来的。秋月讲述了这大半年的经历，她父亲小林秀夫要去天津，母亲坚决不同意，带着她离开小林，搬到仁厚里，秋月的姥爷家里。她在和平门外小红山，遇到了一群孩子。这群孩子住在嘉善寺，他们被尼姑庵比丘尼收养，都是些战争孤儿，政府也想收容他们，刚抚恤了点钱和物资，建上个遗族学校，又碰上了战争。领头的叫华子。他们习武打拳，还在晓庄学文化，淞沪抗战爆发，她和其他两个小红山的女孩，跟着教导总队上前线，做战地救护。秋月的这些知识，还是在童军磨剑社学习的呢。她们经历了炮火和生死考验，又跟着教导总队工兵营撤到这里修整驻防。

巽丰做梦一般，喃喃地说，我的个乖乖，你上前线？打淞沪抗战？不信看我的证章，秋月说。巽丰看去，她胸前有个淞沪抗战的负伤纪念章，是军政部下属前线医院颁发的，蓝底红字，上有青天白日，那行字是"抗日救国 以血洗耻"。你负伤了？巽丰问。秋月撸起袖子，有一条长长的伤疤，炮弹皮擦伤的。这可把巽丰、人杰这群少年震撼了。他们整天秣马厉兵，挖了半天工事，人家实打实地在战场和日本斗了几个月。秋月不过十五，还是女娃。秋月又冲着远处招手，还有两个粗壮女兵，留着短发，冲着这帮少年嘿嘿地笑。巽丰晓得是秋月的小红山战友，招呼她们进来。人杰红着脸，冲秋月作揖，说，你是巾帼英雄，小花木兰。"糊鸡"直摸后脑勺，不停地说，姑娘伢，蛮扎实哇，连封阿水都点头称赞，说，女娃不简单。大家和秋月攀谈，人杰偷偷拉出巽丰，说，我真有些喜欢她。巽丰没好气地说，你不是说人家是日本串子吗？什么非我族类，其心必异。人杰挠着头说，我当时不了解嘛，老爷子就喜欢英姿飒爽的女孩，肯定支持我们相处。巽丰说，你自己追，我不管。快亡国了，你还有这份闲心。

"铁鹰"飞快跑过来，嚷着，快拿枪，堵住汉奸！巽丰猛地警醒，问怎么回事。"铁鹰"说，看到几个乞丐，鬼鬼祟祟在洪武西街口，向这边张望，他过去询问，他们就逃了。巽丰让约翰通知营长，自己带着一群人，飞快赶过去，他们分头堵截，在外五龙桥，终于逮住其中一个胖大汉子。这家伙太胖，跑得慢，落在了后面。小剪一脚踹到他的屁股上，胖汉扑倒，小剪把他掀翻，才发现是周文贵。周文贵看到一群兵，拿枪指着他，早就魂飞魄散，不住磕头求饶。小剪说，为啥当汉奸？周文贵哭着说，乔四安排的，我不干他弄死我，我不想当汉奸，只想活着。小剪面露难色，安清帮里，周文贵和他关系虽一般，还时常争斗，但也着实帮过他几次，毕竟在一起混了几年。小剪看向巽丰，巽丰只当没看到，让人捆了他，扭送到营长那里。不久，他们就听到清脆的枪声。

回到战壕，小剪脸色不太好，说，我逃出安清帮，还是文贵暗中放了我一马。巽丰说，不是咱不帮，他将虚实告诉日本人，咱们要死多少人？这是战争，也许，明天就是我们横尸这里吧。秋月过来告别，说她在城外教导总队工兵营阵地。她握着巽丰的手，担忧地说，什么也不要想，你只要知道，打赢这场仗。巽丰苦笑着送走她们，就见到派出所电线杆，挂出三具尸体，其中一具是周文贵，想来都是被处决的汉奸。他们被悬挂得并不高，文贵穿着件扎腿黑布裤，上身是对襟黑棉袄。他低垂脑袋，嘴边勒着铁丝，胖大身躯，仿佛一只僵硬的肥狗，直挺挺地挂在电线杆上。一个瘦小的警察，蹲在电线杆下，躲在他的尸体下避雨。他香甜地啃着一块硬面饼。天色愈发沉重，铅色雨水，大滴大滴地击打在周文贵青黑色的脸上，弯曲如鸟爪般的手指上，慢慢地渗入黑棉袄，将他泡得更肥大了。

民国二十六年十二月初，下午，阴雨，光华门内东区第十六派出所门前，建起了一座环形工事，初冬雨水，浸泡了垒砌起的沙袋和水泥，露出惨白边角。警察和童军修筑好工事之后，就在房间内避雨。这场雨并不大，派出所窄小的窗户，全部被敲破，露出黑洞洞的机枪口，士兵们还在外墙被推倒的花圃里，撒满倒置的铁钉，以防日军攀爬。一个警察说，三个汉奸在城门下被枪毙。其中两个吓瘫了，士兵们将他们按在墙根，他们却跌倒在水洼里。另外一个胖子很平静，他说自己该死，只不过没想到，死来得这么快。警察说，他不愿转过身，士兵们的毛瑟手枪，击中了他的心脏。他才缓缓倒下。

第十章　百万鬼貔貅

偷我古衣冠，性比豺与狼，我心无转移，我头岂畏斩。

——胡翔冬

一

这是最后的时光了吧。蒋坤典哀叹着，骑着匹大青马，向阵地方向赶去。他的嘴里，还残存老酒的滋味，马鞍坐得有些发热，腰里的皮枪套，却越来越冷硬。马靴轻轻叩击在马肚子上，大青马晓得要加快速度了。冬天的早晨，有一种透着寒意的凛冽，大青马随意甩动尾巴，露出屁股上烙印的一串军用号阿拉伯数字。这是匹懒洋洋的畜生，除了吃草，睡觉，干活，连马儿最喜欢的"咴溜溜"叫声都懒得出声了。依坤典看来，它多半是舌头懒得动弹罢了。这马原本是生性子，凶悍异常，曾咬破饲养员的头皮。它被骗掉后，曾痛不欲生，却很快彻底放弃"马生"，变成了逆来顺受的傻马。它对鞭子不再恐惧，也对那些飞来飞去、发出吓人声音的黑色物体不再害怕。它唯有对拿着弯曲小刀的人，抱有极大警惕。此刻，它的蹄子就踏在石板路街道上，对来往逃难的人们，视而不见。

天上飘着细雨，逃难的人缩着脖子，江南阴雨特有的湿冷，吸纳着人们的活力和热情。那是一条条缓慢蠕动的"大蛇"，"蛇头"在下关码头，或就在暂时开放的草场门，看能否找到残留船只，渡江而去。中华门等入口已用麻袋堵死，只能坐船或寻找别的途径。他们举起洋白铁皮瓷盆，顶在头上，抵挡着雨水。或干脆淋在雨中，努力前进。他们浑身都是逃难家当。女人背着大花皮包袱，像一座座移动小山丘。男人们用一根扁担，前面挑着孩子，后面是锅碗瓢盆，油盐酱醋茶，白粗布垫在肩膀上，孩子手里抓着彩色小风车，玩得入迷，男人们轮流换着肩膀，累得满头大汗。他们恨不得将"整个家"背在背上，拎在手上，抱在怀里，含在嘴中。也有富裕市民，雇了黄包车往城外走，怀里紧抱着牛皮箱。只有最优雅的女郎，在这样的环境下，还能坐在黑色奥斯汀小汽车上，认真涂着唇膏。车夫甩不开步，连声吆喝。汽车驾驶员恼怒地按喇叭。满街梧桐树叶，化为黑紫落叶，漫天飞舞，最后不免被一双双脚踩踏成烂泥。大部分梧桐树，都被逃难的人们，劈砍掉主要枝丫，做成各式各样的拐棍或挑东西的杠子。梧桐树光着身子站在路边，灰白相间的树皮，似小孩头上的疥癣。大部分鸟儿，都被炮声惊到郊外，只有乌鸦还坐在电线杆，或光秃秃树上，冷眼看着惊慌失措的人类。坤典一路行来，好几次被难民要求下马，帮助驮着他们生病的亲人去医院，都遭到坤典的拒绝。他是去打仗，不是去郊游。然而，坤典实在无法直视难民愤怒的眼。

行进许久，终于离开主城区，道路变得开阔，人流稀少，道路两旁水田、鱼塘和荒凉的芦苇荡，将人的视线变得辽远安宁。疏疏朗朗的小蓬草、野苜蓿，甚至要将那条土路也变得模糊了。炮声在远处，朦朦胧胧地传来，倒好似春节郊外放的爆竹。马蹄声细碎，如同土路上开出一朵朵小矢车菊。他模糊地想起，这是蒋家清明祭祖常走的一条路，他们从奇芳阁带来什锦馅素包子，还有刘万兴的二十四道褶薄皮水汤包，吃着美食，一路行来。可如今，他从此走向人生死地。他没有告诉家人，他是受了处罚，被迫上了前线。军需官本不用在一线，可上官发现他管理的军需用品出了问题，刺刀质量不过关，军衣有些霉变。他本就是疏懒性子，虽平时结交不少狐朋狗友，真正顶用的，却没有几个。也是他倒霉，正碰上连续几天淫雨，才使军需品出了问题。

还有一种说法，是去年上官的妹夫做生意，坤典"照顾"不够，埋下了祸患。无论哪种理由，他都被人家死死攥在手心。上官给他两条路，一条是到军事法庭，然后脱了这身皮；一条是降职到前线奋勇拼杀，戴罪立功。他不假思索选择了后者。父亲是个把名节看得极重的老派文人，如果知晓自己被开除，肯定无地自容。坤典咬着牙，拼命到了前线，几次在生死边缘，可死神还是放过了他这副臭皮囊。日本炮火很猛，他每次都冲在前面。上海大公纱厂，罗店，苏州河八字桥，他跑着，喘着粗气，呼出的白沫，喷在步枪上，又打湿了手指。炮弹像黑珍珠，在天空呼啸而过，带着尖厉喊叫，街道，水沟，茅草，铁丝网，小河汉，飞扬的尘土，所有一切，都在眼前蹦跳，晃动，飞快地向后流动，变成一连串漆黑的点，接着就连接成黑漆漆的线。他凭着感觉，跳过一条线，又一条线，直撞到日本兵的钢盔上，或日本阵地前沿弹药箱，他狠狠地把带着刺刀的步枪送出，扎中某物体，或被某些物体撞倒。他从不看对手，只是凭感觉，送出一枪，或另一枪，让鲜血喷溅在四周。他打了好几场白刃战，没看清一个日本兵的脸，他只感觉像遇到某种野兽的角质硬壳，他扎透这些硬壳，将它们捣个稀巴烂。

近乎于自杀式的冲锋，让他有了几分解脱感。士兵对他这样一个后勤官，发配到阵地上，自然冷嘲热讽，甚至有个士兵，脱下裤子，露出黑不溜秋的下体，嘲弄他说，他就是个"卖屁股"的官，活该报应。这个士兵领到问题枪械，去退换时却遭到军需官的羞辱，还是连长帮他贡献了一个大洋，才换了新武器。他们恨死这群自以为是的家伙。然而，坤典以他无畏的冲锋，改变了大家的态度。他甚至得了"蒋傻子"的外号，这外号包含着很多粗鲁的敬重。淞沪战场上，坤典数次和死神擦肩而过，才认清自己，不过是个平常的人，热爱平常宁静的生活，希望有个懂他的女人，长相厮守到垂垂老矣。他甚至羡慕坤安，可以心无旁骛地安稳活下去。坤典年轻时，是个热血冲动的青年，和巽丰相似，他做梦都想成为"沙场秋点兵"的将军，跃马疆场。他见过很多热血青年的消逝，也见过太多蝇营狗苟的青年，活成了有权有钱的得利者。他没有坚韧不拔的心性，也就颓废下去。如今在日本凌迫之下，连这"颓废"也不能维持了。

让我光荣地死吧。坤典将这句话记在笔记本上。他终于到了紫金山西山防区，远远地，他看到了第一旅第一团流动哨。士兵的德制钢盔，闪动着乌黑的光。

二

几天前的凌晨，委员长的飞机，悄悄从南京机场起飞，绕行紫金山一周，离开南京，飞往江西。飞机的轰鸣未惊动南京市民。《蒋中正日记》记载，委员长流下了眼泪。他将烂摊子留给唐生智。"佛教将军"显然没有很好的办法。有人说，他带病驾驶坦克车，上阵和日军拼杀。也有人说，他身体不好，整天躲在司令部听报告。几天后，唐司令带着长官部少数人，在36师护卫下，坐着小火轮，到达江北，转移到徐州，完成了保卫南京的伟大功业。愤怒的士兵对着他的船吐痰，咒骂，质问既然要撤退，为何烧了那么多船？唐司令不能回答。日军已在麒麟门展开攻势，教导总队从红毛山，老虎洞，再到西山，一路坚守过去，就是被动防御，挺着挨打。桂永清总长，周振强副总队长，这些大人物的决策，坤典并不关心。他只是个被降职，在前线戴罪立功的小军官，他想着如何死，在哪里死，他要过好最后的时光。

坤典趴在战壕，听着零星的爆炸声。西山是欣赏日落之地，也是教导总队最后一道防线。从清晨到日落，他都趴在这里，无所事事。西山是座光秃秃小山，只有荒草和低矮灌木，还有稀稀疏疏的白皮松。灰水泥碉堡，似一个个风干蘑菇，竖在那里非常突兀。他们的枪口和炮口，紧紧盯着山下公路，这是日军攻入城的必经之路。初冬夜风，非常阴寒。他裹紧军毯，墨绿色天空，被飞升的照明弹和探照灯，映射得仿佛白昼。黑憧憧的飞机影子，蹿来蹿去，好似夏夜自家院子飞舞的蛾子。伴随而来的，还有不时升起的火光。坤典想到家里的小院，有时他喝醉了酒，在池塘边的竹椅上昏昏睡去，再被无数蚊虫叮咬着醒来。月亮升起，他喊一声"痛快"，心里似乎飞过无数白鸽。闻声而来的老赵头，亮起四角凉亭的汽灯，水银般的灯光泼洒而出，他再喊一声"痛快"，心里又似乎跑过无数流浪的白马。他无比怀念，那壶香喷喷的碧螺春，糯软香甜的、白玉般的云片糕，绿玉般的绿豆糕……如今，他只能趴在冰冷的战壕，叼着一根茅草，闻着泥土腥味，紧紧攥着冰凉的枪。

他熬过一个夜晚，又一个夜晚。日军始终没有突破，直到那个看似平淡的下午。坤典吃了自家的糕点和酱肉饼，士兵们则吃干炒米。教导总队的兵，总还有米吃，很多守城部队的士兵，只能吃噎人的杂粮饼。士兵抬来一百个空汽油桶，盛满凉水，摆放在藏兵洞附近。经过几夜，上面有一层薄薄的冰，水里有股奇怪的汽油味。午饭后，坤典刚在战壕里趴了会儿，吹着口哨的日本炮弹，一批紧跟一批，飞向西山方向，蓝色的光芒，把西山上方的天空映成紫桑葚色，一排炮扎过去，荒凉的山像滚过一阵惊雷，然后是炮弹呼啸，敲破锣似的弹头爆炸声和一炷炷白烟腾起。接着，是灼热的气浪涌动，又飞腾起无数黑红色硝烟。一个时辰后，几个地堡被摧毁了，战壕也被炸烂不少。水泥地堡设计太落后，高出地面多，射击孔又大，日本105毫米榴弹炮，平射过去，能将里面的士兵，炸成一堆碎肉。日本还有种特定穿甲弹，他们从观测气球上，定好方位坐标，飞机把穿甲钢弹丢到碉堡顶上，直接将弹头灌进去，结果也是把里面的士兵，炸成碎肉。

　　为了克服成为"碎肉"的恐惧，士兵咬着牙，要求战友将自己锁在马克沁重机枪枪基座铁环上。他们拼命还击，没有成为碎肉的，又被扑上来的日军火焰喷射器烧成了焦炭。好在他们在后山脚下，挖了几个藏兵洞。炮击还在继续，他们只能忍耐，或屈辱地死去。只要用炮还击，日军很快就能确定方位，端掉教导总队为数不多的炮。他们必须忍到日军步兵冲锋那一刻。坤典趴在战壕里，眼前是"咝咝"冒着热气的炮弹皮，嘴里是被炮声震出的鲜血。他很快就看到端着三八枪日军的身影。他们矮小的身体，尽量放低，配合着不断变换速度的散兵线阵形。呛人的硝烟飘过，坤典眯着眼，打开保险，他已看到三八枪上写满中国地名的膏药军旗，及日军晃动的鲜红领章。

战斗持续了一天又一天，异常激烈，阵地始终未被占领。战壕横七竖八地躺着几十具尸首，国军的，日军的，谁也没有力气，爬起打扫战场。所有士兵都瘫软在战壕边，死死握着枪，受伤未死的人，发出低低呻吟。坤典受伤了。上次是胳膊，这次是腿。他被一名日军的军刺划伤。日军士兵怪叫着，连蹦带跳压上来，坤典刺死两个日本兵，正好气力不济。旁边一名士兵救了他，捅穿了日本兵的喉咙。他来不及道谢，那个羞涩腼腆的士兵，就被日本九二重机枪子弹击碎了太阳穴。中午时，他还分给那士兵几块糕点。他不过二十岁出头，不太爱讲话，但作战勇敢。他称赞糕点好吃，比他们安徽老家的一点也不差。他有双真诚的眼，健壮的肩膀，现在他只有半个脑袋，绛红的血水，混合着白色脑浆，涂抹在深蓝色军装上。坤典看到他的右手，缠着一圈白手绢，上面绣着蔷薇图案，想来是怕血沾在枪上，防止滑手，不晓得是不是心爱女孩送的。坤典摘下手绢，默默盖在半截脑袋上。他的身旁是那个喉咙被捅穿的日本兵，他的手蜷缩着，抓挠着脖子，想必还想多喘口气。坤典翻找了他的口袋，找到半包日本金蝙蝠香烟，还有张照片。借着火光，他看到照片后的日文，说这人是金泽师团一等兵，石川县稻叶次郎。石川是日本北陆加贺古国，"加贺会席菜料理"很有名，也是与京都、松江齐名的三大糕点之乡。留学日本时，坤典曾独自到那里游玩。不料，会在这样场合，见到此地之人。坤典想着吃过的加贺赤豆糕，软软地躺在这两具温热尸体旁，抽了两支烟，等待着日军下一轮冲锋。

　　日军的攻击一拨接一拨，仿佛永远没有停歇。坤典不停喘息，好几次，困乏得几乎睡着，又被喊杀声和炮火声惊醒。他的步枪，因为使用过度，枪栓很快出了问题，只能换了一支。日军开始放火，汽油的刺鼻气味，将本不多的植被点燃，遮挡了守军视线。情况非常危急。坤典感到自己漂浮在一片肮脏的海上，四处都是腥甜海草和废物。他睁不开眼，挪动不了步伐，就这样顺着海风方向，不断向未知的，黑黢黢的海域漂流。他使劲咬了下嘴唇，呼喊着跃出战壕，猛扑过去。子弹在他的耳朵和左侧肋骨，嗖嗖地擦过去，削掉了他的半个耳朵。他张开双臂，挥舞着步枪，从高处向着小路边日军聚集处飞跃，好似一只飞向太阳的鹰。日军没料到，还有这样凌厉的反击，很多中国士兵跟在后面，迅猛压上去，同样疲惫的日军，再次被击溃。坤典躺在一个日军尸体上睡着了。日军士兵僵硬的身体，没有让他感到不适。他似乎在梦中，回到了自家床上，周慧抱着他的头，让他枕着大腿，给他哼唱《玉堂春》。他幸福地发出鼾声。他还没有死。这次的目标，又失败了。

不知过了多长时间，坤典被营长叫醒。营长铁青着脸，向他传达了第一旅撤退的命令。撤退？撤到城里，继续战斗，还是撤出南京城？坤典询问营长。答案肯定是后者。坤典顿时明白，中华门、太平门这些正面防守，无以为继了。但一场殉国之战，才打了几天，就匆匆撤退，无论如何都显得滑稽。坤典懂得，是上层动摇了，但也是没办法。大官有几个真心拼死？坤典想再问些什么，营长挥挥手，让他们快速集合，分散突围，在挹江门口会合，想办法找轮渡过江。坤典想回家，但天黑，乱兵多，还有到处乱窜的，受到惊吓的市民，根本无法进入市里。他只能听从部队主官的命令。大青马还没死，它在淡漠地咀嚼着草根，丝毫没顾忌身边倒下的尸体。坤典骑上马，向挹江门方向奔驰。日军推进速度很快，一大群乱哄哄的士兵向日军反撞过来，被把守挹江门的36师阻止，无奈只能回头。坤典地形熟，他飞快骑马逃入一片长满野草的丘陵，有人叫它寡妇山。他在小山包上用望远镜看去，一千多中国士兵，在中山北路近海军部花家桥被日军截住。中国兵更慌乱了，一部分士兵还想回逃挹江门，城墙的机枪响了，士兵像麦子般倒下，另一部分冲向日军，再次被日军枪炮打死在街上。日军不断压缩，一千多中国士兵，承受着36师守军和日军的双重火力，不到二十分钟，全部阵亡。他们屈辱的呼号声与咒骂声，响彻云霄。他们的血，淌满了地面，将石板路变成随时可令人滑倒的血路。可还是有大量溃兵涌过来。几天前，他们还是勇敢的战士，但失去了高级军官指挥的士兵，就成了没头苍蝇。炮弹在不断爆炸，到处都在燃烧。火光和硝烟将往日的街道，变成了死神的点名操场。中国士兵胡乱地放枪，在无数被丢弃的军装、弹药箱、军毯和绑腿之间，闪展腾挪，迷茫无助，又一个接一个地倒下，或一连串地倒下，像春风吹拂过绿油油的麦苗，形成了一个倒伏的扇面。

现在就是最好的赴死时刻？蒋坤典精神大振。他的军装破烂不堪，浑身是血，军帽和钢盔丢掉了，中正枪也不见了，他的脸上全是黑红色血污和灰尘，耳朵还少了半只。他的声音嘶哑，依然勒紧大青马，发出冲锋指令。他用日语大喊着"前进""前进"，疯狂笑着，大青马终于不再懒洋洋的，而是发出了清脆鸣叫，箭一般向行进的日军冲去。坤典化身为决死拼斗的勇将，硝磺味道的风，在他脸旁割过，残缺的左耳还在流血，坤典无所畏惧。然而，当坤典骑马冲入日军，却没人理会他。日军都聚精会神地对付前面的中国兵，没人搭理后面过来的、喊着口号的疯子。战场出现了诡异的一幕：一个中国军官，骑着马，夹在一群乱哄哄的日本兵之间，不断向前涌去。坤典的意识模糊，神经却异常兴奋，血遮住了他的左眼。他迷迷糊糊地听到日本兵问他，哪个部队的。他鬼使神差地笑着用日语回答，我是石川县稻叶次郎。他继续笑着，大青马撒着欢地穿过日军队伍，迅疾如风，不断干扰着散兵组合的视线。日军和国军的子弹都冲他飞来，他好像听到，双方的子弹在空中交鸣，发出"叮叮当当"的脆响，迸裂出耀眼蓝色火花。他左冲右突，居然跑到日军前面，直接到了挹江门前，中国宪兵的阻击阵地。他将马勒住，大青马似乎用尽了所有力气，轰然倒地。坤典被甩下马，这才发现，马肚子正汩汩地冒血，大青马身中十几弹，居然坚持到这里才倒地。大青马温柔地盯着坤典，马眼全是离别眼泪。坤典被几个宪兵拖走，见到了坚守的南京宪兵司令兼南京市长萧山令。坤典的耳朵还在淌血，听不太清别人的话。他费力地与萧司令交流了几句。萧司令对他的出现非常惊讶，他认为，日军可能将坤典当成了一个被吓疯了的日本小军官。

三

日本皇纪二千五百九十七年，也就是1937年即将结束之际，喜讯传到东京大本营，日军攻占中国首都南京。东京晚上举办了十万人提灯晚会，喝醉的人趴在路边，哭着向皇宫遥拜。上海派遣军向东京发来电报：我进攻南京军队已于今天占领该城。本愿寺打出巨型条幅，《朝日新闻》声称："此次胜利为日本千年以来之伟大跃进。"日本其他城市，市民在宫城门口山呼万岁庆祝，少女在神社前为战争男性祈祷，购买从中国进口的面条，称为"南京面条"。然而，冬天的南京还在拼命，无数士兵和市民，他们在地狱中呼号，他们没有面条吃，他们在拼死捍卫着最后的尊严。

蒋坤典靠在土堆前，再往前走，就是下关码头。经过短暂对峙，36师守军被迫让开城门。城门全被麻袋堵上了，士兵激涌过去，咆哮着，奋力扒开麻袋，后面的踩着前面的，如果摔倒，就会被踏成肉泥。也有机灵的士兵，爬上城墙，将绑腿拆下来，再砍下柳树和梧桐的树枝，将绑腿绳绑在上面，横着放在垛口，做成简易的攀爬工具。由于慌乱，绳子不结实，不断有人惨叫，从城墙掉下，再被后面涌过来的兵，踩踏在烂泥里。坤典甚至发现几个教导总队团营级长官，他们虚弱不堪，只是晃了晃，就倒在了人潮之下，犹如几颗误入水中的石子。

下关京沪车站已发现日军。乱飞的子弹，仿佛跳舞的音符，轰隆隆的炮声，仿佛伴奏的乐器。警察与宪兵层层阻击日军，减缓日军突破速度。远处看去，下关码头涌动着更多人头，在下午阳光的映衬下，江水缓缓流动，似乎有一层薄薄的冰。几艘小船来回运送士兵，还有几个小小的、教导总队橡皮冲锋筏。无数枪支挥舞，无数人蚂蚁般扑向水面，寻找一切可漂浮的东西，或抢夺可怜的船位。坤典踉踉跄跄地跟着，跌在土堆上。他闭起眼，城墙，树木，房屋，码头，连带悲号的人群，都在他的视线中逐渐消退，失去了原有的形状，声音和气息化为一片紫黑色虚空。

还没回过神，坤典被塞上一支步枪，两个手榴弹，和一个不满夹的子弹带。他被告知，要留守这里，为撤退人群争取时间。萧司令忙前忙后，找来大批门板和木头，送走一批又一批士兵，他自己不肯走，哪怕被士兵推着，还是回到自己的岗位。留下阻击，意味着死亡。坤典清晰地知道。留守士兵也清楚，他们没有抗命，冷静地检查枪支和弹药，准备着最后的战斗。他们都是警察和宪兵，也有部分溃兵。坤典发现了曾泰的身影。他非常狼狈，已受了多处伤。

曾泰嘶哑着嗓子问，是坤典大哥吗？

坤典点头。曾泰喜出望外地爬过来，给他看肚子上的伤。曾泰说，我要和日军拼到底。坤典安慰他几句，继续前行。他再也没有见过曾泰。

留守警察和宪兵冷静地看着撤退人群，一枪又一枪地向日军还击，他们没有重武器，很快，就被日军重炮、迫击炮和掷弹筒掀翻在地。可没人逃走，他们还是一声不吭地顶上，继续射击。坤典还看到五个穿着教导总队军装的士兵，急匆匆来助阵。他问，你们为啥不走。一个粗壮汉子淡漠地说，死在这里吧。不走了，憋屈。坤典机械地端起枪，向前方射击。日军包围圈越来越小，他看到萧司令对着自己脑袋开了一枪，那把勃朗宁冒着青烟，沾着不少血。萧司令殉国了。他曾在南京警察厅内部招待会见到过萧司令。萧司令是位温文尔雅的军人。坤典坚持放枪，身边的人越来越少，一个日本兵冲过来，一枪打中他的身体。坤典左肩发痛，血涌出来，他昏了过去。

我死了吗？这是亡灵的世界？

坤典不断问自己，他悲哀地发现，他醒来后，躺在一个深深的峡谷，四周全是垂头丧气的国军士兵，还有些普通市民。他们窃窃私语，低声哭泣呻吟，或麻木地看着天。他们黑压压的身影，在峡谷四处蜷缩。天色黑了，枪声也渐渐稀疏，月亮露出来，星星在头顶闪亮，峡谷没有鸟兽的声音，只有高高的树枝，哗哗作响。他想爬起，却无能为力，那一枪贯穿左肩，虽没要他的命，但他也难以移动。士兵们都被反绑着，他的手也被绳子捆起。坤典隐约听到，峡谷上方传来日本人说话声，借着月光，他看到日军机枪乌黑的枪管。日本士兵在喝酒唱歌，歌声粗野沙哑，但在这寒冬荒野，听得格外清楚，坤典听去，像日本陆军士官学校流行的《拔刀歌》："拔起武士刀、带着必死觉悟向前进！/日本刀又将闪烁世下，多光荣！/命丧刀下是武士不分敌我的宿命！/有大和魂的男儿，要死就在这一刻/切莫落人后丢尽脸面/直到敌人全军覆没/我们一起前进，前进！"他早年在日本留学，常听到这些杀气腾腾的日本歌，不料，今日身为阶下囚，再次听到了这首歌曲。

他问身边一个广东口音的中尉军官，是什么情况。中尉忧郁地说，他们被俘后，关在这里，一天一夜了，中尉看到坤典趴在地上，似乎还有气，就背着他，来到了这里。这应是下关一带山区，他们有几万人。打了几天仗，一天水米未进，都快崩溃了。这名中尉身形瘦弱，苦着脸，刀条脸冻得发青。坤典想了想，他们大概在幕府山一带，看来这次溃败，很多士兵和市民，都被困在这里。他让那中尉找来一张纸，他两手捧着一管笔，歪歪斜斜地在纸上用日语写了几行字，广东中尉好奇地问，乜意思？坤典说，告诉日本人，虽然中日都未加入《日内瓦公约》，但请日本以人道主义精神，给战俘提供水和食物。坤典请中尉将纸条递给日本兵。日本兵狐疑地接过纸条，看后哈哈笑着，撕碎了纸条，用枪托将中尉打进了人群。顺便还抢走了战俘身上的毛毯、钢笔和手表。几个战俘奋力反抗，还是被抢走了东西。

过了许久，坤典听到汽车响声，更多日本兵跳下车，架起几十挺轻重机枪。气氛更凝重了。一个商人打扮的胖子惊慌地问坤典，日本人难道要将我们全杀死？坤典叹了口气，说，看来难逃一死。人们骚动起来，有人哭着说，我要回家。有少年哭喊着要妈妈，也有的喊着要和日本人拼命。另一个广东士兵沮丧地说，缴枪唔杀，系呃人哩（是骗人的），日本萝卜头，把我那条中正式拿走了，我刚接手这条枪才半个月，天天擦得亮，像老婆一样，就给了狗日的，仲要杀我，冇天理！早知道，死也要拼一下！

胖商人浑身冒着冷汗，喃喃自语地说，几万条人命哇。坤典说，在日本人看来，战败者不配活下去。胖商人哭着对天怒吼：我做错了什么！我不是兵，我只想活。坤典看到，他的宽脸在夜色下散发着古铜般的死气，寒冷让他粗壮的脖子不断地抖动。坤典勉强支撑身体，中尉扶起他，平静地说，鄙人孙德昌，广东茂名人，大家黄泉路上做个伴吧。坤典也报了姓名，对中尉表示感谢，并示意哭泣的胖商人，安慰他要有尊严地死，不要让鬼子看不起。中尉小声说，我让人将绑绳咬开了，我叫日本兵来，借着送东西的名义，弄死几个。咱们就是死，也要捞几个填本。坤典为他的豪气折服。

中尉假装用捆着的手高举起一块手表，用坤典教的日语，大喊着："日本の大人に捧げるゴールドウォッチ！（金表，奉献日本大人！）"日本兵远远地看了，赶紧过去抢，中尉捂住他的脸，飞快将他压在泥土中。几个战俘帮他遮住，不久，日本兵没了气息。坤典很快听到一声枪响，划破了夜空。那是南部十四式信号枪。坤典有些恍惚，他望向远方，峡谷上空升起一颗亮如鬼眼的绿色信号弹。旁边一个士兵，惊恐地看着他，嘴里呼喊着，他却无法听到。枪声开始不很响亮，随后在坤典的耳鼓膜里响起阵阵回声。回声在空气间传播，传向远空，像一阵轰鸣般渐渐消失，接着又变成无数炒豆般密集机枪声，仿佛夏季暴雨的雨点。瞬间，父亲和母亲，柏翠芬和周慧，弟弟妹妹和儿女们，还有很多战友和朋友，他们的脸，如星星般划破夜空，一个个绽放在夜空，无比的清晰。坤典身体发冷，眼前慢慢黑暗，他觉得没有倒下，而是慢慢飘走了，轻盈无比。坤典笑了，他好似变成了少年时在栖霞寺看到的那片被风吹上天的红叶……

第十一章　满天干戈雪

尸填巨港墓，血满金陵路。江边敲人骨，风烈残旗哭。

——蒋巽丰《劫后吟》

一

雨水变小，巽丰看清了高高的日本系留气球。它是灰白色的，像大大的"牛尿脬"，又好似魔鬼阴险的独眼，鼓鼓囊囊，上面有两道大大的白布字幔，意思是让中国投降。牛尿脬底下，趴着几个蚂蚁般的小黑点，应是观测方位的日军。巽丰问营长，怎么不把它打下来。营长苦笑说，一般的炮够不着，动用飞机有风险。正说着，"牛尿脬"伴随着风雨，扭起了屁股，让人恨不得踹上两脚。

巽丰在光华门阵地待了两天，挖战壕，运送麻袋，日本人始终没露面。晚上，他精疲力竭地倒在屋里，衣服脏得不成样子。遥远的北方炮声隆隆，加深了房间内的寂静，若有若无的呻吟声如锯割心弦。巽丰以为是伤兵在哭，仔细听去，是一个女人在悲泣。哭泣仿佛昆曲唱腔，断断续续，又婉转千回。还有冻雨，雨点落在青色城墙上，落在黄叶婆娑的灌木上，落在环形战壕的麻袋上，也落在洪武西街民宅上，落在守卫者的钨蓝钢盔上。雨在下落过程中凝固成冰碴儿，冰碴儿再落到人身上，迅疾地成了硬如糖豆般小雪花。小雪花抓住城墙，并不撒嘴，过了一阵，又变成一层薄薄的冰。冰雪都不是白色的，它们不像盐，也不像鹅毛，它们落在大地上，很快就被玷污成一块块灰褐色的东西。

他干完活，去找林秋月聊天。只要见到秋月，他的疲劳感就一扫而光。他被一种异样的兴奋支配着。秋月剪了短发，有点丑丑的，但这丝毫不妨碍他的幸福感。他想起上新河畔的闹剧，想起在她家里的飞机大战。

巽丰说，你给我的，我一直保留着，我给你的，你随意丢掉啦。

秋月有些害羞，低着头说，当时离家匆忙，就给忘了。

巽丰笑着道，和你开玩笑，还当了真。

他就将手攥成拳递过去，再张开，手心赫然躺着一架美式舰载机模型。秋月高兴地抢去，他俩并排坐着吃东西，玩飞机模型，秋月很劳累，据纽营长安排，她既要看护伤兵，还要运送物资，说着话，她就睡着了，斜斜地靠在巽丰肩膀上。秋月的头发酸臭，身上有白虱，但巽丰没感觉到这些。他也不认为，林秋月是个日本姑娘。她是中国女人生的，自然归中国管。更何况，秋月痛恨日本兵，痛恨侵略。他只是模模糊糊地想，如果他战死，有个女孩躺在身边，也是一件非常幸福的事。

下午，巽丰靠在战壕边，似睡非睡地想着林秋月，听到巨大轰鸣声。声音从西北方向嗡嗡地飞过来，像开动了一千架纺车。接着，他就看到数十架日本战机，它们起初飞得很慢，很高，像几十只"黑头蟋蟀"，到了光华门正上方，才降低了高度，加快速度，俯冲下来，露出了锋利獠牙。它们从肥白的肚子里，倾泻出一颗颗炸弹，又用密集的机枪，向城墙士兵扫射。被战斗机的机枪打中的士兵，下场非常惨。他们不是拦腰被斩断，就是被打碎了头颅或四肢。大家躲避着，只有战防炮和高射机枪在寻找机会，干掉这群可恶的"蟋蟀"。巽丰心里突然涌动起一股热流，他要跑到最前沿去，他不再害怕。他飞快捡起中正步枪，安抚了腰间躁动的"毛奇"军刺。他跳跃而起，像蹦出水面的巨大鱼怪，风驰电掣般地杀到城墙下，对着飞机不断开枪。

大家被疯狂的童军惊骇住了。飞机俯冲得很低，但速度快，巽丰甚至爬到城门脚下战壕麻袋上，一枪又一枪地射去。巽丰完全忽视了周围的叱骂声和呼唤声。他看不到士兵震惊的表情。他的世界失去了其他声音，只剩下步枪击发的撞针声和弹壳抛出的声音。他甚至看到日本战机上的飞行员。一个帅气的家伙，脖子有白色围巾，戴着护目镜，鼻子下有小撮恶心的黑胡。他驾驶着中岛战斗机，俯冲了几次，都没打到蒋巽丰，竟对着他竖起大拇指。蒋巽丰毫无惧色，一枪击中机身。飞机颤抖了一下，若无其事地飞远了。巽丰想再补枪，被一个人飞快扑倒在地。他和那人骨碌碌地滚出几十米，他刚才站立的地方，被后面的飞机炸成烂片。巽丰抹了把雨水，这才发现，救下他的是林秋月。

你疯啦！秋月对他吼叫，巽丰笑着说，它们都是我的模型，我有信心打败它们。

你这是鲁莽，秋月嗔怪着说，我们要活着，活到胜利那天。巽丰迅速爬起，大声说，秋月，我不死的话，嫁给我好不好？

林秋月愕然，恼怒地说，这是战场，你越来越疯了。巽丰没再追问，只是继续向漫天飞舞的、乌鸦般的日军飞机开枪，直到它们撅着屁股，灰溜溜地离开光华门上空。巽丰后来被称为一个不怕死的幸运儿。只有巽丰晓得为了什么。他笃信自己死不成，有了林秋月，恐怖的战争画面，似乎变成英雄的史诗交响乐。

飞机走了，接着是成群的坦克，铁皮盒子般的日本坦克，小巧玲珑的九五式轻型坦克，八九式中型坦克。黑乎乎的"日本甲虫"，都有着甲虫般硬壳。它们发出尖厉怪叫，肚子底下有成串铁轮，好似甲虫的小细腿，铁履带一环紧扣另一环，"嘎嘎啦啦"往前跑。它们一边疯跑，一边放屁，打嗝，吐出带着黏液的恶心炮弹，喷出一串串火球。炮弹打在城墙上，发出"砰砰"沉闷响声，每打击一下，城墙的石头就抖一下，发出痛苦的喊叫。很多士兵将手榴弹捆扎好，组成集束弹。一个小个子排长，弹了巽丰的钢盔一下，让他赶紧滚蛋，到后面环形战壕，别在这里碍事。巽丰退了几步，排长抬来剥光了皮的杨树干。他们五个人一组，分为两组，共同对付一辆坦克。第一组将树干塞进坦克履带，停止它的前进，第二组跟进，用燃烧瓶和集束手榴弹，干掉日本铁皮甲虫。日本坦克非常精明，会横着打转，一转就碾碎好几个士兵。他们的机枪手，还有跟在后面的士兵，也阻止中国兵靠近坦克。结果往往需要四到五组士兵，才能打烂一辆坦克。巽丰眼睁睁地看着瘦瘦小小的排长，被坦克轧断双腿。他安静地躺下，拉响手榴弹，让坦克变成了冒着火的铁棺材。排长的血肉泥浆，在瞬间的高温下，被烤干在装甲之上。巽丰摸着钢盔，想起刚才发生的一幕，恍如梦中，向秋月表白的疯狂喜悦，也消失得无影无踪。

他低着脑袋，抓紧搜寻伤兵。城墙被炸塌了两处，很快补了起来。几十个日本兵，躲到城门下的射击死角，疯狂向上攻击。中国兵组织敢死队，带着汽油和手榴弹跳下去和他们肉搏，最终消灭了他们。磨剑社童军状态还好，老姜头被炮弹擦破头皮，裹着纱布，躲在警署里吃东西，不肯再出来。封阿水被子弹打穿了胳膊，简单包扎一下，继续咬着牙运炮弹。小剪和人杰、"铁鹰"表现最好。人杰和"糊鸡"枪法好，被吸收到作战部队，打死了两个日本兵，"铁鹰"和小剪也组成一组，相互扶持。问题还在高约翰和"花佛"。"花佛"浑身发抖，吓得呕吐，约翰脸色煞白，腿直打战，但他坚持背着一名伤兵，退到安全区域。他放下伤兵后，呆呆地立着，看着手上的鲜血。

巽丰扶住他，小声说，你行不行？到后面休息吧。

约翰喘着气，嘴里念叨，上帝爱世人，甚至将他的独子赐给他们，叫一切信他的，不至灭亡，反得永生。我信主，必将无所畏惧。

巽丰看他有点恍惚，劝他吃点东西，喝点水。两人正说着话，一颗炸弹在城墙爆炸，气浪将好几个士兵掀起，一条人腿砸在约翰脸上，将他的圆眼镜砸飞了。约翰读书用功，近视度数高，眼镜是在三山街苏州人的精益眼镜店定做的。没了眼镜的约翰，视力大大受阻，像一头迷失道路的麋鹿。他伸手向脸上抹去，全是乌黑的血。他张开嘴，尖厉地叫着，但呕吐物和血混合在一起，将他呛得直咳嗽。他直挺挺地跳起，又被半截人腿绊倒，他寻找眼镜，四下茫然地摸了半天，只摸到人腿上散落的绑腿布，几颗冒着热气的子弹壳。约翰在冷雨中左冲右突，时不时被绊倒，又爬起来跑。他抓住把工兵铲，拼命挥舞，嘴里喊着，不要捉我！巽丰想将他按在地上，一时间也不敢靠近。约翰挂着工兵铲，停下一会儿，哭了一会儿，继续跟跟跄跄地向前冲。约翰看不清路，天又下着雨，他本能地奔向火光，好似痴情的飞蛾扑向热情的火焰。巽丰拼命喊着他的名字，约翰置若罔闻。他猛然停顿，好似被什么叮了一下，向后退了几步，双手垂下来，工兵铲丢到一边，他又抖了几抖，才软软地瘫在地上。巽丰抱起他，发现一粒子弹从他的左眼打进，在后脑留下个小酒盅般的圆形伤口，穿透而过。巽丰的手上，全是约翰白花花的脑髓。

巽丰赶紧叫小剪和阿水。人杰也赶来，抱着他渐渐发冷的身体，号啕大哭。巽丰的眼泪不断涌出，他甚至不敢看约翰那张脸。人杰冷哼一声，看着巽丰失魂落魄的样子，叹息着说，你是童军班超团的团长，你要打起精神。你看看前面死了多少中国兵？人杰提起枪，冲向城墙。巽丰怒吼几声，也不讲话，跟在人杰后面。巽丰手中一振，子弹出膛瞬间，火焰闪动，一名奔跑而来的日军，倒退着倒下，像被大棍击中的野狗，抽搐几下，不再动弹。人杰拍拍他，竖起大拇指说，巽丰，你是真正的男人了。

经过四小时进攻，日本兵潮水般退却。大家疲惫地靠在阵地上。电线杆上挂着三个汉奸的尸体。约翰的尸体放在派出所。有人在他身上蒙了一块布。他随身带的一本《圣经》，巽丰郑重地取出，放在约翰的手中。约翰灰白的手指已僵硬，扳了许久才张开。他丢失的半边眼镜找到了，缺了一个镜片。约翰的理想是当牧师。这也是以身殉道吧。雨夹雪终于停歇，硝烟散去，阴沉沉的夜来临，残破城墙上，侥幸活着的人，长长地舒了口气，或坐或卧在冰冷甬道，垛口旁，战壕里，只有乌黑的机枪的枪管，又红又烫，浇了几次水，才慢慢冷却。巽丰刚昏沉沉地闭上眼，营长摸了过来，拍了拍巽丰说，撤吧，大官们都跑了。

巽丰沉沉地回答，我不走，兄弟死在这里了。我要守住。

营长含着泪，一巴掌拍在他的肩膀上，骂道，妈了个巴子，和我一样，都是死脑筋，咱们保住命，将来再打！

二

浑浑噩噩的人群，像泥石流，不断从各处向下关涌去。远处还有激烈枪炮声，巽丰打起精神，带着磨剑社员向城里撤退。大家都很沮丧，城门让给了日本人，约翰也丢了命。这么多人，舍生忘死，大官们拍拍屁股让撤，都白死了。很多人眼里都含着泪，营长大声问候司令的老母亲，扯下军帽，丢在地上，有的士兵，枪都丢了，也没人管。巽丰背着约翰的尸体，一步步地往回走，他感到约翰趴在背上睡着了，在梦中嘟嘟哝哝地背着经文。

有家的孩子，都想回去和家人团聚，剩下的是巽丰，小剪，"糊鸡"，"铁鹰"，老姜头。阿水受了伤，要回去照顾老娘。人杰要劝说父亲一起撤退。令巽丰欣喜的是，林秋月跟着他们一起行动。她姥爷一家已离开南京，去了安徽。她在这里没啥牵挂。她低声安慰巽丰，现在要冷静，关键是先离开。巽丰反问，我们走不脱呢？林秋月坦然地说，那咱们一起死。巽丰心里一暖，拉着秋月的手，心里更加安定了。几人准备先回大纶纱厂收拾东西，再到巽丰家。到了大纶纱厂，小镜看到大家无恙，自是高兴，可看着秋月也跟来了，脸又阴沉下来，嘭着小嘴。坤瑶和东山这一对"炸弹宝贝"，开战以来，向各处运送了不少土炸弹，正规军不愿用，大部分给了川军、黔军、粤军这些杂牌部队，毕竟这些部队还有很多"徒手兵"，连支枪都没有。大家看到约翰的尸体，都很沉痛。东山提议，先埋在大纶纱厂防空洞，做个记号，有机会回来迁坟。

巽丰和小剪把约翰放进防空洞，擦净了他的脸，给他换上一件崭新牧师服。这套牧师服，是巽丰从美国教堂偷的，本想给约翰当个开玩笑的礼物，如今有了用处。约翰的后脑处，巽丰填充上一块木塞。他们将芦席盖在约翰身上，又在防空洞埋了很多土。约翰睡在土里，一声不吭。巽丰竖起块石头，上面写着"英雄高约翰之墓"。小剪幽幽地说，墓能保住吗？咱们还有机会回来？巽丰说，约翰比我们有福，如果我们被打死，估计只能将皮囊托付给野狗。

磨剑社总部，巽丰搜集能用的东西，带大家出城。坤瑶脏得没了人样，浑身都是火药芒硝气味，脸被熏得肿了。谢东山精神也还好，咧着嘴骂娘。东山的意思是，留在南京和鬼子打游击。坤瑶说，要打游击，也要出南京城，在城里转悠，迟早被干掉。巽丰和其他人将剩下的炸弹，转移到一处隐蔽地下室，悄悄掩埋。鬼子大队跟上来，在大纶纱厂大门外，啪啪地放枪。他们必须先制订撤退计划。大家商量后，决定从和平门突围出去，走千家营，卖糕桥，再到四百横街，经花家巷，最后到达燕子矶，从那里想办法渡江。大部队都向下关拥，人多了，反而不易办事。就是不知现在和平门有没有鬼子部队，只能赌一下了。大家约定，如果冲不出去，就到大纶纱厂集合。

他们换了衣服，拿了武器，快速从厂子后门走了，刚冲出大纶纱厂，就听到日军破门而入的声音。坤瑶和谢东山在队伍最后，给所有人断后。他们背着一个大兜，里面装满炸弹。东山在磨剑社门口埋了两颗地雷，有效杀伤了敌人，延缓了日军的追击速度。他和坤瑶不断掏出炸弹，瞄准后方投掷，炸得日本兵人仰马翻。他们也暴露了位置，更多日本兵冲过来，他们且战且退。坤瑶不害怕，她从容地指挥着谢东山，将炸弹混入棉纱，放在垃圾桶，还将炸弹塞进门轴。随着一声声轰响，谢东山和坤瑶击掌留念。其他日本军队看到这边热闹，迅速靠拢，双方一时间胶着起来。巽丰几人和断后的"炸弹两人组"，也越来越远。

巽丰带着大家，从另一个方向突围，也吸引了一部分兵力。他们咬着牙猛冲，渐渐脱离日本人视线，到和平门一看，日本人还没来，两个城门，一个大开，另一个堵上沙袋，枪支、被褥等军用物品，到处都是。还有成箱未开封的炮弹，上百桶崭新汽油。美国亚细亚火油公司油库就离此不远，这些存油落入日军之手，可真是倒霉。出了和平门，眼前开阔了很多，还是有大量部队和市民，越向前走，人越多。有的士兵还有建制单位，87师较齐整，也没人敢冲散他们的队伍。有的军人脱下衣服，换上百姓服装，成为真正的溃兵。一个胖士兵抢走逃难市民的外套，俩人在道路中央撕扯，胖士兵忙不迭地将军衣塞给市民，将那件皂青色大褂套在身上。市民被步枪指着头，只能委屈地换过来，他的嘴唇哆嗦着，目光全是绝望。溃兵乱哄哄的，一个劲地往前跑，像没头没脑的苍蝇。秋月有些忧虑，说，看来那边人也不少，咱们只能碰碰运气。

巽丰拉着秋月的手，说，别走散了就行。小剪和小镜也牵着手，"铁鹰"和"糊鸡"是一组，老姜头扯着"铁鹰"衣服下摆，怨恨阿水不来和他做伴。几人裹在人群中，彼此间距离越来越远。巽丰时不时停下，喊喊众人，大家聚聚，再一起向前冲。他们也遇到零星日军侦察部队，都是稍微接触，旋即退走。巽丰原定路线被冲得七零八落，渐渐地，先是老姜头掉了队，老家伙年纪大，牵不住衣角，被人群冲走了。他拼命喊着，过不了江，我就回大纶纱厂。巽丰也对他喊，但最终被隔开了。"铁鹰"和"糊鸡"看到一个死去士兵身上的炒米，急

233

着要拿，巽丰阻止不住他们，就被隔得越来越远，找不到人了。最后，只剩下巽丰、秋月和小剪兄妹。小镜过来，吵着要和巽丰一组，被她哥哥呵斥，退了回去。跑了半天，他们终于到达燕子矶附近。

燕子矶是一大块突出的巨大岩石，像一座高耸小石山，可以辐射整个长江滩涂。燕子矶下面是冰冷江水，也有码头，对面是八卦洲，江滩长满高高的荒草和芦苇。再向远处，都是江宁附近穷苦人家搭建的简陋村舍。江滩到处挤满了人，大家都在想办法渡江。天已渐黑，被丢弃的行李箱，堆满江滩，仿佛一座花花绿绿的垃圾山。很多钞票从箱里掉出来，吹得满地飞，好似变了色的亡灵纸钱，也没人去看一眼。

疯狂的人们寻找着渡江工具，他们跑到木器作坊，破开所有木板。他们跑到附近村子，拆卸了一切木质可漂浮的东西，床板，门板，桌子，木盆，甚至木质房梁。几个懂木工活的士兵，将屋里的房梁拆下，砍成一块块木板。村民们看到疯子士兵，都吓坏了。有的士兵丢一点钱，有的根本不管，临走还要再找点粮食。巽丰他们饿了，吃了点馒头和面饼。小镜带着哭腔说，丰哥，咱们也去抢木头？再晚鬼子就来了。巽丰沉稳地说，先吃东西，吃饱了才有力气搞木头，下一餐还不晓得何时能吃上。

87师也撤到这里，领头的是一个穿少将军服的将军，还有很多杂七杂八的队伍跟着，这股队伍一千多人。巽丰看到这几天和他们一起的营长，和他们打招呼。营长也很狼狈，看到巽丰很高兴，说，好哇，你们也逃出来了。巽丰问他们有何打算，营长说听长官的，副师长还在这里。巽丰向四周看看，这些兵大多是普通士兵或下级军官，能有个少将带着他们冒险，也多了个主心骨。副师长放出警戒哨，其他士兵散乱地就地休息。有的找渡江工具，有几个小团体，悠闲地埋锅造饭，一副死猪不怕开水烫的样子。副师长把营长叫来，让他整理队伍。营长为难地说，一半以上的兵，都不是87师的，让他们整编未必肯听。说着，后面枪声追了过来。惊吓过度的士兵，嗷嗷叫着蹿起，还未烧好的饭，也踢翻了，汤水洒了一地。他们惊魂未定地看着远方。秋月预测，应是从下关方向来的日军。枪声越来越密，警戒士兵也跑来，说西南方向发现大批日军。营长大声问副师长怎么办。副师长沉吟着，说，组织阻击，让剩下的人找渡江工具。他脱下大衣，站在土坡，高声吼叫，弟兄们，生死存亡，在此一举，有没有好汉，跟我打阻击？

　　士兵的脸上显出死灰般颜色。他们呆立着，寒风中犹如一根根空心芦苇。一个年纪大的老兵，低声嘟哝着，败了，打什么打。也有的兵说，亡国啦，逃命要紧。副师长喊了三遍，没人呼应，巽丰带头喊道，我们参加！小剪和秋月都响应。士兵们依然沉默。副师长声嘶力竭，他的脸色由黄变红，又由红变成灰白色，滴答滴答的泪，淌了下来。他跪下来，哽咽着说，咱们是撤退，没亡国，抗战没结束，咱们还要抵抗！副师长的哭声在乱哄哄的江滩回荡，好似孤独的鸟鸣，无法穿透那些密集的子弹声。

江水呜咽，燕子矶犹如巨大石兽，凶恶地蹲在江边。江滩芦苇荡，飞起一片片白毛，远处八卦洲上已有灯火闪烁，黄暗色江水打着漩儿，从上游冲下，不断有尸体翻涌，露出黑乎乎的脑袋。一个士兵慢慢地从副师长身边走过，鞠了一躬，不见了踪影，更多士兵，以更快速度逃散，他们甚至将挡在前面的副师长撞在地上。巽丰大声喊着，大家别乱跑，可也没啥用。苍蝇般的溃兵，继续溃散，如一碗水流入沙漠，转眼不见了踪迹。巽丰再看副师长，周边只有二百名士兵，全是87师的官兵。副师长跺了几下脚，拔出毛瑟手枪，用嘴叼住枪管，就要扣扳机。营长眼快，抢下枪，哭着说，副师长，这是干啥？你要死了，兄弟们可怎么办？

你们为何不走？副师长看向周围士兵。营长沉声说，我们不想坐以待毙，也不能抛下长官独自逃命。副师长又看到巽丰和小剪他们，诧异地说，你们都是百姓，怎么也不走？巽丰拍拍胸脯，说，我们是童军，前几日就在光华门帮87师垒沙袋，我们要和您留下阻击。我们不怕死。副师长非常感动，也不废话，接着安排警戒哨和阻击阵地。十几分钟后，日本兵叫喊着冲来，营长他们沉着发弹，一时间拼得难解难分。一个多小时后，日本的迫击炮、掷弹筒上来，这边就难以招架了。江面此时也出现军舰，不断扫射江面和江滩。浮动在江面上的人，还有成堆聚集在江滩的人，不断倒下，浑浊的江水一点点变成血海。副师长看了看身后的士兵，不到七八十人了，哑着嗓子说，弟兄们，差不多了，散了吧，来生再见。说完，几个士兵架着副师长，找到个采莲盆，跳入冰冷江水。临走，副师长还让人给巽丰扔下一扇门板，让他们四人抓住，跳江逃生。副师长大声喊，你们是好样的，你们要活着。

巽丰看着副师长在江面漂流，仍有些士兵不走，继续阻击敌人。巽丰先前认识的营长，一动不动地趴在沙滩，用精准的枪法，射杀着向此前进的日军。巽丰拉住他的衣服，大声喊道，副师长说了，撤退。营长纹丝不动，继续射击。巽丰对他怒吼道，都撤了，这不值得！营长说，不跑了，累啦，我也想渡江，可我怕自己被打死在江里，光华门牺牲的兄弟，就没得人给他们报仇了。我就是死脑筋，我要报仇！说到最后，营长的脸上，鼻涕和眼泪都糊了出来，手指捏得枪直响。巽丰不再说什么，他对着营长敬了童军礼，抬起木板，叫着小剪、小镜和林秋月，四人跃进奔流的江水。营长趴在江滩泥沙中，捷克式轻机枪还喷吐着火舌。一发发炮弹在他身边爆炸，他毫不在意。锃亮乌黑的钢盔，在血色黄昏，散发着庄严光芒。巽丰突然想到，他还不知道营长的名字……

三

江滩后面是成群日军，他们将几十挺轻重机枪集合，乌黑的枪管，犹如乐团的器乐黑管，对着江滩扫射，喷射出的子弹，形成一个个弹网组成的扇面，光幕的边缘，是几寸厚的血膏油，将江滩装扮成冥河之滩。江水流动很慢，又有很多水漩涡，把人在江水中推来荡去。江水很冷，江面人很多，扑腾扑腾地，如同一个个没煮熟的肉饺子。大家拼命划水，江心的日本军舰，又将雪亮探照灯打开，照定某些人，嬉笑着，吹着口哨，打出一通子弹。巽丰甚至能在月色下，看到那艘铁甲军舰的船舷，散发着银色的光芒。

巽丰、小镜和小剪的水性都一般，只有林秋月水性较好。四人在江水中浮沉，不时有死尸漂来，他们用力推开，继续前进。巽丰的眼皮越来越沉，他的头一会儿露出水面，一会儿又沉下去，呛了一口血腥味浓重的江水，才清醒过来。他赶紧给大家打气，使劲揪着小镜的头发，呵斥道，千万别睡，水老鼠咬你的脚啦。他晓得小镜最怕老鼠，故意让她警醒。小镜听了，哇哇大哭，说，我要死了，你让我安静点。巽丰大声说，你说过要带我去东北老家吃狍子肉的。小剪紧紧抓着木板一角，喘息着说，巽丰，兄弟一场，黄泉路上咱们也不孤单。林秋月体力不错，她看到谁挺不住了，就游过去，托举一把。可江水兜兜转转，像老姜头的太极拳，就是不肯顺顺当当地向下游流动。

秋月的脸冻得发青，瑟瑟发抖地说，咱们人还是太多，门板受不住，我水性最好，我自己游开，找点别的东西。巽丰拼命摇头说，哪里有东西？你放掉门板，就是死，还是我去找。小剪托了一下有点下沉的门板，沉声说，别争了，还是我去，秋月是丰哥的心上人，丰哥是我的恩人，我和妹妹是你救下的，今天我的命还你，你将来对我妹妹好点。小剪推开木板，向左边游去。他此时已精疲力竭，眼看着就要被江水冲走。巽丰喊着小剪的名字，也无济于事。他像一片翠绿的茶叶，摇摇晃晃地消失在哗哗作响的江水中。巽丰想起大半年的交往，心如刀绞。小镜见哥哥漂走，顿时尖叫起来。巽丰使劲抓着小镜的衣服。小镜拼命挣扎，要救哥哥。为了让她安静，巽丰使劲抽了她一个耳光。小镜的哭声戛然而止，呆呆地抓着木板，不断抽搐。巽丰为保存体力，也不讲话，三人紧紧地抱着门板，任凭江水冲刷。不知过了多长时间，秋月嘶哑着嗓子说，好像到岸了。巽丰一喜，脚试探着点地，触到了沙泥。三人一点点地移动，终于上了岸。

天色更黯淡，枪声还在继续，惨白的月亮挂在墨黑天空，犹如一块圆形的、发着热气的大炮弹。铁灰色芦苇丛，似拿着长枪的巨人，将三个逃亡少年围住。巽丰左手牵着林秋月，右手领着小镜，一头栽在江滩上。江滩泥土又硬又冷，但巽丰却感到如此温暖。小镜号啕大哭，向着江水方向，疯狂地喊着哥哥的名字。秋月刚喘匀了一口气，突然竖起耳朵，仔细听着，又看看四周，焦急地喊着巽丰，没到八卦洲，这里不是下游。现在还在燕子矶一段江滩，咱们被冲回来啦！

巽丰一阵绝望，费尽千辛万苦，居然又回到原点。他仔细看了看，这里离刚才进入江水的地方，不过半里罢了。他也向燕子矶方向，辨认了一下，火光和枪声，比刚才稀疏了不少。日军点起很多火把。眼看着一支火把下的队伍向这里快速移动，秋月做出了一个惊人举动。她决定恢复日本侨民身份，吸引日军离开，让巽丰和小镜躲在芦苇丛。小镜怯生生地说，秋月姐，你这样太冒险，日本人杀红了眼。秋月毅然说，我自有办法，总比一起死要好。巽丰握住秋月的手，泪已没了，只剩下抽噎。他多想让秋月留下。这就是爱吗？巽丰不确定，但他知道，和她在一起的日子，非常开心。秋月呼吸急促地说，我若没死，会去大纶纱厂找你。说完，她将巽丰和小镜藏好，迎着那火光去了。

这是一支十几人的日军小队，领头的是个小队长。秋月半跪在江滩，用日本礼仪行礼，急速用日语解释。巽丰猜想，她可能想冒充日本侨民，假意寻求保护。小镜躲在芦苇荡，紧紧掐着巽丰的胳膊，抖得厉害。小队长对林秋月不太信任，他抽出军刀，架在秋月脖子上，大声吼叫。秋月又快速解释，小队长最终收起刀，让人将她绑起，押走了。巽丰咬着嘴唇，死死盯着秋月的背影，清冷月色下，她的脖子后面结了一层霜，巽丰发誓，无论多困难，将来一定要找到秋月。他们走远了，巽丰和小镜才从芦苇荡钻出。身上的粮食，泡在江水里这么久，早成了糊糊，武器全丢了，只有军刺还挂在腰上。他拿出粮食，和小镜分着吃了。小镜脸色煞白地说，巽丰哥，我不想再下江，水太冷了。巽丰鼓励她，俩人又艰难地抬起木板，继续在长江漂流。

有了上次的经验，巽丰一边游动，一边注意方向，江中人还是很多，他们时不时还能遇到死去的士兵和江水中挣扎的人们。最危险的地方，还是靠近日本军舰那一段水路，巽丰叮嘱小镜，探照灯打过来，一定要深吸一口气，藏在水里。等照过去，再探出头。过了这一段，追兵果然少了。越往下冲，江水中的人越多，巽丰突然看到一艘中国民船，打着灯，向江水中乱照，像在援救落江的人们，他大声呼救，可一时间呼救的人很多，江面响成一片。船上有人骂道，都他娘这么大声干啥？是不是想把日本人引来？大家听了也对，继续低声呼救。船上的人只捞尸，不救活人。巽丰借着灯光，发现船上的人，竟是乔四和两个手下，还有个溃兵，抄着手，指指点点。这些家伙在发死人财，将死去的市民和士兵的尸体捞上来，搜刮完财物，再推入水里。乔四戴着日本国旗做成的袖箍，叼着雪茄，胳膊戴了十几只金表，船上堆着大洋、戒指和各类首饰珠宝，还有十几支完好的毛瑟手枪和望远镜等军用品。他青白干瘦的脸泛着凶光，不紧不慢地指挥其他人搞东西，丝毫不畏惧江面的数万亡灵。

巽丰把眼一闭，心想，死在江里也行，就是不能便宜安清帮的汉奸。江里有人喊，朋友，这里有个少将，身上有不少好东西，你拉我上去，东西都给你。巽丰看去，原来是87师副师长和他的副官。副师长看着好像已死了，趴在木板上一动不动，副官对着小船大吼。小船上的人，听说有大官，赶紧划过去，把俩人搭了上去。巽丰为副师长感到可惜，谁料形势突变，副师长翻身起来，拔出手枪，顶在乔四头上，副官也逼着其他几人跳到水里。副官对乔四骂道，狗汉奸。刚想开枪，谁知乔四水性好，一头扎到江中，找不到人了。他们放了几枪，没打到他，恨恨地望江兴叹。副师长也发现了巽丰，招呼着将他和小镜弄上船。几人疲惫得说不出话，只能点头致意。巽丰帮着划船，他们向前继续划，大约一个小时，才到了下游一处岸边。巽丰这时才感到胳膊发疼，原来在江水中被日军流弹打穿，当时精神高度紧张，他没发现，如今上了岸，疼痛难忍，昏了过去。

不知过了多久，巽丰悠悠醒来，天旋地转，浑身没一处不疼，胳膊肿得抬不起。他艰难环顾四周，什么人也没有，只在身上发现了一沓美钞和几块大洋。他喘息了一阵，艰难爬起，把整个事想了想，大致明白，应是昨天深夜，他浑身冒血倒在江边，副师长他们不晓得他的死活，无力带他上路，只能带走小镜，在他的身上放了些钱。巽丰又有些欣慰。不管如何，小镜活下来的概率大大增加，他也算对小剪有了交代。

他晃晃悠悠地起身，看到江面密密麻麻的，全是僵硬的尸体。有的浮在水面，也有的半沉在水中。死者双手指向天，或抱着脑袋，还有的紧紧搂着木板，圆睁双眼，被活活冻死在江水中。远处的天空，无动于衷地板结着阴郁的脸，没有任何水鸟鸣叫，仿佛世界在这一刻，凝聚成一片虚空，只有惨淡的白日，镶嵌在灰紫色天空，如同怀孕待产的母牛的子宫。

巽丰听到身旁芦苇丛发出低低的呻吟，他循声而去，发现曾泰躺在那里。他又黑又瘦，肚子上有一个刺刀划伤的伤口，正滴滴答答地淌着脓血。

第十二章　独坐听箫笳

魂魄结兮天沉沉，鬼神聚兮云幂幂。日光寒兮草短，月色苦兮霜白。

——李华《吊古战场文》

一

一只褐色蚂蚁，在蒋乾中脚面爬过。它的触角，又细又短，轻轻摇摆。蒋乾中端坐太师椅，纹丝未动，捏着须，聚精会神地读烤蓝线装本《文山先生文集》。彩墨狼毫，放在和田玉笔架上。五种颜色彩墨，发出好闻的墨香。檀香木桌那杯云南陈年普洱茶，茶汤如琥珀般橙黄明亮。蚂蚁越过灰布鞋"高山"，扭头看了蒋乾中一眼，继续搬运工作。蒋乾中起身，捏住它，轻轻地放在屋角的蚁穴，长吁了一口气。

坤安到正堂禀告，家人都各自开拔，坤典骑马去了西山，巽丰和坤瑶在前线帮助守城。蒋乾中满意地点头，让坤安吩咐下去，收拾家中值钱东西，以备不时之需。

我们也去逃难？坤安问道。

蒋乾中想了想，说，你带家人去城郊躲避。日本人必从紫金山、雨花台等方向进攻，中华门与光华门肯定有敌兵，你们从汉西门走，穿莫愁湖，走江东门，过白鹭洲，上新河镇和高家庄、姚庄一带，水路多，芦苇丛高，没有像样道路，日军不会重点搜索。

您不和我们一起？坤安焦急地说。

我不走，蒋乾中面无表情地说，这把年纪了，我要看看日军能把我怎么样。

蒋乾中存了"殉国都"念头，从前也说过，但不过是气话。如今这打算实打实地摆在面前。9月中旬，诗人陈散原公，抗议日本占据平津，愤然绝食而亡。乾中年轻时拜会过散原公，先生诗作"凭栏一片风云气，来作神州袖手人"，慷慨悲愤，为世人所推崇。这些天，蒋乾中回顾自己七十年生涯，他参赞洋务，留学日本，担任过几任外交事务小官，愤而辞职，潜心向学，虽在大学任教，却也不是著作等身的饱学鸿儒。妻子性如烈火，不合他的理想。但他受了多年新式教育，生不出娶姨太太的念头。早年颠沛动荡，长子夭折，中年方才得子生女，坤典性情懒散，坤安醉心庖厨，坤模暮气沉沉，坤瑶野性大胆，将来不知折腾成什么样。国运衰败，家事也乏善可陈，每念及此，人生不免灰心。蒋乾中反复吟哦"烈士暮年，壮心不已"，以至泪流满面。家人的逃难路线，是经过他认真考察的。他打算会会日军，然后绝食，直到生命结束。

这些天炮打得厉害，听说外廓阵地已和日军交火。坤安和老赵头，晚上轮流守夜巡逻，主要怕溃兵和匪徒趁火打劫。"李香君"感到气氛紧张，坐立不安，打着转地"喵喵"惨叫，眼看着瘦了一圈，蒋乾中喂它吃的，它只看了一眼，就跑到蒋鲁氏的坐垫旁，深情地俯下。"恺撒"一如既往地稳定忠诚，每晚陪着老赵头或坤安巡逻。柏翠芬和周慧、柳如春的关系，比从前更亲密了。如春胆子小，天天吓得睡不着觉，周慧给她准备了半把磨得锋利的剪子，说巽丰的朋友，常用这东西，比小攮子好使。日本兵如果使坏，就向他的下身扎，扎自己要对准大动脉，不用活受罪。周慧从前受过护士培训，讲起这些事，浑不在意。柏翠芬不怕，相信观音会拯救她们。如果真要死，也是去往极乐世界。她做了很多平安符，送给周慧和柳如春。

大哥去了西山前线，三弟跟着政府撤退内地，坤安突然成了家里最忙的人。他每日巡逻，张罗一家人饮食，注意炮火防空，应对各种麻烦事。金陵大学、金陵女大、金陵中学等地，建立国际安全区，德国人拉贝先生当主席，金陵女大华小姐也是重要主持者，不少人拖家带口跑去安全区。听说只要交点钱，每天有两顿粥。坤安也颇犹豫。他不信洋教，心底还存几分奢望，希望中国打退日军。也有些人说，鬼子杀人如麻，还是在安全区可靠。他每天都派老赵头上街打听消息，得到的讯息是零散的，有的说国军将日军撵走了，有的说还在胶着。南京报馆也关了门，上海那边《字林西报》偶尔能从黑市寻到几张，都是过期的。坤安必须准备着最坏情况。

深夜，伴随着零乱枪声，街上奔出无数中国溃兵。他们敲着各家各户的门，嚷着换平民衣服。还有的破门而入，寻找东西。"恺撒"目露凶光，疯狂吠叫，在院里打转。坤安和老赵头拿着扁担和顶门杠，牵出"恺撒"，吓走拍门的溃兵。坤安回到正堂，询问父亲对策。蒋乾中点头说，时间到了，你们避难吧。

女人们都换了暖和粗布棉袄，在脸上涂抹锅灰，她们哭哭啼啼，背着包袱，打开房门，消失在茫茫夜色中。茶水冷了，桌上的蜡烛，突突地冒着红泪，窗外的雨，突然变小，又猛地收紧，变成某种干硬的雨夹雪。老赵头站在蒋乾中身边，垂手而立。老赵头搬来一盆火炭，发出温热光亮。蒋乾中明白，他要誓死追随自己。他有些悲凉，又有些欣慰。老赵头将"恺撒"的绳子解开，将它推出家门。他哽咽着说，好狗，赶紧走吧。"恺撒"的眼中，满是惊疑不解。它在门口抓挠了很久，见主人不给它开门，才"呜呜"地离开家。蒋乾中想写诗，只写下两句："漫天干戈漫天雪，独坐危楼听箫笳"，写不下去了，丢了笔，满眼都是热泪。他打开古琴上的黑色布幔，慢慢地弹奏了一曲《哀郢》。曲子悲伤，是楚人在国都被毁后所作。炮火之中，古曲声音很快就被淹没，又慢慢升起，像石头缝里的小草，顽强有力。

刺耳的敲门声响起，接着是枪托砸门的声音，还有夹缠不清的日语。蒋乾中心头一沉，明白日本兵还是来了。老赵头开门，七八个日本兵闯进。他们不过十八九岁，脸上冒着酸臭气和血腥味，他们摘了部队编号袖章，代表阶级的肩章，只留着红通通的领章，手里拎着军刀或刺刀，也有的肩上背枪。衣服被褥，钟表家具，他们都感兴趣。他们甚至不放过女人的化妆品和内衣。其中一个闯进正屋，见到独坐的蒋乾中，去抢桌上的玉笔架、古砚台。老赵头阻拦，当胸挨了一脚，吐了口血，软软地躺在地上。日本兵端枪要刺，蒋乾中用日语呵斥他，向他说明，东西随便拿，不能伤人。日本兵听到蒋乾中讲日语，有点奇怪，问他原因。蒋乾中讲了他和日本的渊源，日本兵的表情缓和了不少，又反问，为何不在门口悬挂日本国旗？乾中冷冷地说，我是中国人，为何要挂日本旗？

日本兵大为恼怒，打了蒋乾中几个耳光。他的同伴嘻嘻哈哈地走来，他们用蒋家的拖车，将缴获的物资装了满满一大车。他们互相交谈，用奇怪戏谑的眼神，打量着蒋乾中。他们将他推倒在地，抢走银怀表和钢笔，扒下了他的鹿皮坎肩，夺走他的厚底新布鞋。蒋乾中像被恶狼咬伤的垂死老羊，用仇恨的眼神，迎接粗暴的伤害。看到柏木棺材，他们的笑声更激烈。老赵头拼死抱住棺材，被日本兵用刺刀从后腰穿过去，他血流不止，倒在地上抽搐，没多久就失去了呼吸。蒋乾中深呼一口气，抱住棺材。他被另一个日本兵横着丢出十几米，用刺刀戳穿了大腿。蒋乾中血流如注。日本兵高高举起军刀，瞄着蒋乾中的脖子，蒋乾中慢慢坐直，盯着闪亮刀锋，缓缓地说，如果你认为，砍死一个七十岁老人，是日本武士的荣誉，请动手吧。他闭上了眼，日本兵脸色阴晴不定，收起军刀，指挥其他几个士兵，拖走了蒋乾中的棺材。

他们把棺材放在院里，将棺材盖打开，不一会儿，另外几个士兵抓来几个女孩。他们劈碎蒋家的木床，生起两堆篝火，他们从厨房找到大米，用行军锅煮上。他们烤了三只鸡和一只羊。日本兵将蒋家当成了野营园地。蒋乾中听着柴火"毕毕剥剥"的燃烧声，女人撕心裂肺的哭泣，和日本人高唱歌曲的声音。三只鸡被扭断脖子，快速拔了毛，山羊"咩咩"的叫声戛然而止，还伴随着"唰啦啦"的声响，应是直接被军刀斩了头。木床在燃烧，明亮的橘红色火光，如燃烧照明弹，忽明忽暗地闪烁，将小院烤得温暖。烤肉的香气，在院里缭绕，几个日本兵大口吃肉，烫得吱哇怪叫。一名日本兵将中国妇女按在棺材盖上，野蛮地强暴着。妇女拼命叫喊，指甲在黑漆漆的棺材盖上用力划过。蒋乾中用嘶哑的嗓音，喃喃自语地说，苍苍烝民，谁无父母？提携捧负，畏其不寿。谁无兄弟，如足如手？谁无夫妇，如宾如友？生也何恩，杀之何咎？乾中努力盘腿，坐直身体，眼前一片漆黑，腿上伤口还在流血，他感觉不到疼。他好似感到空间凝滞而扭曲了，无数峨冠博带的中国古人，从熊熊燃烧的火光中，昂然走出来。他欣喜地认出，有北宋名臣宇文虚中，南宋的陆秀夫和文天祥，明末的史可法，还有晚清的王懿荣大人，这些先贤，都是殉了社稷的榜样。他们的身影，仿佛一座座大山。他们此刻，正以欣赏的目光看着他，安慰着他，鼓励着他。他要保持人生的气节与尊严……

二

坤安他们本想去金陵女大安全区，却在半路碰到了日军巡逻队。他们骑着自行车，插着日本旗，背着漆黑的三八枪，每人挎着布袋，里面叮当作响。坤安想躲起来，等巡逻队过去再走，谁料，旁边大楼响起"叭叭"的枪声，几个走散的中国兵伏击日军。日军被打死了两个，其余的跳下车，从布袋掏出纺锤般的警报器，努力摇动，发出"哇哇"的刺耳响声。坤安只能折返回去，摸索寻找出路，他们摸到江东门附近的陆军模范监狱，那里已有日军看守，成群俘虏兵和市民，被绑着胳膊，一个个地被推入监狱。黑压压的，总有上万人。坤安他们趁着混乱，从另外一处被轰塌的城墙，跑了出去。幸运的是，他们发现那段坍塌的城墙，日军还来不及修补或设置哨卡。

他们到达上新河，坤安发现河中漂着艘小乌篷船，船主被打死在船舷旁，一个赤身裸体的女孩，倒卧在另一边。坤安鞠了一躬，把两具尸体掀到河里，将周慧她们安顿进去。他奋力划桨，将小船驰入浓密的芦苇荡。这一带水路发达，虽也有零星死尸，但比较安静。坤安趴在船帮，不敢冒头，小心看着四周，一只水鸟，都让他胆战心惊。他的后背被汗渍湿透，也不敢换衣服。几个女人缩在窄小船舱，彼此看看，每人都感受到对方深入骨髓的恐惧。柳如春哆哆嗦嗦，想换双鞋，将淹没到鞋帮的血迹擦掉，却记起只有一双多余的鞋，还是高跟鞋，大恨自己失策。翠芬还算镇定，继续转着佛珠，默念经文。周慧挂念坤典，想着他在西山，是否殉了国。她想到"殉国"两个字，心中凉得透底，她刚嫁入蒋家，却遭此大难。难道回"六喜台"重操旧业？想到哀伤身世，她又流下眼泪。寒冷冬夜，阻挡不住城内大火，将整个芦苇荡蒙上一层红彤彤的火色。

坤安后半夜迷迷糊糊地打了个盹。他安排几人轮流值班。他们带着吃食，还能维持几天，就是方便起来尴尬，可比起河上漂着的死人，这点事也不算什么。坤安在船尾找到恭桶，收集满之后，趁着夜晚，倾倒入河岸某处。吃水也麻烦。没热水，不敢生火，河中泡了很多尸体，有股淡淡的尸臭味和血腥味。柳如春嚷着让坤安想办法。坤安想了想，辛香料身边没带，高温煮沸又不行。好在出门时，包袱里有两个柠檬。原是做柠檬鸡的作料，正好用上，每次放上一点，中和腥臭气，但吃"生尸水"，坤安担心中毒腹泻。虽然他带了应急药，但长时间吃"生尸水"，总是不行。他在河岸捡到一口小行军锅，上面木牌有36师字样，想来是中国士兵遗落的。他非常高兴，这意味着他能干很多事了。他在船上做了简易灶，将烟道接在水平面上，烟冒出去，只要不太大，会在江面慢慢散开，如同夜晚升起的雾气。烟有时会回呛，弄得满船里都是，只能一点点地烧。烧开一锅水，要几个小时。当他们喝上一点开水，才真正感受到生存不易。

他们在船上躲了几天，其间也有日本兵巡逻，坤安带着大家，小心躲开了。几天后，大家有点松懈。如春催促坤安回去看看父亲。坤安刚想动身，周慧压低嗓门说，日本人！大家听得河岸有汽车声。车灯乱晃，岸边也传来嘈杂脚步声和悲惨的号哭声、求饶声、怒骂声。五六百人规模的队伍，被刺刀逼到河边。枪声密集缠绵，像铁锅炒豆，又像灶底豆荚，足足响了半个小时。这些人影，似浮动在清水上的墨点，慢慢地溶解，化开，最后消失在一片虚空中。

日本人走了，坤安小心凑过去。士兵，还有平民，老人、妇女和孩子，都死了。坤安寻找着可用的东西。他找到火柴，钱钞，染着血的面饼、炒米。坤安还发现一个十岁左右的小男孩。他的身上没伤口，一个浑身是血的妇女紧紧用胸口护着他。他被吓昏过去了。坤安翻开妇女，孩子软软地躺在坤安脚下，手指轻微地动了动。坤安试了试鼻息，把他救上小船。平白添了一张嘴，柳如春有些不高兴，柏翠芬劝她说，孩子倒在坤安身边，就是缘分。救人一命，胜造七级浮屠。周慧帮着坤安照顾孩子。孩子发高烧，一整天都说胡话。他们怕引来日军，只能向更深的河汊开去。几天后，孩子退了烧，傻怔怔的，坤安问他叫啥，他只说叫水生，不再回话。周慧小心地问，你的家人呢，孩子颤巍巍地指着河岸，断断续续地说，全在……那里，娘，爹，还有……奶奶。柏翠芬的眼圈红了，怜惜地抚摸着孩子的头。坤安说，别怕，就跟着我们吧，我姓蒋，你今后也姓蒋，就叫蒋水生吧。这上新河是你的伤心河，也是你的再生之地，死过一次，就好好地活着吧。

坤安决定冒险回家。一是看父亲，二是拿些能用的东西，顺便也看看城里风头。他叮嘱周慧，如果他一天后不能回来，她们就把船划走。不能总停在一个地方，太危险了。她们不会摆弄那灶，就吃生食，绝不能弄出很多烟雾。柳如春吓破了胆子，又不想让坤安走。坤安安抚她的情绪，等了许久，天完全黑下，他拿起一个电筒，悄悄上了岸。

回家的路非常凶险，好几次碰到喝醉的日军，还有骑着自行车的巡逻小队。一片片残垣断壁，黑乎乎的废墟冒着青烟，道路被炸得七零八落，很多地标不存在了，如交通部大楼，夫子庙大街。尸体数量并不减少，反而在增加，死状极残酷。它们像地狱的各种植物，让玉陵春大厨蒋坤安，土生土长的南京人，迷失了回家的方向。他模模糊糊记得，绿色掩映的西式林荫道，种满梧桐树和垂柳，玄武湖公园的春风暖洋洋的，西式公交电车，美丽的女售票员，露出迷人微笑，法式面包店前有一圈洁白藤椅和遮阳大伞，各大银行与中央行政机关鳞次栉比，新街口豪华气派的中央商场，吸引穿着西装和旗袍的时髦男女。青石板铺就的小巷，依然垫着黄土的泥路，隐藏无数四合院、老宅，大大小小的茶歌厅、娼家、酒馆、粮油店、估衣店和杂货店。它们是马车夫、黄包车夫和三轮车夫的天下，他们跑得飞快，这些神行太保戴宗的子孙，犹如一群落魄的猛士，不甘心输给四个轮子的汽车。这里还有成群乞丐和亡命徒，数不清的伞贩、馄饨摊、茶糕客、西瓜贩、运货的苦力，走街串巷收夜香的农民。一切的一切，似乎都不存在了，或者说，似乎从未存在过。这里只有废墟。坤安整整跑了大半夜，天快亮时，才摸到了家门。

蒋家那扇黑漆松木大门，少了半边，不知被谁撬走了。坤安的心里沉了沉，他再往里走，看到一只被踩得肠穿肚烂，毛皮也被烤焦的猫，他仔细辨认，应是胖橘"李香君"。"转世投胎"的明末美女，再次遭受国破家亡的耻辱，被异族蛮夷凌辱致死。他进到院子，看到了父亲的棺材，心里一惊，上前去看，并没有父亲，棺材顶盖掀开着，上面躺着两个赤身裸体的女孩，她们裸露的下身，都插着一个空空的酒瓶。她们身体喷溅出来的血迹，指向棺材板那些被指甲抓挠出的白色痕迹。凉亭被推倒，石桌椅丢在一边，假山旁摆着一个简陋的烧烤架，残存着鸡肉和羊肉气息，日本兵不会烹饪，鸡毛和羊毛沾在烤架上，显出半生不熟的状态。每个屋都像那些遭到强暴的女人，受到无情的洗劫，有的房间窗棂和窗帘都被摘走了，厨房的暖壶和瓷碗，都不翼而飞。

他踉跄地走到正屋，看到趴在地上的老赵头，黑血从他的腰蹿出，毒蛇般游走了几米，最终定格成死亡形态。蒋乾中靠墙坐在地上，仅穿单薄中衣，腿上有血，鞋子也不见了。他靠着墙，眼神微闭。从起伏的胸膛看，他似乎还活着。坤安颤声呼唤父亲。许久，蒋乾中的眼才睁开，虚弱地说，你怎么回来了？她们都好吗？坤安点头，就要背着父亲离开。

蒋乾中摇头，说，背着我逃，咱们都得死。你快走吧。

我不能走，坤安咬着嘴唇，滴滴鲜血淌下，染红了下巴，说，我不能看着父亲死，我是不孝之子！

不要妨碍我的殉国之志，蒋乾中喘息了几下，断断续续地说，你是家里的顶梁柱，不要管我。让我死，是成全我的名节。

坤安欲言又止，问道，您还有什么吩咐？

蒋乾中闭目冥思，许久才道，先把老赵头埋了，然后把我放在棺材里吧，虽然日寇玷污了它，但那毕竟是我选定的归宿。你把棺材放在地窖，再把我放进去。等时局稳定，你再回来将我埋在院子槐树下，何时日寇被赶出中华，再起灵发丧。

坤安抹了眼泪，将老赵头的尸体背到院里，刨了个坑，浅浅地埋了，又将棺材拖到地窖，在底部垫了很多棉花，背起父亲，轻轻地放在里面。坤安对着父亲磕了几个头，转身而去。乾中满意地睡在里面，刚才讲了几句话，耗尽了他最后的精气神。正想着，蒋乾中听到棺材盖有人轻轻敲了几下，父亲，您还在吗？乾中不耐烦地说，不是说走了吗，怎么又回来了。棺材外的声音说，这几天太冷，还剩下件驼绒大衣，西北朋友给的，我塞在杂货间，您盖在身上吧。说着，一件大衣塞进来，蒋乾中盖上，暖了许多，欣慰地说，好啦，赶紧走吧。棺材外的声音又停了停，抽噎着说，您还想吃点，喝点什么？您让我再尽尽孝吧。蒋乾中咳嗽了两声，慢慢地说，别的不用了，给我弄碗水吧，渴得嗓子冒烟。棺材外的声音高兴地说，您等等，马上就做好。

过了许久，棺材盖打开，乾中被扶出来，闻到了一股清香扑鼻味道。坤安说，家里啥都没了，家禽栏下面还剩下个鸡蛋，掉在锯末子里没人看见。还有些茭白和莼菜。我给您做了个莼菜鲜汤。家里碗都没了，只能委屈您，用空罐头瓶喝了。蒋乾中接过罐头瓶，迫不及待地喝了口，有点烫，坤安赶紧给吹气，吹得有点凉了，蒋乾中"咕咚咚"一气喝光，擦了擦嘴唇，赞叹着说，中国的"水八仙"就是好，做成汤，这么鲜美，鲜得让人掉眉毛。这是我一辈子喝过的最好的汤。坤安再也忍不住，抱着老父亲，失声痛哭。蒋乾中拍了拍他的肩，安慰说，男子汉大丈夫，不要作女儿态，我早年反对你当庖厨，看来是我错了。

蒋坤安关上地窖门，连滚带爬离开家，一边走，一边回头看，泣不成声。回去时，正是凌晨，天刚蒙蒙亮，路上没人，也没见到巡逻日军，顺利出城后，他凭着昨晚的记忆和临时记下的地标，反复摸索，终于又回到约定好的河滩。他最担心的事还是发生了，他听到了日本兵开心的笑声。

三

三个日本兵，矮矮壮壮的，两个拿着枪，一个腰里系着刺刀。他们将小船拖到岸边。三个女人抱成一团，不可避免地被日本兵分开，剥光了衣服。她们就像三只鲜嫩的蚌，被强行撑开了身体。早晨灰白雾气刚散去，鲜红的太阳将稀薄的光洒在窄小的乌篷船上。三个女人被蹂躏着。坤安只能趴在远处土堆后面，死死地看着。他想冲出去，也明白，顶多是大家一起死。这时坤安看到那件肉红色乳罩，那是他买给柳如春的礼物。他狠狠地捏着土堆上的草茎，但那些枯黄的蓬草，不是日本兵粗壮的脖子，他使劲掐着自己的大腿，只是把大腿掐得肿了起来，并没有让日本兵中了魔咒般倒下。

还是炉子惹的祸。早上三四点钟，柳如春嚷着要喝开水，说肚子不舒服。周慧不想点炉子，柳如春坚持，说日本兵都睡觉了，不会来这里。她俩开始烧水，谁料技术不行，炉烟冒得很大。三个醉醺醺的日本兵，看样子喝了一夜酒，过来撒尿。他们看到炊烟，就放了枪，逼小船靠岸。三个女人看躲不过了，把水生藏在舱底，主动出来，接受了残酷的命运安排。

心满意足的三个日本兵离开了。坤安走得很慢，他感到肺里每一根血管都在急速膨胀，似乎被撑爆了。他咳嗽着，引起女人们的注意，让她们从狼狈状态中恢复过来，纷纷穿上衣服。他装作若无其事，让她们赶紧收拾，快速转移。日本兵走了，可能再来。女人们上了船，坤安捡起那几块日元，揣到兜里。坤安努力划船，水花飞溅，水生漠然地蜷缩在船尾，像一根无声无息的芦苇。他们终于在天光大亮前，离开这片水域。他们划远后，果然听到远处的枪声和叱骂声，想必那三个日军又引了同伴来玩乐。

到了安全地带，坤安静静等待着黑暗来临。这是他定下的规矩，吃热饭菜，喝热水，要等到凌晨一点钟左右。水生吃了点面饼，似乎有了生气，他好奇地问坤安，为何要在那时做饭。坤安说，安全是一个考虑，另外，凌晨一点，阴阳之分，水火之济，煮出的东西，其实是最好吃的。古人讲"既济卦"，是六十四卦之一，上半部是"坎卦"，象征着水，下半部是"离卦"，象征着火。水火相济，才得天地阴阳之调和，现在条件限制，不能热炒，但如何煮东西，也是有讲究的。这样才不易生病。

水生眨着眼说，您说的我听不懂，但挺有意思。

坤安叹息着说，热食也要看环境，不顾环境，"热"就是个"死"。

水生糊涂了，柳如春听着，脸色煞白一片。坤安回家，取了胡椒粉、辣椒、食盐、生姜等调味物，考虑寒气逼人的冬天，在这条破船上，如何多支撑些日子。他用缝衣针自制鱼钩，用河岸挖到的蚯蚓作饵，钓了不少鱼，几个女人捞菱角、茭白和莼菜、水芹，总算活下来了。坤安每天只和水生聊天，给他讲烹饪知识。

坤安不和柳如春讲话。无论柳如春怎样和他搭话，他都冷着脸，一言不发，要安排什么，就让周慧和她讲。柳如春晓得处处小心细语，勤快干活，低眉顺眼。然而，坤安还是不和她说话，他的眼都不看柳如春，每次转到那里，就扭头看向别处，好像这里有脏东西。晚上，柳如春想和他亲亲热热地讲几句话，坤安也推开她，自顾自地走向船头，担任警戒。柳如春和周慧哭诉几次，周慧只是安慰，也没啥好办法。更让几个女人难堪的是，坤安每次做饭，都撕下一点日元，作引火之物。柳如春每次见了，立刻哭着奔到船尾，几个女人脸色也不好看。坤安不在乎，柳如春吃不吃饭，他也不在乎。他除了和水生说几句，就是怔怔地待在船头，看雾气茫茫的水面，水鸟惊飞，看水面上漂浮的死尸，尸体泡的时间久了，变成一个膀大的巨人。

这样持续了几天，周慧实在憋不住，揪住坤安的衣服，冷冷地说，蒋老二，今天把话讲清楚，你到底想怎样？坤安阴沉着脸，说，不怎样，就是找个火引头。周慧摔了筷子，指着他的鼻子说，是你在维持着我们的生活，你是男人，这是你该做的。日本兵欺负我们，你在干什么？躲在旁边发傻！你是贪生怕死的孬种。我们家坤典和巽丰，现在生死不知，可他们绝不会当逃兵。你和几个女人挤在一起，都保护不好我们，还有什么脸面对蒋家的祖宗？坤安将引火的日元，轻轻吹熄了，冷冷地说，我是胆小，不像你，在"六喜台"待久了，什么男人没见过？几个日本小兵，有啥打紧的。

你是混蛋！周慧踢翻锅子，拿出头上的簪子，狠狠地戳坤安的嘴，柏翠芬哭喊着劝，水生吓得缩在船舱，如春跌倒在船上，哭得上气不接下气。俩人撕扯许久，才冷静下来，坤安蹲在船头，流着泪说，嫂嫂莫怪，我不是生你和大嫂的气，我恨的不是这个！你可以反抗至死，也可以忍辱偷生，可我绝不允许，我的妻子，在日本人的胯下那般表现！坤安咆哮着，用手拼命砸船帮，像头暴怒的狮子，他的声音在湖面爆炸，传出去很远，惊起沉睡的水鸟。他将日元撒向水面，如同撒出去漫天的雪。

你让如春怎么办？周慧颤声说，眼泪也流出来，她继续说，不是如春，我们可能都被日本兵杀了，这样你满意了？

柳如春摇晃着站起，泪眼蒙眬，她走向坤安，坤安厌恶地扭过头，不再看她。柳如春惨然一笑，抽噎着说，日本兵是我引来的，我又是贱货，早该死了，我不奢求你的原谅，我是脏女人，可坤安你晓得吗？我怀了你的孩子，我想和孩子，还有你，一起活下去。现在看来，你根本不需要我们……

冰冷的上新河水，发出沉重而"伤心"的叹息。民国二十六年深冬，早晨两点半，估衣店主的女儿柳如春，谋杀了自己。那条河水流不急，也并不深。柳如春扎到水里，使劲游到很远的地方，费力地淹死了自己。很多年后，长大的水生回忆起那一幕，叹息着说，坤安想救她的，他晓得柳如春胆子小，不敢死，没想到，那天她毫不犹豫地跳到水里，甚至不给坤安抢救的机会。她执意带走自己和未出世的婴儿。世界太残酷了，她们活不下去了。

第十三章　三个和尚

一个人掉进江水，如一块沉重的石头；十个人掉进江水，像一群活蹦乱跳的鱼；一千人被投入江水，像一座小山缓缓倒塌；一万人死于江水，就像清晨的露，无声无息地消失于水面。

——释神仙

一

曾泰瞪着眼，努力讲述自己的故事。黑漆漆的洞，冰冷潮湿，巽丰将曾泰身子下面的苔藓除去，再铺上两层捡到的烂军被，勉强起到防潮效果。他们不敢点灯，白天靠洞口一点光线，维持视力平衡。洞口上方有窟窿，晚上可看到星星，白天正午时刻，会有阳光漏下，巽丰把曾泰搬过去，晒晒太阳。下雨的日子，是发霉的日子，腐烂的伤口，在阴冷环境中，以肉眼可见的速度朽败着。肚皮上的伤口已结痂，硬硬的，像恢复得不错，但不能碰。一碰就会从硬痂中蹿出一股黄黄脓血。曾泰讲着故事，就变成骂娘。他骂蒋坤瑶玩弄感情，骂日本人凶狠恶毒，骂同事将他推出挡子弹，骂军队长官，一个个比兔子溜得还快，骂萧司令为何要坚守下关，让他们全军覆没。

天气好时，曾泰心情较舒缓。他轻吹口哨，或低声唱歌，从《采莲曲》《何日君再来》到《送别》《天涯歌女》，他居然都能断断续续地唱。几条胆怯的菜花蛇，十几只花尾巴的喜鹊，还有硕大肥胖的野鼠，都被他忧郁的歌声，吸引到身边。蛇吐着芯子，最终被巽丰打死熬汤，机灵的喜鹊丢下稀薄白屎后，高傲地飞走了，肥胖的大野鼠，咬伤了曾泰的大拇指。巽丰想了想，动物比人有更敏锐的感受力，它们大概察觉到曾泰身上的死气，提前赶来，看看能不能透支一点美味的福利。

巽丰无数次听他唠叨这些了。残酷的伤病，活生生地将睿智理性的警探变成喋喋不休的"二姑婆"。巽丰很不耐烦，可对垂死的人来说，没什么比倾听他的故事更有诚意的"安慰"了。曾泰讲他小时的穷困，讲警校的故事，讲他侦破过的案件，讲他和南京黑社会复杂的关系，讲他对坤瑶的迷恋。曾泰还说，他受伤后，在下关被日本兵捉住，他拼死刺伤两个日本兵，才得以逃脱。巽丰不信他伤得这么厉害，还能逃脱。曾泰拿出大褂上红蓝两色水笔给巽丰看。巽丰晓得他有这样两支笔，当时只觉得奇怪，带两支笔，显得有学问？曾泰打开笔帽，蓝色的是真笔，红色的却是笔刀，拉长后有十几寸，刀口蓝莹莹的，似是有毒。巽丰想，警探的花样可真多。

曾泰的伤反反复复，巽丰用水帮他洗净蛆虫，挖去烂肉，没过多久，又出现了新的蛆虫和烂肉。蛆虫扭动身体，像一粒粒白色米粒。巽丰用火烤红刺刀，笨拙地给曾泰治疗。每次挖烂肉，曾泰都要咬烂几块布条，浑身衣服湿透几次。巽丰每天冒险找吃的。巽丰也想找药，但没找到。曾泰越来越消瘦，他莫名冒冷汗，抽筋，整夜整夜地呻吟。他的腐臭气味，熏得山洞恶臭难闻。巽丰想，也许不久，曾泰就要死了。曾泰是目前他唯一的熟人，尽管他讨厌曾泰的软弱势利，但只有和曾泰一起，他才能保留美好回忆。曾泰有次告诉巽丰，在下关看到他父亲蒋坤典。蒋坤典当时也在阻击日军，但他是否渡江，就不晓得了。

深夜，巽丰偷跑出去，到燕子矶附近河滩寻找父亲、小剪的踪迹。江滩之上，江水之中，全是发臭气的死人，巽丰将他们转过来，寻找熟悉的面容，一无所获。他坚持认为，父亲和小剪还活着，会在某个不经意时刻，从不经意的地点出现。可惜，那里全是死人，没有活人的消息，即便死人里，也没有他们的身影。随着时间推移，死人越来越臭，巽丰用布条捂住口鼻，才能忍受那些把人呛出眼泪的气味。晚上，他又跑去河滩，捡到两瓶白酒。巽丰一阵欣喜，有了这些，可以给曾泰的伤口消炎。突然他听到有人喊叫，是日本兵发现了他。他丢下酒，拼命逃窜，被一具尸体绊倒。那是一具国军士兵遗体，他双手握拳，举向天空，像宣誓复仇的姿态。巽丰绊倒在他膨胀如河马般的身上，踩断了他已腐烂发臭的手。这一耽搁，日本兵的刺刀，抵在了他的胸口。日本兵痛打了他一顿。三个日本兵，紧紧包围着他。巽丰想施展武功，但却悲哀地发现，老姜头教的功夫，不太实用。日本兵个子不高，拼刺技术很棒，只一下就挑开他。他们的枪托，雨点般打在巽丰身上，他刚想起身，就被踢倒，一把刺刀戳向他的肚子。还好他较机灵，侧身躲过，然而，这招致了更多踢打，日本兵猪皮靴子的臭味，充斥着他带着血的嘴角。这一天早晚要来临，巽丰反而有种放松解脱的感觉。死就死吧，反正现在活着更遭罪。就是可怜了曾泰，他离开巽丰，想必也活不了几天。日本兵没杀他。巽丰被丢到马车上。车上全是腐烂死尸气味。衰弱的巽丰，打着盹进入半睡眠状态。他梦见自己是只大灰胖老鼠，蹲在一个黑黑的土洞里，带着嘲讽俯视着外面的世界；他还梦到变成一只蟋蟀，长着富于弹跳力的长脚，轻快漫游过大片大片趴着尸体的世界。他时不时地听到驾车的日本兵的说话声、马的嘶叫和车轮的吱嘎声。

日本兵没杀他，把他带到鱼雷营附近一个军营，上面有"大日本华中方面军第二碇泊场司令部"字样。巽丰的手被捆着，一个日本军官和一个中国翻译，过来审问他。军官是温文尔雅的日本男子，他的目光焦虑不安。他说得很慢，咬着嘴唇讲。中国翻译是三十多岁的东北人，看着较油滑。日本军官问他是干什么的。巽丰说，育新中学的学生，躲避战乱，藏在三台洞一带。巽丰给他们看了学生证，上面有他的照片。日本军官看了许久，在那张纸上写上"少年使用人"字样，盖上鲜红印章。翻译让巽丰收藏好，告诉他，如果被其他日军部队拦住，就出示身份证明。他还给了巽丰一件脏兮兮白褂，胸前有两个字"杂役"。翻译将他领到营地，说，你在杂役营吧，干得好，皇军有赏。

日本军营一座小牢房，关押着百十个中国人，都穿这种白褂。每天早上，天刚放亮，日军小头目就过来，带着他们去收尸。"崇善堂"、红万字会等慈善组织，都在安排收尸。"崇善堂"主要是安徽、扬州木材商人捐资的，负责埋葬南京路边饿殍。战事起来之后，南京死尸太多，"崇善堂"向日本司令部申请，帮着清理尸体。但慈善组织人不多，只有二十多人，日军只能抓来免费中国苦力，充当搬运处理尸体的工人。日本海军和陆军，也抓紧处理尸体，他们怕瘟疫造成部队减员。巽丰他们都没人身自由，被限制在军营，每天搬尸、烧尸，劳动量很大，每顿饭只有杂粮窝头，配着咸菜，一碗稀饭汤。有时也发点钱，都是日本军票，或以蝙蝠牌、誉牌香烟抵算。

中国杂役的处境不太妙。巽丰听另一个杂役，原三山街眼镜店主王大有讲，处理完一处上万人尸山，上批杂役被随机"处理"掉了。他们所在军营是日军后勤部队，不负责行军

"大行李"与"小行李"，专司船舶码头与航运畅通。那天抓他进来的，戴眼镜的日本兵是名曹长，叫须磨吉太郎，大家都喊他"中国先生"。他对中国人还算和善。他在战前是中学教师，从小对汉语和汉诗感兴趣，闲暇时找有文化的俘虏，请教中国文化问题。审问巽丰的军官，外号"不死鸟少尉"，叫白鸟行男，秋田县人。白鸟是出名的胆小鬼，据说有一次，杂役和他烧尸体，叠在一起的尸体，被大火炙烤，发出"毕毕剥剥"的响声，还有阵阵烤肉气味。许是叠放得太多，尸堆底层有具尸体突然弹射坐起，骨碌碌地滚下尸山，连带很多尸体，都倒下来，滚落得到处都是，白鸟少尉像一个受了惊吓的处女，不断发出尖厉号叫，喊着"鬼来了"，头一歪，昏了过去，大小便弄了一裤裆。这件事在司令部传为笑谈。有个日军少佐讥笑说，白鸟这家伙，说是怕鬼，太可笑了。我们杀掉这么多支那人，阎罗王也要向我们鞠躬吧。白鸟解释说，他不愿杀人，才申请从前线到后勤部队，谁想这里竟这样，每天都接触死人，无聊至极。

巽丰来了两天，慢慢适应了这里的生活，他想有机会逃走，想回家看看，也不知二叔带着一家人能否逃过生死劫。他不甘心屈服下去。他惦记曾泰。如果没有他照顾，曾泰能活下来吗？巽丰想到他在洞内腐烂等死的样子，心里也是歉疚。

巽丰在杂役营还真不孤单，他遇到了老熟人——乔四。

二

　　乔四在杂役营让大家很反感。他身体弱，干活儿常遭到日军责骂，连带大家跟着倒霉。王大有说，如果不是他拿身上的金表和大洋，贿赂"中国先生"曹长，估计早被打死了。他在船上的嚣张表情不见了，青白的脸，更没有血色，走起路来，前后摇摆。他不是汉奸吗？巽丰有些好奇。王大有不屑地说，他是个不走运的"过期汉奸"。原来那天晚上，乔四跳入水中逃生，避过副师长的子弹，也被寒冷的水冻得够呛，他上岸后，正好被碇泊场太田部队活捉了。日本司令部给他开的汉奸证明，得不到太田部队的认可。太田少佐看不起中国人，也看不起卖国求荣的汉奸，他将乔四的证明撕掉，扒下他的太阳旗袖箍，狠狠扇了他两个耳光。太田部队不同于其他野战部队，需要当地汉奸引路，抄没财产，攻击要害部门，搜索伏击中国溃兵。它只需要有人处理尸体。乔四这个"落难汉奸"，只能和其他中国人一样，成了抬尸"杂役"。

　　乔四也发现了巽丰。他冷冷地笑，冲着巽丰比画了一下，做了个砍头动作。干活儿回来，巽丰堵住乔四，问他想干什么。乔四斜着眼说，我晓得你是干啥的，你是童军，你父亲是军官，我把你举报上去，你就是个死。你杀了我手下的兄弟周文贵。巽丰坦然地说，周文贵是汉奸，87师处死的，没啥大不了，你给鬼子卖命，不也照样被踢到杂役队伍？举报我，你就可以脱离这里？处理完尸体，日本兵能让咱活着回去？乔四犹豫了，巽丰不再理他，径直离开。过了几天，乔四又找巽丰说，我放你一马，将来你能活着出去，也要帮我一次。巽丰说，大家走着看吧。乔四有些焦虑，急切地说，有逃脱机会，一定告诉我，咱们先过眼下这关，其他的账，今后再算，我还不想死。

　　杂役不仅抬尸体，还要给日本兵跑腿，做饭，烧洗澡水，洗衣服。逃跑是困难的，军营管理严格，逃走的杂役，都被砍了头，悬挂在军营铁丝网上。他们的待遇，全看皇军心情。一个胖道士，在花神庙附近访友，被捉了过来。他年岁大，手脚迟钝，一个不小心，滑了几下，尸体堆散开了，残忍的日本军官，当场劈死了他。"中国先生"须磨曹长，身材颀长，戴着眼镜，有一张白净和气的脸。他很少大声呵斥杂役，都是温和地安排任务。他会点汉语，写俳句，也写汉诗，如"轻轻打开慰问袋，泪水簌簌滚下来"，还有"你和我是两朵樱花，在富士山下绽开花朵，既然是花，免不了凋谢，不如壮丽地洒落，为了天皇"。巽丰认为，须磨的诗写得很烂，汉语也蹩脚，巽丰很难将他和那个用枪托打倒自己的家伙联系起来。须磨扭捏羞涩地承认，巽丰是他打倒的第一个中国人。

　　须磨曹长问他，你的知道，我，为何，不把你杀？巽丰摇头，须磨说，我看到你脖子有"御守"，疑心你和日本有关。巽丰告诉了他，自己和秋月的感情，但隐去俩人和日军战斗的事。须磨叹了口气，同情地说，故事凄婉，如果写出，一定畅销卖得。日本女孩和中国少年的故事，必是佐藤春夫、海音寺潮五郎，喜欢中国题材的作家，大大地钟情。须磨又说，每个军营都有酒保，就是随军小店，日人当经理。他们很多是南京或上海等地的日商。巽丰去看军营酒保，酒幌写着"新到日本小豆汤"字样，他问那经理，经理说不认识小林秀夫。须磨对巽丰不错，常多给他东西吃，也要他感谢，让巽丰写"大日本帝国万岁"。巽丰写了，写的是"中华民族万岁"，挑衅地看着须磨，须磨不以为意，只是说，今后不要再写，你的，还是少年，要好好活。我还能活吗？处理完这几万具尸体，是不是该处决我们了？巽丰冷笑着。须磨欲言又止，露出惭愧与不忍心的神色。他想了想，又说，白鸟少尉主张善待杂役，你们的回家，肯定会的。

酱汤色扬子江像一条地狱黑锁链，散发着恶臭与黑色光芒。才过几天，尸体们已肿胀到难以辨认的地步。古人说"尸山血海"，一百人堆起，像个硕大黑色句号，令人不敢顾看一眼。须磨曹长让中国杂役往尸体上淋汽油或煤油。日本人不干这些。他们捂着鼻子，躲到一边抽烟。巽丰哆哆嗦嗦地划着火柴。尸体上吹过邪恶的风，犹如死神鼻息。火柴怎么也划不燃，好不容易划燃一根，它挣扎着不肯奉献自己。然而，它最终断掉，掉在一具尸体的手掌上。开始火苗只是胆怯地停留在那里，喷出一阵蓝色烟雾，接着它大胆突进到尸堆中央。火苗继续蹿上高处，像攀缘而上的葡萄藤，又像一群奔向食物的狂鼠。火焰蹿到尸山最顶层，亲热地搂在一起，火焰蔓延到一个女人脚上，跳到一个孩子脸上，在一个老人肚子上蛇形前进，最终成为高达数丈的巨型黑红色妖异花火。江滩不再寒冷，死者贡献了自己的躯体，照亮了整个港口。

日本海军派出黑色小艇，用带挠钩的长竿网兜，将尸体拖到江边，交给太田部队处理，更远一点江中的尸体，让他们漂到下游，或慢慢沉入长江，被鱼虾所食。巽丰想，这之后五年，扬子江肥大的鱼虾，大概都是"食尸水产"吧。太田部队动用大量车辆和机械，处理江滩沿岸及各野战部队送来的尸体。他们将尸体用吊车钩起，慢慢堆垒成一座座尸山。巽丰问过须磨，为何用火烧，他说是防疫需要。王大有告诉巽丰，日本人歹毒，想让"死人"彻底闭嘴，尸体烧得半透不透，推到江水里，无证据可查，也能防止遗漏的活人逃走。日本在南京缴获大量汽油，和平门外美孚油库，就有十几万加仑汽油，被日本人弄到手。巽丰还存了点念想，看能不能找到父亲和小剪的尸体，就让同队杂役留心一下，可干了几天，都没发现。他有点欣慰，父亲是厉害的军官，小剪这么聪明，他们一定是逃脱了。

巽丰和王大有等杂役，尽可能地寻找幸存者，偷偷将他们放走。巽丰救了一位戴着"首都卫戍"臂章的青年军人。他泡在水里，巽丰过去，发现还有气息，悄悄给他塞了点吃的，把他藏在芦苇中，天黑后，他逃走了。军人用冰冷的手指，按了按巽丰的手背，表示感谢。乔四总想邀功活命，有次想将一个幸存者举报，被巽丰警告了。乔四冷冷地说，我的手上，不是没沾过人血。巽丰说，这不一样，日军现在疯了，一点人性都没有，但凡你有点人性，就不能干这事。你要是做了，会一辈子做噩梦。乔四看着黑乎乎、密密麻麻延续十几里的尸山，仰着头想了想，又去干活了。

两个杂役在江滩打了起来。押送他们的大川军曹，发现他们私藏尸体上的金表，命令他们互殴，胜利的人才能活下去。大川是一名粗野军曹，他每天都要殴打中国杂役取乐。他还常用军刀将不听话的杂役斩首。他的话语像花岗石般强硬，眼神中只有对欲望的追求和对生命的冷漠。巽丰那一队杂役，愣在一边看。两个强壮的中国人，他们扑向对方，互相掐住喉管，一起滚到肮脏的尸堆里。他们像狂怒的狗猛咬对方，撕下一块块衣服和皮肉。不一会儿，一名中国杂役倒下了，留下一张血肉模糊的脸，配着被打塌的鼻梁。

大川军曹对须磨曹长吹口哨，眼神轻蔑地瞟着中国杂役，嘟嘟哝哝地说着什么，须磨曹长表现出无可奈何的表情。

这是地狱，还是人间？巽丰听到江滩上有人在用生硬的汉语，大声质问。

中国杂役和日本士兵扭头看去，是个青年日本和尚。他胖大臃肿，面色红润干净，他穿着与和服相似的僧袍，戴着白色方巾，方巾上还可笑地套着日军钢盔，脚蹬白袜与草履。他手持一件法器，像中国僧侣用的磬，又像一个有柄小锣。他每走一步，敲一下法器，像在超度亡灵。他一步一摇地走到杂役队伍前，停下来，从怀中摸出个扁扁的酒壶，"咕咚咕咚"灌入几口，巽丰发现，他的白袜已变成半血红颜色。

三

醉醺醺的日本和尚，是日本佛教会派来"参观南京"的僧人。他的法号叫释神仙，属于修禅的黄檗宗，常年在京都修行。来南京后，他自告奋勇留下超度亡魂，参加了入城式后的"慰灵祭"。他乱走乱撞，来到江滩，看到处理尸体的一幕。太田部队的士兵，阻止他进一步深入，直到他与杂役们相见。

释神仙指着仍旧黑压压的，仿佛酱油汤般的扬子江，问中国杂役，你们说，人死在江中，是一种什么样的感觉？

乔四说，死就死了，乱世人的命本来就贱，不过淹死的滋味的确不好受。

巽丰则说，这么多人一起死，可能临死前，也不会太寂寞吧。

释神仙的手指，没有放下，他说，一个人掉进江水，如一块沉重的石头；十个人掉进江水，像一群活蹦乱跳的鱼；一千人被投入江水，像一座小山缓缓倒塌；一万人死于江水，就像清晨的露，无声无息地消失于水面。

太田部队的军营，太田少佐摆了简单酒宴，款待释神仙和尚。白鸟少尉、须磨曹长、大川军曹这些军官，都参加了宴席。太田联队也有随军僧，是个叫德显的瘦和尚，年纪三十五六岁，阴鸷凶狠，沉默寡言。他跟随第十军从上海一路杀来，占领南京后，主动要求去二线部队。巽丰和王大有，被特别挑选出来，为酒席服务。释神仙是酒鬼，容易和军官沟通，他们大声唱日本歌曲，挥舞着各种奇怪的扇子，一边舞蹈，一边喝着日本清酒和中国黄酒。王大有告诉巽丰，歌曲叫《男儿生不满五十》，扇子是寺院用的中启有职扇和军扇。王大有曾在日本人开的眼镜店工作过，了解点日语。

晃着脑袋的大川军曹，拎着明晃晃的军刀，薅着一个杂役的头皮，跑到宴会中间的空地，大声嚷着。王大有哆嗦着说，大川又要杀人了。巽丰早听说，大川喜欢斩首战俘，如今才亲眼看到。那人就是白天打胜的中国杂役。他杀死了同胞，仍不免一死。杂役已吓得麻木了。大川哼着歌曲，将杂役踹得跪下，用细细的铁丝，分别将他的两只手与左右膝盖绑住。他用凉水喷了两遍军刀，轻轻拍了拍杂役的脖子，让他的脖子向前方伸直。这是为何？巽丰问王大有。王大有悄声说，这是大川的"砍头经"，他常向新兵炫耀。铁丝捆住手和膝盖，让死者被砍时，不会痛苦地弹跳起来，妨碍斩杀效果。拍脖子是让死者脖子松弛，颈椎骨不会卡住军刀。他挥刀向前，死者的血，不会喷溅到行刑者身上。释神仙想阻止大川，却被德显和尚拉住，所有日本军官都饶有兴味地看着这一幕。大川快速出刀，巽丰只觉眼前一花，听到四下一片叫好声。

释神仙痛斥大川，但没人把他的话当回事。

他的本职工作是安慰日本伤兵，超度日本死者亡灵，有时割下死尸手指当作纪念，寄给死者家人。然而，释神仙也愿意救助中国难民。他想要找几个和他一起的日本僧人，去南京红万字会山西路办事处，商讨救助中国人，掩埋尸体，超度死者。乔四觉得这是机会，让巽丰央求神仙僧，让巽丰和他一起，陪着日本和尚，奔走这些事。他们就有机会逃走。巽丰不想帮乔四，可乔四没举报巽丰，他虽作恶多端，但既然答应，就要遵守诺言。巽丰找了释神仙和尚。他表示可帮巽丰，但他不信任乔四。巽丰有些为难，告诉乔四这个结果。乔四非常恼怒。

四

须磨曹长痛快答应了释神仙，让巽丰帮助工作。须磨对巽丰眨着眼说，少年，你的，要活着，这很重要。他暗示，工作完后，让和尚就地释放他。他们不会干涉。太田给他写的身份证明，也会暂时保证他在城里不受日本兵伤害。当然，巽丰最好还是去安全区，而不是回家，因为很有可能，家已不存在了。

巽丰临行前，王大有哭了半夜，他也想和巽丰一起走，释神仙同意了，白鸟少尉坚决不肯，说不能再减少杂役，还有大量工作要干。深夜，王大有偷偷塞给巽丰一个地址，泪眼汪汪地说，兄弟，这是我家的地址，如果我死了，给我报个丧，告诉我老婆，赡养母亲，把儿子养大，她愿改嫁就随她吧，只是儿子姓王，这不能改。否则，老王家香火就断了。巽丰很内疚，又问，如果他们都不在呢？王大有表情茫然，许久才释然说，死了这么多人，谁也保不齐哇，如果都死了，一了百了，兄弟你能活下去，就在江滩给我烧炷香吧。王大有是一个勤快和善的扬州人，在南京打拼多年，开始在日本眼镜店学手艺，技艺纯熟后，在三山街开店铺。他夸赞日本镜片质量高，价格低，对人的双眼保护作用强。可是，依然没有一副眼镜，让他能看清楚悲惨的未来。那天之后，巽丰再也没有见过他，但永远记得他愁苦的样子。

释神仙带着巽丰来到山西路红万字会办事处，遇到永清寺来的两位随军僧。一位日本和尚左手执太鼓、右手执木棒，边走边高声念念有词，另一位两手打着印有紫地白字隶书"南无妙法莲花经"大字长幡。他们商量如何超度死者。他们去火瓦巷南京红十字分会收容所，五台山路收容所，分别站了一天岗。他们还应许会长请求，去中华门外义仓，将难民要的米拉回来。日本兵正在向外拉粮食，释神仙和另一位小野僧，坚决拦在军用卡车前。雪亮的车灯，照着释神仙胖大的身躯，犹如一尊醉醺醺的不动明王。车上跳下一个暴怒的日本军曹，他一边骂，一边推释神仙和尚。释神仙一屁股坐在车前，用胖乎乎的手，抱着车轮胎，说什么不撒开。军曹连扇了和尚几个耳光，鲜红的手掌印，在释神仙的脸上浮起，犹如狰狞的蜈蚣。和尚只是微笑，目光炯炯地盯着军曹，手抓得更紧，好像抓的不是车轮，而是某种有宿命意义的法器。军曹没办法，只能与和尚去新街口第十军兵站。释神仙和尚又与兵站主任福原中佐争论一个多小时。最后，筋疲力竭的福原中佐，只得同意释神仙将粮食拉回红万字会。

释神仙答应，等办好救济粮和超度死者的事，让巽丰回家。释神仙幽默诙谐，有时脾气也暴躁，但只要两杯酒，就能让他安静下来。那天，巽丰和他一起，慰问安全区内难民，街道被炸得面目全非，一队打着日章旗和"国士馆贺南京陷落"旗帜的日本学生，兴高采烈地参观南京。他们穿着黑色制服，神态高傲自豪，残垣断壁，被推倒的大楼，轰炸的民居，都在宣传着皇军的战绩。一辆押解俘虏的敞篷卡车，甲虫般晃荡着，在学生们前面停住。学生们热烈地鼓掌，恭维着押送的一名少尉。少尉腆胸凸肚，趾高气扬，从车上跳下，牵下了一名俘虏。这是一名中国军人，看臂章是88师一名上等兵。他很年轻，只有十八九岁。他被绳子捆着，茫然地下车。少尉粗暴地将枪递给一名跃跃欲试的日本青年学生，对他讲了几句。学生端着枪，对着战俘的后脑，手有些发抖，但眼神中，满是兴奋神色，周围其他学生，都给他加油助威。战俘弯着腰，猛烈咳嗽，不断呕吐。他预知了自己的命运。

巽丰冲上去，努力想阻止青年学生。少尉挥挥手，军车上跳下一只体形硕大的黑色军犬。它有着充血的双眼，鼻子和嘴巴颤动着，泛着泡沫的涎水，沿着丑陋的牙往下滴。少尉把拴它的皮带绷得紧紧的，它朝巽丰猛扑，力气用得那么大，巽丰真担心它会把皮带绷断。狗把巽丰逼得背贴墙壁，再无退路。唾沫四溅的狗嘴，离巽丰的喉咙只有几厘米，畜生巨大的身体因狂怒而颤动不止。少尉猛地松手，狼狗撞到巽丰胳膊上，锋利的牙齿咬穿了棉袄。狼狗使劲甩着头，抓伤了巽丰的脸。巽丰被它甩得直转，它想将巽丰胳膊上的肉整个咬下。巽丰喊叫着，他感到血管里的血，一滴滴缓慢地流出，像春天浓稠的蜂蜜从瓶子的窄口流下，胳膊上的那块肉，连着棉花，都在不断地被撕扯出他的身体。巽丰很快昏了过去……

巽丰醒来时，释神仙守在身边。巽丰的胳膊缠上几层纱布，血还是汩汩地渗出。为什么要救我？他们不会把我怎么样，释神仙幽幽地说，少年，如果不是我喊来宪兵，你已被狼犬活活咬死了。巽丰无畏地说，这些天见到的死太多了，我没什么可怕的。我在地狱修行，释神仙眯起眼，叹息着说，佛祖让我们救苍生。你这少年，心性倒勇敢，合我的意。巽丰讲了几句，又昏沉沉睡去。他发起高烧，什么也吃不下。释神仙给他讨要治疗犬伤的西药，又抹上很多药膏。释神仙将他放在红万字会，白天他忙着超度的事，晚上来看巽丰。巽丰的病，时好时坏，还伴有腹泻，没过几天，瘦得有些脱相。释神仙暗想，少年能否挺过去，要看造化了。

下午，巽丰醒来，释神仙正好回来，坐在身边，大口灌着酒，巽丰问他，和尚，为何酒不离身？释神仙眉开眼笑着说，阿弥陀佛，一家废弃的店，有不少山西汾酒，乱世太苦，凡人与和尚，都不可太清醒。

你还有什么心愿？释神仙盯着巽丰，目光中似有泪花。

巽丰心里一沉，日本和尚这样问，不是什么好兆头。他想了想，说，我有个朋友，在三台洞那边，我被捉之前，和他在一起，他也病得厉害，不知现在如何。释神仙答应陪他去看看。第二天，释神仙雇了辆马车，拉着巽丰和他去洞里寻找。道路不好走，尸体少了很多，但日军盘查很严，一路上，磕磕绊绊，走了几个小时，才摸到燕子矶这边。巽丰凭着记忆，找来找去，终于找到那个废弃洞口。俩人正要进去，看到一个中国和尚从里面走出，手里拖着尸袋。和尚面黄肌瘦，踉踉跄跄，全身法袍是各种颜色碎布连缀起来的，脏得不成样子。释神仙赶紧行礼，问候那僧人。僧人还礼，说是附近静安寺普忍和尚，在这一带收尸。巽丰紧紧盯着袋子，说，这可能是我朋友，让他打开。僧人讲，尸体已腐烂，还是别看了。巽丰坚持，终于辨认出，那就是曾泰，尸体上还别着那两支红蓝两色笔。巽丰心里有愧，不觉流下眼泪。

普忍和尚捡了柴草，做了个简易木架，就在洞口，火化了曾泰。巽丰能做的，只有把他的骨灰带回，将来还给他的家人。他不想让曾泰和一群不认识的人，丛葬山林之间。

罪过呀，普忍和尚叹息着说，日军处理完尸体，临近寺院百十多名僧人，还有外地闻讯赶来的僧人，都到江边做超度法事。巽丰和释神仙，抬头看向远处。焚烧尸体而升腾的烟雾，依然笼罩在江边，仿佛一条条黑色通天之柱，蚯蚓般蠕动，在风中不肯散去。天地之间，仿佛有无数神秘咒语，低声颂唱。巽丰问释神仙那是什么，释神仙说，那是《往生咒》和《阿弥陀经》。释神仙欣慰地说，这么多和尚来超度，总算化解了点天地间的大戾气。

最后一个请求，巽丰看向释神仙，喘息着说，请中国和尚，送我回家。

巽丰喉咙发甜，吐出一口血，昏沉沉地软倒了。

半梦半醒之间，巽丰浑身发烧，直打寒战。他感到有人将他轻轻放进口薄薄的柏木棺材。应是中国和尚普忍。普忍给他灌了几口水，在他身上抹了些中药似的东西，在他手中放了块馒头状的东西。巽丰平静地躺在棺材中，滚烫的身体，慢慢地冷却，心脏跳动越来越慢，巽丰觉得，他就像一条被遗弃的毛巾，变得柔软而肮脏。他突然想到，没有告诉普忍家庭住址，可能真回不去了。普忍和尚要去收尸，没能力看顾垂死少年，就将他放在某停尸地点。

巽丰感到周围是一片旷野，他听到鸟叫声，虫的鸣唱，星星的低语，也有无数尸臭围堵过来。这应是集中停放尸体的地方。巽丰心里咒骂了几句普忍和尚，好歹将他火化掉哇。可能和尚发现他还有口气，不忍心这么干吧。巽丰像一根枯萎的杂草，慢慢失去知觉。

第十四章 红山磨剑

太多橄榄树在山谷里/太多石头在山坡/太多死者，太
少/土地把他们全部掩埋

——耶胡达·阿米亥《太多》

一

过了阳历新年，南京城依然寒冷。清理尸体的工作在加快，废墟被归拢成一堆堆黑色垃圾，孩子和野狗在此逡巡，寻找可利用的东西。道路失去路标、电线杆和标志性建筑，老南京人也会迷路。上海路一带遭受洗劫严重，但它与汉中路交叉口是安全区边界。金陵中学、金陵神学院、金陵女大等二十几个收容所，中国难民可找到栖身地方。日本人没将安全区篱笆墙和铁门当回事儿，他们自由出入，寻找"花姑娘"，捉走任何可疑的男人。到了晚上，上海路变得热闹，又像一个"鬼

市"。日本和中国的投机商，盗窃团伙，日本特务，大小汉奸，捡破烂或偷窃的市民，倒卖武器的士兵，还有成群的乞丐，都聚集于此。很多交易只是简单以货易货。也有日本兵卖东西，卖抢到的东西，或运回去嫌麻烦的东西，从香烟、白酒，到棉被、洋铁桶，从古董家具到小孩的长命锁和虎头帽，银制十字架旁是明代官窑瓷器和寺院宣德炉，厚实的白狐皮袄，搭在十几件带血的教会学校的校服上。他们甚至偷偷进行法币、日元和军票的兑换生意。日本兵在公共机构偷了大量法币，有的寄到上海兑换日元，有的就在路边黑市交易。还有狡猾的日本暗探，寻找漏网的中国残兵，还有那些偷了大量法币脱离军队，假装成日商的日本逃兵。暗探们说着流利中国话，在摊位前讨价还价，悄悄地观察人们。

黑夜，寒风在瑟瑟发抖，灰色小星仿佛钉在夜幕之上的死人之眼，冷冷注视着这座城市仅存的烟火气。人头攒动，人们享受着久违的彼此靠近的感觉，烟火气抚摸着这些活人，安慰受伤的心，旁观侵略者的喜悦。鬼市的灯火，仿佛一块块血泪凝成的琥珀，闪烁着断断续续的诡异光芒。如果仔细看，会发现死去的人们。鬼影在人们脸上摇曳，在胖的脸、瘦的脸，还有刀条脸上游动，仿佛深海无声无息的碧绿海草。活人讨价还价，鬼影愤怒地摆手；活人为交易而欢乐，鬼影流着泪，伸着手指指责他们；活人货物无人问津，鬼影也为他们担心发愁，听着倒霉市民的肚子发出"咕咕"拱猪般的声音。鬼影还警告乞讨的孩子，小心红眼的野狗，它们吃人肉已吃上瘾了。那些死去的鬼，有的没有头颅，有的没有四肢，有的肚腹大开，有的失去了双眼。这些鬼影和活人纠缠在鬼市上，如同盐溶解在水里，很难分辨。

粮食是紧俏物资，只有新成立的自治委员会，才有机会在日军兵站搞到救济粮。很多戴着袖章，挥舞日章旗和五色旗，骑着脚踏车的汉奸，成了日军在城市的合作者。他们在城郊游荡，寻找溃兵，收缴枪支，将他们送进日军看守地。他们鉴别中国残兵，借调拨粮食中饱私囊，也清理尸体，防疫检疫，寻找"支那美人"。原天谷部队留守南京城，在日本顾问班子的"指导"下，自治会正式成立，松井石根大将发来贺电，上海派遣军找来中国旧官僚、失意政客、留日学生和部分旧警担任自治委员会各项职务。这些人有黑白两道通吃的厉害人物（比如吉米王），也有昏聩谄媚之徒，还有被迫参加的人。封阿水的老板，华清宫浴池陶经理，在家里夹壁墙被搜出，在刺刀的威逼下，参加了自治会。陶经理哭得声嘶力竭，但奈何刺刀无情，机枪无眼，不能欣赏昆曲底子水磨腔，只能将他从"经营水池的人"变成"跳水池"的人。汉奸中也有对民国政府不满的老政客。他们对五色北洋旗非常推崇。无锡自治会，居然还有老头子汉奸，穿起清朝马褂朝服，顶戴花翎，郑重其事地拜谢日军，说日本帮大清来恢复江山，成了一时笑料。蒋乾中说过，这是"托身异族，泥首虏行"，最终没有好下场。

鬼市也有些勇敢的小吃摊老板。他们冒着巨大风险，搞到粮食，在安全区内和上海路鬼市，做起小吃生意。没啥正经粮食，杂面的面条、面片汤、面饼，玉米面稀粥都是常见吃食。他们不仅收钱，给需要的东西也行。安全区里，任何有用的商品，都可以拿来以物易物。他们每月给自治委员会上交十元税金。前玉陵春京苏菜大厨蒋坤安，也是上海路小吃摊主。夫子庙一带被日军炸成了废墟，玉陵春也没剩下多少，眼看着开不了业。坤安带着柏翠芬和周慧，还有捡来的孩子水生，去了安全区。他担心两个女人安全，让她们不要出来，他带着水生跑鬼市赚钱养家。这期间，他偷偷跑回去过，家里已有日本兵驻扎，说是一个大尉看上院子，要住在这里。坤安想说理，看着雪亮刺刀，最终忍气吞声地跑回来。他想打听坤典和巽丰的消息，也是杳无音信。水生很听话，帮他不少忙，他们爷俩相处得很愉快。水生晚上常发噩梦，坤安就去陪他，轻拍着他重新入睡，看着水生发抖的样子，坤安抚摸着他脑袋，心中涌出很多责任感。

物资有限，外出要冒很大风险。他们的粮食、配料都要经过安全区和自治委员会批准。安全区的拉贝先生和华小姐，千方百计想帮中国难民多弄点粮食。过了好些天，安全区出了安民告示，出城检查变得宽松，重要街道有日本宪兵把守，禁止普通日本兵闹事。自治委员会承诺，愿意回家就可以回去，如果离开安全区，也可去日本安排的难民营，可领到供给米。很多人回去后，又遭受第二遍迫害，纷纷回到安全区。汉奸们敲着锣，让大家去办理良民证。办良民证，要五家互保，很多散兵被揪出来。报纸是没有的，只有日本人贴在墙上的几张过期《新申报》，没什么消息。周慧分析，虽然还不是很安全，但这说明日本开始放松对南京的管理了，现在出去搞食材，该没那么危险了。

柳如春死后，两个女人恨上了坤安，对他不理不睬。可时间长了，也不是办法。她们目前只能困在安全区，每天只有两顿稀饭，干粮更少，粮食是紧俏品，无奈之下，她们只能支持坤安和水生。女人不敢抛头露面，哪怕在脸上抹锅底灰，在身上淋粪，只要日本人瞅见，就要扒下衣服行奸。安全区到了晚上，就是日本人的乐园。他们三三两两，也不带枪，有的只是随身插着军刺，就爬过围墙，像没头苍蝇，贪婪地在安全区乱摸乱抓。有限的几个外国人，挡不住醉醺醺的皇军。周慧将一把剪子，撅成两半，给了柏翠芬一半，她坚定地说，姐姐，日本人摸到咱们，就和他们拼了，我掩护你先逃走，我反正是从堂子出来的，姐姐名节要紧。柏翠芬淡淡地说，咱们已受过辱了，还谈什么名节？大不了咱们一起死。要不然，坤典回来，可怎么交代。

周慧安慰柏翠芬，说已找过坤安和水生，让他们严守被日军欺辱的秘密。她们换了男人装束，像两只敏捷山鸡，随时提防着日军。她们和坤安、水生住在两间搭起来的草棚，晚上睡

286

觉两人轮岗，只要听到日军闯入，就藏进坤安挖出的地洞。坤安在草棚下面，偷偷挖出个地洞，只能藏两个人，上面盖上破箱，还有简单被褥，可以当简易的床，如果不仔细搜查，找不到地洞。金陵女大条件好一些，可那里只收女人和孩子。普通安全区，日本人闯进来捉女人，都醉醺醺的，只要捉住女人，就会拖走，洗衣服的小河、草棚前的灶台，都是危险的地方。周慧胆子大，有次被个矮壮日军追逐，愣是打了他两个耳光，飞快逃走了。那是黑夜，日本兵喝醉了，让周慧逃脱了，整个安全区回荡着他声嘶力竭的咒骂声。每次说起，周慧咬着牙，恨不得将那日本兵变成蚕豆，嚼个粉碎。周慧琢磨出个办法，她和柏翠芬、坤安身上各带三个铜钱，只要听到日本人的皮靴声，就把铜钱丢在地上，发出的声响，既不让日本人怀疑，也能传递信息。周慧还在柏翠芬和自己的肚脐上，贴了几个大黑膏药，她用野蒿草灰调制的，膏药散发着臭气，日本兵要抓，就指着肚子说日语"飞勾"，日语是"性病"的意思，日本兵就嫌弃地放手了。这都是周慧从"六喜台"得来的经验，不料竟用到了这里。

坤安跑到莫愁湖，搞了水八仙和鲜鱼食材。护城河也有很多死鱼，都是被日军炮弹炸死的，只要肯捞，能搞到一些。其间他被日本人搜了好几次，挨了两次打，鱼也被抢走大半，但总算有了点东西，好歹将摊子撑下去。来吃东西的食客，很多饿得打晃，两眼发绿，家里值钱的东西，都拿来换汤喝了。

包子馅饼什么的，没有充足材料，坤安只能做各种汤，取暖又糊弄肚子，面汤、鱼汤、饸饹汤、荸荠汤、水芹汤、莲藕汤、莼菜汤、野菜汤，全靠调料拿味。人饿急了，一碗汤下肚，晃晃肚子，汤汤水水的货，就在肚子里游泳打架。坤安简直成了"汤王"。后来很长一段时间，坤安都不喝汤，一喝就想吐。为了让汤有营养，好喝，顶饿，坤安也想尽办法，可没正经粮食，汤喝多了，一泡尿就泄了气。他正发愁，恰好看到鲁大料。这厮摇身一变，成了自治委员会警察厅下属治安科巡长，管着几条街治安。肥胖的鲁大料，穿着黑色警服，让人感觉不伦不类，警帽的帽徽变成老民国五色五角星，胳膊戴着日本旗袖箍，就是那脸和袖口一般，油黑透亮，透着股咸菜味道。

坤安在市场卖面汤饸饹，突然有只油腻大手，按在碗上，坤安听得有人阴阳怪气地喊着，没得几个面饸饹，摊主是骗子哇。坤安心想，要坏事，肯定是汉奸来敲诈。抬头才发现，鲁大料笑吟吟地看着他。坤安对鲁大料当汉奸有些惊讶，鲁大料搔搔头皮，解释说，我是被强拉去凑数的，我怕麻烦，不愿干这差事。可我不干，总有人干，我是帮着南京市民，少受鬼子的罪。坤安冷冷地看着他，说，鲁巡长的酱菜店还办吗？鲁大料哈哈笑着说，巡长是混饭吃的，酱菜园才是事业，我咋能舍本逐末呢。坤安气得扭头不理他。鲁大料看看四下无人，压低声音说，不想多弄点食材？我看你这摊子快办不下去了。

你能搞到食材？坤安猛地抓住鲁大料。

二

鲁大料说，可以弄点粮食指标，让他这个小吃摊撑下去，还可以联系驻军，收集日军吃剩的牛羊肉骨头。日军在城郊捉了很多农人的水牛和黄牛，京城奶牛厂的数百头奶牛，也被他们捉来吃。日本人吃得浪费，这些骨剔得不干净，大剌剌地丢到垃圾桶，喂了野狗。鲁大料琢磨，和日本人商量，出点小钱，让坤安把骨头拉回去，熬制骨头汤，他的店里，还储存了不少调味品和生淀粉，可以做出有营养的汤面。寒冬天气，只是喝汤，再吃上块窝头，就不知能救活多少人。牛骨头？坤安思量，是个好主意，弄什么汤呢？鲁大料吞咽着口水说，我们鲁西南的糁汤哇。你吃过的，寒冬喝点这个，太舒服了。

"糁汤"是山东做法，鲁大料是山东老饕，对此也熟悉。"糁汤"用牛肉和麦仁、面粉、葱、姜、盐、胡椒粉、五香粉、香油、酱醋等熬煮、搭配而成。没有牛肉，熬煮牛骨和羊骨，也是那个意思。"糁汤"的关键，一是熬烂的牛羊肉骨，二是生粉与调料的勾芡。这东西和野菜炖一起，特别顶饿，骨头和肉渣的油水，都被滗到汤里。小摊能维持下去，又能救人。这是桩好事。日军破城前，鲁大料囤积了一大批物资，发了笔小财。他把东西藏好，没让日军搜出。浴池的陶经理，被日本人架着参加了自治会，他自告奋勇给他帮忙，陶经理求之不得，鲁大料就当了自治维持会小巡长。坤安咬着牙说，大料，为啥帮我？鲁大料没想到坤安这么问，有点落寞地说，就当是为巽丰吧，我可是磨剑社顾问，拿过顾问费呢。

坤安听他提侄子，眼圈有点红，说，巽丰肯定会回来，我领你这份情，没有其他条件？大料恢复了笑嘻嘻的怠懒样，说，你抽点水头给我，再就是皇军想拍新闻照片，借你这小摊用用吧。坤安又羞又恨，日本人害得他家破人亡，还给他们粉饰太平？坤安就要抓擀面杖，大料一看不好，赶紧躲避，摸着鼻子，嘟哝着说，不愿意算啦，逞啥英雄？有本事上中华门和日本人叫板？坤安暴怒地跳起，将擀面杖抢起，去砸鲁大料。大料缩着脖子，蹦蹦跳跳地逃走了，警靴点着地，避开市场的小水洼。他跳动的样子，像一只跳舞的黑熊。水生扶住坤安，说，爹，咋动这么大气？坤安颤抖着说，活着要有点骨气，就是饿死，也不能给日本当狗腿，日本人占了咱们的宅，杀了你爷爷，逼死你娘，你大爷和哥哥生死不知，这仇早晚要报。就是报不了，也要记心里，记一辈子，再传给后代，永世不相忘。水生应承着，眼里也全是泪。

坤安不明白，这些人咋变得这么快。鲁大料和他是老相识，他给巽丰的童军社当过顾问，都说他从前是屠夫，做事杀伐决断，刀法很好。结果日本人打进城，他扭着屁股，变成了狗汉奸。大料比不上封阿水和老姜头。同样是结拜兄弟，他们宁死不给日本人做事。阿水的老娘，被日本人祸害死了，死前被赤裸地吊在房梁上，他发誓和日本人斗到底。他和老姜头在黑市上做买卖，有时也和几个潜伏的中国兵一起，冒着生命危险，偷窃大户人家的物品，也偷日军物资。听阿水说，城外还有红枪会和游击队等组织。他们收集散落枪支，偷偷运出城，卖给这些抵抗者，一支驳壳枪，可得五十元，坤安虽没他们这么大胆，也暗中掩护过他们。

巽丰的伙伴，如今也都四散。江南水泥厂的"铁鹰"，如今还在厂子留守，那里有德国京特博士把守，也建了难民营，日本人没有完全掌握。"铁鹰"有时过来问问巽丰的下落，每次说起，都要落泪。"铁鹰"也会帮衬坤安，在他这里喝面汤。坤安还看到常和巽丰在一起的，外号叫"花佛"的童军少年，他也加入自治会跟班队伍。自治会成立后，为提高人气，开饭时就在门口支起大锅，熬上锅白粥，都是陈年北籼米，谁来都可盛上一碗。一群乞丐少年儿童，跟着自治会饭点，一窝蜂地打秋风。日军破城时，"花佛"的家人都被烧死了。他浑浑噩噩，被吓破了胆，和乞丐混在一起，在自治委员会蹭饭。"少年蹭饭队"不是白吃饭，日本人和汉奸常让他们打探消息，跑腿，传递情报，收集百姓言论，他们也被南京老百姓叫作"小汉奸队"。"花佛"来鬼市瞎转悠，大家躲瘟神似的躲着他，坤安看他衣不蔽体，冻得直哆嗦，于心不忍，招呼他过来，喝了碗面汤。坤安看着他空洞的眼神，冻得发青的面孔，也是叹息，和他聊上几句，他前言不搭后语，痴痴傻傻的，精神似乎出了问题，好好的一个少年，就这样被战争毁了。

随着情况好转，上海路黑市越来越火，不仅晚上开放，白天也公然聚集，俨然成了公开合法集市。坤安的摊子生意不好，主要是食材太少。坤安恨不得将树皮都撸下熬成汤，树皮真不能吃，涩得掉眼泪，野狗和野猫也不能吃，这些吃过人肉的家伙，个个凶悍无比。坤安听说，有的商贩偷偷卖这种猫狗肉，都是拿大酱炖的，吃不出腥味。一天晚上，坤安愁得睡不着，蹲在草棚望风，听得"哐啷"一声麻袋坠地声音，他打开手电，手里倒提着炉膛钩，推开门去看，是一袋子面粉，一袋米，外加一大袋子牛骨头。面粉和米有五十斤，牛骨头恐怕要百十斤。面粉袋别着一封信，坤安打开，上面写着："坤安兄：东西给你运来了，给我抽点水头就好，我也是被逼无奈，望兄体谅。"坤安有心将东西丢出去，可想想目前情况，只能先收下了，给大料抽头可以，让他和日本人合作，可办不到。周慧欢天喜地地说，汉奸的东西，不拿白不拿。水生也挺高兴。趁着黑夜，坤安和周慧包了顿白菜肉饺子，只有白菜，没有肉，就在牛骨头上剔下点肉渣。饺子出锅，冒着腾腾热气，一个个白莹莹的，坐在盘里，像煮熟的人参果。香喷喷的肉香，从薄薄的皮子钻出来，挠着人的嗓子眼。水生不顾烫，捉起一只饺子，塞在嘴里，发出"呜呜"的快乐声音，好似饿了多天的猫终于捉到了鱼。眼泪从水生裂开的眼角，"吧嗒吧嗒"地掉下，在黑夜月光下，格外晶莹透亮。一家人含泪吃了这顿来之不易的"泪之饺"，柏翠芬坚持吃素，也被周慧劝着，勉强吃了两个。

有了食材，坤安的摊子活了。糁汤生意火爆，每隔一段时间，大料就给坤安供货，有时是调料咸菜，有时是牛骨或鸡架，坤安按比例给大料抽头，大料也没再提宣传的事，日子也相安无事。大料隔几天就来收钱，他弄到点酒，求坤安陪他喝，坤安不喝酒，就听着他喝酒胡扯淡。大料喝了酒，话更多了，作为落水汉奸，他参加了日军入城式和慰灵祭，主要工作是召集中国人，打着日本旗搞列队欢迎。汉奸田万安的老父亲，返老还童，多了一颗青少年的好奇心，扒在城头，偷看日军进城，结果当场被日本兵当作溃兵打死。田万安只能干瞪眼，毫无办法。还有的汉奸，老婆被日本兵欺负，也敢怒不敢言。九合市场说相声的"杨傻子"，上赶着参加入城式，还给日本人表演相声，打着小旗，喊"日本万岁"。杨傻子捞了不少油水，后来做事太恶心，日军嫌弃他，很快不用他了。时间长了，坤安也看出来，大料就是油滑，做事还规矩，也不欺压中国人。

下午，坤安正忙生意，疯傻少年"花佛"跑来，对他大声说，大料巡长说啦，百鬼出笼，赶紧上屉。坤安琢磨，恐怕是鲁大料给他递信息，鬼子要来了，慌忙让水生收摊，食客们正吃得欢，这边却收了摊，坤安只能给人家赔礼，有些客人还

293

免了单。收拾好摊子，封了火种，坤安忙不迭地和水生离了市场。俩人刚走出市场口，就见大料引着一批人来到市场，有外面套着白大褂、戴红十字袖箍，里面穿军装的日本医生，有记者打扮的日本人，还有些穿着和服、花枝招展的日本女人，胸前都戴着白色绶带，上面写着"大日本女界报国会"字样。

坤安躲在旁边看，简直是一场闹剧。日本士兵穿上白围裙，放下沾着血的刺刀，开始舞动剃头刀，给南京市民理发。那是个半大老头，吓得缩着脖，似一个被剃毛的老猴。日本理发师认真剃完每个中国脑袋，开心地笑着。日本医生煞有其事地掀开中国小童的衣服，拿着听诊器在他瘦骨嶙峋的胸膛上按来按去。小童面有菜色，满脸惊恐。日本医生只能听到一颗充满仇恨、恐惧和中国血液的心脏不停跳动。诊断完小童，军医开了点药，又给一个穿着国军军服的中国伤兵看病，俩人"幸福亲密"地向镜头挥手，好似相亲相爱的兄弟。一个背着三八枪的日本士兵，坐在张小板凳上，和中国人一起喝面汤，摊主正好是坤安旁边那位。日本士兵面露微笑，竖着大拇指，三八枪高高的通枪条，露在枪头上，闪烁着谎言的黑色光芒。食客们战战兢兢地端着碗，像端着日本天皇御赐神酒，生怕触怒日本大人，被军刀劈成橘子瓣。日本女人像一群快乐喜鹊，将一把把糖果撒在半空，看它们如银子般坠地，引发中国儿童哄抢。一个日本胖女人掩着嘴，对另一个瘦女人嘟嘟哝哝地说着什么，几个日本记者，跳来跳去，选择最佳角度拍摄，镁光灯燃烧爆响，冒出阵阵烟雾，吓得孩童蹿出去很远，顿时作鸟兽散，留下一地花花绿绿的糖纸。

最夸张的，当数一个摆拍动作，连大料这样厚脸皮的汉奸，都看不下去，要弯下腰呕吐。一个粗黑的日本士兵，背着个黑瘦中国老妇，蹚过黑市旁的一条小河。日本记者欢呼，终于有张"中日友爱"的感人照片了。他们过来抓拍。小河本有一座简易小桥，日本兵执意脱下鞋，赤着脚，蹚过河水。他的脸上，显出北海道农民的质朴刚健，挂着渔夫般的诚实笑意，伏在他背上的老妇，骇得一动不敢动，黑瘦的脸，看着像个平面倒三角，显出呆滞表情。她无法相信，那个几天前还到处强奸女人，剖开她们肚子的恶魔，居然像恭敬的儿子，背着她前行。她恍惚如梦游，好像士兵宽阔的背，就是块燃烧的铁板，她想挣脱，却无能为力。对于这位"大日本帝国的勇士"而言，背着个"支那"老太婆，无疑也是巨大牺牲，他牺牲了帝国勇士的荣誉，背负着敌国士兵的母亲。他坚持着，等待着游戏结束，他好想将刺刀扎进老妇心脏，彻底了结无聊的把戏。少佐说过，这也是征服支那人心的一部分。他对中国的深沉友爱，展现了日本帝国的仁慈。

坤安吐了几口唾沫，愤愤地擦了擦眼，领着水生要向回走，碰上几个乞丐。坤安给他们点钱，正想离开，一个脏兮兮的男孩，抓住坤安的袖子说，你是坤安二爷吗？坤安问何事。男孩咧着嘴，笑着说，可找到你了，巽丰哥让我来的。坤安又惊又喜，让男孩带他去找巽丰，又问巽丰现在何处，他们是什么人。男孩挺了挺瘦削的胸脯，露出腰带插着的日本王八盒子，说，我们是红山义勇。

三

巽丰昏昏沉沉，也不知白天还是黑夜，总有人给他灌汤水，但他就是没法动弹。他想起身，却如何也起不来，眼也睁不开。一个湿漉漉的、软乎乎的东西，嗅着他的脖子，有着气咻咻的热气，他大急，心想，难道有野狗来吃我？努力挣扎之下，手指才微微动了动，听得有人喊，蒋团长醒啦！他听着耳熟，又想不起是谁，他慢慢睁眼，映入眼帘的是增长天王靛青的脸，面目狰狞，一双铜铃大眼，真是吓人。巽丰吓了一跳，猛地坐起，胳膊上的伤，让他感到剧烈的疼痛，他咧着嘴，看到周围坐着一圈人，都是些少年男女。巽丰嘶哑地询问，我在哪里？有人答他说，你在嘉善寺，你没死。巽丰扭扭脖子，发现一个瘦高少年，戴着黑色棉帽，身上是一件乞丐百衲衣，手里端着三八步枪，盯着自己。巽丰还未说话，有人抢过来，一把扶住他，颤声说，团长，可醒了，吓死我哩。巽丰看去，正是"糊鸡"。巽丰遇到故人，自然格外亲切。"糊鸡"絮絮叨叨地讲了分手后的经历，他本和"铁鹰"一起，被溃兵撞散，

296

他一个人乱跑，出了和平门，在这嘉善寺门口，遇到了日军。日本兵要把他绑走，但杀出十几个少年，救下了他。

巽丰看出，瘦高少年是头领，低声说，谢谢你救了我，请问大名。少年不经意地说，早听林秋月提你，耳朵都生茧了，恰好你被和尚拉到郊区坟场，还没埋你，惹来一群野狗，有只大黑狗护着你，和众多野狗撕咬，场面很吓人。我们有两个女孩见过你，发现你还有气息，就拖了过来，没想到你真命大，愣撑了过来。巽丰致谢，少年淡淡地说，他们都叫我"华子"。巽丰擦擦眼，再去看，看见蹲在地上的"恺撒"。它猛地起身，用毛茸茸的身体，蹭着巽丰的手，舌头亲热地舔着他。巽丰摸着"恺撒"，百感交集。他被野狗扒出棺材，已陷入昏迷。"恺撒"胖了，看起来伙食不错，但它独自溜出家，到这么远的地方瞎逛，说明家里凶多吉少。"恺撒"发出委屈般的"呜咽"声，似乎有无数想说的话。大家都夸奖这只狗，说，如果没它，巽丰可真喂了野狗。巽丰还看到两个粗壮女孩，朴实地对着他笑，恍惚回忆起，这就是林秋月带过来的，和他们一起守卫光华门的女孩。女孩也说，华子哥找了个中医，天天给巽丰灌药，巽丰才捡回这条命。

过了几天，巽丰能下地了，可以在寺中走走。寺院衰败已久，没了香火，成了孤儿栖身之地。连日阴雨，小红山变得泥泞难行。雨突然停了，巽丰牵着"恺撒"，在山下行走。嘉善寺琉璃瓦飞檐，长满白色茅草，茅草之中，隐藏着狻猊、獬豸、斗牛、押鱼等彩釉小兽。它们蹲在屋檐上，披着朝霞。风还是冷的，生锈的黄铜制惊鸟铃在风中轻轻摇摆，将晨曦一点点撞碎。山丘上大多是灌木，稀稀疏疏几棵黑松和构树，被炮弹轰平了脑袋。狗尾草和商陆草在寒风中萎缩着，被踩成一条黄泥小道。寺院左边是个浅浅的池塘，原本是航空炸弹的弹坑，黄泥水顺着边沿流进去，掩盖不住几具漂起的浮尸。他们的黑褐色衣服泡得发烂，手向后僵硬地伸直，露出被啃食过的白指骨。他的身边，散落着衣物、相片和首饰盒。应是逃难的人。池塘边还倒着一具尸体，身上是褐色军装，寒冬的金色霞光，涂抹在他青紫色的脸上。巽丰站稳，"恺撒"趴伏在脚下，炮弹壳大小的太阳，从东边血泊似的朝霞浮起。寺院出来的胖女孩，笑吟吟地蹲在死尸旁，和他聊了两句，向池塘里倾倒了一桶粪便，然后不紧不慌地向寺院走去。巽丰忍不住问，为啥不埋了这些人，胖女孩噘着嘴说，太多了，埋不及，反正我们也不害怕，哪天说不定我们也躺在这里，不如趁现在还活着，多和这些死人聊聊。

这些孤儿不简单，他们经过不少军事磨炼，两个女孩从淞沪战场打到南京，其他人也参与过南京保卫战。除了华子，刺杀格斗技术最好的，是外号叫"刺刀"的勇猛少年。他长着满脸粉刺，饭量最大，总吃不饱，常嚷着想吃带汤汁的红烧大肘，巽丰想，如果这小子天天饱食终日，肯定不是"刺刀"，而是肥肥的"榴弹炮"。粗壮女孩外号叫"胖丫"，力气大得惊人，纤瘦的女孩叫史攸，喜欢把军腰带扎得紧紧的，是这群孩子里长得最美的。一个十二三岁的伶俐少年"撸子"，负责侦察敌情，平时穿乞丐装，脏兮兮的，破口的裤子，露出若隐若现的半拉黑屁股，腰里却别着把王八撸子。这小子偷窃技术很好。南京杀成了尸山血海，他们不但不怕，还主动出击，伏击落单日军，狙杀投敌汉奸，缴获日式武器弹药。这些孤儿，有的性格爽利，有的沉默寡言，但大多对生死非常淡漠，都有着对日军的刻骨仇恨。华子常过来看他，大多和他聊林秋月。世事纷乱，巽丰也没有秋月的消息。华子也曾试探巽丰，是否要加入红山义勇。

巽丰对华子印象很好，但毕竟认识时间不长，就说先联系家人看看。华子也没催促，只说先养好伤再说。华子告诉巽丰，他们和日军汉奸交火十几次，阵亡了三个兄妹，抢了不少军火和银圆，杀了他们十几人。巽丰说，你们就这样一直和鬼子拼下去？华子淡然地说，我们的命，本就是捡的，生死不必太在意，国家到了这个地步，几十万军队前仆后继地死了，我们算什么？巽丰对华子的话有同感：大家都老实地在刺刀下当顺民，国家就真完了。红山义勇不仅抢日本人和伪军，也常洗劫人去楼空的豪宅，很多是达官贵人的住所，巽丰看到，高档美国巧克力、英国饼干和奶酪，被"胖丫"丢在走廊橱柜，十几支高档派克钢笔，也被放在角落。巽丰忍不住要了两支。还有很多从墙上撕下的油画和装饰品，其中有好几张伦勃朗和达·芬奇画作的仿制品，"刺刀"拿它们铺桌子，有点暴殄天物了。

"糊鸡"跟着红山义勇队，他的枪法好，担当狙击手，很受华子的重视。有一天，"糊鸡"突然带了三个人来，竟是老姜头、封阿水和"铁鹰"。五人数月未见，恍如隔世。阿水他们带来的消息，有好有坏：人杰一家顺利突破重围，不知现在何处。"花佛"因一家被杀，被吓成疯子，跟着少年汉奸队乱跑。大料落水，成了汉奸巡长，秦小剪、秦小镜兄妹杳无音信。巽丰家里乱成一团，被日本军官占了宅子。阿水和巽丰的二叔坤安有联系，晓得蒋乾中和柳如春已去世，蒋坤典和蒋坤瑶都没有消息，只有坤安在鬼市支撑小摊卖面汤。阿水和老姜头也在黑市混事，"铁鹰"留守江南水泥厂。对于入伙红山义勇队，巽丰征求几人意见。"糊鸡"和他们混熟了，自然极力撮合，"铁鹰"意见中立。老姜头搓着胡须，慢条斯理地说，红山义勇打鬼子不含糊，胆大有余，谨慎不够，总归不能长久。阿水的意见，也是和正规军接头，有不少国军长官和士兵都流落南京，和他们一起肯定能成事，共产党这边，听说新四军在茅山一带非常活跃，也可以投靠。

巽丰对家人，还是颇多牵挂，就让华子帮着联系二叔坤安。这边也传来消息，说"撸子"找到蒋坤安，正往和平门这边赶来。巽丰正惊喜，"胖丫"却蹿进大殿，说日军到这里搜查，要转移地方。红山义勇赶紧搬家，华子也让人通知坤安，改天再让他们叔侄见面。他们在外面逛了几天，才重回嘉善寺。坤安虽没见到巽丰，但通过"撸子"也传递口信，告知坤安和家里几人在安全区位置，让他得空去会合。

休养一个多月，巽丰的病好多了，这段时间是红山义勇照顾他，他很过意不去。巽丰身上也没钱，找阿水他们借了些，让华子平时买米，华子没推辞，也透露给巽丰一个计划，他们想去北岗山，袭击日军小型军火库。那里只有一个小队士兵把守，平时管理松懈，他们踩了几次点，认为较有把握。现在武器倒有，就是缺少人手。巽丰明白华子的意思，找阿水与"铁鹰"、老姜头商量，红山义勇救了"糊鸡"，又救了巽丰，人情无论如何要还。红山义勇和磨剑社联手，肯定要把军火库夺下。

四

华子安排了一顿丰盛的晚饭。也许这就是某些队员最后的晚餐。华子让胖丫和史攸弄了一大盆挂面，放了很多荷包蛋，喷了香油，撒了胡椒面和葱花，两位姑娘手艺一般，但"刺刀"吃得满嘴流油，吧唧着嘴说，要有肘子就好了。巽丰说，打了这一仗，我去秦淮河边看看，若奇芳阁还在，给你弄道"万三蹄"解馋。"刺刀"非常高兴，认真地说，巽丰，说话要算数。巽丰微笑着点头。

他们伪装成破破烂烂的乞丐，分批埋伏在北崮山旁。枪支全部拆散，贴身绑好，路上小心着巡查日军和汉奸，好在较顺利，他们全都到达指定埋伏地点。北崮山是片小山包，离小红山不太远。这里原有个小仓库，是英国商行储存物资用的，日军进南京后，在这里放了一批枪支弹药。仓库不大，放的基本只是陆军常规轻武器步枪、掷弹筒和三八军刺等物资。巽丰大病初愈，不能打拼，在北面山坡埋伏接应。众人趴在仓库两边，静静等着深夜来临。离这边最近的日本部队，驻扎在尧化门车站，想要过来，要大半个小时。

寒风呼啸，巽丰挨着"糊鸡"，趴在草丛之中。"糊鸡"最近跟着红山义勇，打了不少战斗，枪法越来越好，也越来越放松。他趴在蓬草中，用草茎剔着牙，咂吧着嘴，小声说，巽丰哥，好想吃你家的奥灶面，汤又甜又鲜。巽丰说，我们家的苏州娘姨，跟着奶奶去了武汉，你要吃，要等赶走了日本人。

"糊鸡"叹口气，对奥灶面的盼望，暂时告一段落。仓库有两盏明亮的汽灯，门口有四个日本兵把守，前方有个简易环形机枪阵地，上面有歪把子轻机枪，还有黑黝黝的九二重机。这才是此次行动的难题和成败关键。他们必须悄无声息地摸到机枪阵地，争取用短刀和军刺，结果那几个士兵。他们必须等到凌晨时分，敌人最困乏和松懈的时刻，才能动手。

天色越来越暗，汽灯盛气凌人地闪亮着，仿佛嘲笑这群中国半大孩子的不自量力。仓库后面，是日军宿舍。仓库左前方有水池，水早已干涸。英国人用黑色花岗岩做成水池围沿，水池里有白色小天使石雕像，不知被谁砍掉了小鸡鸡，左侧有一个欧式小型方尖碑，上面刻着十字架和基督形象石雕，想来是祈祷用的。仓库四周栽种梧桐树和白蜡树。巽丰有些怀疑，英国人是不是吃饱了撑的，在这偏僻地方搞这些设施，但他看到仓库不远处被炸毁的小教堂，仿佛明白了这些设施的缘由。再往远处，就是星星点点几个小村庄。站岗的日军，笔直地站立在仓库两旁，机枪阵地的士兵，稍微有些松懈，不时掏出酒壶喝点酒驱寒。日军在水池旁放了三个汽油桶，闪闪火光从桶中钻出，在凄冷寒夜不停舞蹈，把日军的影子拉得很长。

巽丰趴在那里，肚子里的面条，不知何时消化完了，他把脸贴在三八枪的防尘盖上，冰冷的铁锈味钻入鼻孔，让他恶心难受。手心里，子弹攥得发了热。他迷迷糊糊地想到江东门糖粥藕，用上等白糯米加少量粳米煮成的红糖粥，由于火功讲究，稠米汤与米粒分明，粥韧而不糊，脆甜藕节，用大铜刀切成薄薄小片，煮得熟烂，深褐色藕节泡在淡紫色甜甜的糯米粥里。要是吃不饱，来几块淮清桥四美斋上等糕点，无论水晶糕花、猪肉烧卖，还是春卷和糖油馒头，都是又松又香。最后再来一碗四喜汤圆，润润肠胃，喝上一口热汤，咬上一口馅，"吱吱"叫着往外冒着香气……

"糊鸡"推了推巽丰，把他从美梦拉回来。他幽幽地说，莫打呼噜，你的呼噜声，把鬼子引过来喽，巽丰摸摸嘴，不好意思地笑了。看看表，凌晨两点，守门日军倦怠了，扶着枪，打着瞌睡。就在此时，他看到华子冲他们打个手势，"刺刀"、"撸子"、"铁鹰"、封阿水和华子，幽灵般地摸上去，他们无声无息地逼近几个守门日军，熟练地割喉解决了他们，配合娴熟，犹如多年老兵。巽丰悄悄拉动枪栓，紧张地盯着他们的举动。华子又挥挥手，老姜头、胖丫、史攸等人也跟着走出，"撸子"拨弄着仓库大铁锁，门打开来了。他们鱼贯而入，开始往外搬东西，老姜头贪心，重机枪拿不动，抬了那挺大正式轻机枪，还找来很多子弹缠在身上。关键时刻，还是出了问题，不知谁不小心碰到仓库警报装置，刺耳警报声，刺破了大地的宁静，回响在北崮山上空。

仓库后面的宿舍，冲出来十几个鬼子，"呜里哇啦"地叫着。"糊鸡"准确击倒两个冲在最前面的，巽丰也击中一个。其他日本兵趴在梧桐树下，对他们猛烈攻击。双方打得热闹。黑夜空中，火红的子弹头，屁股拖着光焰，不断交织飞过，犹如燃烧的流星。巽丰扭头，突然发现，老姜头和胖丫被日军堵在水池旁，他们藏在被阉割的小天使雕像下面，被子弹压得抬不起头，巽丰要救，被华子呵斥住了。华子沉痛地说，来不及了。他们听到日军卡车的嘶吼声。如果不撤退，这些人都要死在这里。胖丫不怕，靠在雕像旁，"咯咯"地疯笑。老姜头边开枪，边用嘶哑的嗓子喊，好徒弟，赶紧走！我的大洋，阿水晓得在哪里。日军冲上来，一个矮个子士兵，弓着身子，一个突刺，刺穿了老姜头的胸膛。老姜头握住枪杆，回头看看背后凸出的刺刀尖，叹了口气，缓缓地倒下。胖丫和另一个日本兵纠缠着。胖丫力气大，死死咬着日军喉咙，双手锁住他的手。他们滚在一起，仿佛一对生死缠绵的恋人。华子扯着巽丰向回走，巽丰发起疯，就要去救胖丫和老姜头。华子猛地敲击他的后脑，他失去了知觉。

巽丰醒来后，是第二天下午。这次行动，抢了二十多条三八大盖，五个掷弹筒，还有无数弹药。红山义勇失去胖丫和另一个队员，磨剑社折了老姜头。巽丰躺在床上，一遍遍地回忆老姜头的最后时刻，泪水和鼻涕，糊满了他的脸。"糊鸡"、"铁鹰"和阿水都垂头丧气。老姜头是个大骗子，他的武功根本不顶用，他骗了巽丰和人杰很多肉包子和锅贴，他不过是一个无儿无女的可怜孤老头，一个底层老混混。可他恨日本人，不认怂，也真把巽丰当徒弟，甚至当成自己的孩子。他一次次地站在巽丰身边，试图用衰老猥琐的身体，给他遮风挡雨，帮他挡子弹，替他报仇。巽丰认真回忆了一下，除了开始的拜师仪式，他竟从未认真地喊他一声"师父"。他不是一个好徒弟。

北崮山仓库前凌晨的黑暗中，巽丰仿佛看到，老姜头变年轻了。他剃掉胡子，站直了腰，换上一身合体新军装。他的眼睛亮晶晶的，英俊的脸上，满满的都是自信。他挥舞着毛瑟手枪。黝黑天幕中，好似裂开一个铁青色口子，一股神秘白光，倾泻而下，老姜头四周，笼罩着白亮亮的光。巽丰感到，那块方尖碑也亮了，迸裂出银子般的射线和优美歌声，十字架上的耶稣，蜷缩着瘦骨嶙峋的身体，默默流着血泪。被阉割的小天使也复活了，他纯洁可爱，重新长出小鸡鸡。他抱着老姜头，不断向天空上升，上升，无数五颜六色的花瓣，从光线集合地洒落，老姜头从未如此神圣庄严，如此开朗舒展。他披着无数花瓣，扭过头，看着巽丰，得意地摇晃着手指。小天使皱着眉头，拍打了一下他的屁股。他们逐渐消失在遥远的天幕，无影无踪……

巽丰猛地坐起身，流着眼泪，大喊着：师父！

第十五章　南京太郎

归梦似窥江月白，秋花犹傍战场红。醉中忽向居延去，好句时时诵放翁。

——王伯沆

一

春风渐暖，电线杆被陆续扶起，有些地方恢复了电力供应。炸毁和烧坏的残垣断壁，由中国苦力慢慢清理，完整砖石被捡走搭建新房，有些房屋也被强拆，弄出砖石去黑市交易。店铺大多没开业，也有不怕死的，或和日本人有联系的商家，冒险开了生意，无一例外悬挂日本旗，挂着"庆祝日本帝国胜利"标语，仿佛风干的花尿布。成群结队的野狗和野猫，逐渐消失了。日本人和汉奸，极力劝说人们离开安全区，多次派兵驱散，但中国人对日军有着深深恐惧，还是愿意在安全区，尽管安全区委员会已改名"国际救济委员会"，中国和西方委员，受到日军威胁，但他们还在苦撑，等待南京完全恢复秩序那一天。

南京日本总领事馆附近，中山东路到太平路，形成了一个新商业区，又称"日人区"，上海和日本本土的日商，还有随军酒保，纷纷占据南京的房子，开了很多酒店、寿司店、烟酒专卖店、百货店，到处是穿和服的日本女人，喝醉的日本浪人，还有挎着刀、趾高气扬的日本军人，让人疑惑到了东京或京都。蒋坤安与新街口明湖春酒楼吴老板较熟悉。"明湖春"也是南京有名饭庄。坤安有次经过，看到那里灯火通明，像又开了业，他兴冲冲地去找吴老板，想寻个差事，没想到，竟出来了一群日本人，还把他打了一顿。原来日本人占了房子，还要占人家的招牌。

日人区除了日本人，就是大量愁眉苦脸的中国苦力。他们在日本店铺干活，或帮日本人抬东西，送货物，价钱非常低廉。相比而言，他们比被日军"征用"的苦力好些，不用清理尸体，不用去浦口和下关修军港和运货。日子总要过，窝在安全区不干活，生活难以维持。坑坑洼洼的路面上，日本人的黑铁皮汽车巡游着，车上架着个灰色高音喇叭，不断巡回播放广播，劝安全区难民回家，宣传天皇敕令，有时也播娱乐节目，比如日本浪花小调，"呜里哇啦"的声音，跳过路面弹坑的水洼，绕过不高的围墙，在安全区肆意游荡。女人们尽量藏好，一边干活，一边提心吊胆地防备欲火焚身的日本兵。安全区像只瑟瑟发抖的兔子，在虎视眈眈的窥视下，艰难地生存着。

周慧每天凌晨三四点，偷跑出安全区。她把头发铰短，脸上抹上煤灰，唇边粘上假胡子，穿上男式黑粗布短褂，黑布鞋，再戴上黑色套头帽，从后面看，像个三十多岁的青年男子。她去那些空置宅子弄东西，再不济也能搞到些砖。南京物资紧缺，除了粮食和酒，上好"砖头"也是硬通货。周慧精明，专门搞四合院青砖，一个女人家，背着一大篓子砖，在凌晨和人交易，交易完了，从一个破口处钻回安全区，帮坤安准备食材，都弄好了，让柏翠芬给她放哨，她缩在里屋墙角睡觉。坤安不让周慧冒险，让她老实在草棚待着。周慧梗着脖子说，凭什么听你的？坤安跺着脚说，我养活你们！出了事，怎么和大哥交代？周慧冷笑说，不用你交代，你大哥活着，自然来寻我们，他若是没了，你也没义务养我们，我有手有脚，又不是你老婆，不用你来养。我可不想被人逼死。

日本人闹得凶，他们只能暂时忍着，但时不时吵嘴。每当周慧提到柳如春，坤安就像泄了气的皮球，躲到一旁发呆，打自己耳光。时间一天天流逝，周慧对坤典回归的希望，越来越淡了。她不愿跟着坤安。她要给自己谋出路，宁可被日本人杀了，也不能整天面对那个逼死老婆的窝囊男人。这几个月，她天天和小叔子生活在屋檐下，上个厕所，晚上睡觉，总觉得有人偷窥她。坤安看着像本分人，但男人本性都差不多。他看周慧的眼神，躲躲闪闪，有时会盯着她的胸部。周慧也是"六喜台"的老江湖，如何不了解男人动歪心思的表情？心里又羞又气，又想到很长一段时间，要和坤安生活在一起，就感到别扭。

她常和柏翠芬絮叨这些事，她要有个人说说心里话，要不然会疯的。柏翠芬出来逃难，身上装着个白玉观音像，依然是早晚膜拜。坤安和周慧吵架，她也不劝，闭着眼念佛。她吃得也少，只喝碗粥，仿佛从来不晓得饿。周慧让她带着，最近也常念佛，祈祷坤典早日回来，祈祷蒋鲁氏和蒋巽玉、蒋坤模在武汉平平安安。周慧偷问柏翠芬，如果坤典真有不测，她做何打算。柏翠芬也是茫然。她娘家在无锡，父母不在，只有几个哥哥，如今无锡也是日占区，难道再去投奔，在娘家看人脸色？真和坤安分开，柏翠芬又没头绪。她是大家闺秀，不懂一个女人如何在外谋生。周慧拍着胸脯，说她有些本钱，等局势稳定，会出去做生意，把柏翠芬养起来。周慧只是姨奶奶，坤典不在，周慧无论重操旧业，还是再嫁，都没啥负担。柏翠芬是"宪太太"，又有一双儿女，断不能和她一样潇洒。

真有那么一天，我不拖累你，也不连累坤安。柏翠芬坚定地说。

早上，周慧收获不小。她在一户人家水缸底下，发现了几卷捆好的法币，外面裹着油布。水缸很沉，里面有半缸积水。周慧看那水缸样式古朴，似乎有些年头。它个头大，又沉。周慧心细，使劲挪动水缸，发现下面青砖有问题，急急打开，是一捆捆法币，卷成海带形状，整齐码放在青砖下面。周慧机警地瞥了眼四周，没有其他拾荒者，迅速将钱塞在棉衣袖筒。她在那个位置缝了个口袋，不易发觉。不能放在兜里或裤腰中，日本人碰到女人先搜这些地方。她想了想，又在布鞋底层塞了些。

天还没大亮，日本巡逻队的脚步声，回荡在空空如也的街道，周慧伏下身体，趴在那户人家床下，躲避不时扫过的雪亮手电光。周慧心里盘算，如何将这笔钱用到极致。她也想和杨老鸹一样，做投机生意。在上海路黑市，周慧遇到杨老鸹和"珍珠喜"。她们装扮得人不人、鬼不鬼。"珍珠喜"抱着她，眼泪扑簌簌掉落，她说"抱月喜"被日本人活活折腾死了。她和杨老鸹也被日本兵弄了。她俩挺温顺，日本兵没杀她们。周慧安慰说，活着就好。杨老鸹尽显老态，可眼神还精明。她囤积的货，销路不错。她告诉周慧，"六喜台"被日机炸毁，她现在和几个逃出来的姑娘，藏在安全区，凌晨时偷跑出来，在鬼市做买卖。她们约好经常联系。到了这时，周慧也没了从良姨太太的傲气，大家都为活着挣扎，还要相互照应。

等了几分钟，周慧感觉像几小时那么长，日军巡逻队终于走了。她拍打一下灰尘，抓紧向回赶。说来也怪，周慧走得很快，可感到有人跟着。她慢一点，那人就慢；她快一点，那人也跟着快。她回头看，后面啥也没有。她使劲攥了攥裤兜里的小攮子，脚步更快了，可影子就是甩不脱。周慧跑来跑去，到了上海路鬼市。天已放亮，坤安小食摊开了张。坤安看到周慧急匆匆跑来，问怎么回事。周慧还没回答，就看到市场骚动了，大家丢下东西，往街上跑，安全区的人，也都跑出来。周慧听到有人喊，中央军打回来啦！人们更加惊疑，只见两个苦力模样的中国人，在街上疯狂喊着，手舞足蹈。大家交头接耳。苦力激动地喊，我们在城外碰到啦，他们抢了北崮山军火库，还打死了三个日本兵。这回真打回来啦。听到他们这样说，街面沸腾了，一个中年男人，扯下太阳旗，流着泪喊，可有救了。几个女人公然大喊大叫，抱头痛哭。一些孩子都跟着喊起来。鬼市的日本人吓得连滚带爬，一个矮瘦日本兵，脱了军装，丢在地上，捂着脑袋向外跑。坤安放下擀面杖，抽出块烧着的干柴，对着日本人比画说，不能轻饶这帮家伙。周慧看见众人疯狂的样子，有点怀疑，扯住坤安说，先看看风头，怎么觉得不像真的。

过了许久，太阳完全升起，天光放亮，照亮了残破的街道和楼房，那些黑黢黢的，被烧毁的树，显现出真实面貌。火辣辣的阳光，炙烤着人们，尖厉的哨子声响了，远处巡逻的日军，骑着脚踏车赶来。周慧眩晕着，眼前发黑，大大的太阳，仿佛无限逼近的紫轮，她感觉心脏似乎被一只凶蛮大手揪住，全身水分都被蒸发干了，血液也变成干涸的、黏稠的黑紫色胶状物。狂欢的人群，突然失去声音，被什么东西窒息住了。大家面面相觑，每个人脸上，都是深深的绝望。一个满面皱纹的衰老女人，哽咽着说，我们是做梦吧，没有中央军，日本人还在哇。她的这句话，仿佛一颗炸弹，所有人瞬间被引爆，大人哭，小孩闹，所有人四散奔逃，连滚带爬，仓皇无措，好似破裂水瓶里的水，沿着不同方向逃走了，无声无息地渗入地下。

失魂落魄的坤安和周慧，收拾摊子，回到安全区。周慧苦笑着，按了按那卷藏在袖筒里的钱，鼓鼓的还在，活了几十年，她突然发现，钱是暖的，能保温，放在套袖里，也能温暖那颗惶恐的心。她浑浑噩噩地回到草棚，向柏翠芬讲述早上发生的可笑可怜事件，正说着，周慧突然听到猪皮靴踩在烂泥里的声音，也听到铜钱落地的声音。她明白，坤安在向她们报警，她迅速起身，扯着柏翠芬，躲到地洞里，来不及了，她看到了日本兵雪亮的刺刀和狼一般的眼神……

二

巽丰没有埋怨华子和红山义勇，他们也损失了两个人。他急切地想和家人联络上。"刺刀"和"撸子"舍不得巽丰，这些天，他们成了不错的朋友。巽丰枪法不错，也有头脑，是红山义勇需要的人。"刺刀"摸着后脑勺说，巽丰，你说要请吃大餐，我可等着呢。巽丰应承着，也有点舍不得。华子沉静地说，我明白，除非国军反攻，否则红山义勇长久不了，但我们这些孤儿懒散惯了，不习惯当日本顺民。"糊鸡"继续在红山义勇帮忙，担任狙击手。他这个湖北佬待在南京越来越危险了，他不是本地人，没担保，没法办理安居证，不能接种疫苗，没有接种证。没有这两个证件，很难进出城门，也很难乘车外出。华清宫陶老板浴池重新开业，阿水被叫回去帮忙。巽丰也想先回去，和二叔商量，办了两个证件，先在南京城取得新身份。巽丰将"恺撒"送给"糊鸡"喂养，让它给红山义勇们放哨。"恺撒"舔着巽丰的手掌，跟着巽丰走出很远，才被"糊鸡"用绳子扯回去。它摇动着尾巴，眼中满是委屈和留恋。

大病初愈的巽丰，软绵绵的，上次伏击战，又消耗了他不少元气。凌晨时分，他在"撸子"帮助下，混进城里，到了上海路，在安全区边的黑市，看到了疯疯的"花佛"。"花佛"原本机灵干净，如今成了"甩子"（疯子），头发蓬松像乱草，浑身恶臭，衣服前襟都是黄黄饭渍，黑色学生装的扣子掉光了，用根草绳捆着腰，胳膊肘处都磨破了，露出黑乎乎的关节。更可悲的是，那双浑浊的眼。"撸子"说，这少年跟着"少年汉奸队"混饭，有时疯得吓人。汉奸让他去砸别人的摊子，再去打他，以此讹诈收钱。他认不出巽丰，缠着巽丰要吃的。巽丰给他一块饼干，他吃得狼吞虎咽，嘴角带着饼干渣，喉结不自然地抖动，脸憋得通红，巽丰赶紧给他捋了捋，"花佛"拍了拍手，笑着说，班超勇士，勇往直前，狮吼震天！他张大嘴，"嗷嗷"地叫着。巽丰明白，他还没忘童军磨剑社的信号，狮子是第五团的祥兽。他想说什么，又不知如何开口。"花佛"扭了扭身子，小跑着离开，他单薄清瘦的背影，像一只倒飞在天空的纸风筝，这让巽丰想起，他们晚上在秦淮河巡逻的日子。那些经历仿佛还在昨天，一眨眼，全都烟消云散了。

进了安全区，巽丰辞别"撸子"，按照二叔留下的位置，找寻他们的草棚。这些简陋草棚看起来差不多。他远远看着一群人围在一户草棚旁，议论纷纷。他扒开人群，见到二叔坤安跪在地上，泪流满面。他几月没见二叔，简直不敢相认。二叔的头发白了大半，眼睛红红的，都是血丝，腰也弯了，长跪在地上，鼻涕和眼泪都糊在脸上。他不停抽自己嘴巴，絮絮叨叨地说着什么，旁边有个小男孩，哭着叫"爸爸"，使劲想要扶起坤安。巽丰有点糊涂，怎么二叔跑出来这么大一个儿子，此时来不及多想，就和男孩一起，扶着坤安站起。巽丰扳着他的脸，大声喊着，二叔，我是巽丰！坤安擦了擦眼角，看了看巽丰，也不说话，只是手指颤抖着，指向里屋。

巽丰像被人拴了一根细细红线，拽着向里屋。屋门口，斜刺着倒下一个人，软软的，似乎是女人。巽丰看去，正是周慧。她披头散发，衣服上全是血，手指死死地掐着巽丰。巽丰赶紧说，你咋了？周慧"哇"地哭出声，伏在地上，死活不起。巽丰再往里屋看，地上躺着个人，蒙着白布，血泅泅地渗

315

透出来，是母亲柏翠芬。柏翠芬的脸都肿了，鼻骨被打得塌陷，衣服领子的扣子，倒还是扣得紧紧的。她躺在那里，神态安详，手里紧紧地攥着汉白玉小观音像。巽丰再往下看，看到胸口处有一大摊血迹。巽丰抓起周慧，低声问，怎么回事？周慧只是摇头，说不出一句完整的话。巽丰眼前发黑，艰难地抓着母亲的手。那双曾经温暖的、慈爱的手，如今变得冰冷，好似泡在冷水中的石头。

许久，一家人才从悲痛中醒过神。巽丰打量那两间草棚，是用捡来的木板，勉强搭建的，房顶加固了厚厚茅草。坤安和那男孩睡外屋，柏翠芬和周慧睡里屋。屋子陈设简陋，外屋有个门板架青砖搭成的床，一个黑陶水缸和一张被劈断角的八仙桌，一个没有把的粗瓷茶壶，几个东倒西歪的茶杯。厨房在屋外，土灶台收拾得干净。据周慧讲述，一个日本兵跟着他们，悄悄摸进来。日本兵抓住柏翠芬，周慧揪他的头发，坤安虽害怕，也上去拖他的后腿。柏翠芬趁机拔出剪子，毫不犹豫地刺向自己的胸膛，喷出的鲜血，飞溅到日本兵脸上，吓得他逃掉了。周慧抱着柏翠芬，不知如何是好。柏翠芬喘息着，抓着周慧的手，说，我早是多余的人了，到这个地步，也没有不死的理由，周慧，你要善待我的儿女，否则，我做鬼也来找你。周慧哭着点头，说，姐姐，我发誓，好好对待巽丰和巽玉，口不应心，天诛地灭。

安全区治安好了很多，仍有日本兵偷偷摸摸进来捉女人。

金陵大学的里格斯教授和美国长老会的米尔斯牧师，都知道了这起悲剧，但他们无能为力。里格斯教授为阻止日军施暴，被打成轻伤，胳膊一直打着绷带。他的眼中含着泪水，给蒋家捐了点钱。米尔斯牧师要给柏翠芬举行基督教葬礼，巽丰婉言谢绝了。天气渐暖，尸体放不住，若是土葬，实在没条件。中华门外花神庙一带，阴阳营附近，成了不计其数的南京死难者埋冢之地，没那么多棺材，大多是丛葬，埋得又浅，雨水一冲，野猫野狗就来拖尸。为了让逝者安宁，巽丰和二叔、周慧，将母亲拉到安全区一个小湖旁，放在简易焚尸架上焚烧。这样的木架巽丰给曾泰做过，这次更加熟练了。安全区没有僧人，现找来不及，幸好难民中有个在家王居士。他会念诵经文，过来帮着超度亡魂。

他们为柏翠芬擦干净脸，换上件干净棉袍，柏翠芬紧紧攥着玉观音，手指掰也掰不开，只能随着焚化，和骨灰一起存放。湖水宁静，熊熊烈火燃烧，浓厚的烟升腾，飞舞，柏翠芬羞怯谦和的脸庞，闪现在幽蓝天空，又慢慢散去。湖面莫名地起了阵冷风，不知从何而来，也不晓得去往何处，风吹过树芽，吹过坤安的耳朵，吹过周慧的头发，抚摸着巽丰挂着泪的脸。王居士叹息着说，你娘为人隐忍，向佛向善，相信菩萨和佛祖会保佑她，她定会感通虚空，早登西方极乐世界。王居士念了《白衣观音经》，又念了《地藏经》，念诵声在风中摇摆不定，时隐时现，巽丰依稀听去，仿佛是："若未来世有诸人等，衣食不足，求者乖愿，或多病疾，或多凶衰，家宅不安，眷属分散，或诸横事，多来忤身，睡梦之间，多有惊怖。如是人等，闻地藏名，见地藏形，至心恭敬，念满万遍，是诸不如意事，渐渐消灭，即得安乐，衣食丰溢。乃至于睡梦中，悉皆安乐。"

巽丰和二叔坤安商量，安全区近期要解散，他们也要再寻住处落脚，周慧插言道，大姐走了，坤典也没消息，我不能再拖累你们。巽丰不语，坤安想让她留下，可拿什么让她留下？坤安又想不出个所以然，只能默认周慧的选择。周慧苦笑着说，我答应过大姐，巽丰，你有了难处，就来寻我。巽丰只是摇头：如今这个样子，也只能各奔东西。周慧深深鞠了一躬，快速地离开了。

巽丰正待遗骸烧化，捡拾骨殖安葬，却见得一队日本兵向湖边开来，大家赶紧避让，日军竟把送葬的人们包围了。日军领头的，是一个骑在东洋马上的日本军官。他用中国话问道，哪个是蒋巽丰？坤安看势不对，大吼着，巽丰快跑！就去拦那高壮东洋马。坤安被日军扭住胳膊，控制了起来。巽丰猛地撞开日本兵，要往外跑，却被日本兵用枪托打倒在地上，死死地摁住。巽丰的嘴巴，都是血腥味和湖泥的气味。他看着母亲焚烧的火焰，越来越高，在火焰之前，那个戎装在身的日本军官，看着很面熟，巽丰想了想，几乎可以肯定，他是逃走的日本间谍——小林春之。

三

巽丰被押着，走出安全区。虽没上镣铐，但日本兵对他推推搡搡，他的背上，还挨了两下，火辣辣地疼。四周的人，都用惊恐的眼神，打量着这个少年囚犯。巽丰想想，也是好笑。不过半年前，他押着小林春之走过街头，如今俩人身份转换，也是造化弄人。小林春之一副日本陆军大尉军官打扮，笔挺的军服，闪亮的军靴，军刀闪烁着征服者的荣耀，但他还是习惯性地挂着谦和微笑。

他们停在一个地方，巽丰抬眼，看着如此熟悉，这是他自己的家呀。小林春之说，蒋巽丰，我把你家保存得很好吧。松木黑色大门，换成了醒目红色铁门，左侧挂着一个木牌，用毛笔写着"小林家宅"。厨房还在，再也没有苏州娘姨的奥灶面和二叔坤安奇思妙想的美餐了。拴着"恺撒"的狗链子还在，"恺撒"已不在身边。走进正厅，八仙桌与太师椅没了，改成日式玄关，简洁条木桌，摆着文房四宝、精美茶具、樱花盆景和日本军刀。水磨青砖上面离地几寸，架起榻榻米，原来的祖先牌位、文玩字画等东西都不见了，取而代之的是巨大的日本军旗，上面写满征战中国的时间和地点。房间内的门也被拆除，换成日式纸型推拉门。连爷爷写的"成教于国"对联，也被取下了。

很抱歉，小林春之温和地说，军部安排我住在这里，我是这栋房子的新主人。

巽丰面无表情。这曾经属于他的一切，如今都成了日本间谍的战利品。想到这里，他的眼圈红了。你不要这样，小林春之耸耸肩，继续说，战败者要有牺牲的觉悟，我对这一切表示抱歉，但是，我哥哥在南京的家，也是你们中国人破坏的，如果那天我没有逃走，也同样被你送上了刑场。

你是间谍，难道不该抓？巽丰说。小林没有在这个话题上说太多，他解开巽丰身上的绳子，说，日本人自古代就喜欢南京，与吴地交流更多，比如，你认为和服是日本民族服装，其实它起源于"吴服"，隋唐之前，日本称"支那"为吴国，叫中国人"吴人"，中国商品为"吴货"，"南京烧"就是中国瓷器，"南京钱"是"中国铜钱"，"南京口"是中国方言，"南京米"是中国大米……喋喋不休的小林春之，让巽丰很疑惑。他很想打听林秋月，又不知如何说起。最后，小林春之略带伤感地说，他接收宅子，发现了地窖里的棺材。蒋乾中教授死在里面，并在棺材上附书，希望被埋在院子里。他将蒋教授埋在大槐树下，了却了他的心愿。

巽丰找到大槐树，长跪在那里。他好像看到，爷爷端着紫砂茶杯，坐在高高的树枝上。古人说，阳春布德泽，万物生光辉。阳光洒满院子，池塘的水，慢慢地由深绿变成浅绿。槐树的树干，还那么硬朗，长着老人斑似的斑点，也不妨碍它不屈服的姿态。爷爷坐在树上，像坐在高高的审判台上。早春的风吹过，枝条轻轻摇晃，茶杯冒着热气，爷爷的面目，在枝条遮蔽之下，看不太清楚。爷爷不和他说话，只是看着他……

小林春之过来，拍了拍巽丰的肩膀，说，你还是少年，应该读书。巽丰反唇相讥说，我本就在读书，日本人来了，让我无家可归，无书可读。小林春之表示，可以让巽丰继续住在这里，边当杂役，边继续学业。听说中学正在酝酿重新开学。又是杂役？巽丰感觉可笑。他当了运尸杂役，如今又要在自己家当家仆杂役。他想拒绝，可看到门口站岗的日本士兵，明白如果不当杂役，可能遭遇不测，便想假装答应，再做打算。巽丰看着小林春之说，小林大尉，你住的这个院子，死了那么多中国人，不怕鬼魂找你报仇？

小林春之大笑，他说，我是东京帝大医学部毕业的，相信科学和文明，怎会害怕鬼神？我让你回来，就是要做个示范，树立日本与中国和谐共荣的典范。巽丰讽刺说，恐怕你要失败了。小林坚定地说，你会的，只要你活着，就会被驯服。落后文明的开化，如不能以自身完成，必须以外力来帮助，这个过程必定是残酷的，也是历史的必然。日本要是没有佩里将军的黑船，恐怕还停留在德川幕府的迷梦。印度走向近代，是以完全被殖民为代价。中国自晚清以来，军阀混战，民不聊生，无法完成现代化任务，必须交予亚洲最先进的国家——日本，帮助其完成开化。短时期看，中国苦难深重；长期看，日本的统治，又是必要的。中国历史上，不是有很多有才能的人士，服务于异族，成就一番功业吗？

小林春之讲了很多。他该去当教师，而不是军人，他太喜欢讲话。小林春之是个"奇怪"的日本间谍，他文化程度高，对事物有独特认识。他很圆滑，有着商人的狡黠；也很强硬顽固，有着军人的凶猛。他冷静分析时像外科医生，他苦口婆心"宣讲"时，像个耐心的教师；他有时也会伤感，喝酒唱歌，神经兮兮，又像多愁善感的文人。他不像巽丰之前见到的白鸟少尉、须磨曹长、大川军曹这些日人，可能在中国时间长了，他还有些中国平民大大咧咧、随意的气质。巽丰慢慢了解了小林春之的身份。由领事馆的佐方中佐牵头，南京日本驻军成立华中宣抚班，这包括小林春之和佐藤少佐等原第十军和上海派遣军的军官，还有部分满铁抽调人员。他们负责南京的防疫检查及对外宣传。那些恶心的宣传片和摆拍的照片，很多是他们炮制的。

你想让我做什么？巽丰冷冷地说，我不会当汉奸。

你只是杂役，小林春之毫不在意地说，所有战争都是悲剧，中日之间亲善，完全可以避免悲剧，大亚洲光荣寄托在你们这些少年身上。我不会强迫你加入自治会，或跟我做事，我会以自己的言行，让你看到中日友好共荣的可能性。

你占了我的家，让我当杂役，还说"亲善共荣"，你不觉得虚伪无耻吗？巽丰尖锐地说。

历史就是冷酷无耻的。小林春之笑着说，刘备抢占同族叔叔刘璋的益州，是不是无耻呢？要做大事，自古以来，就要审时度势。

小林春之简直是个冷静的恶魔。但促使巽丰下决心暂时留下来，在于他碰到了一个"熟人"。小林春之喊着屋内一个中国少年，出来和巽丰相见。那是一个残疾少年，一半脸被烧焦，右耳和右眼都不见了，紫红面皮紧皱着。他的嘴角有一条长伤疤，一直勾画到右腮。他的左腿从膝盖以下都失去了，只好撑着一副拐杖。小林介绍，这是他在江边救活的中国残疾少年，半聋半哑，但异常聪慧。他帮少年做了一副假肢。他想让少年当花匠，照顾园子的花草和树木。少年低垂着头，手有些颤抖，目光躲闪，向巽丰恭敬地施礼，巽丰激动地发现此人就是江边失踪的秦小剪。虽然模样变化很大，但巽丰还是认出了他。巽丰按捺住心中的激动，轻轻地问小林春之，那少年的名字。

我也不清楚，小林春之说，我在江边见到他，他已昏迷，浑身是血。我看他还有气，救了他一命。他比画了半天，也没说出名字，可能不识字吧，我给他起了个日本名字。他是死难南京的遗孤，就叫"南京太郎"吧。

四

小林春之没有关押蒋巽丰。他允许巽丰买些生活必需品，但后面总跟着持枪日本兵。日本兵很认真，巽丰缺少逃走机会。他下定决心，一定要查清楚秦小剪的事。巽丰走在南京街头，有种恍如隔世之感。电力勉强恢复了一部分，大部分民居用电无法正常。消防栓被撬走，自来水铜水喉被偷走，干涸的接口，淌着铜锈红色涎迹。百货商场和店铺，变成一堆堆黑废渣，仅存的店铺，插满日本国旗。这些国旗都是在白布上缝着块剪圆红布。极少有饭馆开业，棺材店却生意不错。三山街和朝天宫一带，找工作的人越来越多，除了给日军当苦力，其他工作很难找到。马路坑坑洼洼，炮弹坑随处可见，堆积着污水和残存血迹。除了日本军车，路上看不到汽车，只有黄包车和少许马车，在缓缓地行进。车夫的脸上，蒙着死亡的灰色气息。他们弯着腰，盯着前方。走街串巷的小贩都消失不见了。走在街上的中国人，大多数都是男人，似乎整个南京的女人，都悄悄地躲起来了。到处是衣衫褴褛的男乞丐。一个瞎眼乞丐，抬头望着天际，露出神秘的微笑。

早春的风，有了更多温暖迹象。被焚烧的梧桐树，有的未死，冒出了新芽。总统府成了第十军驻地。黄昏未到，赤身裸体的日本兵，快乐地打着网球，丝毫不畏惧湿冷天气。夫子庙废墟后面，铁管巷和钓鱼巷，有几家新开业的土膏行与慰安所。这是南京城仅有的几个灯火通明、彻夜不息之处。土膏行卖的是川土和红土，常有人倒毙于门前。慰安所整日整夜传来嬉笑怒骂的声音，门前海报写着"优惠皇军——支那美人，兵站指定慰安所第三日支亲善馆露布"。死去的女人，被草席裹着抬出，用胶皮车运到雨花台乱葬岗。那里植物茂盛，炮火只毁灭了一部分，剩下的灌木和乔木，吸收着死尸养分，葳蕤繁盛。运尸人将裸体女尸丢进浅浅土坑，手脚麻利。肥沃的泥土，盖住了她们的身体。一只只黑褐色的蚂蚁，欢天喜地占领了这些美丽的食物，开始长达数月的盛宴。

巽丰在街上转了转，没见到熟人，买些生活用品，就回到了住宅。他的任务是打扫庭院，给小林和四个日本士兵洗衣服，擦靴子。巽丰手脚不麻利，少不了被日本兵打骂。有个日本伙夫兵，负责所有人的饮食。他不让巽丰靠近厨房，看来担心他投毒。巽丰过着半软禁生活，平时不能离开院子，想要离开，必须小林春之同意，并有人监视。小林春之工作很忙，有时很晚才回来，只要他有时间，一定要给南京太郎和巽丰上课，教他们简单日语，讲解日本历史与文化，解读《叶隐》等武士道典籍，宣传皇道至上的思想。

巽丰不得不承认，小林春之这个东京帝大高才生，知识渊博，见识不凡。但巽丰不能忍受他的傲慢和优越感。他敷衍小林春之，"南京太郎"也没什么反应，小林春之不生气，继续细致耐心地宣讲。巽丰嘲讽地说，小林大尉，你不会以为耍嘴皮就能彻底改造有几千年文明的民族吧。小林春之笑着说，几千年文明不假，但不是中国人的个体，要征服中国的人心，实现民族融合，仅凭刺刀和步枪是不够的，重要的是宣传与教育。台湾归义帝国不过几十年，帝国无数教师和宣抚人员，付出极大热情与耐心，甚至很多人献出生命。现在的台湾，包括蕃人，多少人不会讲日语？多少人亲近"支那"？不过两三代人罢了，很多记忆就发生了改变。巽丰看着小林微笑的脸，有种说不出的恐怖感。

"南京太郎"的假肢装上了，走起路一瘸一拐。他对巽丰很戒备。巽丰找机会悄悄问他，小剪，你怎么逃出来的？"南京太郎"摇头，嘶哑着嗓子说，我不认识什么小剪。巽丰恼怒地说，小剪，你不能自甘沉沦，我们还可以干很多事！"南京太郎"置之不理。巽丰不死心，多次试探他。"南京太郎"被骚扰得不胜其烦，只能说，你说的那个小剪，八成死了，尸山血海，很难逃出来的。巽丰反问他说，你不是逃出来了吗？"南京太郎"没好气地说，你到底想干什么？巽丰激动地说，小剪，咱们是生死战友，你这么回避我，是何意思？"南京太郎"面无表情，被烧伤的脸上，似乎有无数哀伤，他缓缓地说，我再说一遍，我不是小剪，你不要再找"死人"了。

巽丰坚持认为，那就是秦小剪。一个人的容貌可发生变化，但走路姿态和背影很难发生大改变。伤残会改变一个人的心性？受了这么重的伤，活着让他生不如死。小剪心高气傲，俊美清秀，他不能接受自己这副鬼样子。"南京太郎"很安静，大多数时间都在院里种花草，修剪树枝，养鱼喂鸟。小林春之嫌弃中国锦鲤不好看，专门找领事馆朋友，讨要大正三色鲤和昭和三色鲤，还有兰寿金鱼。他还养了画眉和黄鹂，都让"南京太郎"打理。干完这些，他静静地一个人读书。这点不太像过去的秦小剪。小剪上过小学，只是识字罢了。他不喜读书，更热爱舞枪弄棒。但巽丰也依稀想起，小镜说过，他哥哥原本非常喜欢读书，只不过流浪漂泊的生活，让他变成好勇斗狠之徒。蒋家藏书被小林春之占为己有，好在有些珍本善本，蒋乾中让坤模带到后方，有的送了朋友，但家中藏书依然有数千册。想到这些，巽丰又对自己的判断产生了怀疑，难道真认错了人？

巽丰和"南京太郎"接触机会不多，除了平常生活交集，就是在小林春之的"宣讲课"上。巽丰发现，"南京太郎"对日本文化感兴趣，他甚至对红小豆汤、日式年糕和寿司情有独钟。他的日本话进步很快，能和小林简单交流，虽然嗓音依然嘶哑难听。小林春之称赞说，照这样进度，他将在几个月后，推荐"南京太郎"去青年训练所培训，有了初级日语资格证书，可以在小学教日语。巽丰对此很不满，他找机会对"南京太郎"说，你真想当"日支亲善"的优秀代表？"南京太郎"

摇头说，我不想成为代表，我只是想在人世间苟活。

巽丰盯着"南京太郎"说，你这样子，就是当教师，也要戴着面具，孩子能接受你吗？天天戴着面具生活，时刻担心被别人看到真相，这样的日子好受吗？你不要相信小林的鬼话。"南京太郎"目光迷茫，喃喃地说，是呀，我不能教书的，活着还能干什么？巽丰不再逼问他，转而问，他那半把剪子哪来的？"南京太郎"支支吾吾，说是捡来的。他赶紧拐着腿，离开巽丰。巽丰冲着他的背影大喊，你可以告诉剪子的主人，无论他变成什么样，他都是我的兄弟，人可以苟活，但绝不能任人摆布。"南京太郎"肩膀抖动几下，脚步停下一会儿，又继续走远了，始终没有回头。

时光流逝，阳光越来越温暖，柳絮如白色的降落伞，在南京各个角落飘飘洒洒地飞行。湿润的空气，让人昏沉沉的。"南京太郎"通常在下午投食，中国锦鲤被日本兰寿和大正三色，驱赶到池塘的角落，畏畏缩缩地不敢觅食。巽丰茫然四顾，悲从心来，困在这里，成为小林春之豢养的中国顺民吗？他决不能就这样投降。他必须逃离。

机会很快来了。巽丰表现得比较老实，小林春之很满意。小林春之也在寻找林秋月的踪影。林秋月的父亲还在天津做生意，母亲的家族，全部于南京破城时遭遇死难。现在还没有秋月的消息，恐怕也凶多吉少。想到林秋月，小林春之对巽丰的态度好了不少。他答应巽丰，再过些时日，放他去找蒋坤安团聚。为了更好实现目标,不让巽丰太烦闷,小林春之决定去淳化镇一个叫龙潭的小村视察宣抚。据说那里有共产党部队出没,宣抚危险性很高,已有两个班长阵亡于游击队的偷袭。小林决定去那里冒险宣讲,展现武士道精神,顺便检验对巽丰和"南京太郎"的"驯化"结果。

他们先坐军用卡车经过孝陵卫,到达如意桥,再从这里去淳化镇。地方维持会的中国人,骑着脚踏车,给小林开路。他们斜挎着棕红色的短枪匣,小声地说着话。自行车速度不快,他们警惕地看着四周,弓着腰猫在车上。群山在远处起伏不定,似乎藏着无数敌人的影子。鹅黄的阳光和淡淡的白雾,在天边喷射涌动。小林春之骑着马,"南京太郎"也骑着匹杂色马,巽丰和宣抚班的两个满铁抽调的职员,加上一个日本军医,一小队荷枪实弹的护兵,都是步行,跟随在小林身后,组成一支小小的宣抚队。他们戴着"宣抚"字样臂章。越往郊外走,树木越茂盛,多是枞树、构树,还有南方常见的榉树、水杉和女贞树。那些密密麻麻的身影,都增加了行路的危险性。垂柳的柳絮也越来越多,沾在一行人身上,无法摆脱,好似燃烧的白色精灵。路上,小林不断询问"南京太郎"对宣抚的体会。巽丰不断看着四周,寻找逃走的机会。日本护兵专门有人盯着他,让他无法脱离。他两次假意撒尿,都被三八枪紧紧地指着后背,只能暂时作罢。

"南京太郎"骑着杂色老马,速度不快。巽丰赶到他的身边，小声问，如果我逃跑，你会向小林举报我吗？"南京太郎"冷冷地说，你不要烦我。巽丰接着说，我要告诉你，林秋月为救我，主动和日本人走了，现在下落不明，曾泰死了，老姜头也死了，"花佛"疯了。"南京太郎"勒住马缰绳，巽丰听到他的呼吸变得粗重，但仍极力控制着，说，这些人我都不认识，我是个残废。巽丰继续说，你难道不想知道小镜的消息？小镜应该活下来了，我被冲到岸上时昏了过去，她可能以为我死了，跟着一位师长走了。你不要说了！"南京太郎"捂着耳朵，脸上显出痛苦神色。他摇晃着，几乎从马身上摔下，小林春之赶紧停下来，关切地问出了什么事。"南京太郎"喘了好几口粗气，有气无力地说，没什么，小林先生，我的耳痛病又发作了，现在好多了。

接近中午，一行人终于到达村子。那是一个比较封闭的山村。在维持会帮助下，他们将村民聚集在村公所广场。阳光暖洋洋的，日本军医支起桌椅，又开始"给中国百姓看病"的把戏。小林春之将"誉"牌日本香烟、顶针和缝衣线轴、火柴和食盐，还有些糖果，给中国人散发着。孩子们欢呼跳跃，妇人们收起东西，交头接耳，男人们迟疑而警惕，他们阻止孩子们吃那些花花绿绿的糖。小林跳到土台上，南方春季的阳光，中午最为强烈。化冻的土地，绵软软的，弹着人的脚。远处的水田，也都到了播种季节。无数的阳光，在蓝色天空中游动，闪烁着钻石般光点，映衬着小林春之兴奋变形的脸。他要求中国农民把安居证佩戴在胸前，站得整整齐齐，听他训话。可农民蹲在地上玩石头，有的摸着铜管旱烟，抽得起劲，他们的眼神，冷漠而敌视，也有恐惧与蔑视。小林春之声嘶力竭地喊着：诸位，我们日本军队，不把你们这些善良的中国民众当作敌人，我们的敌人，是怀有错误思想的中国军队。我们的皮肤和你们的有什么不同？我们的眼睛有什么不同？诸位和日本人都是兄弟，但如果有人暗通敌军，我们的铁锤会毫不犹豫地砸在你们的头上……

中国农民哈哈笑着，对着小林春之，使劲拍巴掌。小林有些疑惑，他低声问身边的汉奸，"支那"人在表示对我的欢迎吗？汉奸使劲点头称是。小林找到了一些自信，微笑地看着众人，继续演讲。中国人继续用雷鸣般的掌声，对他报以奖励。小林甚至有些感动，毕竟是朴实善良的农人。演讲完了，几个妇女围住他，七嘴八舌地问，能否给村里一些白糖和食用油，拿东西换也行。战争使村里物资匮乏。小林觉得遭到了羞辱，他这才明白，在农人的眼中，他不过是一个"东洋货郎"的角色罢了。

有关"中日亲善"重要性，由中国少年现身说法吧。小林春之看着巽丰，无声地笑了。巽丰瞬间明白，他想一步步地将自己拖入"合作者"行列。他拒绝出来，说，我只是杂役，不懂这些东西。小林春之冷冷地说，中国人不是说滴水之恩，涌泉相报吗？你将我送上刑场，我不计前嫌，给了你栖身之地，给了你工作和学习的机会，给了你一日三餐，你难道不懂得感恩？巽丰不畏惧小林，轻蔑地闭上了眼，拒绝回答。

太郎，你说呢？小林春之严肃地看向"南京太郎"，说，"宣抚"是促进"中日融合"的有效手段，但没有惩罚，中国人就不会了解日本的慈悲之心。"南京太郎"被烧伤的脸，由浅红变成了绛紫色，显出惊恐的神色。村民们发现他，也都惊骇地逃散了。他向后仰了仰，才稳住身形，挂着一棵树说，小林先生的教诲非常深刻，中日亲善共荣，才是中国的未来出路。

小林春之将巽丰吊在村公所的一根水杉木旗杆上。一位满铁职员用粗麻绳缠在巽丰的腰上好几道，反绑了他的手，用升旗的绳子，将他缓缓升起。一个维持会的中国人，用马鞭抽打他。阳光更加浓烈，似加了鲜血的黄酒，泼在巽丰脸上，让他睁不开眼。马鞭抽在脸颊、手上、脖子上，血痕如火虫般灼烧。巽丰没有求饶，甚至没有发出呻吟。中国农民停止喧哗，全都瞪大着眼。妇女低下了头，更多的男人，攥紧了黑硬的拳头，青筋在腮边暴跳，好似被针扎过的紫色蚯蚓。

小林又示意，让那人停止鞭挞，将巽丰继续升高，直至近四米离地高度。巽丰的手臂钻心地痛，他眯着眼，大口喘息，静静地看着远处的群山和森林。沿着那条土质松软的山坡小路，就能离开村庄，走入一片杉树林。森林中有无数松软的腐叶，草齿类荆棘，有着阳光照射不到的、浓重如深夜的黑暗。巽丰的喉结抖动，口腔里有一股金属的铁锈气味。太阳向他投来无情的热和光，汗滴不断从头部皮肤涌出来，渗过剪得短短的头发，沿着额角流到脸上。巽丰摇晃几下脑袋，看见"南京太郎"仰望着他，浑身颤抖，狰狞的脸上，显现出绝望的哀伤。他是小剪吗？巽丰想，也许这个时刻，这些问题都不再重要了。

巽丰微笑着，这样的死，不正是他要的牺牲？他努力看向远方，似乎看到森林里，有野鸡在不住地鸣叫，风吹动构树枝叶发出嘎嘎声响，毒蛇受到惊吓，钻进茂密的红色灌木丛。美好的世界，很快就要和他说再见了。他应该告诉小林春之，他把红色松木恭桶，洗得干干净净，送给日本伙夫，当作盛饭和赤小豆汤的工具。他还偷偷在床底青砖底下放了把小攮子。那是他离家之前，藏在那里的。他计划用小攮子，捅穿这些鸠占鹊巢的日本人。

太郎，小林春之继续笑着问，蒋巽丰该不该死？我们是不是要把他送到宪兵队？

"南京太郎"低垂着脑袋，表情非常痛苦，一声不吭。

巽丰盯着"南京太郎"，吸了口气，嘶哑着嗓子喊道：班超勇士，勇往直前，狮吼震天！他想学狮子叫，实在叫不出，他甚至没有"花佛"喊口号的气势。"南京太郎"听到这几句，如同遭到电击。他的假肢甚至从腿部脱离，扑倒在地上。他望着巽丰，半睁半闭的残废眼睛，流出些胶水般的糊状物，被烧伤的左脸快速地抽动。他缓缓地用沙哑的嗓子回应：班超勇士，勇往直前，狮吼震天！小林春之，维持会中国人，宣抚班的日本人，还有围观的农民，都对俩人的对话，不明所以。巽丰和"南京太郎"相视一笑，这是巽丰熟悉的笑容，整个世界似乎都亮了起来。

小林春之狐疑地说，太郎，这是中国军队的暗语？为何你和蒋巽丰都很熟悉？

"南京太郎"看着小林春之，一字一句地说，我不叫"南京太郎"，我叫秦小剪。巽丰是我的朋友。

第十六章　出水芙蓉

在无垠的叹息之海上，虽不起五尘六欲之风，但深邃
之海表，却掀涌起圆满自身功德之巨浪。

——小泉八云《怪谈》

一

安全区解散，坤安带着水生，在朝天宫附近小王府巷找了
个没人的民居，修葺一番，安定下来。坤安打听过，原来的住
户，一家六口被杀绝，收尸的上门，发现尸体长出厚厚一层蛆
虫。水生有点怕，坤安说，几十万人都死了，不差这几个。咱
们爷们，这几月见的死人还少吗？坤安郑重其事地买了纸钱和
黄纸，在小院角落，焚化祭奠了一番。

房子很小，房顶漏雨，只有三间小房，一个厨房间，外带
一个寒酸小院，只种着些虎耳草，院当中有一棵玉兰树，长得

也不高。这房子和蒋家从前永庆巷的大宅院，那是没法比。好在虽然破败，但坤安是随遇而安的性格，喜欢收拾打理，不过几天，就整理出一个"家"的模样。坤安先清理出很多垃圾，将土质松软的地面夯实，铺上平整石板。他修了房顶，抹了白灰和泥浆，用厚草遮盖漏雨的地方。他将黑粗陶大水缸挑满水，从黑市买了几件家具和被褥，修好门窗，重新糊了厚窗户纸，盘起两个土炕，将沾着血的被褥放进去。他又在厨房起了新灶台，做好了烟道，吩咐水生去附近劈了干柴，他从安全区带回一口黑铁锅，四个笼屉、两个暖水壶也派上用场，起码可以吃上热饭，喝上热茶。坤安还淘换了件灰色躺椅，是用坤模留下的钢笔交换的。下午阳光正好，坤安斜靠在小院躺椅上，捧着个粗茶盏，淡淡地吹着气，身体内总算有了点安稳热气。

短短几月，家破人亡，妻死兄散，恍惚只在梦中。他甚至想，如果这是一场梦就好啦。可睡醒后，听到街口大喇叭日本海军进行曲，现实又像"嗡嗡"叫的苍蝇，缓缓包围过来。好在他还有水生。这孩子勤快，体贴，就是心思重，话少。听说有不少学校已重新开课，水生不过十一岁，应该继续读书，可水生说啥也不去念，他对坤安非常依恋，只要坤安不在，就惶恐不安。这倒是让坤安多了很多责任感。

黑市小吃摊，坤安不再办了。他应聘去了一家刚开业的大东亚菜馆当厨师。这家菜馆老板，是梁鸿志维新政府的官员，日本人较少来骚扰，老板也大方，知道坤安在玉陵春的名气，明白现在世道艰难，提前给他支了两个月薪水，坤安左支右绌的日子才缓缓回到正轨。可心事也太多。家宅被占，父亲尸骨未寒，也不知如何处置。侄子被日人掳去，生死不知。大哥坤典，这时还没露面，多半已战死，妹妹坤瑶也没什么消息。母亲和侄女，还有三弟，如今在武汉怎样了？坤安想起这些，就感觉有一团乱麻，紧紧地缠绕着自己，越勒越紧，简直让他喘不过气来。

4月下旬是"天皇诞生日"，日本和高丽、台湾的商户，都准备了旗子和彩带，还有的日本饭庄，准备当天免费发放日式饭团、羊羹等小吃。五台山日本神社正在筹建，当下还用不上，但日军和日侨，会在总统府前举行盛大遥拜仪式。大东亚菜馆也要摆上几桌，宴请维新政府官员。老板要求坤安，尽早准备食材，拿出全部本事，办上几桌像样的京苏大菜。坤安为了这件事，忙了好几天，还专门跑了一趟鲁大料的酱菜园。

破城之前，鲁大料存下很多新鲜酱料，提前买了大量辣椒、麻椒、丁香、桂皮、香叶、胡椒粉等调料。这些东西，都被他挪到个超大地下室。南京城稳定后，很多饭馆倒了，又有很多饭馆开张，调料和酱料涨疯了，鲁大料在自治会时期是巡长，维新政府成立，他交卸了差事，还当着街道副保长，兼任东亚会支部委员，从收军用物资，给日本军找营房，帮日本军人到邮局寄送大宗货物，到埋葬死难者，街面发通知，接种疫苗，办理安居证和防疫证，大小事务都要管。大料人头熟，又滑不留手，喜欢奉承人，但伤天害理的事，总想办法混过去，坚决不肯做。从日本人、汉奸到普通百姓，对他还算满意，他的酱园生意理所当然地火爆不衰。

鲁大料晃着油腻腻的袖子，用一根牙签剔着牙，斜着眼看坤安。坤安有点莫名其妙，说，我买调料，脸上没长花，瞅我干什么？鲁大料叹息着说，坤安哇，你还真是随遇而安，重新当上厨师，你就尽心尽力做饭，是不是将来到了地狱，也能给阎王爷创新几个菜式？坤安涨红了面皮，绽着青筋说，你有啥资格说我？我可没给日本人当狗腿。鲁大料没有恼怒，反而苦笑，说，你骂得好！我早不是人了，可还想活出个人样子。坤安对鲁大料这副做派，有些不习惯，赶紧转移话题，让大料便宜价格卖点调料给他。鲁大料应承着，压低嗓子说，坤安，你们家老大的姨太太，又在牛首巷口开张了。

这个结果，坤安并不意外，周慧本就是六喜台"红玉喜"，如今坤典生死不知，她没有孩子，肯定不能指望她守住蒋家。日本破城，南京城最先恢复的，还是土膏行与妓家。民国定都南京，烟馆被清理了很多，残留几家也是偷偷摸摸地做生意，日本人来了，让烟民登记，可在指定土膏行抽烟，公泰、森记、永利、福记等大小土膏馆，一夜间就冒了出来。南京妓院，前些年让"新生活运动"整治得不轻，现在日本人开了慰安所，还不能满足皇军需求，就允许妓院重新开张，抽取高额花捐税金。但听鲁大料的意思，周慧不仅操持皮肉生意，还和老鸨子倒腾物资，据说挣了不少钱。这女人天生爱折腾，坤安也不明白，为啥大哥看上了她。大嫂柏翠芬自杀，固然是因为日军的侮辱，也是长期在蒋家的压抑的爆发。蒋坤典不回来，她没有希望；蒋坤典回来了，她也只有落寞尴尬。她是苦命的女人，这悲剧性命运，多少也拜周慧所赐。

　　人各有命吧，坤安只能这样敷衍，说，我现在就想安顿好后，寻找巽丰和坤典、坤瑶。鲁大料说，这事为何不找我？维新政府上上下下，从各坊长区长到警察厅科长，我都混得熟，就是日本人那里，从兵站到宪兵队，我也有熟人。坤安眼前一亮，赶紧拜托鲁大料。鲁大料瞅瞅四下无人，小声说，坤典和坤瑶，我没啥消息，巽丰大侄，我还真听说些消息。大料告诉坤安，宣抚班小林大尉，抓了个中国少年，要把他改造成"日支亲善"典型。小林大尉曾在南京当间谍，听说是这个少年捉了他，差点丧命。他现在实践"宣抚"大计，拿这少年当试验品。南京城防司令天谷少将、宣抚班长方中佐等日本将领都知晓他的计划，都将这事当成笑话。小林大尉曾是东京帝大毕业的高才生，但书读多了，总有些呆气，他想靠教育和宣传，实现"亚洲共荣"。

　　这是真的？坤安问得急切。鲁大料又告诉他，小林大尉就住在蒋家在永庆巷的老宅。蒋巽丰在清凉山捉间谍，鲁大料是知道的。当时他就猜测，小林大尉捉的少年，应是巽丰。坤安捉着鲁大料油腻的袖子，眼里全是焦虑。巽丰是蒋家长孙，也是下一代唯一男丁，说什么要保住巽丰。他央求鲁大料打探消息。鲁大料沉吟着，搓着手，坤安当他要钱，赶紧说，砸锅卖铁，也要把巽丰弄出来。大料摇着头说，不是钱的事，把巽丰弄出来，需要帮手，要找阿水商量才行，他们也都是童军顾问。童军虽像过家家似的，但这些少年真不含糊。阿水是鲁大料的结拜兄弟，是一个面色阴沉的家伙，坤安听大料介绍，说是刽子手出身，现在华清宫浴池当看门打手。阿水赶到鲁大料"德祥记"酱菜园，坤安等得有些不耐烦了。阿水常接待日本人，消息也灵通。大料把他引荐给坤安，坤安拿了一包银圆，这是蒋家最后的家底，都放在这里，请阿水帮忙。阿水默默地将银圆推给坤安，说，用不上，巽丰跑出来了，就是不知躲在何处。

二

巽丰昏迷了过去。他的旧伤没好利索，这么一折腾，哪里经受得住。他醒来时，发现被关押到了蒋家杂物间。深夜，小剪给他送饭，说，小林准备一早将他送到宪兵队，小剪哀求了很多次，小林看到昏迷的巽丰脖子上那个御守，想起至今下落不明的侄女小林秋月，这才勉强答应，让小剪多劝说他。他听到小剪说明与巽丰的关系，不觉得恼怒，反而感觉是一个劝说巽丰的机会。

小林不明白，"南京太郎"已变回"秦小剪"，他又复活了。小林对自己的"人格魅力"非常自信，他的确救了小剪。当时小剪在江水中遭到了炸弹，断了腿，也毁了容，漂到江边，又被前来检查的日本兵，划伤了嘴角，剩下一口气，小林救了这个"血淋淋的怪物"。他相信"南京太郎"无论情感上，还是现实功利上，都必须依靠他。他想让他成为他的"宣抚"样板。

小剪那天承认了身份，但还是按照小林春之的要求，做了宣讲。回去后，小剪向小林求情，说，巽丰来的日子短，时间长了，就能感受小林大人宣讲如"和煦春风""温暖春阳"般的力量。宣抚官小林大尉的家宅，警卫较严格，但和真正的监狱比，还有很大差距。小剪伤残得厉害，不能和巽丰一起逃走。巽丰问他将来怎么办，小剪说，我会要一个有尊严的结局。巽丰让他走出这个院子，哪怕过普通人的生活，也比在这里受小林大尉的精神折磨强。小剪笑而不答，他唯一的要求，就是让巽丰出来后，找找小镜，带着她好好活下去。巽丰明白这意思，小镜喜欢巽丰，小剪是让他娶了小镜。巽丰郑重地点头，小剪笑嘻嘻地一瘸一拐地走了。他回头看看杂物间里的巽丰，梦呓般地嘟哝着说，好羡慕你，痛快地去死，或痛快地活。巽丰鼻子酸酸的，看着他残缺而摇晃的背影，想起当初小剪陪着他去"六喜台"闹事时的场景。小剪当时是一个多么英俊果决的少年！

巽丰挣脱绳索，很快从后墙狗洞钻出去，这是"恺撒"进出蒋家的秘密通道。巽丰偷偷挖的，坤安都不知道。日本人都在酣睡，门口值勤的两个日本兵，倚着门前石狮打瞌睡。月光昏昏的，街上没什么人，宵禁令和限电令，使南京人的夜晚早早进入黑暗。巽丰爬出狗洞，胳膊被绑得麻木，抬也抬不起。春夜的风还凉着，巽丰抖了个寒战，想不到能到哪里去。安全区解散了，二叔不知去了哪里，要找红山义勇，就要出城，他现在连安居证都没有，在城里也危险。巽丰现在衣服破破烂烂，只能先冒充乞丐，找垃圾箱附近混过一夜，天明再说。

天刚亮，就有巡警来驱散他。巽丰拿污泥在脸上抹了，浑身更是恶臭，他捡了根破棍，在城里游荡。巽丰担心小林向宪兵队申报通缉他，不敢明目张胆地在人多的地方活动，只能躲在街角，用破布蒙头，拿着破铁盒，等着人们施舍，与野狗争夺剩饭。到了晚上，他才敢在街上活动。他想看看有没有可能混出城，但太平门和水西门盘查很严，难度很大，他只能退回去。过了两天，他吃了馊饭，有些腹泻，晚上和抽鸦片倒毙在垃圾箱旁的死尸做伴，也浑然不觉。他思量是去千章巷的华清池，还是去太平南路的圣保罗教堂。索菲亚嬷嬷告诉过他，圣保罗大教堂的神父会在危难时刻保护中国人，特别是他这样的、曾在教会学校读书的少年。可他想了想，还是想去华清池找封阿水。找到阿水，就可能找到二叔，到时再想办法混出城。

他像一名真正的乞丐，在这死去后又复活的城市，缓缓地游荡，警惕随时可能来临的盘查。他曾无比热爱这座城市，每晚穿着整洁童军服，为它保驾护航。如今他只是一名肮脏乞丐，春天湿冷的风，都能引发他的哀愁。他的腿，会不听使唤地带着他走入熟悉的街道和市场。圣保罗大教堂，高高飘扬着美国的国旗，黄昏阳光下，如同被涂抹了圣徒的鲜血，神圣不可侵犯。他多么希望，上帝能拯救南京，可残酷贪婪的日本镰刀之下，巽丰没有发现上帝的指引。

巽丰迎面看到个瘦弱的黄包车夫，拉着空车走过街口。车是空的，车夫很虚弱，走得挺慢，脖子上的手巾湿透了，密密麻麻的汗珠，顺着下巴滴落。车夫竟是卖小刀面的潘五哥。巽丰小声唤他，潘五哥回头，发现是巽丰，又惊又喜，压低声音问他，怎么弄成这样子。巽丰没法解释，只能说一言难尽。巽丰说，你的两个儿子呢？潘五哥脸上露出痛苦神色。日军破城后，潘家一家四口，藏在挖好的地洞里面。本来平安无事，可两个孩子非要钻出去，看日本人枪毙中国军人。日军捉住几百个广东兵，在巷口一排排地杀。俩孩子忍不住掀开地洞，跑到巷口，盖着两个大箩筐，偷偷观察杀人，谁料他俩看得太投入，没发现鬼子察觉了他们，就被乱枪打成了筛子。潘五哥说着，眼里含着泪，巽丰也觉得难过，试探着问，能否把他拉到千章巷"华清池"。潘五哥说，蒋少爷，坐稳了吧，巽丰不好意思地说，我没钱，到了地方，让阿水叔给你。潘五哥说，咱能活下来，都不易，你也是遭了难，不要提钱。

不做小刀面，也不挖防空洞的潘五哥，拉起黄包车，精气神大不如前。到了华清池，他也不歇，只是勒了勒腰带，咽了口唾沫，脸色有些病态潮红，继续去拉车了。已到夜晚，华清池生意不太好，看门人也带着有了脾气，看到巽丰接近，以为是偷儿或乞丐，劈头盖脸要打。巽丰提着阿水的名字，才见到本尊。俩人相视黯然。破城以后，巽丰几次死里逃生，这次虽不那么凶险，也足够惊心动魄。巽丰讲了小剪的事，趴在浴室的一张长椅上，昏沉沉地睡去，第二天中午才起。他醒来时，封阿水将客人的衣服挑到高处，拿出几个窝头，放在长椅前，不声不响地抽着烟，见巽丰醒了，让他吃东西，吃完去洗澡，并说通知了坤安，很快会赶来。

巽丰吃了东西，安定不少，就到泥瓮大池泡着，一层层的油花浮现在热水中，很快就变成灰黑泥汤。水蒸气不断升腾，在天花板形成一层光滑的膜，巽丰感到每个毛孔都吐着脏东西，像螃蟹吐泡泡似的，他的脸上也慢慢显露出干净肤色。他身上的泥垢被泡软，用手指一搓，就被剥离了，这是他几个月来，第一次认认真真地洗澡。他向四周看看，几个老头都浸泡在水里，只露出一双双眼睛，面无表情地盯着他，好似躲在河中的水獭。阿水说，南京破城，华清池较幸运，没怎么被炸，陶德武加入自治会，浴池也被保下来，现在陶老板退出维新政府了，但日本人和汉奸都给他几分面子。这些来洗澡的，多是华清池老客，常年泡池子，喝茶，吃点心，习惯成自然，如今大难不死，生活刚稳定，就想着来享受。点心没了，只能吃点窝头，喝稀粥，就这样，也没挡住他们冒死而来。一个小老头敏捷地钻出热水池，跑到三等休息室竹床上，"咣当"一声重重地躺下。他吧嗒着嘴，喝光了稀饭，眯着眼，小声说，要是有盒云片糕就太好了。巽丰觉得又好气，又好笑。他又听到隔壁的日语声音，正在惊疑，阿水说，日本人不讲理，虽让华清池重新开业，但让陶德武将"优等座""官座""西座""头等座"等好座位给日本军人留着。日本人最爱洗澡，隔三岔五就来，一边唱歌，一边高兴地在水边打拍子。将水面拍出无数水花，他们的歌声，传到隔壁大浴池中蒋巽丰的耳朵里，成了一种仿佛针刺般的声音。他真想冲过去，将这群日本鬼子溺死在水池里。

阿水让他噤声，指了指雅间休息室，说日本高级军官在休息。巽丰攥紧拳头，被阿水用眼神制止。巽丰冷冷地说，阿水叔，你怕了？阿水抽着旱烟，讷讷地说，我是光棍，只有个老娘牵挂，如今娘也被日本人害死。我不让你捣乱，只不过觉得效果不大，白赔上性命。一个醉醺醺的日本人，赤身露体，左手提着把刺刀，右手拿着个纸篓，闯到三等休息室，对着里面的中国洗澡客，就是一顿乱骂，又将纸篓伸过来，显然是要钱。中国人乖乖地从竹竿上的衣服里摸出钱，抖抖地投到纸篓里。在水池子里冒头的几位，赶紧下潜，不敢出动静。

日本人收了不少钱，转向巽丰，巽丰冷着脸不理，眼看就要起冲突，胖胖的陶经理跑来，又是鞠躬赔笑，又给日本人塞钱，总算将他劝回去。回头再看，这边中国人的浴池，人都跑了大半。高高矮矮，胖胖瘦瘦的男人，捂着浴巾，逃了出去。从后面看，都是一群黑黑白白的屁股，他们的身体，被热水烫得通红，在阳光下闪烁着亮晶晶的色泽。封阿水对巽丰说，姜老哥托我将他的积蓄都给你，一会儿我去拿。巽丰有些伤感，老姜头的尸体，他们还没寻到，估计被日本人丢到了乱葬岗，阿水只能在雨花台做了衣冠冢来拜祭。

巽丰问阿水将来的打算，阿水眨着眼说，巽丰，不要找红山义勇，跟着我们干吧，我们将来总要干一票大的，让日本人尝尝厉害。

三

晚上七点，华清池歇业。前几年这个时辰，正是人声鼎沸、生意兴隆的时刻。如今晚上客人少，东区和北区限电，只能点蜡烛，吸引不来顾客。陶老板让阿水喊了几个朋友，在浴池二楼，开了一桌酒席，是在大东亚酒楼订的饭菜。来客有樱花慰安所的老板乔四爷，"德祥记"酱园老板鲁大料，市政公署日语翻译冯春民，兴亚会秘书周有渔，这些人都是常和陶德武来往的朋友，也或多或少地给维新政府和日本人做事。封阿水让巽丰藏好，说坤安和大料都要来，到时安排他们见面。

巽丰藏在华清池二楼夹壁墙，偷偷观察这群汉奸。相传陶老板是被迫当汉奸，他当时藏在夹壁墙，被搜出时作势要撞烛台，最终还是哭哭啼啼地被日军带走了。墙上有一个观察孔，可清晰看到屋里的人。屋里点着蜡烛，一个飞歌牌大号收音机，正呜里哇啦地响着，桌子前的烛火，不停闪烁，映着几个人的脸上，黑一块，红一块。巽丰在墙里憋得慌，努力控制呼吸，不让喘息声暴露位置。陶老板几人，默默吃着菜，一杯接一杯地喝着绍兴老酒。收音机节目很无聊，只有"南京放送局"广播，先是东京新闻，再是家庭常识，谈老年妇女生理卫生，接着唱戏，从《包公案》到汤瞎子的河南坠子，再就是兴亚会专题节目"论东亚民族结合"。菜是坤安的风格，鸭油烹凤尾虾，酸甜酥软的松鼠鳜鱼，鲜嫩可口的蛋烧卖，白皮红肉的盐水鸭，馋得巽丰肚子咕咕直叫。如今南京城，能置办出像模像样的京苏菜，只有和日本人合作的饭馆。坤安笑说，晚上有灯火管制，老板让他亲自送菜。巽丰听到筷子碰盘子发出的声音，咀嚼发出的含混声响。周有渔长得白净斯文，一边喝酒，一边揪自己的头发。他原是国府行政院秘书，和蒋坤模很熟悉，只因家庭拖累，滞留南京，因曾留学日本，被日本人盯上，只能到兴亚会当秘书，这些天他正忙碌着将兴亚会改为大民会，天天加班。可他的老婆被天谷部队安西少佐强行霸占，他只能敢怒不敢言。

这些人之中，乔四最想得开，他大口吃着菜肴，满不在乎地说，你们这是自己找不痛快。世道这么乱，混一天当一年，活着就好。鲁大料应和乔四，又问他生意如何。乔四承包了两家日本军内慰安所，樱花慰安所是他自筹资金开办的，但受到日本支持。乔四打着酒嗝，伸着手指头，向鲁大料讲述嫖娼价格，日本女人4元，高丽女人2.5元，中国女人1.5元。中国女人损耗太快，进来二十多天，就没个人样了，染了病，或死掉了，就要换一批。巽丰在杂役营，想过和乔四和解，现在看来，乔四是心肝全无的人渣，该早点打死他。乔四醉醺醺的，发牢骚说，他也不想伺候日本军人，这群人不守规矩，嫖娼还要宪兵维持秩序，他更想开一家完全开放的妓院，接待中国人，就像最近频繁活动的"陶陶导游社"，生意很火爆。它前身是钓鱼巷"六喜台"。"六喜台"被日军飞机炸得稀巴烂。杨老鸽摇身一变，又开了这家"导游社"。

外面是黑沉沉的夜，零星狗叫声，似浮在海面的微光，遥远而稀疏。楼下浴池的水，大部分冷了，只有高级浴池的火还旺着，不断有药浴味道升腾，等待几个酒客喝完酒后光临。楼上酒宴还在进行，烛火摇曳，花梨木八仙桌上杯盘狼藉，柏木供奉架上的案首位置，摆放着浴业祖师爷智公禅师陶像。笑眯眯的表情，也好像变得狰狞。巽丰从夹壁墙看去，二叔坤安恭敬地站在一边，周有渔提议划拳，几人的肢体不断变幻、晃动，酒肉香味，汇合成串吐出的酒令咒语。乔四醉得眼都撑不开，趴在桌上，冯春民摇头晃脑地吟诵着："上悲华夏，内恸友于。旁惨素友，痛当奈何！痛当奈何！苟且亦复何赖？"周有渔眼睛红赤，愤怒地说："逃走的家伙，当然有理由在重庆指指点点当英雄，让他们留下试试？君子饿死而节不见，舍身而义不获，将若何？盖君子不能枉义而生，亦不能枉义而死，唯有存生以求节，忍辱以待义。我们也是为保存民族一点元气牺牲自我。"鲁大料几人狂笑，为他鼓掌喝彩。鲁大料还带了酱瓜和腐乳，下酒菜吃得差不多，就吃这些。在巽丰的想象中，这几个家伙是阎王爷大殿门口摆酒——离死不久了。阴曹地府火盆钢锯排在他们的前方，牛头马面手持勾魂绳索，虎视眈眈，小鬼夜叉钢叉斧头，寒光闪闪，阎罗殿森严黑色宫殿前，这群汉奸浑然不觉，还在兴奋地大吃大喝。

喝完了酒，几人收拾桌子，继续打牌。陶老板酒意正浓，给大家清唱《游园惊梦》，他拍拍额头，对坤安说，蒋大厨，让阿水给你结账。阿水上了二楼，给了坤安些军用手票，鲁大料让陶老板几个手下，扶着乔四爷洗澡。他们玩几圈纸牌再去。阿水将坤安带到楼下杂物间，又悄悄将巽丰领来，叔侄见面，又惊又喜。阿水压低声音说，你们两位，助我干一件大事。巽丰诧异，坤安点头，说，阿水放心，巽丰不会乱讲。阿水喘着粗气，眼神凶狠地说，乔四是青帮"悟"字辈，也是拜过罗祖，唱过《上香歌》的真香堂弟子，竟跟着常玉清等人，帮日本人建慰安所，上峰早有人盯住他了，今天就是机会，敢不敢帮我结果这个奸人？巽丰惊讶地打量阿水，原来阿水之所以不同意加入红山义勇，也有着别样考量。看样子，二叔也加入了。他想了想，使劲地点点头。

乔四在楼下雅间旁小浴池，闭着眼，轻轻打着鼾，很享受的样子。瘦瘦的身体，漂在热水中，像一片漂荡的树叶。他喜欢抽鸦片，脸色本是苍白的，最近生活滋润，又让热水泡着，泛起不少红润，还挂着汗珠。阿水让巽丰在手上绑了热毛巾，再去按住乔四的手脚，他说这样死者身体上不会留下按压痕迹。他和坤安揪着乔四的头皮，无声无息地将他浸入混有养生中药的热汤水。乔四醉得厉害，他挣扎了几下，都无法摆脱，就在瓮底扭动起来。汤水冒着热气泡，乔四的手，软软地抓着巽丰，像在求救，可他的脚蹬着瓮底，开始随意几下，继而变得疯狂，使劲摆动，似快被烫死的鲤鱼，巽丰被他溅起的水花打湿了脸，但还是狠狠摁住乔四毛茸茸的腿。过了一会儿，乔四在瓮里漂浮起来，稀疏的头发，也在水中慢慢散开。阿水把乔四翻转过来，头靠着浴池边的浴巾，乔四充血的眼，暴突出来，阿水轻轻地在他的眼角抹了抹，淡淡地说，让他多泡一会儿，我再加点火，让死血多点流通，慢慢地滑入池水，更不显痕迹，完全是酒醉溺死的样子。

水池中的乔四动了动，让巽丰心摇神动，以为他没有死透，再定睛一看，是水泡冲击所致。这样近距离地杀人，巽丰也是第一次，他的嘴唇和喉咙有些发干，坤安也是心神不宁，只有阿水非常冷静。巽丰仿佛看到无数透明冤魂，从浴池漂荡出来，一层又一层地吸附在乔四身上，缓缓滑入池水。乔四那张红润的脸，仿佛饱吸着上等滇土鸦片般，极乐无边。

巽丰浑浑噩噩地跟着阿水和二叔离开浴池。阿水说，巽丰，你赶紧和二叔走，他们发现乔四死了还要一段时间，我自有办法脱身。后来巽丰才知道，阿水把乔四的金表和慰安票、军用手票和法币，都塞在浴池伙计秦小毛的柜子里。小毛是少年汉奸队的，也是日本人派来监视陶德武老板的。乔四死后，侦缉队和日本宪兵队搜到了东西，按照谋财害命结了案，小毛在雨花台被枪毙了。

第十七章　三潭印月

西湖的南湖中建成三座石塔，相传为苏东坡疏浚西湖时所创设，塔腹中空，球面体排列着五个等距离圆洞，若在月明之夜，洞口糊上薄纸，塔中点燃灯光，洞形印入湖面，呈现许多月亮，真月和假月其影确实难分，故得名"三潭印月"。

一

过了水西门，穿过范家塘，有一条朱状元巷，曾住着大名鼎鼎的状元朱之蕃。走过这条巷，就是金陵崇实学校，再走不远，就是朝天宫后的牛首巷。那原是一大排牛羊屠宰作坊，"王厨桂花鸭"所在的七家湾，也在很近的街首安顿铺面。他们家的鸭子又肥又嫩，水西门这一带，是"力压群鸭"独一份。日军的炮弹，把城南炸成废墟，随着局势稳定，百姓们收拾砖瓦，叮叮当当地重建房屋。南京外号叫"鸭都"，没有鸭子不成席。维新政府成立，日军主力南下，胆大的鸭贩又开始走水西门鸭码头，在七家湾重建鸭市。传统鸭肉作坊老板，只要没死在屠杀中的，就慢慢地开了生意。人气旺了，各行各业的人也慢慢凑来，酒楼餐馆，旅社百货，也有不少在此开张营业。

美浓旅馆的二楼窗台，养着一大盆金边吊兰。过了5月，叶片又油又亮，有些花先探出了头，顶着娇嫩紫萼，发出淡淡香气。吊兰旁边悬挂着日本膏药旗。"珍珠喜"脸上，冒出不少粉刺，她跷着手指，一点点地挤破它们，鲜血淋漓。她掐了金边吊兰叶片，嚼碎了，将汁液涂在脸上。"红玉喜"告诉她，吊兰汁消肿解毒，对粉刺也有效果。她要把脸弄得白嫩嫩的，否则恩客挑毛病，没的生意。如今是乱世，钱和命才是最重要的。

美浓旅馆原叫水西楼宾馆，也是破城后保存较完整的建筑之一。一家日商投资，重新装修，改成日式风格旅馆，也公开对外招租。陶陶导游社名义是陪客人游览南京名胜，陪游陪吃陪玩，实际还以"陪睡"为主。他们承包二楼一层的房间用来做性交易。宾馆主人是日本人，杨老鸨交足保护费，警察和宪兵队也不找麻烦。这类导游社在南京不少，是新兴私娼模式。原来茶餐厅陪酒女、歌舞厅舞女和妓院的妓女，呈三足鼎立之势。新生活运动后，妓院生意反而不如歌舞厅和茶餐厅。日军破城后，夫子庙被炸毁，秦淮河损失惨重，大家都穷，歌舞厅和茶餐厅生意不好做，维新政府官员，主动要求开放妓院，开辟东西钓鱼巷、玉壶坊、致和街、东西文思巷、东关头为妓院区，南京市政公署实业处长赵威批示："夫食色原为天性，王道本乎人情，十里莺花是为太平之点缀，九衢歌舞断非离乱之声容。所请设立妓院繁盛市面，似属可行。"这种类型的妓院规定的花捐税比较高，世道又乱，没有日本方面背景，断难立足。取而代之的，就是这类导游名义的私娼。

周慧倚在窗前，病恹恹的。街上的行人，也是慢吞吞的，仿佛被这暖风化了似的，堆积着死尸的街角，已清理干净，重新种上行道树，仿佛惨烈无比的岁月从未来过。周慧觉得，这一年多，她就是做梦，嫁了一个英俊军官，军官殒命沙场，自己又回到这肮脏床上，重新操皮肉生意。有什么办法？杨老鸨还念旧情，周慧也带着钱，入股合伙建立"陶陶导游社"，十几个姑娘，有的原就是妓女，有的是破城后衣食无着才入行。生意不好做，要和同行竞争，还要小心日本人、警察、汉奸和流氓。杨老鸨先前囤货，着实发了笔财，在黑市交易，赚了十几倍。可惜乐极生悲，她被人告发盗用军需物资，抓进日本宪兵队，敲诈了一个光溜溜，还被毒打好几天，才放了出来。

杨老鸨自认倒霉。这黑瘦老鸨子，也是不服输的性格，联合旧日姐妹，开了新式"导游社"，既可以卖淫，也可陪客人游玩吃饭，但需另外加钱，经营范围扩大了，不仅是妓女、歌女，还可以是舞女和陪酒女，外加导游小姐。南京虽残破，也在慢慢恢复，安徽的农民，也大着胆子，来贩卖鸭和日常用品，挣了点钱，又灌了马尿，总有人被笼络住，将钱财丢在女人裤腰带下。杨老鸹精神紧张，脾气越来越暴躁，常拿鸡毛掸子抽女孩，逼着不听话的女孩吃烟灰和草纸，用火钳子烫她们的大腿和屁股。

周慧劝她，杨姐，积点阴德吧，这么整治她们，小心哪天她们活埋了你。杨老鸹冷笑着说，这世道死太容易，我半辈子都当好人，落下什么？还不是被人在屁股眼里捅刀子，我就让她们看看，如果不听话，就叫她们灰飞烟灭！杨老鸹黑瘦黑瘦，在宪兵队被打坏了牙，吃东西只能嚼点软和食材，可她打女孩，真舍得下手，还高薪雇了两个保镖，身高一米八，是漏网的职业军人。他们只要出现，就把那帮姑娘或闹事的流氓，打得哭爹喊娘。

前些日子，周慧救了一个从慰安所逃出来的姑娘，藏在自己屋里。女孩叫秦小镜，有个哥哥叫秦小剪。他们兄妹原跟着蒋家公子蒋巽丰。巽丰名义上也是周慧的继子，现在蒋家散了，周慧重操旧业，好歹有点香火情。这慰安所，周慧了解一些，最大的是普庆新村的东云和故乡楼。小镜在的樱花慰安所，是安清帮的乔四在日本人支持下开的，里面很多中国女孩，都是抢来或诱骗来的。周慧上街买东西，看到有个女孩，躲在垃圾堆旁，一边哭，一边向她求救。女孩浑身是伤，瘦弱

355

胆怯，穿着慰安所特制的印有"安慰异旅情怀"字样的斜纹粗布衣服。周慧不想管闲事，听女孩嚷着让她带着去找蒋巽丰，周慧才下决心把她留下，想找机会给蒋巽丰送去。大约十天前，她找过蒋家二爷，说巽丰被日本人捉走，生死不知。小镜没了着落，暂时落脚在陶陶导游社。她每天呆愣愣的，行尸走肉一般，帮着洗衣做饭，干些杂役活儿。杨老鸨对此当然不高兴，说，我们这里不是善堂，要吃饭自己想办法。周慧护着小镜，说，这是我继子的媳妇，就是我的儿媳妇，我要留她在这里，她会干活，不白吃你的饭。杨老鸨有些忌惮周慧，只能作罢。

小镜十四五，容貌秀丽，身段窈窕，那张眉眼清晰如画的鹅蛋脸，活脱脱美人坯子。杨老鸨是老江湖，最了解男人的品位，对小镜产生了兴趣，几次撺掇着让小镜接客。她对周慧说，小镜在慰安所待过几月，早不是黄花大姑娘，她在咱们婊子行，自然不能装清高，她能接客，也是条谋生路。周慧嘴上不同意，心里也明白，这对小镜而言，可能是最现实的选择。可她怎能张开嘴？这姑娘在日本人那里，遭了很多罪。她的脖子后面有烧伤痕迹。她不肯多谈慰安所的事，洗澡都是一个人偷偷在厕所完成。她晚上睡觉，就在周慧屋角搭出一张小床，蜷缩着和衣而卧。有时周慧起夜小解，看到小镜手紧紧地攥着床单，额头全是冷汗。

周慧也无奈，只能试探着问小镜，小镜吓得大哭，浑身乱抖，跪在地上磕头，恳求周慧不要让她接待男人。周慧只能作罢，但对于小镜的出路，她也非常头痛。如果不卖身，只有嫁人了。按目前小镜的情况，想找正经人家，也不容易。世上的男人，像坤典这样的，毕竟太少。杨老鸹还不死心，对秦小镜连哄带吓。有天晚上，周慧刚睡下，就听到杨老鸹的尖叫声。大家跑来，见她蹲在厕所旁，脸色煞白。周慧穿上衣服，询问老鸹怎么回事。杨老鸹大口喘着粗气，捉着周慧的衣角说，怪物！她是怪物！周慧纳闷，讥笑说，啥怪物？您老人家几十万人尸山血海都见了，怕狐鬼精怪？

杨老鸹抚着胸膛，喘息着，说，不是我乱叫，你们去看看就晓得了。

二

巽丰与二叔回到小王府巷住宅，已是深夜。接下来几天，他也不敢出门，只是待在家里，读读书，打打拳。蒋坤安很早就出门，先给水生和巽丰买早点，吃过早饭，带着水生去大东亚酒店，很晚才回来，中午饭和晚饭，巽丰自己凑合着吃。小院让坤安拾掇得很整洁舒适，除了二月蓝与虎耳草，常春藤与月季，也都种上了，院子当中玉兰树也舒展身子骨，散发着香气。房檐下还放着一张八成新竹躺椅，椅子缝隙中，隐约能看到血迹。正午阳光照射在躺椅上，巽丰躺着，很快昏昏欲睡。人是多么贪恋安逸的生活。坤安是个爱收拾的男人，安全区那两间破草棚，也让他弄得有模有样，仿佛就是在地狱里，他也能把"阎罗殿"收拾成舒适宜居的地下居室。他在大东亚酒店，每个厨具都擦得锃亮，工作间一尘不染。他把水生带去打下手，让他养成严谨细致习惯。水生只是"拖鼻龙"毛娃，让坤安调教得不错，有了几分沉稳气息。

巽丰的伤经过调养，好了大半，坤安也常从厨房弄点有营养的吃食带来，给巽丰补充营养。坤安在大东亚酒楼当主厨，也打出了名气。天谷少将喜欢吃鸽子肉炖汤，佐佐木旅团长酷爱镇江菜水晶肴蹄，日本领事馆也常让大东亚菜馆送菜。坤安忙得团团转，巽丰则闲得发昏，捏着本《金粉世家》，喝着粗瓷碗茶，晒着暖和太阳，不一会儿，就在躺椅上鼾声如雷。这是他大半年来，最舒服的一段日子，脸色红润，也高大胖壮了不少。大半年生活，仿佛走马灯般在脑海浮现，死去的人，失踪的人，活着的人，没有消息的人，亲人朋友和仇人，都让他一遍遍思量着，回味着。天光越来越长，天气越来越暖和。巽丰盯着星星，挨个给它们对应一个他熟悉的人，威严闪烁的那颗是爷爷，温柔黯淡的该是母亲，狡黠智慧的那颗星是父亲，挨在一起的两颗星是秦小剪和秦小镜，让他最牵挂的，那颗最漂亮的星，就是林秋月了。巽丰明白，小镜喜欢自己，可他把小镜看成小妹妹。林秋月不一样，她和巽丰心意相通，从他们玩"飞机"游戏时，他就明白了这一点。他还将最喜欢的飞机模型送给她。这是不是爱情，他不知道。在冰冷河水中漂浮，他死死抓着林秋月的手，他怎么也不能承认，是林秋月用自己换了他的生命。

他在梦中，变成一个高大英俊的军官，比父亲蒋坤典更强悍，比姑姑蒋坤瑶更纯洁。他穿着绿色军装，有黑暗深邃的眼，坚硬如铁丝般的短发，对一切爱情秘密了如指掌。他深情搂抱着林秋月，一点点地长进她的身体，像树枝嫁接在果树上。在另一个混乱的梦境中，他的某个器官开始变大，最后好似变成锋利铁矛。他在黄浦江边，疯狂奔跑着，月光如惨淡的银丝，一根根地扎进他身体，拉扯着他，撕裂着他。他挥舞铁矛，割断这些羁绊，无比畅快，无数死人追逐他，发出低鸣。秋月就在他的面前跑，但他怎么也追不上，他拼命喊着秋月的名字，她猛然回头，面部却变成周慧的模样……巽丰剧烈地抖动，如风中树叶，他迷迷糊糊感到，有股热流似火山般，无法控制地从身体里奔涌而出，打湿了内裤。他从躺椅惊醒，不知所措，闻到了一股类似黄浦江里死鱼的味道。他羞愧地跑进里屋，手忙脚乱地换衣服。

巽丰刚换好衣服，坤安回到家，水生也拖着步子，一脸倦意。巽丰忙着给他们倒茶。坤安躺在椅子上，揉揉太阳穴，也不说话，只是叹气。水生悄悄地告诉巽丰，坤安可怜无家可归的乞丐，将剩饭偷偷给了他们，被老板臭骂了一顿。过了许久，坤安才缓和过来，和巽丰闲聊天。巽丰还没办理安居证，也没防疫证，出门很麻烦，坤安听人说，要有日本专门部门颁发的准迁出证，才能顺利离开南京。巽丰参加过城门战斗，又是童军团长，现在都是五家联保制，如果让其他人知道，会招惹大麻烦。坤安想让巽丰离开南京，无论去哪里，都比在这个大坩埚里熬煮要强。

巽丰问坤安，这段时间是否有"磨剑社"队员消息。坤安猛地拍大腿，懊恼地说，忙忘了，你被救前几天，周慧找过你，说找到个女娃，从慰安所逃出来的，嚷着要见你，我那时不晓得你的死活，也没有多留心。她叫什么？巽丰急切地问，坤安想了想，说，叫什么镜子。巽丰大叫，就要去找周慧。坤安赶紧按住他，说他托大料帮忙给巽丰弄安居证，就说是鲁大料的侄子，先解决自由上街的问题，再说别的。

巽丰耐心等了几天。坤安先带着他去照相，再找人托路子，真给他搞到个安居证，只不过上面的名字是"鲁二丰"。巽丰看不起大料，愤愤地说，我不要给汉奸当侄子。坤安说，你不了解情况，过一段时间，我把阿水、"铁鹰"和大料都找来，咱们好好谈谈。巽丰等不及，拿了安居证，就去了美浓旅馆。两个地方距离不远，巽丰却感到，这条短短的路，似乎那么漫长。他耐着性子，忍受街口日本兵和伪军的盘查，越过废墟，跳过两条长满白色野草的臭水沟，穿过朝天宫后的牛首巷，才看到怪里怪气的"美浓旅馆"。正午阳光猛烈如酒，铁灰色旅馆，外面白色广告箱上是血红日语标志，日本国旗从二楼窗台垂下，遮住部分窗户，好似诡异招魂幡。旅馆门口，不少男人鬼鬼祟祟地进进出出，巽丰眯起眼，这才发现，二楼窗户大部分是开着的，都有一个浓妆艳抹的女人坐在那里，向楼下的男人搔首弄姿。那些窗户上，也有一行血红的字："陶陶导游社"。

巽丰的心一下子被揪住了。他想到小镜待在这种鬼地方，眼前就浮现出秦小剪断掉的腿，被烧毁的半边脸。他说什么也要带走小镜，保护她。巽丰快速登上二楼，发现楼梯口挤着一大堆男人，他好奇地问，他们怎么不进去。有个大烟鬼似的男人，笑嘻嘻地说，下午两点，"三潭印月"表演。什么"三潭印月"？巽丰有些纳闷。大烟鬼男人神秘地说，好东西，保证你没见过，巽丰还要问，就见到个胖女人站在楼梯口，向每个男人收五角法币，巽丰说，我来找人，找周慧和秦小镜。胖女人不耐烦地说，不花钱买票，不让看哟。交了钱的男人们，轰隆隆地闯入二楼大厅。巽丰有些好奇，跟着交了钱，进到大厅。

大厅光线很暗，窗户都蒙着厚厚石斛兰花蓝窗帘，舞台半高于地面，一群男人挤在那里，彼此能闻到对方嘴中呼出的臭气。巽丰被熏得想吐，有人小声说，别着急，出来啦。巽丰向台上看，一团黑影从后台走出。"她"走得很慢，仿佛夜行人看不到前方。女人个子不高，瘦瘦的，脸上蒙着纱，身上也蒙着淡纱，下身穿一条紧身短裤，露出修长大腿。舞台的光一点点亮了，所有人的心都提到嗓子眼，巽丰还能听到"咕咚咕咚"吞咽口水的声音。巽丰的眼发干，心脏莫名地跳得厉害。随着音乐响起，灯光更亮了，女人身上的红纱猛地被掀开，她扭动身体，很羞涩，也好像很痛苦，像一条被抛到岸上暴晒的青鱼。巽丰赫然发现，她的上身完全赤裸，胸膛中央有三个乳房。三个乳房不是整齐排列，而是左右两个大，中间那个小。音乐节奏越来越快，三个乳房也快速抖动，娇嫩的乳头颤巍巍的，草莓般娇艳可爱。

男人们疯狂起来，吹着口哨。他们有的张大嘴，如痴如醉，流着哈喇子，有的露出不可思议的表情，有的甚至大着胆凑上去，被两边蹿出的高大打手拎小鸡般丢出去。雪亮灯光下，三个乳房好似湖水中三座白玉小塔。巽丰这才看清，戴着面纱的女人，年龄不大，像一个正在发育的少女，身材瘦削，乳房也不是太丰满。巽丰盯着那少女，总感觉熟悉，又想不起是谁。他在人群中越挤越向前，要挤到女孩的脚下。女孩看到巽丰，突然停止舞蹈，双手捂着胸，浑身发抖。大家都愣住了，巽丰更是狐疑不解。打手冲上来，卡着巽丰的脖子向后推。女孩顺势蹲在舞台上，嘤嘤地哭着。巽丰好似想起什么，大吼道，小镜！你是小镜吗？

巽丰从一个打手腋下钻过去，冲到台上。他脱下衣服，披在女孩身上。女孩正是巽丰苦苦寻找的秦小镜。此时的小镜，泣不成声，双手死死扣住巽丰肩膀，指甲几乎要插进他的肉里。她含混地说，巽丰哥，你怎么才来？巽丰打断她，将她背在身上，向大厅外面冲。场面立刻混乱无比，有的观众以为来了日本人，疯狂乱跑，有的观众对被中断的表演很不满，纷纷要求退票。两个打手见状，过来阻拦，巽丰掏出半把剪子，轻轻地一划，割开一个打手的外衣。他大声喊，两位大哥，看你们的身形，应在部队吃过粮。女孩是我妹，你们当初当兵打鬼子，不就是保护百姓？我妹吃了这么多苦，我带她走，难道不行吗？打手叹了口气，退到一边。巽丰正要再次向门口跑，看到几个女人气急败坏地跑来，为首的是一个黑瘦的、佝偻着腰的老女人，她尖厉地喊着，瞧什么？没给你们钱哇，我们这里不是善堂，把那小子又出去！巽丰护着小镜，仔细看那女人，竟是"六喜台"的杨老鸨。

杨老鸨见是巽丰，也没啥表情，拄着黑棍，冷冷地说，蒋少爷，现在不是民国二十六年！这里不是"六喜台"，你也不再是教会学校学生，童军首领，这里是日本人的地盘，是陶陶导游社，现在是昭和十三年，她也不是你的妹，是我的摇钱树，现在要带走她，就要赔偿我，否则休想离开！巽丰看着杨老鸨疯狂的脸，想起她在六喜台时的样子。她那时虽然讨厌，好歹是个和气的老女人，谁料现在变得这般无耻冷酷。巽丰跨出一步，回敬说，这里的确不是"六喜台"，南京也不再是民国首都，可人心还在各自的胸膛，你这样对待一个年轻女孩，比日本鬼子还坏！你不让我走，磨剑社的兄弟会来收拾你。我们可都活着。杨老鸹喘着粗气，脸上阴晴不定，虽然还是挡在门口，气势却弱了不少。巽丰掏出剪子，对杨老鸹说，再不让开，让你们肚子开花。这活地狱，我早受够了，大不了同归于尽。众人看此场景，一哄而散，只剩下巽丰和陶陶导游社的人僵持。杨老鸹还不死心，阴着脸说，蒋家小子，你可是抗日分子，如果不离开，我要把你举报出去，到日本人那里领赏。巽丰无所谓地笑着说，那就来吧，看谁死得快。

周慧的出现非常及时。她先是喝退两个打手，又出言威胁杨老鸹放人，说小镜在陶陶导游社的花费，都算在她的账上。杨老鸹见是周慧，悻悻地退到一边。巽丰没好气地对周慧说，我妹被你领到这里，你怎么让她干这个？周慧说，小镜的第三个乳房是增生性残疾，是被日本人炮弹皮炸伤后，长出的瘤子。在日本慰安所，她又受尽折磨，瘤子越来越大。她不想让小镜去卖淫，可又找不到巽丰。她也是没办法，得让小镜活下去呀。

这是"导游社"，周慧噙着泪说，你让我们这些女人靠什么活？

巽丰看看周围的女人，包括杨老鸹，也都面有菜色，妓女们虽化了妆，但掩饰不住满眼辛酸，连胖嘟嘟的"珍珠喜"也显出憔悴的样子。两个打手扭过头，长吁短叹。他不再说什么，背起小镜向外面走。他走出美浓旅社，脚下还踩着几张宣传"三潭印月神女"广告宣传纸，他愤愤地啐了口唾沫，使劲踩碎那几张纸。小镜很轻，轻得像一片树叶，安静地俯在巽丰的背上，巽丰清晰地感到她的颤抖。巽丰跳过美浓旅馆门前那片弹坑水洼，轻轻地对小镜说，我要娶你，小镜，我答应过剪兄。别怕，凡事有我。小镜"嗯"了一声，没了动静。不知为何，巽丰的脑海中想到了林秋月。

巽丰叹息着，心里念叨着，林秋月，你跑到哪里去了？

三

小镜蜷缩在躺椅上，紧紧夹着腿，享受着清晨暖融融的阳光。已是盛夏，她头顶是暖烘烘的云，空气饱蕴着水汽的热，院子的树和草丛，坤安认真修葺过，此时也是湿漉漉的。小镜每天都要洗澡，然后就缩在那张躺椅上。她不讲话，眼神空洞贫乏，仿佛大半年的经历，把她的精气神都掏空了。巽丰有耐心，一点点地和她交流，给她梳头，洗手，洗脚，喂她吃东西。小镜很少回应，目光却一点点地软了，带着依恋和信任。她喜欢在躺椅上晒太阳，偶尔喊出几声"巽丰哥"，让巽丰欢喜异常。

夜晚来临，小镜也不愿回屋睡，巽丰就给她盖上毯子，在她身边，打着蒲扇，赶走讨厌的蚊虫。她睡着时也要捉着巽丰的手才安心。那双瘦瘦的手，如此有力，以至于在睡梦中，还时不时地扯上几下。她睡得沉，但很吃力，额头全是冷汗。巽丰打着哈欠，在脸上拍死一只蚊子，迷迷糊糊地，仿佛听到远处秦淮河静静地流淌。1938年夏天的月亮，又大又圆，挂在墨蓝天上，照着这张舒舒服服的躺椅。巽丰一边陪伴着酣睡中的小镜，一边思念着秋月。她是北欧神话中的女武神，飘荡在那些蓝幽幽的马路上，像一个近在咫尺，却永远不能触及的梦……

巽丰向二叔坤安表达了娶小镜的意愿。坤安愣住半晌，问他，你是真喜欢小镜，还是可怜她？还是因为她的兄长？巽丰坚定地说，小剪留在小林春之那里，不知生死，我答应过他，照顾小镜。坤安不再说什么，只问他将来怎么办？巽丰打算，等小镜神志恢复，状态好了，他们再举行婚礼。婚礼过后，有机会他们就离开南京。如果小镜状态好不起来，他们成亲后，巽丰打算一个人离开南京，去安徽参加抗战队伍，拜托二叔照顾小镜。作孽呀，坤安摇着头说，小镜真可怜，婚姻大事，你父母都不在。我是长辈，我不干涉你，你自己拿主意就好。我这里有水生孝顺，你不必担心，但你和小镜不能在这里住，伪政府查户口越来越严，你在南京认识的人太多，如果和我在一起，很容易露馅，你还是去大料那里吧，反正安居证的名字就叫"鲁二丰"。你不要再骂大料，他为了你的事，跑前跑后，也担了不少干系。

几天后，巽丰和小镜搬离小天王府巷，来到鲁大料"德祥记"酱园。大料收拾出后院两间屋，给他们居住。他住的地方离酱园还有段距离，在地测总局旁的石婆婆巷。大料平时在店里，他叮嘱巽丰，安心住下，日常用品他会送来，没事不要去酱园柜台，那里人多眼杂，不安全。大料笑嘻嘻地说，贤侄，委屈你这段时间跟我姓，外人面前，就叫你二丰啦。巽丰翻翻白眼，不耐烦地说，过一阵，我和小镜结婚后，就不打扰了。大料看着小镜呆呆的样子，说，你不是喜欢日本女娃吗，怎么又和这女孩搞不清楚。巽丰说，我十六了，父母不在，叔叔的话就是准数。小镜没亲人，我要做她的亲人，一辈子保护她。说到这里，巽丰犹豫了一下，一辈子多长，他好像模模糊糊，没什么感觉。这桩婚姻，是爱情还是责任，他也说不清。也不能说，他对小镜完全没有感觉，他还是将她当成一个可爱的、需要保护的小妹。想到那三只晃动的、可怕的乳房，他情不自禁地打了个寒战。

　　小镜的状态慢慢好转，也能干些家务。她对巽丰特别依赖，每天围着巽丰转来转去。她晚上睡觉，要巽丰陪在身边。她看向巽丰的眼神，都是羞涩与温柔。她断断续续地讲了俩人分别的事。江滩上，大家都以为巽丰要死了，副师长带着军人，背着她，继续向西撤。遭遇日军阻击，大家走散，她被日本人抓了，后来进了慰安所。她找机会从厕所甬道逃出，被周慧发现后，到了陶陶导游社。巽丰想告诉她小剪的事，想了想，还是没有说。巽丰也想出去赚钱，可能干点什么？巽丰又想不出。大料事务繁杂，除了送日常用品，也难得来看看。巽丰几次打探小剪和秋月的消息，都没有结果。最后还是托了一个伪警察署主任，才打听到巽丰逃走后，小剪被小林春之打得死去活来，不知所终，有人说他逃走了，也有人说，他被小林春之活活打死了。坤安在饭店渐渐稳定住，老板给他涨了工资，水生跟着帮厨，学东西很快。说到亲人们，坤安倒是泰然，他说，武汉眼看要守不住，坤模应是带着家人，去了重庆。蒋家在南城郊几处房地产，原本租给商家经营，如日升碾米厂、恒丰绸缎庄，现在这些商铺有的毁于战火，有的被日本人抢占，房租也无从谈起。巽丰和小镜的生活，都靠坤安接济。至于坤典和坤瑶，兵荒马乱的，也无处寻找，只能祈祷苍天保佑了。

你真要和小镜结婚？坤安想了想，还是说，阿丰，你十六，小镜才十四，是不是太早了？你该再读点书，听说教会学校要开放一部分，你可以去育群问问，看能否再补进去。多学点知识总是好的。

现在能好好上学吗？巽丰气愤地说，我不要当亡国奴，我要杀鬼子报仇。我要离开这里，参加抗日队伍！

坤安涨红了脸，有些尴尬，说，我也不是说不报仇，只是……

坤安想了想，最终还是没说出盘算许久的想法。南京嫁娶习俗，规矩很多，有纳采、问名、纳币、亲迎等礼节，非常烦琐。坤安推算一下，10月16号，是黄道吉日，宜嫁娶。小镜家里没人，坤安的意思是，让周慧充门面，算女方的人，帮她梳妆打扮。巽丰这边坤安是长辈，封阿水当介绍人，大料当主婚人，巽丰也让坤安设法通知"糊鸡"、"铁鹰"和华子等红山义勇的兄弟，设法前来相聚。证婚人，巽丰想让"铁鹰"担当。想当初，在磨剑社，"铁鹰"和巽丰、小剪三人最谈得来，也是过命的好兄弟。消息传递出去，各方面都欣然答应。

　　10月过后，秋风凉了，南京市第一百货商店正式营业了。这是"督办南京市政公署"在日本人支持下建立的，召集八十八家店铺在此营业。那天中午，巽丰带小镜去看开业仪式。鞭炮齐鸣，无数红纸屑，裹挟硝烟味道，在商店上空盘旋，小镜吓得发抖，巽丰安慰她说，是放鞭炮，不是打仗。小镜靠在巽丰怀里，等鞭炮声歇了，才露出头。炮火炸断的法国梧桐被移走了，又在原地栽种白蜡树和槐树。它们在秋天金黄色影子里，展现着湿润形态。巽丰挽着小镜，看着衣着光鲜的人们，拥向商场入口，好似雨后坟场新长出来的五颜六色小蘑菇。他们很多是日本人，也有西装革履的中国人，黑色的礼帽，粉红色的遮阳帽，一个连着一个，人们热烈交流着，窃窃私语，又喧哗无忌，很快消失在黑洞洞的商场入口。商场不远处，一群乞丐跪在地上，苦苦哀求行人施舍。几具倒卧的尸体，瘦骨嶙峋，身体弯成大虾形状，巡警还未抬走。有的手里还捏着包黑色土膏，未来得及开封，上面印有"宏济善堂"字样。

小镜，巽丰扶着她的肩膀，轻声说，我带你买点新衣服吧。

我不要去那里，小镜紧紧抓着巽丰的衣袖，怯生生地说，人多，鬼也多。

四

石婆婆巷口，有一棵粗粗的大槐树，被烧得乌黑，大家都以为死了，六七月份后，又开始往外冒嫩绿新芽，一丛丛，一簇簇，黑不溜秋的树干上，绿得让人赏心悦目。清晨的阳光，钻出墨蓝布幔般的天空，抚摸着街口岗亭那颗大大的五色徽章，喷溅着屎黄色光芒。几只在秋天变得衰老无力的苍蝇，紧紧依附在日人商店鲜红招牌上，等待着最后时光。城里汽车少得可怜，青石板路，柏油马路，石子路和泥土路，还有刚被填平的、铺煤渣的弹坑，都跑着些羸弱杂色马，在那些路上留下冒着热气的粪蛋子。人力车夫绕开马粪，气喘吁吁地拉着车，乘客们面目呆滞，待在车上一言不发，恍惚之间，人们似乎回到宣统年间。再向远处，秦淮河边并排大大小小的妓院，河里摆着乌篷船卖淫的船娘，又开始公开营业，沿街看去，全是赌档和土膏档，一片乌烟瘴气。秦淮河两岸住户，提着宫砂红恭桶，向河水中倾倒屎尿和杂物。洗衣物的女人，在不远处乌黑油亮的杵衣石上，乒乒乓乓地摔衣服，用胰子反复揉捏，好似清洗一具具婴儿尸骸。

巽丰的小院，非常热闹。巽丰戴着顶法国开斯呢礼帽，鬓角插着红绒花，身上是藏青色马褂，胸前挂茉莉花，足蹬一双锃亮小水牛皮鞋。这身行头本是大料留给乡下侄子的，现在便宜了"鲁二丰"这个假侄子。周慧和"珍珠喜"带来漂亮头饰，五彩织锦红绸短袄。她们笑嘻嘻地帮小镜盘头，修眉，开脸，试验各种粉底和胭脂。几个女人嘻嘻哈哈地化妆，巽丰还要仔细看，被轰了出来。周慧将巽丰带到没人地方，塞给他几根金条，红着眼说，这是你父亲给我的，我没资格当你继母，可毕竟和你父亲好过一场，也在你家住了很长时间，金条你收下，也是我代表你父亲的心意。巽丰不想要，可看到周慧的脸红涨着，像要滴下血，勉强同意了，让她把金条直接给小镜。

他又去厨房，想帮坤安做饭。因为巽丰化名的缘故，婚礼办得低调朴实，不敢放鞭炮，不敢大摆酒席，就是熟识的十几人凑起，吃顿婚宴。坤安和水生，几天前就琢磨备料。现在南京城物价涨得快，特别是白米和面，涨得厉害。坤安求到大东亚酒楼的老板，才给他多放了些食材。坤安准备的食单，首先是八个冷菜：五香牛肉、桶子鸡、红油带鱼、蒜泥黄瓜、酱鸭片、姜汁拌西芹、十香如意菜、鸡汤煮干丝；再是八个热菜：白灼竹节虾、腰果鸡丁、松鼠鳜鱼、酱烧炸排骨、蟹黄西蓝花、香酥德蹄、乾坤烧鸭宝、蟹粉狮子头；汤羹准备的是文思豆腐汤。虽然都是家常菜，但也是金陵婚宴"八大加八大"规模，拿出了坤安不少家当。这是侄子的婚宴，坤安自当全力以赴，巽丰要帮忙，被水生赶出来，说，大哥今天是新郎官，只需陪着客人喝茶聊天。

"铁鹰"和"糊鸡"都提前过来帮忙。"糊鸡"弄来马鞍，摆在房门口，让新娘进门时"跨鞍"，才能保住平安。"铁鹰"找来布袋，让新娘踩着走过去，这叫"铺毡"。华子领着其他人，分头混进城，再来聚会。他们也通过各种渠道，弄到安居证和疫苗证，但南京城的盘查，越来越严，五家联保制度，也是人人自危。红山义勇活动空间，被大大压缩。巽丰还想办法找到了疯疯癫癫的"花佛"，虽然他疯了，但从前是兄弟，起码要让他吃顿好的。巽丰到了正屋，阿水正在和大料琢磨写"婚书"。这东西写好，按理说，要到市政署备案，巽丰和小镜才算合法夫妻，可巽丰现在用的是化名，俩人也根本不愿上伪政府备案，就写了"婚书"自己留作纪念。大料沉思片刻，笔走龙蛇地写着：

蒋巽丰，系江苏南京人，年十六岁，民国十一年三月二十七日四时生；秦小镜，系黑龙江省哈尔滨人，年十五岁，系民国十二年十月十三日九时生。今由封阿水先生介绍，谨詹于中华民国二十七年十月十八日上午十时，在南京石婆婆巷举行结婚仪式，恭请铁鹰先生证婚。嘉礼初成，良缘遂缔。情敦鹣鲽，愿相敬之如宾；祥叶螽麟，定克昌于厥后。同心同德，宜室宜家。永结鸾俦，共盟鸳鲽，此证。结婚人蒋巽丰、秦小镜，证婚人铁鹰，介绍人封阿水，主婚人鲁大料。

上午10时将近，红山义勇还未赶到，主婚人鲁大料决定马上进行婚礼仪式。走完一套程序，巽丰和小镜被推出，给坤安磕头。坤安抖抖地从口袋摸出两个大红包，哑着嗓子说，蒋家的人还没死绝，虽遭逢大难，但我们还能开枝散叶，我们好好活，就还有希望。大料来得豪气，封了十块大洋给巽丰。阿水不苟言笑，也显出激动神色，送给巽丰两床漂亮的棉被。周慧和"珍珠喜"，给小镜送了一对玉镯。"糊鸡"和"铁鹰"没啥钱，两人给巽丰凑了套手工打磨的紫砂壶，也不晓得从哪个大户摸来的。小镜不言语，只是微笑，脸上浮现两块红晕。巽丰看着小镜窈窕的身姿，心里高兴，也有点茫然。他强打精神，给各位朋友鞠躬道谢。说着话，华子带着"撸子"、史攸和"刺刀"闯进来，吓了大家一跳。华子比上次见面更瘦了。"刺刀"等几人，见了巽丰，更是亲热。"刺刀"笑着说，巽丰，听说你家做了好吃的，好好宰你一顿！华子给巽丰贺喜，不声不响递上把98K军刺当贺礼，牛皮套的黄油还是新的。大料开玩笑说，人家结婚你递刀，想让新娘当寡妇哇。

蹲在门口、啃着块猪蹄的"花佛"，抹着鼻涕，站起身，哇哇地喊着，不当寡妇，当孕妇！多生娃好哇！

众人哄笑。"珍珠喜"小声说，傻子看着傻，说的话还真在理。华子对这玩笑话，却有些在意，脸上挂不住。坤安赶紧来解围，安排众人落座。大料给巽丰准备绍兴老酒、衡水老白干和苏州桃花酒。女人们喝老酒和桃花酒，男人喝白酒。史攸姑娘喝了不少桃花酒，吃菜差点噎住，看大家都瞅着她，有些不好意思。"撸子"忙不迭地向嘴里填菜，不忘插嘴说，丰哥，我们天天被鬼子撵着跑，几天都睡野地，饭也吃不上，快成野鬼了。华子放下酒杯，沉声说，"撸子"，你是不是觉得，我这大哥，让你们吃苦了？"撸子"有些尴尬，拿着个鸡腿，举在半空中。"糊鸡"打圆场说，华子，不要放心上，"撸子"酒喝多了，放空心屁。咱们虽苦，但端了好几个区公所和公署，灭了几十个鬼子和伪军，谁不晓得红山义勇威名？咱就是死了，也对得起祖宗咧。大家纷纷喝彩，华子这才高兴起来，继续找"刺刀"、"铁鹰"和巽丰拼酒，他摇晃着说，阿丰，你是把好手！真后悔让你回来，咱们兄弟联手，定能让鬼子闻风丧胆。

华子和巽丰、坤安等人讨论着时局。传说汪精卫要来南京，和平建国"还都"。巽丰讽刺说，五色旗要换青天白日了？坤安叹息着说，百姓越来越难，还要咬牙活着。大料劝说大家不必太烦恼，"刺刀"冷冷地说，早晓得你给维新政府做事，如果你不是巽丰好友，现在就不会在这里了。大料却不害怕，咧着嘴说，你们这帮小孩，搞点小动作还行，大事就稀松了。我大料是不是汉奸，此事终有公论。众人纷纷劝解。华子放下碗筷，愤怒地说，大家现在都忘了死难者。你们不看看普通民众的生活？大光小学的男教员，穷得出门衣服都没有，只能穿着老婆的女装上课。南京每天有多少人死于日本土膏行？多少人为此倾家荡产？连红山义勇也有人吸毒……大料说了一个好消息，苏南刚成立新四军，派出小股精锐部队从陶吴镇以北徐村直插南京中华门外，一度占领雨花台制高点，吓得日伪军紧闭城门，拉响警报，向雨花台盲目射击。据说，有一对男女勇士，用各式自制炸弹，给敌人造成不小伤亡。坤安和大料分析，都觉得这对情侣就是蒋坤瑶和谢东山。坤安也说，正设法通过在南京和上海来往的商人，寻找坤模他们的消息。

听到这里，巽丰也很振奋，他想起死去的兄弟，提议大家敬死难者。大家举起酒杯，缓缓将酒洒在地上。坤安正碰到周慧愤怒的眼神，赶紧回避开，他的眼里也全是泪。巽丰拉着小镜，扑通一下跪在地上，哭着说道，爷爷，爹，娘，婶婶，小剪，你们听到吗？能看到吗？我要和小镜结婚了，咱们蒋家要有后代了……

酒宴进行了一个下午，又持续到晚上，很晚才散去。多年后，巽丰回忆起那次婚礼，也坚持认为，那是他人生最高兴快乐的聚会。他清晰地记着每个人的表情，每道菜的味道。这些人后来慢慢地消失在巽丰的生活中，甚至失去了生命。夜晚的小镜，美丽纯洁，她轻轻笑着，在他的耳边，呼出一道道温暖热气。大家都起哄，让他们接吻。巽丰大着胆子吻去，亲到的全是小镜的眼泪。晚上烛光摇曳，微黄光影，慢慢爬上人们的脸庞，舔着他们的鬓角和眉毛，在他们的酒杯上，留下淡淡痕迹。巽丰能闻到大料油腻的袖子上的酱油气味，能感受到华子腰间暗藏的小巧勃朗宁手枪，被不断摩擦着，已慢慢变热，美丽的史攸姑娘，看着华子的眼光更是炽热。他能听到"花佛"吧唧着嘴，呢喃地说"约翰、小剪，人杰，来吃好东西啦"，听到"铁鹰"、"糊鸡"和阿水，小声商量着，要不要把老姜头剩下的积蓄，都交出来。他能看到，喝醉的周慧和"珍珠喜"，痛骂二叔坤安逼死二婶柳如春，二叔在这痛骂声中跪地认错。所有人都在酒宴中，释放了这一年多的恐惧和无助。所有压抑的耻辱和创伤，也在那一刻，再次重演。

巽丰更不能忘记，就在新婚夜晚，他永远失去了小镜。他那晚喝得大醉，回到屋里，躺下呼呼大睡，没留神小镜去了哪里。也许他是在刻意逃避那个尴尬时刻。第二天早上，当他醒来，发现桌上那封沾满泪水的信，还有两根金条。金条是周慧给的贺礼。小镜仔细讲述了她在慰安所遭受的非人虐待。她从未忘记这些遭遇，只不过不愿向人提及。她写道："我是一个不能生育的怪物了，我不能留在你身边，你该找一个能给你带来幸福的女孩。这辈子和自己喜欢的人入洞房，此生足够了。"她又写道："巽丰哥，我知道你喜欢林秋月，你娶我，是因为答应了哥哥，也是可怜我。但我必须告诉你，林秋月已经死了，我亲眼看着她被抬出慰安所带着铁锈的大门，丢到一辆卡车之上，永远离开了这个痛苦的世界。她被折磨得没有人形了，可我还是看到她的手心中，死死攥着什么东西。秋月告诉过我，那是你送她的礼物，是一个飞机模型。她带着纪念物离开，也是一个安慰吧。她虽是日本人，但被认定帮助中国抗战，因此被带到慰安所。她每天被几十名日本军人蹂躏。很多军人因为她是日本叛徒，格外虐待她。她一周不到，就死了。一次，趁着洗澡间隙，她对我说，如果活着出去，见到你，就告诉你，要勇敢地活下去。秋月姐是坚强的。她是一个真正的勇士。我担心你伤心，一直不敢告诉你，你能原谅我吗？"小镜最后写道："永别了，巽丰哥，我联系了庵堂，将在那里度过余生，不要来找我，让我安静地过生活吧……"

第十八章　重庆来信

　　基督耶稣拯救我们，从此不再死亡。我们充满信心，归家的路上，基督耶稣赦免我们。罪恶不再捆绑，从今我们得到释放。耶稣称我们为义，谁能定我们的罪？……谁能使我们与基督的爱隔绝？他爱的激励是我们得胜的力量。

　　　　　　　　　　——赞美诗《基督耶稣拯救我们》

兄坤安惠鉴、顺致巽丰侄儿如面：

　　你们的情况，上海来的高淳先生，已告知了我。战火纷飞之际，咱们还能互通讯息，真是不幸中的万幸，感谢高先生耐心细致的寻找。父亲大人去世，二嫂和大嫂殉节，我非常悲痛，不意去岁浦口码头离去，阴阳两隔，竟成永别！乱世之中，人不如犬，命运漂泊不定，如浮萍无根，夜半之际，常哭泣惊醒，梦中见全家人其乐融融，于庭院聊天，于餐厅品尝美食，这些美好回忆，永远不可能再成现实了。你们能在极度艰难的情况下，支撑到现在，坚强地活着，我非常兴奋，也很欣慰。我每晚向上苍祷告，祝福你们平安，看来还是有些作用。这是劫后余生的幸福。

要向你们道歉，我没有照顾好母亲和巽玉。民国二十六年十一月二十九日，我们才来到汉口。我们先在南京浦口坐船，到了安徽，再辗转坐汽车，再坐船，到达汉口，已是五天之后了。这一路上，非常惊险。敌机几次在我们的轮船上方盘旋轰炸，好几个水手，被敌机扫射的机枪弹打碎了胳膊或腿，在甲板上疯狂地哀号。也有的乘客实在受不了这种惊吓，抱着一个救生圈，跳入了冰冷的江水。我想，他们不可能活着登上岸了。巽玉吓得大哭，我死死地抓着栏杆，紧紧护住巽玉和母亲。有一次，子弹打在铁护栏上，溅起了火花，就在我的脸颊边飞过，再稍微移动一些，我就可能被子弹打穿头部。经过好几次空袭，血染红江面，敌机才飞走了。到了武汉，我先去国民政府报到，母亲和苏州娘姨、巽玉，就被我安排在一家旅社。我们在那家旅社住了半个月，我才在汉口正街大通巷，租得了一处住宅，将她们安顿下来。

我来到武汉不久，就听说"南京大屠杀"的消息。全家人像疯了一般，母亲每夜都暗自哭泣，她带着病体，到武昌大东门外潘龙山莲溪寺，在住持比丘尼僧的引导下，点祈愿灯，燃祈福香，并请了观音大士法座回家，顶礼膜拜，只祈求神佛保佑，蒋家人能安全渡劫。母亲是武将后裔，原本豪爽大气，在南京时，对大嫂信佛之事，也颇多嘲讽之意，可到了武汉，她改变了往日想法，将那点可怜希望，寄托于神佛之意。那时汉口《中央日报》登了不少消息。我们还看了逃离南京的国军军官和医官写的文章，对日军种种暴行非常愤怒。几十万人，怎能说杀就杀呢？就是俘虏，也不能断然执行如此非人道措施，更何况，这群人很多是普通市民和老弱妇孺。日本昭和军阀体制，再次向世界展现了野蛮无耻的一面。现在毕竟是文明社会，不是蒙元灭宋，也不是满清入关，执行如此残酷的民族屠杀政策，我猜想，除了打击中国军民的抗战意志，还暴露了岛国倭奴的自卑心态，及野蛮的中世纪征服心理。日本的用心，非常险恶。它并非要发展中国，而是要整体消灭中国文化和中国民众，强占中国广袤领土。昭和军阀的野心，极为野蛮不人道，也是人类历史的倒退。

刚来汉口的生活，非常忙乱。我忙于工作，经常加班，母亲在船上，已患上感冒，常常咳嗽。后来，又传染给了巽玉。巽玉年幼，抵抗力差，就病得厉害了。我把她送到医院，因为在战时，没有好的治疗方法，医生忙着照顾伤兵，也没有特效药，巽玉病得越来越厉害，脸色潮红，发高烧，说胡话，整夜咳嗽，母亲忧心忡忡，又不敢太接近她，因为她自己还在病中。苏州娘姨负责她的平时起居，起先还尽职尽责，后来就时常找不到人，巽玉发烧口渴，连水也喝不上。我斥责过她几次，她有所收敛，后来故态重萌，就控制不住了。我也想辞退她，可没有合适人选。直到有一天，我从公署回来，发现她席卷了家里的钱财，不知所终。那是我们所有的积蓄。母亲放钱和贵重物品的木匣，平时专门放在里屋，也被翻出来，被洗劫一空。母亲放上等衣物的衣橱，也都被掏空了，连平时钱包里散碎的零钱，也被毫不留情地拿走了。母亲说，常有一个苏州老乡来找苏州娘姨。那个男人，又老又胖，鬼鬼祟祟，说是在武汉做丝绸生意。他们常在一起鬼混。母亲因要她帮扶，也就睁一眼闭一眼。我也是这心思，工作太忙，只能依赖于她，还给她涨了工钱。谁料，他们利用我们的好意，生出如此歹毒的心思。

我立刻报了警，警察过来，做了简单记录，也没什么更好办法。这事也怪我大意，我们本不该带上她，她在苏州有家庭，可她当时执意要跟我们走，我当时心软，也就让她跟过来，可没承想，她的心这么狠。知人知面不知心，是我迂阔天真，才酿成了悲剧。没过几天，苏州娘姨的尸体，被人从汉江打捞出来，后脑有明显被人击打痕迹。她的挎包内，带着我在行政院用的空白公事信封和信纸，警察顺藤摸瓜，找到了我这里。我在停尸房，见了这个狠心且愚蠢的女人最后一面。警察的推测是，那苏州男人，骗得她的信任，俩人联手，盗窃我们家的资财，男人又杀人灭口，将她锤杀在汉江。这真是一个愚蠢的女人，她不信我们这些患难与共十几年的人，反而信一个花言巧语，认识不过几月的老骗子，真让人不可思议。我在轮船上，冒着被机枪子弹打碎的危险，也保护过她，就是把她当成乱世可依靠的家人。但谁想到，却是如此下场。

也许她真爱那个骗子，只不过，所谓爱情，害了我们，也害了她自己。我看到她的嘴角，还微微半张着。警察局问我是否给她出丧葬费，安置她的骨灰，我拒绝了。她很快被拉到乱葬岗。我不想再和这女人有丝毫瓜葛。我恨死她了。她不该卷走家里所有的钱，这里也有巽玉治病的钱。没有钱，医院就把孩子推到走廊外，让我抱回家等死。我真是叫天不应，叫地不灵！母亲将贴身玉镯和项链，都当了大洋，给巽玉治病，父亲在武汉国立大学的好友费维东教授，也帮我们筹了些钱，可还是晚了一步，孩子还是走了。可怜的巽玉，走的时候，紧紧攥着巽丰送她的布娃娃，气息奄奄地说，要回南京，找妈妈和哥哥。她的身体一点点变凉，布娃娃还贴在她的脸颊上……写到这里，我的心里就难受，我对不起大哥和大嫂，如今大嫂不在了，大哥也不知踪迹，我怎么和巽丰交代？

我写不下去了，先喘息一会儿，积攒一点力气，再和你们说。

母亲去世，是在巽玉走后一个月。她是最先病的，却走在巽玉后面。她总觉得巽玉是她害死的。她不该生病，更不该传染给孩子。她对不起蒋家。她总说，该留在金陵，陪着父亲，夫妻该死在一起。她把所有钱都拿出来了，除了给巽玉治病，就是在武汉租房子。我们的日子过得清苦，武汉这边因为打仗，物价涨得厉害，我那点薪俸，只够勉强吃饱饭罢了。武汉形势也不好，这里虽号称"东方芝加哥"，非常繁华，但战争的阴云，也像瘟疫一般，把这座发达工业城市，变成了危险死地。南京沦陷半年之后，日本人在长江南北两岸分兵五路西进，合围武汉。战争进行得波澜壮阔，苦的是无辜百姓们。行政院那边，又安排我先行去重庆。这也让我得到机会，脱离这片苦海。武汉不久之后，也被日军攻占。他们虽不敢像在南京一样，公然进行屠杀，但也杀害了无数我们的同胞。这笔血债，不知何时能偿还。开战前，我是一个温和的和平主义者。我不希望战争，也不认为，中国对日作战，有胜利希望。但"南京大屠杀"之后，我才意识到，也许，对我们这样一个与恶邻相处的弱国而言，根本没有退路，日本的野心和胃口太大，他们要吞并中国，将中国完全同化，我们拼死抗争，才有一条出路。如果拼死抗争，也无法胜利，那也是天意使然，我们决不可任人宰割，坐困于死地。想到大武汉的沃野平原，南京的繁华盛景，都被日本人肆意践踏，我的心里就如刀绞一般。

我只能带着母亲再次西行，经历很多磨难，来到雾都重庆。那天清晨，就在我们坐船即将到达重庆时，母亲也离开了我。我看到了雾气重重的山城朝天门码头，看到了赤身裸体拉纤的纤夫，码头上堆积如山的南撤物资，还有乱哄哄的南撤企业和单位。那些瘦骨嶙峋的苦力，将一包包货物一点点地运送进山城。可母亲没看到重庆，她在船上仙逝了。她病得下不得床，很多日不吃东西，只闭着眼，轻轻地说，她听到了水声，不是重庆的水声，不是长江和嘉陵江的水声，而是南京的水声，是金陵秦淮河的水声，是扬子江的水声。她的灵魂，可以跟着这些水声回家了。二哥，我真尽力了，我在武汉找了不少医生，可母亲心疼巽玉，愧疚之意太重，丧失了活下去的意志。母亲性格刚烈，一旦决心赴死，别人万难拯救。想来冥冥之中，她和父亲的灵魂，有过亲密交流。父亲走了，巽玉走了，她也不愿再独活于人间。人总是要死的，这大半年来，我也看了很多生死，可真到自己身边，眦着亲人不断离世，自己却无能为力，那种无奈与绝望，怎不让人痛断肝肠！

重庆治安不好，乞丐小偷众多，袍哥帮会盛行，我们这些外乡人在此，生存着实不易。好在我在政府工作，司长也是南京人，同样毕业于东吴大学法科，说起也是校友，对我照顾有加。有段时间，因为我经济上窘迫，他还介绍我给几位长官的女公子补习英文，赚些费用养家。可是，普通公职人员的生活就非常艰苦，有的甚至到了揭不开锅的地步。有些政府人员，常借请假缘由，预支些薪水，就不辞而别，不知做了何等营生。有些门路的公职人员，大多盯上走私烟酒、食盐和土膏的生意，有的甚至走上贪污犯罪道路，这是令人非常痛惜的。也有几个朋友找过我，但我宁可穷死，也不愿干这些伤天害理的事。

我们科室一名同事，和别人合伙走私食盐，被宪兵扣了。

我奉司长命令，到宪兵司令部交涉，意外发现，负责此案的青年上尉军官，是中央军校毕业的张人豪。在南京时，他的弟弟张人杰，是和巽丰极要好的同学。人豪帮我保释了同事，邀请我去他家喝酒。张人豪的父亲，本是退伍的名将，在军界人脉和影响颇深。在他们家，我意外见到张人杰。他见到我也非常激动，哭着说，对不起巽丰，不该将磨剑社兄弟们留在那座活地狱。人杰一直和巽丰侄儿，在光华门参加80师抗战活动。南京防守失败，人杰回到家中，和全家人一起，在他父亲几位老部下的带领下，用十五根金条的代价，疏通南京司令部关系，乘坐江边预留给守城官长的橡皮舟，顺利脱离险境，转移到安徽。他本想叫上巽丰，但实在是船位有限，不能相顾，他父亲的几个妾室姨娘，也都无奈留在了南京，不知生死。人杰十分愧疚，他说，他和巽丰、高约翰是益智小学"三剑客"，是生死之交的朋友。再后来，人杰一家也辗转来到重庆，人杰也像他哥哥，报考了中央军校的复校班。巽丰侄儿还活着的消息，我会尽快通知他，相信他必欢呼雀跃。人杰质朴勇毅，出身军人世家，有古名将之风，相信不久后，他就会成长为抵抗日本侵略的国家栋梁。

必须和你们讲讲我和菊美的事了。我是在重庆的一次捐款活动中见到菊美的。她的丈夫罗伯特，先期回到美国。她留在重庆，参加基督教卫理公会在华慈善工作。我们都很寂寞，也有着共同的回忆，共同的痛苦。我只是没想到，码头一别，

385

我们还有再相见的一天。那一天，是多少次在我的梦中出现过的，令我魂牵梦绕。那是一个礼拜主日，江北嘴福音教堂搞抗战募捐活动，我闲着没事，就去参加了。菊美和一群女生，虔诚地唱着赞美诗《你是我的乐土》。我一下就认出了她。她身穿一袭白衣，圣洁而美丽，如同盛开的白玉兰。当时我热泪盈眶，我想，重庆即将成为我在苦难尘世的乐土，这是主耶稣让我和她再次相逢在乱世陪都。活动结束，她走下台，轻轻地说了句，坤模，没想到，我还能活着见到你。我一把将她搂在怀里，我们相拥而泣，让身边的人惊诧不已。

我喜欢菊美，这些你们都知道，我无法遏制自己这份感情。在雾都重庆，我举目无亲，抗战艰辛，归乡无期，我真撑不住了。可除了菊美，没有女人能真正走入我的内心。这大半年，我也接触过一些女人，干过荒唐的事。可我忘不了菊美。我们又复合了，彼此不想再错过。是我主动追求的菊美，她没有道德上的错误。菊美虽和罗伯特有感情，但一年多来，他们由于文化隔阂与性格原因，屡屡发生冲突，菊美还被殴打多次，痛苦不堪。菊美给我看了她身上的伤痕。我很愤怒，如果那个罗伯特在现场，我会和他决斗。这个大胡子的粗胖美国人，虽然外表看来是个温文尔雅的，有知识的美国人，其实私下里，却酗酒、虐待女人。一个男人殴打自己的妻子，不管在西方社会，还是在中国，都是令人唾弃的事。现在想来，菊美的婚姻是个"美丽的误会"。罗伯特喜欢的，只是菊美身上的

"中国情调"。他常嘲弄菊美带有南京口音的英语发音，抱怨她在床上"不够热情"，说她不是《石头记》中走出来的古典美人，不过是一个"营养不良"的病态中国妇女。这也怨我，当初没有好好把握姻缘。

在菊美的影响下，我也皈依了基督教。我坚信，江北福音堂，是我的爱情的结果之地，也是我人生掀开新的一页的地方。我就在福音堂接受了洗礼，也接受上帝的考验，成为一名虔诚的基督徒。这将让我迷茫痛苦的灵魂，有所寄托与安顿，也有利于我将来出国发展。菊美已取得美利坚合众国的签证，她答应我，回美国和罗伯特离婚，和我结婚。菊美说，罗伯特已初步答应了她离婚的请求，但还提出了种种刁难条件，目前，他们还在交涉之中，但相信也不会持续太久，总会有个结果。这样的话，我也可以离开中国，和她一起去美国共度余生。我将辞去国民政府的公职，去美国宾夕法尼亚州当一个教会学校的普通教师。

二哥，不要责怪我不爱国。我不是逃兵，也不是汉奸叛徒。我只是想，平平安安地在这乱世走完这一生。我累了，身心疲惫，我也害怕，这黑暗的战争最终会把我拖入毫无意义的死亡甬道。这一年来，我看到太多生命的死亡，我们渺小而卑微，我们的牺牲微不足道，也无人知晓。也许，只有上帝的拯救和全民族的忍耐，才能让人熬过这令人绝望的战争。我会想念你们，我永远也不会忘记咱们祖上的老宅，忘记父母大人膝下的教导。我也会尽最大努力，支持抗战，我绝不屈服于日本人的统治，变成一具失去灵魂的行尸走肉，一个屈辱的亡国奴。你们如有机会，也要逃出南京，如能来重庆，那是最好的结果，如果不能，则要设法到国统区。我依然热爱我的祖国。但是，人生苦短，我已尽力，还请不要怪我。巽玉和母亲的骨灰，我存放在了重庆南岸区公墓。抗战胜利之日，如果我还在重庆，我定将他们迁回金陵，与父亲大人合葬。

纸短情长，言不及义，泪满衣衫。

愿上帝保佑你们！愿上帝保佑南京！

敬颂平安顺遂，弟坤模谨上。

民国二十七年十一月二十九日

第十九章　堕落修罗

诸比丘，此三千大千世界，同时成立。同时成已而复
散坏。同时坏已而复还立。同时立已而得安住。

——《起世经》

一

冬天来了。很多有名的饭馆，只要掌柜的没死或逃走，
都酝酿着重新开业。有的要重建，就比较麻烦，干脆搬到新地
方，重新开张。从六凤居、同庆楼、曲园酒家，到刘长兴、马
祥兴，这些酒楼营业后，像大东亚酒店这样汉奸开的产业，经
营影响力就不断下跌。六凤居的炖生敲、酒凝火腿，马祥兴的
名菜，如美人肝、松鼠鳜鱼、蛋烧卖、凤尾虾，这些东西，没
几十年底蕴，不可能做好。日本人在南京也开了很多酒楼，多
是妓院与酒楼一体化，比如，中山东路"福宫酒楼"，是日本

人福田玉种开的，因有日本宪兵司令部支持，专门经营高档日式消费，生意十分火爆。老板打出"南京第一饭店"名头，常给日本驻军发放优惠券和打折券，颇有压制南京本地饭店的态势。坤安听说玉陵春要重新开张，也要辞职去老东家。大东亚酒楼苦苦挽留，坤安勉强答应，再干段时间看看。坤安之所以想回玉陵春，除了那里熟门熟路之外，也有继续钻研开发京苏菜，和日式餐饮抗衡的想法。坤安愤愤地对水生说，你要好好学本事，将来把中华菜肴发扬光大，否则再过个几十年，到了我这个岁数，晚辈后生只能吃寿司和生鱼片啦。

小镜走后，恢复少年单身汉身份的蒋巽丰，正式在鱼市街酱园档口帮忙。每天早上，先要给祖师爷上炷香。酱园祖师爷是唐代大书法家颜真卿。巽丰看着那位胖胖的官爷画像，心里直发蒙，难道唐朝那会儿，颜真卿老爷子在当官写书法之余，还发明了酱油和各种酱料？大料告诉他，颜真卿被封为"鲁郡公"，故称"颜鲁公"，"盐卤"与"颜鲁"谐音，所以颜鲁公祠是南京酱园业祖师庙。巽丰答应坤安，过了新年，再离开南京。巽丰对酱园生意一窍不通，什么干柜湿柜，他区分不开，酱油种类这么多，从榨酱油、海鲜酱油、冬菇酱油，到三茯酱油、义昌酱油，他只能靠强记，慢慢摸索，大料只要闻一闻，不用看柜名，就能说出酱油种类、品质和产地。各种腌制咸菜，各种调味作料，鲁大料如数家珍，巽丰却倒了胃口，什么糖蒜、双酱瓜、双酱笋，熏得他想吐。他真是不明白，怎么有人会在这样的环境之中，安之若素。大料摸着鼻子，悻悻地说，酱园咋啦，中国人吃饭烧菜，哪个缺少酱油？哪个不用作料和酱菜？我这酱园，才是经国之大业！

空闲时间，巽丰遍访南京大小寺院庵堂，想找出小镜，找来找去，也没有头绪。他也找过比丘尼聚集的普照寺。静娴师太还活着，看着苍老了很多，她叹着气，对巽丰说，不用再寻了，人海茫茫，她若刻意躲你，你肯定无从得见。那女施主，既然已婚，到寺院也要先当两年"式叉摩那"，得到考验后，方可成比丘尼，其间缘分到了，自然故人相逢。巽丰找寻小镜，不仅是阻止她出家，还有一层意思，是怕她欺瞒自己，找个无人之地寻短见。尼姑还可以还俗，若没了性命，他可真无法向秦小剪交代了。

找着找着，就找到南郊静安寺。还是那座破败小寺院，门前非常冷落，金黄枯叶在青石级堆积，风吹过去，发出"呜呜"声响，仿佛是隐隐哭声。这里香火也不旺。观音大士和文殊菩萨脸上，落满灰尘和蛛网。巽丰想起，大半年前，自己病重，日本释神仙和尚，将自己托付静安寺普忍和尚，被他放到化人场，差点被老鼠和野狗吃掉。这些恐怖经历，现在想来，如此清晰，又如此不真实。野草枯黄，沾满湿漉漉的露水，尸体不见了，可停放尸棺的木板还在，上面的淡黄色斑点，是尸液的痕迹。燃烧尸体的木架，也不见了，可那些灰烬还在。巽丰仿佛又回了那个风雨交加的夜晚，无数惨死的同胞，就躺在他身边，他永远也不能忘记老鼠猩红的眼和野狗兴奋的喘息声。

世上真有鬼魂吗？巽丰真心希望鬼是存在的。也许他们就在不同空间，不同轮回之中，凝视着他。这样的话，他就可以和他们沟通。他特别希望见到林秋月的鬼魂。林秋月受尽磨难，最终化为骨灰和泥土。巽丰都没来得及和她好好谈一场恋爱。如果这世上真有鬼魂，就请林秋月出来相见，哪怕是见一面也好……巽丰从脖子上取下秋月送他的御守，失声喊出秋月的名字，泪水不禁夺眶而出。

巽丰听到身后脚步声，扭头看去，见到个面黄肌瘦，愁眉苦脸，穿着补丁连补丁僧服的老和尚，弯着腰，拖着一个布袋，站在自己身后。他仔细辨认，正是静安寺普忍和尚。巽丰问和尚，是否还认识他，老僧摇头，说，老眼昏花，看不清啦。巽丰说，我就是你要埋的那个人，你还真是老眼昏花的"烧尸僧"，我还没死，就把我丢在化人场，差点让野狗吃了。普忍眯起眼，仔细辨认，有些恍惚。巽丰提起三台洞曾泰，普忍这才有些记忆，自嘲地说，阿弥陀佛，老衲整天收尸烧尸，从去年冬天至今，少说也有七八百具，难得有个"活尸"跑回来，和我打招呼，这也是一份机缘呀。

巽丰说，老和尚，怎如此狡辩？当日埋尸烧尸，也难得听你讲几句。普忍和尚叹息说，那时天天搬尸体，连活人都见不到几个，哪有心情讲话？要讲话也是对死人讲，心里还舒服点。巽丰一想，也是这道理，就不和他计较了，打听起日本和尚释神仙。普忍说，释神仙受到日本军部申斥，偷偷逃走了。有人说，他逃回京都，还俗后开了家酒坊。也有人说，他喜欢中国峨眉山，逃到那里去当和尚了。巽丰想，峨眉山对他来说，也许是不错的归宿。

此后，巽丰有闲暇时间，就去静安寺，帮着普忍干点活儿，收拾寺院，也听他讲佛法。普忍俗家是河南人，说法时有些口音，巽丰必须仔细辨听。老和尚口才不错，"口吐莲花"，全不像外表看起那么木讷。他仔细讲述苦集灭道四谛，侃侃而谈六道轮回，天人与阿修罗的战争，又讲那须弥山，大咸水海，四大部洲，三十三天，小千世界，中千世界和大千世界。他描述此岸世界之苦，彼岸世界之福，教育巽丰如何戒定慧，修行入佛。巽丰对神佛兴趣不大，他喜欢那些勇猛战斗的阿修罗，不畏天地，战斗到底。有趣的是，普忍僧不管讲什么东西，表情都是一成不变，苦着脸。巽丰取笑说，你不该叫普忍，还不如叫"苦杏仁和尚"。整天一副苦面孔，众人本就苦，看到你之后，苦上加苦，怎求解脱？普忍认真地说，众生皆苦，苦苦，行苦，坏苦，你这小子，少造些杀孽才是解苦之道。

普忍这样说，也是有所指。小镜走后，巽丰又和红山义勇混在一起。普忍也认识华子。红山义勇有时也跑到静安寺，休整一两天。巽丰在酱园帮忙，常是三天打鱼，两天晒网，晚上宵禁后，却溜了出去。眼看旧历新年要到了，日本人攻下武汉后，终于疲软了，一段时间不再有大的军事行动。《南京新报》引用日本同盟社消息，大肆宣传汪精卫主席跑到越南河内，通电宣布反对委员长，对日本寻求和平。南京城大大小小的汉奸，都得意地宣称，中国是必败的，只有和平，才有中国的未来。可是，重庆政府没有屈服，反而开除了汪精卫，宣布他和其他追随者为汉奸。延安边区政府也在声讨汪精卫，坚决反对投降。南京城的妓院和酒馆的生意很好，人民慰安所、倚红阁、广寒宫这些地方，到处都能看到醉醺醺的日本军人或浪人。

这给了红山义勇很多机会。他们常埋伏在偏僻角落，袭击落单的日伪军和浪人，抢走他们的钱财和枪支，顺便收割他们的性命。巽丰也参加了几次行动，还抢了伪区公所枪械室，缓解了心中愤怒，给过年储存了年货。干的次数多了，风险也越来越大。日本宪兵队特高课、岩井公馆特务调查班、伪首都警察厅特别刑事组，都把目光盯在红山义勇身上。一次，两个日本少年特务，伪装成被日本浪人殴打的中国人，引诱华子出手相救，差点导致红山义勇全军覆没。一个队员捆着手榴弹，和敌人同归于尽，才让队伍突围了出去。义勇这边人员损失不小，十几个成员英勇牺牲，巽丰问过华子，打算怎么办？领着这帮兄弟全战死，还是变成本地最大黑帮？巽丰劝说华子带着队伍离开南京，到茅山附近找新四军，或去远一点地方投奔国军。在南京和日本人单打独斗，像钻进铁扇公主肚子的孙猴子，现在能讨些便宜，一不留神，只要露了行迹，就可能被芭蕉扇打个正着。

我不想受管束，华子干脆地拒绝，说，我就是想报仇。

到了队伍上，一样是杀鬼子，巽丰劝他。

华子摇着脑袋，就是不同意。巽丰也只能指出，从前红山义勇纪律很好，但为了补充力量，他们吸引了很多不太摸底的人，这些人，有的出自黑社会。他们有了钱，去吃大饭馆，去赌博，抽鸦片，或找女人，这样是不行的，早晚会出事。参加正规队伍，不仅是给义勇们谋个出路，也是加强管束，让他们变成真正的勇士。

华子咬着牙，说，我们这些孤儿，活一天，就是赚了一天。我们还在南京，我们还没投降，南京就不能叫陷落。

二

朝天宫门，是南京最热闹的地方之一，中为文庙，东为府学，西为卞壶祠。明代每逢佳节，皇室贵族在此焚香祈福，文武百官演习朝拜天子礼仪。被太平天国战火焚毁后，曾国藩又重建了，迁江宁府学至此，形成了不小规模。老姜头在这里，卖过好几年香烟。维新政府为支撑门面，常在这里举行集会。

农历小年，朝天宫人流涌动，小商贩叫卖各种小吃和小商品，中国人和日本人都喜欢在摊位前流连忘返。月牙池前，背靠两根高耸旗杆，"大民会"搭建了一个木制高台，离地三米多，高台左侧，有一个白色充气假人，十米左右，画得狰狞可怖，胸部有一排黑色汉字："共产主义妖魔鬼怪"；高台右侧，是一个牛尿脬般的大气球，上面也挂一个巨大长条幅，用朱砂写着汉字："大东亚神圣光荣"。主席台还摆了一溜长桌椅。好奇的群众纷纷围观，想看看究竟有啥热闹。那天非常晴朗，蓝天驱散了连续几天的冬雨，露出暖洋洋的太阳。白杨木粗旗杆，飘扬着日本国旗和维新政府五色旗。新扎成的高台，是松木板子，冬晨露水一沾，湿漉漉的，散发着松木香。一个中国监工模样的人，跑过来，在板子上跺跺脚，看是否结实防滑。几只麻雀和乌鸦，分别占据台子前沿几个边角，叽叽喳喳地议论着。巽丰早早来到这里，等着送几个朋友最后一程。

快到中午，阳光更暖了，先来了一队荷枪实弹日本宪兵，接着，听着踏步声，又来了一队中国治安警。气氛凝重，围观群众有些畏怯，正议论纷纷，就看到一个西装革履中国主持人跳到台上，说要庆祝旧历小年，中日大联欢。接着一群趾高气扬的人鱼贯而上主席台，后台闹纷纷的，又涌出一群日本军乐队。音乐响起，听着介绍，有道义会大道首、中央感化院院长、大民会的会长、维新政府市政公署署长，还有日本在宁驻军武官、日本兴亚院支部主任、日本宪兵司令部长官。大人物们领头，在场所有人面对东方，遥拜天皇，祈求东亚和平。接着是文娱节目，先是爱日小学的小学生们，脸上涂着驴粪蛋子大小腮红，齐声合唱《保卫东亚》。孩子们张着鲇鱼般大嘴，唱得哇哇的，不仔细听，像嘶吼，又像在哭："东亚，东亚，可爱的东亚，有优秀勇健的民族，还有四千余年的文明国家。我不受欧美的欺凌，我不挨共党的烧杀。我们中日满，同文同种是一家。"一曲没唱完，一个矮个女孩昏倒地上，引发了混乱，据说是早上没吃饭饿的。合唱队退下后，是日本友人表演节目，有日本侨商斗笠舞，日本歌舞伎的《六歌仙》，日本驻军表演的民歌《伊娜的勘太郎》，军歌《如果我去海上》。九合市场的说书人杨傻子，跳到前台，说了两段取材自日本民间故事的单口相声《岩见重太郎击退狒狒》《荒木右卫门报阴贺上野的仇》，只可惜日本人多听不懂中国话，中国人又不喜欢日本故事，场面比较尴尬。

节目表演退场，群众以为活动已结束，主持人又上场宣布，将在现场镇压一群罪大恶极的罪犯，有凶残的刑事杀人犯，有破坏日支友谊和东亚和平的思想犯，有杀害军人、偷窃军械的重大罪犯。台下众人议论纷纷。最先押上来的，是抢劫泰恒绸缎庄，杀死老板一家的三名罪犯。他们一个是绥靖军军官团少校副官，一个是军队司书，还有一个是绸缎庄伙计。几人脸上都是麻木表情，店员张着嘴，哈喇子流出老长，看样子烟瘾又犯了，他们被宪兵队推在台前，从后脑处射击，均是一枪毙命。浓重血腥味从台前直冲过来，吓得前面的人，纷纷退却，在台前留出很大空地。接着，宪兵队又枪毙了几名中学教员，据说是偷看马克思主义书籍，传播邪恶理念。最后，被推上来的，是所谓"重犯"，却是六七个衣衫褴褛的少年男女，领头的是一个面容清秀的瘦高少年。底下的中国人很奇怪，都说，一群半大孩子嘛，咋还是重犯？巽丰死死地盯着台上，泪水在眼眶中打转，只有他明白，这些"少年重犯"，正是他的好朋友们，红山义勇最后的残余力量……

那天傍晚，华子和红山义勇们在静安寺休息。华子躺在草堆里睡觉，"撸子"负责放哨，老和尚普忍，给他们带来一大锅稀饭。史攸姑娘怀孕了，身体困乏，不能做饭，只能由"糊鸡"来做。史攸喜欢华子，华子也中意她，两个野地孤儿，大大方方住在一起。史攸羡慕小镜，说，无论是否出家，小镜这辈子，还能风风光光地当回新娘，不像她，稀里糊涂地就和别人生孩子。华子心里不好受，也不愿多说，只闷闷地去睡觉，饭也不吃了。

那天黄昏很美，这也是很多红山义勇队员最后一次看到晚霞。自从在华清池勒杀安清帮乔四，封阿水虽没被抓，但也被宪兵队列为怀疑对象，只能被迫跑路，和红山义勇们混在一起，兼职为鲁大料跑腿办事。这次义勇被日军围堵，他也在劫难逃。红山义勇最近收的一个小乞丐，是日本暗探。他用手电发讯号，伪首都警察厅治安警，会同日本宪兵队，日本陆军天谷部队第二联队第四大队，还有部分绥靖军，将静安寺包围得水泄不通。巽丰当时想去静安寺送给养，酱园有事耽误了半个时辰。这半个时辰，让巽丰躲过一劫，也让他在静安寺外，见证了这场悲壮的战斗。巽丰趴在很远的地方，用望远镜观察着静安寺。义勇们没有重武器，只有两挺捷克造轻机枪，外加几十条步枪。寺院外硝烟弥漫，日本七五式山炮、十一年式轻机枪和九二重机枪，对付义勇已绰绰有余。这场包围战，变成了一场早知结果的消耗战。日本暗探被打死，割下脑袋，丢出寺院门口，宣示着义勇们决战的勇气。

伪军和治安警冲在前面，被打得七零八落。日本野战部队整整齐齐地蹲在后面，静静地擦着枪刺，整理挎包，清理枪膛。他们在等待红山义勇弹尽粮绝后，给他们致命一击。巽丰仿佛回到一年前那个地狱般的战场。似乎那场战役一直在进行，延绵至今没有断绝。他看到"糊鸡"眯着眼，沉着地在窗口放冷枪，不断击倒伪军。经过一年多训练，他变成了名副其实的神枪手。华子更冷静，也更勇悍，他敏捷地做着各种战术规避动作，间隙时弹无虚发。阿水的耳朵被流弹切走，满头满脸的血，他要冲出去，和日军肉搏，被"铁鹰"拉回来。"刺刀"抱着那管轻机枪，不断喷吐火舌，显得有些急躁。寺院柏木窗棂，被子弹打得"噗噗"作响，木屑横飞，大殿观世音和各大天王、菩萨，也丧失了神通和法力，一个个"血肉模糊"，断肢满地。普忍和尚定力很好，他双盘打坐在蒲团上，对身边的鬼哭狼嚎和乱飞弹片，视而不见，好像进入另一个空间。"恺撒"趴在他的脚边，鲜血染红了抽搐的身体。这条勇猛的军犬，熬过了日军屠城，救过巽丰的命，混迹在流浪狗中，今天终于壮烈牺牲。伪军和治安警想退缩，但日本人的刺刀在后面，只能硬着头皮往上顶。"铁鹰"非常谨慎，他咬着刀子，想从大殿后门狗洞钻出去，再去伏击日军，没想到，他刚钻出洞，就遭到成排子弹袭击，被打成了筛子。"糊鸡"发现"铁鹰"死了，发了狂一般射击，但没太大作用。当巽丰看到日军拿出装有红弹和绿弹的箱子，一字排开十几具掷弹筒，就知道战斗马上要结束了。义勇们的抵抗，在毒气面前一败涂地。他们口吐白沫，陷入昏迷。日军甚至不给他们体面战死的机会，而是把他们变成失去意识的俘虏。这也许才是南京保卫战的最后一战吧，巽丰叹息着，把头贴在地面的青草上，用拳头猛砸地面，泪水糊满了双眼……

三

说吧，你们想怎么死？

高台上跳出个日本军官，嘴里喷出一句生硬的中国话，打断主持人喋喋不休的介绍。下午阳光正好，高台的麻雀和乌鸦，被吓得惊飞，转了一圈后，对被枪毙的犯人们的白花花的脑浆，大感兴趣，就落在旁边，一点点地啄着。台上的义勇有的已开始发抖，华子冷冷地回头，嘟哝了几句，应是鼓励他们，这支衣衫褴褛的俘虏队伍，又安静下来，恢复了睥睨死亡的尊严。台下也突然安静了，人们没想到，军乐团还没撤走，东亚和平的歌声犹在耳边，日本人就在这朝天宫的万仞宫墙外，文雅的泮池边，进行这种血淋淋的杀戮。巽丰的心脏猛地收缩几下，像被人狠狠攥住了。他咬着牙，凝望着台上那些好友，发誓为他们复仇。可他现在什么也干不了，只能无奈地看着。

手铐脚镣"哗哗"地响，义勇队伍率先走出一个人。他的年纪不小了，头发花白，面皮惨白，目光阴沉，耳朵少了一只，嘴唇被打得高高肿起，他正是封阿水。这位壮志未酬的前朝刽子手，华清池前任金牌打手，磨剑社高级杀生顾问，红山义勇的外围分子，提着裤子，走到日本军官面前，盘膝坐在台上，扭扭头，对华子他们说，我年纪最大，我先来，老哥给你们打个榜样。日本军官看着封阿水，有点蒙，阿水轻蔑地说，你爷爷我原是刽子手，砍头无数，这也算是报应，用你的日本刀，砍下我的头吧。封阿水拿手在自己脖子上比画着，又指指军刀，日本军官会心地笑了，满意地冲着他竖起大拇指，还指了指他的手。阿水啐了口唾沫，说，不用捆，我懂规矩。他使劲伸长着脖子，眼睛瞪向前方，好像在寻找什么人。日本军官喊了一声，刀光闪过，阿水的脑袋，骨碌碌地滚下台，人们吓得尖叫，也有胆子大的，凑过去看。巽丰简直不敢相信，阿水叔就这样走了，这是一个面冷心热的人，杀生救人，同样干净利索，就连砍自己的头，都这么干脆。

台上华子等人都喊着好，日本军官看向他们，问下一个是谁。"糊鸡"回头看看华子和"刺刀"，目光有些犹豫，但还是挨挨蹭蹭地走上前，带着哭腔说，我喜欢枪，让我自己了断，行不行？日本军官没听太懂，中国翻译跑上来，叽里咕噜地和他说了半天，转头对"糊鸡"说，皇军看你枪法不错，只要肯悔过，饶你不死，还让你加入绥靖军。"糊鸡"摇头，大声说，我不投降，我只想打死自己，我想死得漂亮点，我还没娶媳妇呢。中国翻译递给他一支崭新三八枪，旁边几个警察，都拿枪指着"糊鸡"，以防意外。"糊鸡"摸了摸枪，说，不要日本枪，我要中正式，我要死在中国枪之下。日本军官有些不耐烦，但还是让警察给他找了一支中正式马步枪。"糊鸡"开心地笑了，仔细检查枪支各个部件，好像检阅最中意的玩具。他冲着南方磕了几个头，喃喃地说，爹娘，孩儿不能回湖北，要死在南京了。说完，他就把枪口对准张开的嘴，子弹准确地跳进去，钻穿了后脑，又蹦在后面旗杆上，把主席台后面的大人物，吓得直往后躲。真是漂亮的一枪，堪称"枪决典范"。

台下的日本侨民，对这样的游戏，都非常兴奋，喊着"吆西"，不断拍巴掌，中国市民，大多眼含热泪，敢怒不敢言。翻译从口袋拿出日元，想继续劝降"撸子"和"刺刀"，让他们说说，有没有漏网同伙。翻译咽着嘴说，小子，你们看好了，这是正经日本正金银行老头票，不是军部军用手票，也不是华兴券，只要你们说出剩下的同党在哪里，就放了你们，这些金日元都给你们。谁料"刺刀"和"撸子"这对难兄难弟，在行刑台上，还在打嘴仗，争论谁杀的鬼子更多。他们不但争吵，还动起手，互相用锁链殴打对方。宪兵费了很大劲，才把他们分开，趁着这机会，这两个家伙，扑向旁边的日本宪兵，生生咬住了他们的喉咙。一群人又踢又打，还用军刺戳刺，可他们就是不松口。最后，日军被咬穿喉咙，陪着两位少年囚犯，一起升上了天国。

翻译官不死心，又去劝华子，说，你是这帮孩子的头，你投降皇军，其他人我们都放了，南京战结束了！中日之间，应该实现和平，死的人太多了，你们还年轻，要活下去！翻译官似乎也动了点感情，不忍心地扭过头。华子紧紧抓着史攸的手，面向台上所有中国市民，坚定地说，日本不撤出中国，战争就没结束，我们还没投降，南京就不能叫陷落。总有一天，子孙后代会记住我们，我们战斗过。说完，俩人软软地倒在一起，手紧紧地缠着，史攸还依依不舍地捂着肚子。他们的嘴边，很快就涌出黑血和刺鼻的苦杏仁味。日本人再想抢救，他们已气绝身亡。原来华子常被追捕，早做好了最后的准备。静安寺战斗时，他就将毒药分给史攸，藏在内衣里。他们被俘后，知道有公开处决这一幕，就想在这高台，说完这番话，自尽身亡，不给日本人羞辱自己的机会。人群中爆发出阵阵哭声，所有中国人，无论男女老幼，都在哭泣，就连爱日小学那些化装的小学生，都哭花了妆容。巽丰再也不能忍耐，要冲上前去，却被身后的人紧紧抓住。他回头看到眼泪汪汪的鲁大料和坤安。他们揪着巽丰，压低声音说，别去送死，咱们报仇，来日方长。巽丰挣脱了几下，没挣脱开，只能扭过头去，不看台上的朋友。

日本军官非常恼怒，暴跳如雷，又枪决了好几个义勇队成员，并且下令在高台旁，架起个大木架，将普忍和尚烧死。翻译给普忍求情，说他只是老和尚，并不知情，杀死他只能让人谴责皇军残忍。日本军官不为所动。普忍和尚建议，到静安寺后面的化人场去烧，那里有很多现成的木架，烧起来又快又好。日本军官同意了这一请求。

能回静安寺，普忍和尚很欣慰。他笑着对翻译官说，老衲这个"烧尸僧"，这一年多，烧了七八百具尸体，能在静安寺火化了自己，也是死得其所，死得其法。普忍引着日军来到寺院后面化人场，指挥他们搬来木架，并耐心告诉他们，哪些木头燃烧速度快，哪些烟雾大，架子如何才能绑得结实。翻译情绪低沉，缓缓地说，老和尚，真不怕死？普忍苦着脸，说，众生皆苦，早烧早解脱，老衲都没想到，自己能撑到现在。几十万人都死了，刚才又死了这么多孩子，也不差我这臭皮囊。僧人有"荼毗"之说，我还要感谢你的成全。倒是你呀，帮着日本人杀了那么多中国人，晚上睡得着吗？不害怕吗？翻译"哼"了一声，转过身体，说，我也是没办法，我也要让全家人活着。普忍继续说，你们活，别人就要死？你们这么活着，也好受不到哪里。

翻译不再和老和尚啰唆，挥了挥手，两个日本兵把普忍架在木架子上，用绳子紧紧勒住，普忍忙说，不用绑，跑不了，你们放心。日本兵不太懂中国话，还是紧紧绑住，憋得老和尚脸通红，还嘟嘟哝哝地念经："阇维一个无依汉，直入维摩不二门，山河及大地，全露法王身，一炬空性火，焚烧梦幻身，娑婆业尘尽，净土现真身。"火苗裹在烟里，一点点地露出头，越过木架，轻轻舔着普忍的脚趾，像一条温顺的狗，接着它就像蛇一般爬上他的手掌和膝盖，在那里留下一串串焦煳的紫色痕迹。它没有过多停留，又蹿到他的胸膛，最后变成了熊熊烈焰，发出"毕毕剥剥"脆响，在普忍老和尚的光头上，形成一个锥形尖帽，好似传说中的外国巫师帽。火焰从各个方向温柔环绕着他，普忍变成一个大号火炬，慢慢地又变成黑色焦炭。也有日本兵说，和尚死后，化身为火中金莲，盛开在空中，久久不肯散去。

四

巽丰呆呆地坐在发酵缸旁，一言不发。他已这样坐了大半天，他的眼睛空洞洞的，没有眼泪。晚上七点，南京东区限电，街上也有宵禁令，酱园靠着几根蜡烛来支撑。窗外传来零星爆竹声，黑沉沉的夜，格外寂静。松木桌的纹路里都散发着酱的咸香气，准备给普忍和尚布施的面酱、腌萝卜和糖蒜，整齐地堆在桌上。封阿水最喜欢吃酱豆，"铁鹰"热衷臭豆腐，"糊鸡"一直吵着让巽丰给他做湖北的外婆腌菜，要用雪里蕻来腌制，配方不难，"糊鸡"说，吃了外婆菜，就想起远在湖北的亲人。可巽丰一直没有做，现在想做，却又不知做给谁了。烛光晃晃悠悠，照得那一座座酱缸，仿佛一个个黑黢黢的怪兽，它们不言不语，默默等待着世界的裁决。好一会儿，屋里传来脚步声，巽丰没抬头，但听到叔叔的声音，说，你这样不行，你要吃东西，吃饱了，才有力气报仇。

巽丰没说话，僵硬地望着远方。坤安又说，"刺刀"和"撸子"常说，喜欢吃永和园的薄皮包子，我今天特意按照永和园的做法，在酱园祭奠死去的弟兄。巽丰回头看，发现鲁大料和坤安一起来了。坤安的眼睛也肿了，低沉着嗓子说，巽丰贤侄，让我们送阿水和华子他们上路吧。他拿出一只只白瓷小碗，上面写着封阿水等人的名字，每个小碗上，插着一根白蜡烛。又在小碗边，摆上一只白色小粗瓷碟。坤安打开笼屉，拿出一个个热气腾腾的肉包。包子精巧可爱，花纹清晰，皱褶均匀。它们的皮肤吹弹可破，犹如美人之面，里面流淌着肥瘦适当、用汤卤调制的肉馅。坤安小心地将它们一只只地用筷子提起，每个包子立刻变成葫芦形，底部形成晶莹的圆球，透过薄薄的皮，可看到卤汁荡漾，有鲜美甜润的气息渗出，让人不觉心神荡漾。坤安将包子夹入粗瓷碟，一只只地在碗边摆好，点燃蜡烛。一朵朵小火苗升起，巽丰仿佛看到，阿水他们，快乐地坐在碗里，大口享用着包子。"糊鸡"和"铁鹰"俩人互相推让，史伙依偎在华子身边，他们旁边，还有一个白胖胖的宝宝，他们轻轻地在包子上吹气，让它凉得快点，连遵守律法的老和尚普忍，也破了规矩，忍不住吃了一只包子，还苦着老脸，咂吧着嘴，很享受的样子，那汤水喷溅出来，将他的破烂袈裟染得油腻腻的……

巽丰再也忍不住，眼泪如断线的珠子，噼噼啪啪地打在地面。坤安拍了拍他，没说什么。红山义勇不在了，磨剑社也烟消云散，难道这些血海深仇，永远不能报了？难道说，死去的人，都白死了，我们的抵抗毫无意义？我们就要这样苟延残喘地活着或卑贱地死去？他哭着用头撞那桌子，被坤安一把抱住。

坤安不用拦着，鲁大料慢条斯理地走到桌前，冷冷地说。他将白蜡烛灯芯挑得大了点，瞬间，几十根白蜡烛，将酱园后堂，照得明亮无比。每一只酱缸，都熠熠生辉。

你这狗汉奸，还说风凉话？巽丰气鼓鼓地转身，怒视鲁大料。

有志气的人，只做事，不会抽抽巴巴的，也不会像奶狗似的，吱吱乱叫。大料拍手，淡淡地说着，对着一桌小碗鞠躬，说，红山义勇的兄弟，你们的仇，有我来报。

你怎么报？巽丰对鲁大料的表态，不以为意。鲁大料是一个圆滑世故的人。虽然他当过屠夫，手段了得。但破城之时，他不参加抵抗，破城之后，他和汉奸混在一起，给自己捞了不少好处。虽然鲁大料对他和二叔不错，那又怎样？烛火摇曳着，巽丰看到，鲁大料那张油腻腻的胖脸上，显现出某种酱油般的黑紫色光芒。他的眼光中却不再是平时巽丰见到的，玩世不恭的神色，而是透露着某种决绝态度。他张开大嘴，打着哈欠，露出黄黄的牙齿，然后盯着巽丰，一字一句地说，巽丰小子，如果我能给你报仇，你能听我的话吗？

巽丰肯定地回答了他。自从他认识鲁大料，总觉得他有很多秘密，但他藏得深，总不肯透露给大家。此时鲁大料讲这番话，肯定是有他的道理。鲁大料看向坤安，示意他去关门。坤安郑重地点头，出去检查。巽丰看到他们如此严肃，也有点紧张和期待。等坤安回来，大料让巽丰坐下，掏出根烟，抽了几口，停了一会儿，才说，你以为，凭阿水一人，能杀了安清帮乔四？我和你叔叔坤安，只会在南京城混吃等死？你以为，我鲁大料，是毫无心肝、卖祖求荣的厌货？鲁大料搓着粉红色大手掌，那股浓浓的酱料味，又传了过来。

巽丰有些恍惚，感到那种浓浓的杀戮气质，又回到鲁大料的身上，他胖胖的身躯，散发着杀神般威压，似乎能够让一切生灵，在他的面前俯首帖耳，瑟瑟发抖，仿佛他不是一个酱园老板，而是一个藏在酱缸里的"荆轲"，一个摆弄酱豆的"朱亥"。

你到底是谁？巽丰吼叫了起来。

第二十章　猎舌行动

军人杀生，文士诛心，厨司猎舌，山河破碎，鬼神不宁，其声啾啾。

——蒋坤安

一

行动定在晚上七点整。坤安下午一点二十分，到小王府巷住处，最后一次看望水生和巽丰。他们正收拾行囊。坤安点燃香烟，蹲坐在青石板上，看着负责行程的大料将行李一件件搬出，放在院子天井旁。那里面有值钱的细软、各季衣物，也有些乱七八糟的东西，比如，十七八种精致作料，甚至还有口精致铸铁小锅。

大料抱怨说，神厨搬家，就像女人出嫁，啥都带上。

坤安解释说，到了江北，好长一段时间藏在山里，没食材，可以在山林里找，可没好锅子，煮出的东西，就变了味道。

坤安恋家，此次离开南京，也许就是永别，也许他根本用不上这些行李，就被日本人识破，斩杀当场。春节过后，大地回暖，绿萝郁郁葱葱，散发出香气。黑皮桑树舒展开身子，不用几年，就是一番亭亭如盖的景致。

对于坤安加入军统，巽丰觉得过于草率。那天晚上，大料和巽丰摊了牌，巽丰没答应加入军统，但勉强同意在外围帮着支应。可他不想让坤安去日本领事馆卧底。巽丰从前一直怀疑，曾泰警长是复兴社成员。这在曾警长死前，也并未得到证实。巽丰认为，坤安只是厨师，没经过多少训练，潜伏日本领事馆，是凶险至极的事。可事总要有人去做。领事馆对挑选服务人员非常严格，需要两代以上南京本地人，且有当地绅士做铺保。这些中国人要不懂日语，这样不会泄露领事馆机密，还要聪明伶俐，长相顺眼。坤安去面试，副领事对他非常满意。坤安向领事馆讨要了出入证，开始了他的间谍生涯。

水生年纪还小，坤安不想把他牵扯进来，依然让他在大东亚酒楼帮忙。巽丰留下来给他提供支持，直到他们干一票"大活儿"为止。

坤安还记得，鲁大料如何将他拉上"贼船"的。那时封阿水还活着。他和大料都曾是"磨剑社"顾问，陪着童子军瞎闹。日本人攻城，阿水自告奋勇上前线，大料却滑头滑脑地缩了起来，日军破城后，他还和汉奸搅在一起。大料常穿件油脂麻花大褂，身上有股酱菜、花椒味。他本是山东屠夫，后来金陵开办"德祥记"也有多年，有些名头。坤安当厨师，没少和他打交道，坤安瞧不上他猥琐的劲头。大料人胖，眼小，见人就弯腰作揖，讲恭维话。坤安在黑市摆摊卖小吃，如果没有大料输送"大骨头"，很难支撑下去，掺汤肯定更没有了，一来二去，俩人关系亲密了不少。巽丰结婚，他也出了不少力。但坤安就是和他不亲近。这滑头滑脑的小商人，谁也想不到，竟是隐藏极深的军统南京区特务。大料向坤安表明身份，他还以为是开玩笑。

那天晚上，大料带着阿水，来找坤安密谈，邀请他加入军统。"军统"是啥，坤安不清楚，当阿水说出"从前的复兴社"，坤安大吃一惊，那是特务组织，名声不好。我只是厨子，能帮你们什么？坤安不解。他从小安静随和，只会挥舞厨刀，不能上阵杀敌，更不会飞檐走壁，传送密码，在玉陵春当大厨，被日本人欺负了，也只能低头认尿，被妹妹坤瑶嫌弃。

大料认真地说，坤安，不要妄自菲薄，我们要做的事，非你不可。阿水也劝，坤安，一起干吧，我们对付汉奸和日本鬼，干的是报仇杀敌的光荣事。坤安还想说什么，"啪"的一声，大料将把黑黝黝手枪，拍在桌上，笑嘻嘻地说，坤安师傅，你有三条路：一条是杀了我，向日本人领赏；一条是我们一起杀鬼子；最后一条，是我毙了你。我们军统在敌后提头过日子，你了解了我的秘密，不是自己人，只能处理了。

坤安想到惨死的父亲、老婆和大嫂，把牙一咬，答应了。你要隐藏好，给冤死的同胞报仇！大料紧紧地握着他的手。坤安却感觉那双浸泡酱菜的手，臭烘烘的。大料也看出了坤安的嫌弃，尴尬地抽出手，自嘲地说，你这读过圣贤书的厨子，别瞧不起人。大家都是庖丁、易牙的门人。你们上了锅台，我们在后厨罢了。

坤安摆手，说不习惯罢了。大料狡黠地笑了，说，大厨还是老实人。咱们往后都是同志，管他前厨后厨。哪天我牺牲了，你要给我做道大菜，好好祭奠一下。

大料非常谨慎，一段时间，没有安排坤安具体任务，而是观察和研究他，对他进行培训。他告诉坤安，他原本不是山东屠夫，而是很早就在军伍里混，来南京开酱菜园，也是个掩护的身份。南京城破，他接到的任务是，继续潜伏，等待时机。为了能活下来，保存实力，取得情报，他忍辱和汉奸们混在一起。1938年初，武汉派出人员，激活了他这颗棋子，并告知即将成立"军统局南京区"。为了保险，钱区长安排鲁大料这条线是单线联系，逐步发展，重点进行情报收集、暗杀和策反。后来，中统人员也慢慢渗透到南京，但总出叛徒，发展非常缓慢。中共"上海情报站"及其领导的"南京情报组"，据说也进入南京活动……

今夜过后，如果坤安还活着，等待他的将是艰苦的流亡生涯。如果不走运，小院将是他最后的美好回忆。坤安贪婪地望着这两年辛辛苦苦积攒的小家当，内心充满苦涩。人是向往安逸的动物，哪怕经受极大的苦痛屈辱，也要寻找活下去的借口。他不禁想起永庆巷蒋家老宅。那年冬天，父亲和老赵头，都死在了那里。就像他现在小天王府巷的住处，原主人全家被杀，血流了一地，渗入青石砖缝，怎么冲洗，坤安也都能看到小小的、刺眼的红点，闻到刺鼻血腥味。坤安闲下来，常在这院子坐到天亮，不停地抽烟。他没告诉水生，无数黑夜，他都能看到血色像油漆般堆积在夜空，父亲，老赵头，投水而死的柳如春，自杀的大嫂柏翠芬，都横七竖八血淋淋地躺在院子。兄长蒋坤典，身中数枪，双手愤怒地伸向天空。死去的亲人一言不发，就这样定格在惨烈瞬间，在他的眼前不断重复播放。

坤安成为南京日本总领事馆的厨师，有一段时间了。

他先是以待遇低为由，辞去了大东亚酒楼的工作，再去领事馆应聘，才得到了这个机会。冬天的早上，坤安第一次见到领事馆的厨师长虎太郎。领事馆后厨，坤安和一群刚应聘的厨师，忐忑不安地等待着厨师长。坤安站在人群中，听到"咔嗒""咔嗒"缓慢的木屐声。循声看去，一个精瘦老头，穿着日式料理服装，向他们走来。老人个子矮，腰杆异常挺拔。他的头昂着，目光沉稳威严，脸如刀砍斧削般硬朗。他走路也一丝不苟，似乎不会踏错一步。

谁能告诉我，料理的奥义是什么？老人突然用生硬中文发问。

厨师们窃窃私语。这些厨师大多来自中国，也有少部分日本料理师和欧美西餐厨师。大家交头接耳，对日本老头的发问，感到迷惑，好奇。每个人都对厨艺有不同理解，但当众讲出来，还颇让人踌躇。老人点了几个厨师的将，回答无非"让人尝到美味""感到满足""人生美满幸福"之类，老人皱着眉，并不满意。最后，他看向了坤安。坤安想了想说，名厨王小余，曾协助袁枚做《随园食单》，他说过，以味媚人者，物之性也。尽物之性以表其美于人，是为厨之道。老人目光闪烁，说，你这中国厨子有些文化。以物悦人，还是以人悦于人，尽物之性以表其美，不过伺候人的功夫。只有日本料理，才真正接近厨艺奥义。坤安不置可否。老人见他似有不服之意，又转脸向众厨师说，我是你们的厨师长，京都的虎太郎。今后要和诸位共同服务于领事馆。诸位辛苦了。

虎太郎恭敬地向大家行礼。他又对坤安说，这位中国师傅，我们各自做道菜给大家品尝，再讨论这个问题吧。坤安百般推托，虎太郎执意要比，只能定下题目，比肉类烧制。坤安索性也不再想其他。人为刀俎，我为鱼肉，怎能违拗这日本家伙呢。但日本人如此嚣张，只好豁出命来应付。

坤安做的是泥炉烤鸭。副领事爱京苏菜，尤喜松鹤楼泥炉烤鸭，坤安恰是做鸭子的高手。上选一岁苏北鸭，又肥又嫩。宰杀完，去毛，洗净，用天香斋的上好酱油腌制半小时。坤安拿出特制烤炉，点上炭火，将鸭子从下到上穿在戟形铁叉上，左手运转如飞，不停翻动铁叉，右手根据火候，不断在鸭身刷蜂蜜、植物油。这手绝活儿，是一心二用，考验厨师对火候的把握。鸭子烤透，坤安开炉子。喷香的鸭子，色泽金黄。

坤安又耍起刀工，用锋利小刀揭鸭皮，待肥鸭焦酥酥的皮剥落，坤安再用大一点的刀，专门削肉。他的速度很快，刀随腕转，如乱雪纷飞，不多时鸭子变成骨架。他把鸭肉放盘，搭配香葱、姜丝，骨架做了汤，这就是"一鸭两吃"，周围一片喝彩。坤安听出，喝彩的大多数是中国厨师。泥炉烤鸭虽是烤，但方法和风味全不同于北方烤鸭，也算淮扬菜精品。

虎太郎也已完成。他的料理，相比坤安，简单了很多。这个瘦小的日本厨师，将一块上好的奈良牛腰肉，先进行简单处理，配比大料后腌制，然后以陶制器形进行反复捶打，再加以刀工处理，用酒精炉爆火炙烤后，端了上来。

中国厨师都撇嘴。不就是烤肉？大家先吃坤安的鸭子，肥而不腻，皮焦脆，肉软糯，汤清爽。大家赞不绝口。要吃虎太郎的烤牛肉，虎太郎却喊，先等一下。只见他飞快端上火炉，一盘冰屑，搭配芥末、辣酱等十余种日本调味品。大家伸着筷子夹牛肉，谁料，虎太郎刀工极快，看似成块的牛肉，竟幻化成透明蝉翼一般极薄的肉衣。虎太郎飞快夹起肉，先以火炭速烤，然后包裹冰雪，蘸上调料，填送到嘴里。大家依样学来，立刻感到，带点血丝的牛肉，甜美生鲜，入口即化，二次炙烤的热度，搭配冰雪和刺激性调料，仿佛在舌头上开"冰火两重天"舞会，让肉本身的丰富味道，绽放在味蕾之上……

料理被大家吃光了。但对于两道菜的优劣，大家并未出声，而是一起看向虎太郎。他缓缓地说，优秀的厨师，要有杀手的冷静和屠夫的坚韧。你们不是揣摩客人口味的、谄媚的厨子。你们要做舌尖的征服者，美食的王者！厨师们吃了一惊，未理解虎太郎的意思。他又说，中华料理博大精深，特别依靠中国丰富无比、变化多端的食材。可惜，后来失去了创造力，一味追求奢华，不重营养。料理不仅应满足口舌之欲，更应让人清洁，严肃，奋发……

虎太郎拿出把银灿灿的日式小厨刀，说，这是我的老师，京都料理大师五十岚本辉赏我的。将来哪位师傅能做出令我敬佩的料理，我将转赠予他。

虎太郎用眼角余光扫了一眼坤安。

羞辱，这是彻底的羞辱！坤安呆立现场，脸色惨白，内心有声音狂喊，我不服！不就是烤牛肉？几句轻飘飘的话，把我十几年的手艺否定了。这算什么？但冷静下来，坤安又不得不承认，这个讨厌的日本厨师，有几分道理。

坤安用指甲抠掌心，鲜血溢出。他本恬淡随和，却第一次有了和人争胜的心。

二

大料拉了坤安一把，示意他该走了。巽丰心事重重，对他说，二叔，不想去就算了，太危险了。坤安拍了拍巽丰的头，说，我不害怕，倒是你，和水生藏好，过了时间，我没回来，你们不用等我，赶紧离开南京。巽丰不答应，说，那怎么行，你不回来，我们不走。水生直接拉住坤安，也不让他去。坤安笑着说，放心，我没那么容易死。坤安迅速离开小院，他甚至不敢回头，很怕直面侄儿和义子担忧的眼神。

大料悄悄跟来，走到街角，握着他的手说，猎刀，领事馆门口见。

"猎刀"是他的代号，可听着总感觉别扭。俩人分开，坤安独自走去。行人慢吞吞地在街上走，小贩们懒洋洋地叫卖着小吃，毗邻的小商铺，各式烟卷也摆了不少，南京似乎还是那个南京，没有一年前人间地狱的模样。但坤安知道，那只是表象，满街飘扬的日本小旗，提醒他屈辱的经历。坤安的步子越来越沉重。他本不必要这样。他可以安逸苟且地活下去，凭着手艺，他还能在乱世活着……

坤安进入领事馆，跟鲁大料学习了很多特工技能，如开锁、盯梢、显影等。坤安在这方面的才能远不如他的厨艺。他观察领事馆来往人等，画出领事馆内部构造图，那图画得歪歪扭扭，人也记得不全。他甚至溜入领事办公室，拍下了一些文件。由于慌乱，照片拍得很不清楚，很多都不能用，气得鲁大料直跺脚。当时非常凶险，领事回来，遇到他在办公室门口，非常怀疑。好在他平时为人低调，厨艺精湛，领事对他印象不错，盘查几句，就放行了，但领事的目光非常阴冷，这让他的后背衣服几乎湿透。他常将情报用明矾水写在白纸上，送到关帝庙神像后的一个小洞。

显然，坤安不适合当间谍。他胆子不大，不够机警灵活。"猎刀"是赝品，到底只是"厨刀"。早上，坤安五点半就进入领事馆准备早饭。他总能第一个看到虎太郎。他满头银发，严肃认真，年过五旬，异常注意仪表。他说厨师的仪表，决定食客的心情。虎太郎不抽烟，不喝酒，除了钻研做饭，没有太多嗜好。他的厨师服一尘不染，做料理时都要准备手套和口罩。每次吃完饭，他和大家打扫厨房，将每个脏盘子和碗，弄得干净闪亮才罢休。宴席散罢，虎太郎背着手，笑着走过每个食客，询问他们的就餐感受。

虎太郎仅有的爱好，就是清晨锻炼刀术。虎太郎夫人早亡，有两个儿子，参加日本陆军，都已死在华北战场。虎太郎的刀法不坏，据说得到三刀流大师黑木重信的训练，有专业的身手。他用刀术锻炼身体，也磨砺心志。领事馆后院翠绿草坪上，坤安总能看到虎太郎挥舞日本刀，不停地旋转，劈砍。虎太郎神乎其神的厨艺刀工，也得益于此。坤安在他练刀结束后，上前询问料理安排事宜。

虎太郎突然问坤安，坤安师傅，你入厨界多少年？坤安说，有七八年了。虎太郎说，听说你是读书人出身？坤安回答，我读过中学，后来没有再读。虎太郎又说，您的父亲，是大学教授？坤安的脸红了一下，说，惭愧得很，辱没家风，我因为喜欢厨师这行，违背了家父的意愿。虎太郎盯着坤安，说，厨艺也是门大学问，不啻于大学的学术，想没想过，学习日式料理精华？坤安想也没想，就说，我是江南厨艺传人，没想另投名师。虎太郎师傅，我是佩服的，但蒋某不才，不等于中华料理无人。您的料理奥义精深，也只是在日本罢了。

愿闻其详。虎太郎来了兴致。坤安侃侃而谈："料理有地方性和世代性，古今不同，国族有别。如唐宋喜鱼脍，那时日本尚无刺身。明清八大菜系，已成规模，皆为各地域和世代之精华荟萃。川喜辣，鲁爱咸，粤好甜，视各地口味和地理气候风物不同。无辣，则无以祛除湿热，川人的体质就会受损。凡此种种，一句奢华，岂可概括？"

虎太郎并不生气，而是略带欣赏："我无贬低中华料理之意，只为激发你的斗志。强者的美食，有容纳百川之力，日本和食，汲取了中华、欧洲以及日本本土的精华，才成就了今天的日式料理。"

"我才疏学浅，不能领悟微言大义。"

虎太郎问，那您不能学习日本料理了？坤安沉默，气氛有些难堪。虎太郎冷冷地摇头道："这便是故步自封。我二十岁成为高级板前师傅，在京都菊见楼指挥十几个调理师，曾为朝香宫亲王做寿宴。我以苦练多年的刀功和对食材、时节和自然的协调，著称于日本。你要学，还要看我是否肯教！"

虎太郎昂首步入领事馆的后厨，不再搭理坤安。

坤安在领事馆度日如年，任务一次次传来，他不堪重负。他晚上做噩梦，梦到被日本兵抓走，被日本刀砍断脖子。他想报仇，想杀日本人，可想到杀人场景，便心惊肉跳。夜深人静，他甚至偷偷地后悔加入了掉脑袋的组织。坤安每天买菜，去山东路菜市场，必然经过"德祥记"酱菜园。他们是单线联系，坤安看到酱菜园摆出"朝天椒到货"的牌子，就知道有新任务，才去和大料接头。大料很机警，从不让坤安亲自去酱菜园，而是看到信号后，去关帝庙约会碰头。

坤安和大料说了几次，自己不是特工人才，让他介绍自己去前线，真枪真刀地拼杀，大料笑着说，蒋师傅是专业厨子，业余间谍。谁让我们的特务，都没有好厨艺，进不了领事馆？等不了多久，有重大任务给你。做完后，安排你和水生、巽丰撤退到重庆。大料这么讲，坤安的心里更不安了。重大任务肯定凶险至极，但没有别的办法。大料听说虎太郎和坤安斗法的事。他恨恨地说，日本兵欺负人，日本老厨也看不起中国人。蒋师傅，给中国人长脸，灭一下老厨的威风。

你的厨师做得越好，越少人怀疑你。大料又露出狡猾的神色。

坤安苦笑不语。他和虎太郎极少讲话，但配合还算默契。一天，领事馆宴请要转道归国述职的本多丰繁大佐。本多大佐隶属第十二军，是一名善战勇悍的联队长。他长期驻守山东济南，近来山东抗日势力发展很快。他忙于征伐，饮食不规律，落下严重胃病。山东乃鲁菜之乡，口味偏咸，喜放酱油和重料，本多不习惯。日本料理偏生冷，他的胃也难以承受。他吃了坤安的京苏菜，非常舒服。他要求坤安出来见面，要在述职回到华北后，将坤安带到济南，负责给他打理饮食。本多大佐眯着眼，悠然地说，这些美食让我想起遥远的家乡，名古屋爱知县，母亲做的咖喱饭和鸡素烧，就是这样温暖的味道。

坤安拒绝了。他不能离开南京城，理由是要照顾儿子水生。本多不耐烦地让他带上孩子一起。对不起，我不能和您去。坤安还是拒绝。本多大佐喝了不少酒，脸上浮起凶戾神色。他眯起眼说，厨子，你知道，我们在战场上怎么称呼"支那"人？

呛骷颅！大佐有些微醉，我们喊着这个名字，砍下他们的头。大佐又说，我们和"支那"军人艰苦作战。他们非常狡猾。夜间行军，他们有时就藏在急行军的队伍中，也会说几句日本话。有中国人混在我们联队里，我捉住他，让他盘腿坐着，双臂交叉放在胸前。他头被砍掉，人往前倒，身上没有一丝血。

坤安笔直地站着，汗渍已湿透衣服。他咬着嘴唇，不吭声。副领事和其他工作人员，都悠然地喝着茶，没有劝阻的意思。

大佐上前，拍着坤安的肩膀说，让你走非常简单，把你的儿子送到南京浦口战俘营，可惜你没有女儿，否则，就可以洒一高！大佐哈哈地笑着，仿佛回忆起了什么美好往事，嘴里喃喃自语着"洒一高"。坤安不懂日语，但这一句他几年间听很多日本人讲过，就是很棒的意思。一年前，日本兵喊着这样的口号，在河滩边强奸了妻子和嫂子。坤安平静下来。他早该死了，死在一年前。当时他躲在河滩边，眼睁睁地看着日本兵强奸她们。他是懦夫，连哭泣都不敢出声。那天晚上，天下着小雨，不像雨，也不像眼泪，那是耻辱的血。他行尸走肉般活到现在，能报仇，是造化，不能报仇，就是命。他认了……

"大佐不能这样做。"坤安听到生硬的汉语在耳边响起，回头看，竟是虎太郎。虎太郎面无表情地站在坤安身边说，领事馆外事接待繁忙，大佐要走他，我们很多任务无法完成。大佐愣住，悻悻地，又扭头看副领事。副领事漫不经心地说，本多君，你去本土述职，回来还要一段时间嘛。我再劝劝蒋师傅，毕竟故土难离。实在不行，我再派给你其他优秀师傅。

坤安缓缓地退出宴会厅。早春阳光炽热，坤安仰着头，碧蓝的天空像泛滥而出的海带滚汤，腥甜，浓郁，刺鼻，坤安一阵眩晕，蹲在地上干呕。

虎太郎走过来，叹了口气。坤安问，为何要救我？你是优秀庖人，虎太郎说，应死于厨台之前，而不是被武人屠戮。这也是理由？坤安没好气地想。不管怎样，虎太郎毕竟救了他。

三

红山义勇被处决后，巽丰也像被抽走了灵魂，很长时间缓不过劲。他白天起得晚，晚上很晚才睡，他去酱菜园帮忙，吃得很少，一天不说一句话，呆呆地看着天发愣。水生看着害怕，就问巽丰，丰哥，你看啥呢？巽丰说，他们都在天上看着我呢，有时晚上也会来我屋里，陪我说话，讲讲他们的事。水生说，人死不能复生，还要想开点。巽丰不搭理水生，继续埋头干活。他干活不惜力，装着黄豆酱的大缸，有时发酵不好，会出现蛆虫，巽丰会一点点地清理出来。他浑身臭烘烘的，眼看人越来越瘦，嘴角都出现了饿纹。坤安和水生都很心疼，但也没啥好办法。

大料几次动员巽丰加入军统，又是威胁，又是劝诱，巽丰就是不吃那一套。巽丰后来知道，阿水也是大料派到红山义勇的，原来是想将他们收服过来，可惜还未完成任务，义勇就被日军一窝端了。大料无奈，只得退而求其次，让巽丰配合坤安在领事馆的间谍工作。巽丰只能无可奈何地答应了。他有时帮坤安传递情报，再给大料送去。大料虽说和坤安单线联系，但非常谨慎，有风吹草动，就赶紧蛰伏，让巽丰帮他顶上去。

一次，大料忧心忡忡地说，中统那帮败家子，让日本人抓了不少，宪兵队和首都警察厅，也注意到了军统的活动。他们必须更加小心。前些天，宪兵队还把他叫去训话，盘查半天，这是从未有过的事。他这一年多来，一直伪装成中日亲善分子，甚至不惜当巡长，加入东亚会和大民会。可日本人也不是那么好糊弄的。大料怂恿坤安和日本厨师长比赛，巽丰也不觉得他安了好心，肯定是想趁机执行大行动。大料答应说，大行动完成，送二叔和他还有水生去后方。巽丰几次打听"大行动"内容，都被大料搪塞过去，只在坤安那边，模模糊糊地晓得一个"猎舌"的名字。坤安被日本大佐吓病了，巽丰就回到家，帮着照顾他。水生在大东亚酒楼帮厨，水平越来越高，事务繁忙，巽丰也不愿耽误他的工作。

大料等坤安病好了些，才约他见面，安慰一番。坤安回领事馆工作，被告知，有一场非常重要的宴会。虎太郎厨师长向副领事提出，和坤安比试中日厨艺。这位副领事留学欧美，在帝国大学当过文科教授，是日本外交界有名的"老饕"美食家，听闻如此建议，欣然同意，让坤安和虎太郎各自做出拿手菜肴，让大家评鉴。

副领事传下话，春意越来越浓，就以"春"为题吧。

坤安自从参加军统，没睡过一次安稳觉。他想复仇，也想早些结束折磨，在大后方隐姓埋名活下去。副领事的命令，也不好违背。副领事的夫人菊子，是温婉秀美的日本女人。副领事的小公子洋平，不喜日式料理，爱吃中餐。洋平只有七岁，体弱多病。副领事特别嘱咐坤安，让他给洋平做些可口的。洋平出生在中国，日语似乎还不如汉语好。每次见到坤安，总跑过去抱他的腿问，坤安师傅，有好吃的吗？不知为何，每次看到洋平，坤安内心总涌动着无限关爱。

傍晚，坤安收拾完厨具，正准备回家，菊子夫人匆忙地走来，焦急地对坤安说，蒋师傅，洋平吃不下饭，你能否帮他单独弄点？坤安点头，却并没有动。晚餐是虎太郎做的日系料理。他还专门给洋平做了饭。坤安若主动答应，似是对虎太郎的否定。更何况，副领事刚给他们下达了比赛命令。但菊子夫人焦急的样子，又让他于心不忍。正在踌躇，虎太郎走来，对坤安示意，能否帮我看看洋平？为何我的料理，他吃不下呢？

洋平躺在长沙发上，看上去恹恹的。坤安回头问虎太郎，厨师长，请问您为洋平准备的和食是什么？

虎太郎说，洋平食欲不振，身体代谢慢。我炖了梅子味噌汤，用于开胃，并为他特制了乌龙汤面，用鲜鳜鱼熬的高汤，非常滋补。洋平依然吃不进去。坤安想了想说，您的食谱总的来说没错。洋平食欲不好，您以梅子酸刺激胃肠蠕动，鱼汤鲜美，也很营养。这方案针对大人可以，但孩子胃力弱，不适于刺激，更适于调养。和食偏寒，洋平从小吃中餐，乌龙面对他来说，还是硬了一些。

虎太郎认真地对坤安鞠躬说，受教了。坤安看着虎太郎，心里慢慢放轻松了。洋平也翻身下沙发，欢笑着说，坤安师傅，带好吃的了吗？马上就做好，坤安笑着回答。虎太郎和坤安商量洋平的食谱。坤安小心地提出用文思豆腐汤，搭配虾球鸡蛋饭，虎太郎又添加几条建议。洋平嚷着要看坤安做饭，菊子夫人只好带他来到后厨。坤安师傅，什么是文思豆腐？洋平问。

坤安认真地解释说："中国人将豆腐叫小宰羊，是说它非常鲜美。文思豆腐是乾隆年间扬州僧人文思和尚所制。用刀将豆腐削成细丝，软嫩清醇。香菇、冬笋、火腿、鸡脯肉，细细地切丝，用雏鸡炖清鸡汤，糖和淀粉勾芡。此道菜难在刀工和火候，刀功还需虎太郎厨师长，我是不如的。"虎太郎也不推辞，他拿出特制日本厨师刀。不一会儿，各种辅料就切好，豆腐丝散在清鸡汤中，又点缀各类辅料，真是五彩缤纷，闻起来香甜浓郁。汤好了，这边坤安焖的米饭也差不多了。他选用上等太仓米，饭焖得偏软，适合孩子。鸡蛋饭是传统日本和食，不过加了虾仁。他们将饭端上来，不是用碗，而是用带槽的红木板。这样做出的饭，更软和，坤安用类似做蛋糕的小模具，将鸡蛋和北海道甜虾茸，倒进去蒸熟并固定。等米饭好了，把那些甜虾球和鸡蛋粒倒上去。

就是鸡蛋饭吗？洋平忍不住说。菊子夫人赶紧拉住他，对坤安和虎太郎抱歉地说，实在对不起，小孩子不知深浅，两位做出的鸡蛋饭，一定是最好的。坤安和虎太郎相互看了看，坤安拿出一碗小球状东西，撒在饭上。神奇的一幕发生了：小球渐渐融化，包裹住虾球和鸡蛋粒，冒出阵阵芳香。虎太郎又在饭上撒了青葱、梨片，煞是好看。洋平欢呼，先是小口吃，后来迫不及待地用勺子盛，很快吃了一大碗。

到底是什么？菊子夫人问。虎太郎做了解释。原来是熬煮鸡脯肉凝结的鸡肉冻，加了法国红酒提鲜。这是坤安从欧洲菜式得来的灵感。

这是中国菜，还是日本菜？洋平问道。坤安和虎太郎窘住了。文思豆腐是淮扬菜，却是日式刀工；鸡蛋饭是日本料理，却有西洋烹饪法和中国模具。真是很难说清楚。

洋平吃罢晚饭，已是晚上九点多。虎太郎请坤安在领事馆外草坪散步。暮春时节，晚上风还凉，远处看去，领事馆灯火辉煌，日本太阳旗在墨绿色天幕下随风摆动，光滑的大理石地面，和精美的石柱相映衬，提醒所有中国人，这里是征服者的住所。坤安对虎太郎说，我不想和您比厨艺。虎太郎认为坤安害怕了，坤安血涌面皮，攥了攥拳，强忍着回应说："我不过是普通厨师，乱世挣扎求生罢了。我不想争谁是第一。"虎太郎愣住，想说什么，却欲言又止。许久，他才说，我也不喜欢战争。铁兵和铁志，都丧生于华北。但没有征服，就没有进化。日本是为中国和全东亚的进步牺牲自己。

什么？坤安指着飘扬的日本旗说，没请你们来！你们杀了我的亲人，还说是帮助我们进步？

虎太郎看着平时温顺的蒋师傅，此刻如同被激怒的刺猬，眼睛通红，像随时要扑过来。

你可以举报我，坤安说，让宪兵抓我。虎太郎面色凝重地说，希望您全力以赴地准备比赛。如果您放弃，或输掉了，就请拜我为师；如果我输了，将离开中国。坤安冷冷地点头，向家的方向走去。

他仿佛看到，迈着方步的父亲，腹部涌血的嫂子与身穿破烂旗袍的妻子，无声地跟在他身后。后面还有黑压压一片人，是封阿水、老姜头和红山义勇的兄弟们。他猛地回头，钟楼的钟声突兀地响起，好似地狱号角。街道的法国梧桐，又密又厚的叶片间，漏下无数路灯碎光。坤安没有恐惧，只有愤怒。

第二天下午，坤安见到鲁大料，将比赛的事说了，还坚定地说，要好好准备，打败日本人。大料笑眯眯地听他讲完，拿出碟腌渍黄瓜片，"咯吱咯吱"地咀嚼，吃下几块，斜着眼看坤安说，不想撤退后方了？坤安脸一红，大料拍拍手，淡淡地说，坤安上尉，你是军统南京情报站的军人，不是挥舞菜刀的厨师，一切都要服从安排。

难道上级不同意我和日本厨师比赛？坤安急切地说。

一定要比，大料目光冷峻地说，十几天后，领事馆举行外务省次长清水留三郎招待会，由副领事主持。总领事堀公一，陆军中将山田乙三，还有很多南京城内日本政军界高级人员参加。军统南京区尚振声处长已下达命令，我们的任务是，毒死所有日本人。

四

接到任务，坤安调动起了全部精气神。他既要在厨艺比赛中赢那日本老厨，又要完成毒杀的终极任务。他整夜不睡，想着各种对策。厨艺比拼，在高级别的厨师之间，虽不常有，但它牵扯到一个厨师的终身名誉。坤安也曾和人多次斗法，都是取胜。他亲眼看过，输掉的厨师，亲手砸断了厨刀，发誓再不入厨行。而厨师之间的斗法比拼，往往也是背后的酒楼竞争生意。而这次又不同。这不是普通的厨艺比赛，他代表着中国的脸面。他调动所有的思虑，精心设计了几套方案。他一定要创造出独一无二的、精彩绝伦的中国美食。

相比之下，投毒这件事的难度更大。日本宪兵对后厨看管严格，每天入货，都有专门人手看管。这种大型宴会，也会有专门检验的人负责，还会有能闻出毒品味的日本警犬。选择毒物，也非常费思量。如需致命，须是氰化钾这样的剧毒品，但要将毒杀数十人的化学物品，成功带入南京，再带入领事馆，难度也不小。而且，毒物的投放方式和剂量，发作时间，都需精心设计。经过周折，巽丰和大料搞来了一种俗称"醉仙桃"的神经性毒物。该毒物由中药萃取而出，发作时间比较长。俩人还拿老鼠和猴子做实验，了解毒物的发作间歇与具体时效，以便投毒后争取时间全身而退。有关行动计划，俩人也反复推演，力求万无一失。

行动那天，大料安排了撤退计划，让巽丰先行和水生一起，去燕子矶的江边，等待坤安前来会合。他还给了巽丰一把勃朗宁手枪和数十发子弹，以备不测。巽丰到此时，才了解"猎舌行动"的内容，见情况如此，也只得听从，但他提出，要在领事馆门口接应坤安。大料想了想，也同意了。水生对离开南京，有很多不舍。大料郑重地说，水生，安稳日子很重要，但当亡国奴换这安稳日子，也太不值得。你跟着义父学得这些本事，到了重庆，照样吃得开。

领事馆内喜气洋洋，外交仪式结束后，副领事笑着宣布比赛的事。来宾非常好奇。坤安在众人身后，偷看到本多大佐也在邀请行列，显然是国内述职刚回来。本多铁青着脸，并不讲话。宴会商定，由副领事带领贵宾，组成试吃陪审团，对两位大厨的菜肴评点。菊子夫人和洋平，也挤在人群中，看两位大厨比赛。蒋师傅，你一定会赢！小洋平用中文喊着，惹得很多人去看。

虎太郎身着墨绿色日式厨师服见客。他今天为客人准备的是日本传统"怀石料理"系作品。相传，日本禅宗和尚因提倡少食，难挨寒冬，故常用衣服包裹烧得温热的石头，放置怀中，以暖胸腹，故此得名。菜系共十四道菜，先端上的是"先付"和"八寸"，都是时令开胃小菜。一个不大的粗瓷白底盘，青萝卜雕刻的鲜艳梅花枝，配以洋葱、白萝卜切的极小碎丁为雪花状，覆盖其上。一个青柚对半切开，内瓤去除，中填塞丁状嫩笋和条状洋芋根，柚子蒂上还覆盖几片青翠欲滴的叶子。

"先付"可有名目？副领事问。虎太郎恭敬地说："配有日本小俳句——踏雪寻梅，君觅春留何处？"众人只觉可口，齿颊留香。小菜虽不复杂，妙在契合春之绿意盎然及迎春待客之意，且有抛砖引玉之功能。坤安一边忙着布置菜品，一边留意虎太郎的菜品。见了这道"先付"，坤安倒也不觉惊讶。日本料理，细致处可以做到极致。

越过众人，坤安发现虎太郎正在凝视他，目光灼灼。他只平视过去，没有畏惧。

下一道"八寸"是下酒小菜，却是青陶瓷形器皿盛着，古朴浑然气息悠然而来。古早酱油煮熟的小块黑杜父鱼，小黄瓜丁拌的北海道甜虾，红白相间的姜芽，昆布包裹的日本真鲷鱼块，水晶糖蒜头，翠绿苦瓜球，外加几个红艳夺目的朝鲜辣椒。好呀，一个日本军官兴奋地拊掌说，酸甜苦辣咸麻，未闻主菜，已有舌尖百种滋味！此为"春来冬去，笑对人生百味"，虎太郎说。

众人鼓掌愈发热烈。坤安不得不承认，日本老厨的料理，令人钦佩。菜肴一道道地上来，越来越快，每道菜都有好听名目，色形味俱全，却不夸张奢华，只契合"春"字做文章。不一会儿，怀石料理的高潮，主菜"强肴"上桌。只见一个大大的纯白海贝瓷鱼形浅盘，盘中有假山造型，还有各种蔬菜雕成的树木，葱丝粘成的灌木丛，冰激凌做成的瀑布和小河，下铺薄薄冰片，烟雾缭绕，恍如仙境的微雕盆景。副领事戴上眼镜，仔细看去，发现盘中有块黑黝黝的食物，像块石头，毫不起眼，不知为何物。

副领事大人，请进箸。虎太郎躬身行礼。众人屏住气息。坤安暗想，日式怀石，"强肴"无非煎肉或鱼，本非常简单，重在留住食物原始味道，难道这个菜还有其他古怪？

副领事有些不好意思，连忙邀请其他贵客一起。本多大佐倒不客气，用银筷夹起食物，大口咀嚼。正当大家饶有兴致地观赏，本多却突然停止吞咽，表情仿佛凝固住了。坤安身边的中国仆人悄声说，很难吃？大家议论纷纷。虎太郎不动如山。副领事见状，也去夹那食物……

大料和坤安多次见面，商量行动细节。大料暗中将酱菜园抵押给典当行。这次行动，坤安没有十分把握。领事馆守备森严，虎太郎对饮食又十分精细，要投毒，就要考虑恰当的时机和方法。宴会开始前，坤安这些厨师每次进出领事馆，都会被搜身检查，想要带包毒药进去，难度很大。巽丰要送进去，也被大料否决了。他只让巽丰在领事馆门口蹲守，随时准备接应坤安。大料决定亲自出马，以送调料为由，将装毒物的密封料包，贴上标签，混在其中送进去。

人算不如天算。事到临头，还是出事了。下午三点半，坤安来到领事馆门口，等大料送货。过了约定时间，并不见人。坤安心急如焚，急急地跑去调料园，"朝天椒到货"牌子不在，坤安发现店门口有几个卖香烟的小贩。说是小贩，但不叫卖，沉着脸，抄着手在袖筒，盯着店门口。店门冷冷清清地开着条缝，有点黑，隐约看着有人。坤安的脑袋"轰"地发响。大料暴露了。大料被盯上，坤安和巽丰也都危险了。

坤安的脑子急剧旋转，怎么办？转头就走，带着全家人流亡？命保住了，任务肯定完不成。不走怎样？他冒失地进去，不过多送条命罢了。门帘子上拴的铁三角瓦不断作响，脆生生的，德祥记调料园黑匾额，蓝漆门，门口蹲着两只石麒麟，酱菜的咸香气，辣椒的辣味，花椒麻麻的气息，都慢悠悠地渗透出来。酱园大门突然被推开，一个大胖男人，举着牌子，一路跑，一边唱着什么。小贩装扮的暗探，都扑了过去。坤安也骇了一跳，看着胖男人从身边闯过，肩上还有块银圆大小的豆腐乳污渍。坤安皱着眉，男人是大料，他手上举着的，正是"朝天椒到货"的牌子。

大料不理坤安，只带着几个暗探兜圈。他面带微笑，将牌子举得高高的，不断摇晃。他踩踏街道蔬菜摊，踢飞了卖馄饨的条案，唬得几只花白相间的母狗"嗷嗷"乱窜，颇有几分当年杀生屠夫的霸气。似乎那个磨剑社的杀生顾问，又回来了。坤安紧攥着手，牌子上"朝天椒到货"几个字，辣得他眼睛生疼。仔细听去，老鲁唱的是"盐水鸭子香，文思豆腐嫩，辣椒爆炒大肠辣，油煎鸡屁股美哟，鸭血粉丝汤最爽滑……"大料兜了两个圈子，猛地停住，一头撞到调料园旁的石麒麟上。青石雕的麒麟，右边全染红了，惹得暗探们大骂晦气。

坤安呆呆地站在远处街角，心里没有痛楚，反是前所未有的清明。半条街的人都涌去看死尸。坤安缓缓地掉转头，朝关帝庙走去。坤安不知大料什么时候被暗探盯上的，但想来自己暂时安全。大料举那块牌子，无疑暗示，他把毒药藏在平时俩人交接情报的关帝像后面。大料拿自己的命，成全坤安。他又想了想大料唱的歌谣，心下也有点明白。那不是什么暗语，是大料对坤安的最终遗言。要坤安将来在他的坟头烧几道好菜，让他在阴间也能大饱口福。大料唱歌，真难听，纯粹是破锣嗓子。坤安却泪流满面。后来，他才知道，鲁大料真名叫鲁光复，民国光复那年生人……

副领事细细地咀嚼，一会儿沉醉，一会儿兴奋。本多大佐也不讲话，只是加快进食，俩人眨眼间吃了好几块。副领事停筷子，问本多大佐，感觉如何？太好吃了！本多毫不犹豫地赞叹，真是难以形容！难以形容？坤安奇怪，为何有这样的评价？副领事也说，的确难以形容。吃起来有肉味、鱼味，土豆、鲜藕的味道，但竟还有巧克力的口感，这究竟是什么东西？

虎太郎严肃的脸露出笑容，说，这道强肴是应了日本的和歌"上瀑布飞溅，蕨菜正发芽，春天已来临"。我用透明猪肉衣，内裹鱼肉泥，土豆泥，鲜莲藕泥，切成方块状，先上笼屉蒸，再入油炸，出火后，裹上芥末和咖喱、洋葱碎等，投入融化的巧克力奶。巧克力冷却快，可以迅速将炙热的肉味锁住，等客人们咬开，肉和鱼、蔬菜的热气腾腾的气息，马上涌入口腔，搭配物性热的巧克力，如喷发的富士火山，势不可当！

这么神奇！客人们也赞叹。坤安身边中国仆人和厨师，都伸长脖子，充满好奇。一个青年中国厨师对坤安说，坤安师傅，虎太郎太厉害了，我们能胜他吗？坤安说，这道菜的奥妙，还在于吃完火山，再去吃旁边搭配的冰激凌做成的白雪、小河与瀑布。这个虎太郎，总要把味道刺激做到极致！众人如梦方醒，又是一阵感慨。本以为，虎太郎给众人的惊喜就到这里了，谁料最后一道菜，本是"汤盖物"，也让虎太郎做出了非凡花样。一个灰陶烧制碗，碗边刻着红白相间的梅花。虎太郎揭开盖，副领事看去，是玉米甜汤，汤汁清亮泛着玉米成熟的清香，是解腻开胃的良好食品。奇特之处在于，盖物的钵外，另有极精细的刀功雕刻而成的弥勒造像，闻闻，是用胡萝卜雕刻的，细致处弥勒眉毛和脸上的纹路，都活灵活现。再仔细看，胡萝卜又是雕刻好后蒸熟的。副领事轻轻地挑起卧佛，一下子散开了，头、脚、肚子、胳膊、腿，都滚落在黄澄澄的玉米汤内。副领事咬了口，感觉这胡萝卜佛里面另有乾坤！

吃起来不像胡萝卜。副领事嘟哝着。虎太郎说，我用刀剔除胡萝卜雕的内瓤，填上茭白、草莓和大樱桃、苹果做成馅，自然风味不同。这道菜有个名目，叫"佛浴春江"。

众人静下来，突兀地又爆发出热烈掌声。副领事赞许地说，这不仅是厨艺，而且是生活的艺术和想象力了。几个大人物也纷纷赞许。本多大佐说，我在日本国内，也见不到这样神奇的料理了。这场比赛，不需要支那厨师出场了，因为胜负已定！

副领事并不认同，说道："我们期待坤安师傅有不同的精彩表现。"虎太郎也示意让比赛继续。坤安不答话，只拍拍手，厨师们陆续上菜，小菜部分，是传统腌菜根，毫无出彩之处。接下来的菜，却出奇了。一个红木盒架被端上来，下面有只炉子。副领事看到，盒子之间有冰雕刻的横棍，棍上有极薄鱼片，又在木盒底部，放有一只古拙黑陶大碗，内有清亮汤汁，不知为何物。主菜四周，还搭配几碟青黄翠绿各色调料。

这菜怎么吃？副领事只觉无处下嘴。本多大佐对此不屑一顾，认为是故弄玄虚。虎太郎眼睛一亮，想说什么，却欲言又止。它并未最后完成，坤安向前一步说，用火柴点燃最下层炉子，是只酒精炉。不一会儿，青花瓷大碗的清汤煮开了，"咕嘟咕嘟"地冒着热气，散发着奇异香味。更奇特的是，冰雕的横棍被热气所蒸煮，慢慢融化了，鱼片"扑通、扑通"掉入汤中。

现在刚刚好，诸位品尝吧。坤安说。副领事迫不及待地挑起一块煮好的鱼片，在调料里蘸，又放在嘴里细细咀嚼。他闭起眼不说话，脸上表情不断变换。本多好奇，也品尝鱼片，还用大汤勺喝汤，脸上露出舒适表情。其他贵宾也上前品尝。副领事睁开眼，拍着餐桌说，鱼肉细腻可口，刀功不错，有鲜嫩羊肉口感。汤也极为鲜美，一个字，鲜！新鲜到了极致！

本多不说话，脸上也显出慎重表情。其他人议论纷纷，大多不明所以。虎太郎赞许说，盛器选择得好。中华烹饪，盛器多奢华，蒋师傅选的，是小堀远州烧制的日本陶器"濑户物"，更能凸显鱼和自然的关系及鱼的本味。生鱼刺身本是东瀛名菜，难的是刀功和食材。刀功已有几分功力，鱼我看不是东瀛金枪鱼、鳟鱼、鳜鱼，而是中国东北的大马哈鱼，鱼肉质地韧而细。以冰为支棍，冰融化而鱼片入滚汤，可结合鱼和汤的鲜，调料也讲究。众人恍然大悟。坤安又解释说，此冰雕棍混合了海胆泥。汤也是特制，用的是南京青龙山的山泉，调料有牛膝草、蒜蓉和鸡蛋泥、古早酱油做的酱汁。正如副领事所言，这道料理，是表现春天大自然的新鲜气息。

它有什么名目？本多急忙问。泉涌鱼儿跳，春暖故人来。坤安沉声说道。这道菜是他和巽丰一起想出来的。蒋乾中留学日本，蒋坤典也曾在日本学军事，他们都喜欢吃日本生鱼片，但都觉得日本善于保存鱼鲜味，但鱼太冷，还是中国热鱼汤更舒暖胃肠。如何能将鱼鲜和热汤的温暖锁住，他们很早就在家宴中讨论过。巽丰帮坤安设计了这个结合中日鱼料理文化于一体的方案，没想到获得了成功。

五

下午四时十五分。坤安来到关帝庙，见到了早已焦急等在那里的巽丰。在关帝像后，他们终于找到那包印有"精细盐"字样的毒物。巽丰说，坤安去领事馆后，他和大料本来是要去接应毒物，但他俩刚进酱园，就发现了问题。巽丰是伙计打扮，大料假意打发他去买东西，让他伺机将毒物放在关帝像后，他自己则留下，牵扯敌人的注意。大料说，他大概是遭到了出卖，敌人不知巽丰的背景，只是来抓他，只要巽丰不走出酱园，想来没事。果然，巽丰离开酱园，一个暗探也跟上了，巽丰机警地摆脱了，并未引起大的骚动。

坤安想起大料的种种好处，潜然泪下。现在没有大料送毒物，任务只能独立完成。巽丰说，他会装扮成乞丐，在领事馆门口接应。成败在此一举，如果坤安能顺利将药物带入，行动就能成功，如果带不进去，则行动失败，大不了和日本人拼了。只要蒋家还有巽丰在，就算是没断了香火。

他的心更坚定了，匆忙地赶回领事馆，已是下午四时四十分。领事馆值班宪兵，正对今晚宴会食材和各种配料，认真细致地检验。坤安看到，调料袋被整个翻出来，一只警犬嗅着气味。坤安内心狂跳，幸亏大料没将毒物混在里面，否则很可能被翻检出。此刻毒物仿佛长在他身上，紧紧扣着他的肉。

虎太郎走来，对坤安说，坤安师傅，准备好了吗？坤安点头。虎太郎又说，怎么如此紧张，是不是菜品不全？还是担心输掉比赛？坤安冷冷地说，厨师长，我们前台见吧。此时，一个宪兵走来，要搜查坤安身体，遭到了坤安的拒绝。我天天出入领事馆，为何还要再搜查？这是对我的侮辱！坤安抗议说。

不用了！虎太郎阻止宪兵，你们这是侮辱优秀厨师。见到虎太郎如此说，宪兵不再纠缠。不知为何，看着虎太郎信任的目光，坤安感觉有些复杂。不要想太多，虎太郎拍拍他的肩膀，安心比赛吧。坤安无言，老鲁那张胖胖的笑脸，又从脑海里飘了出来，盯着坤安。

下道菜是什么？副领事发问。坤安收回思绪，又招呼手下厨师上菜。下面主题都有关鱼，有"鱼肚乾坤"（肚里乾坤大，春风岁月长），糖醋黄河鲤鱼（桃花春水问鲤鱼），锅塌太湖银鱼（万点春色愁如海，火树银花盼归人）。又烧长鱼方，也得到了大家的好评。传统淮扬菜叉烧长鱼方，主要原料是中国河鳗。这次坤安选用的，是日本深海的大海鳗。具体做法上，则延续淮扬菜系特点，如选用鸡虾茸为辅料，豆腐皮作包裹鳗鱼块的外皮。但烧制过程，注意保持鱼块原始风味，不是用豆腐皮裹鱼，用稻秸秆烧制平锅煎烤，而是直接将鳗鱼置于热旺酒精炉急烤，不用油刷，烤至八分熟，火速拿出，用薄如蝉翼的豆皮包裹，鸡虾茸也是大火急蒸熟，裹在第二层，再以青翠生菜裹在最外面。用油少了，鸡虾鲜味，和海鳗原始的新鲜口感，都非常浓郁，又符合养生规律。这道料理，可以说是集合中日烹饪理念推陈出新之作，得到了一致好评。

真是难办了，副领事咂咂嘴，蒋师傅和虎太郎师傅平分秋色。虎太郎高出一筹，本多大佐说，日本料理精髓表现得非常充分。反观中国厨子，虽有出奇之处，但风格不鲜明。我是武人，有什么就说什么了。一位外务省官员显然欣赏坤安，却不好驳本多的面子，只问坤安，这是最后一道菜吗？

还有最后一道饭食。坤安转头向着厨师，只见四个厨师慢慢地抬着块铁板走上来，铁板上盖着个精钢材质半球式的东西。这是什么？副领事好奇地上前，要摸那钢半球。不要！坤安阻拦，还是晚了一步，副领事触摸到半球，触电般地缩回去。本多被唬得扯出军刀，仔细看去，副领事手指被烫起水泡。怎么回事？本多怒吼，你要谋害帝国外交官？

坤安平静地让其他厨师散开。他对本多说，这道菜的装置是我设计的，请远距离观看，小心烫伤。这是食物装置，大佐不必害怕。虎太郎也说。他对这道出场惊人的料理，也颇感兴趣。本多大佐将信将疑，离远了一些，但军刀依然拉出半截。坤安将钢半球上的一个帽轻轻扭开，呼呼的白色蒸汽喷了出来。坤安这才慢慢掀开盖子，本多大佐赫然看到，大铁板上盛着些金黄泛白的食物，还"嗞嗞"地冒着油和莫名香气。

铁板生煎！副领事急切地说。您尝尝看。坤安微笑着鼓励。副领事看去，包子热气腾腾，金黄煎裙非常漂亮，包子皮暄软，薄而不破。副领事轻咬下，一股油汪汪汤汁，溅了出来，直滴在他的前襟上。副领事越吃越快，全然不顾包子有些烫嘴。他一口气吃了四个，这才停下，抹了抹嘴唇，闭上眼，似乎还沉浸在难以言说的境界。

到底怎样？本多大佐忍不住问副领事。副领事睁开眼，眉开眼笑着，叹了口气说，真是美好的滋味。虎太郎也迫不及待地登上台，他看到包子个头不小，圆鼓鼓的，底下是金黄色煎炸裙边，饱满，皮薄，被里面的汤汁鼓起，很像一个个白胖胖的嫩娃娃，挤挤地坐在一个个金黄色莲花台上。

虎太郎咬了口包子，很快发现不对。这不是寻常包子，它有两种馅团，一种是上等鲅鱼茸，另一种是鲜牛肉。还有几片韭菜。肉羹切丁，塞在馅里，煮熟后，熔化成汤汁，被保存在包子里。这本没什么稀奇，但奇在韭菜香，压制住肉的油腻，肉香和鱼香冲淡了韭菜的辛辣。两种馅做的馅团，被包裹在汤汁之中，彼此冲突又融合，好似熟透的草参，糯烂得入口即化，又有几分筋道。

虎太郎问副领事，您觉得这道菜如何？副领事放下筷子，感叹地说，心和胃都是热的。那种感觉，好比深春之时，一人一舟独行于日头之下的湖水。日头温热，却不灼人，春之湖水，碧波荡漾，独坐船头，独饮醉人酽茶，独听水打轻舟，好不快哉！只不知，这奇怪装置有何用？坤安解释说，传统煎包，都是用平锅，水和油混煎，外加锅盖。这个装置是利用加热铁板，快速抽走半球内密封的空气，造成真空密封加热，能迅速蒸干水分，减少煎包肉馅熟烂时间，保持食材新鲜口感，让汤汁更香甜。众人都为坤安精妙的设计而叹服。大厅响起了热烈掌声。

这盘生煎也有名目，叫"锦绣山河处处春"。坤安最后说。他们不知道的是，这道菜是从祭奠红山义勇的那二十四只薄皮包子演化而来。"刺刀"最喜欢吃肉包子，老姜头也有这个爱好。"刺刀"曾痴痴地说，如果能一口在包子中吃到两种馅就好喽。这句无心的话，也启发坤安设计了今天的钢球装置。这几十个双馅包子，就当是祭奠红山义勇吧。想到这里，坤安的眼又红了。

和了吧。坤安师傅和虎太郎师傅旗鼓相当，不分胜负。副领事宣布。

晚上七点三十分，厨艺比拼之后，日本总领事馆外事招待宴会正式开始了。坤安偷偷换下厨师服，从领事馆后门溜出去。焦急的巽丰，早已等在暗处，悄声问，行动怎么样了？坤安说，赶紧撤退。宴会菜单已备好，坤安也已安排十几个厨师分组料理。他最后回首领事馆，和巽丰骑上早已准备好的脚踏车，向燕子矶江边码头方向狂奔。总领事馆在鼓楼区，至码头有相当距离，一个多小时，坤安才到达码头。埋伏在这里的军统特务，招呼坤安上船。小船静悄悄地停泊在不显眼地方。昏暗的灯光下，坤安隐约看到水生焦急期盼的身影。特务问大料怎么没来？坤安沉痛地说，他牺牲了。

蒋师傅不辞而别，有违中国君子之风。一个声音突然从坤安身后冒出。坤安惊悚至极，忙回头看，虎太郎瘦小的身躯显现出来。接应的军统特务，也大惊失色，忙掏出枪，警觉地查看四周。但此处为码头偏僻地方，除了这个小老头和他骑的脚踏车之外，并没有其他人再出现。

厨师长，你怎么在这里？坤安说。巽丰警惕地掏出那把勃朗宁手枪。虎太郎没有回答。他大口喘息着，胸口起伏不定，衣襟全湿透了，显然追踪狂奔的坤安，对五十多岁的虎太郎来说，并不轻松。虎太郎又喘口气，才沉痛地说，蒋师傅，干这个不适合你。你只是优秀厨师。宴会开始，本想找你聊天，却发现你仓皇而出，就跟踪至此，也算是相送一程吧。

坤安不答，他太大意了，居然没发现身后有人。巽丰也不答话，抬手就想打死他，坤安将他手中的枪压了压，说，先不急，听他说些什么。虎太郎又说，这一路我都犹豫，是不是要举报你，但我还想亲口问问你，你为何要不辞而别。

二叔快走！巽丰喊道，水生也钻出船来，呼唤坤安。

告诉你也无妨，我与日本人有不共戴天之仇，后面的酒宴上，我下了毒。你下了毒？虎太郎惊骇地问。我把毒物混在四坛绍兴老酒里。宴会开始，毒物才会慢慢渗透，这毒发作慢，现在估计领事馆已乱作一团。我不杀害无辜。坤安说。老鲁和坤安商量细节，坤安坚持不在饭菜上动手脚，而是在酒水上做文章。他的理由是，如果饭菜有异味，日本人可能很快停止食用。他也不想让下毒破坏厨艺比赛。另外，他实不忍心毒死洋平和菊子夫人。妇女儿童一般不会在宴席饮酒，他们可逃过一劫。

一个厨师，以毒杀人，总是罪孽，虎太郎说。坤安打断他，毒杀死有余辜之人，我不后悔。给本多大佐那桌高级军官的菜品，我以豆腐配白萝卜，笋搭鸡肝汤，汤里有我特制的药。这些杀人狂魔，即使活下来，终生也不再有味觉。

你好可怕。虎太郎脸色惨白，苦笑着说，我不过是行将就木的老厨，妻儿都死于战争，这世上牵挂的，就是一身厨艺。我想找个传人，结合日本料理和中华烹饪美食的奥义。现在看来，真是幼稚可笑。坤安向虎太郎深深地鞠躬，低声说，您是令我尊重的厨艺大师。下辈子吧。但愿下辈子中日之间不再有战争。坤安回头，和巽丰一起，迅速登上小船。接应的特务，也赶紧发动小船。此时虎太郎拿出个小包裹，向船上抛去，大声喊，送你做纪念吧，但愿你能找个好的厨艺传人。

借着星光，坤安发现是那把虎太郎引以为傲的银厨刀，顿时热泪盈眶。船快速移动，两岸风景在黑暗中迅速奔向远方。巽丰和水生，似乎有些不理解坤安对待虎太郎的复杂态度。水生趴伏在船头，痴痴地望着江岸，口中呼出的白气，在早春的空气中一点点地变得稀薄，只见那岸边越来越远，耳边听得

"哗哗"作响的水声，却不见江水的样子。

巽丰站立在船头，想起永庆巷老宅，想起父母和爷爷，磨剑社和红山义勇，想起爱恋着的林秋月，死在这里的高约翰、姜老头、封阿水和鲁大料，想起一年来他见到的千千万万的死者，泪水悄然滑落。他在这南京城生活了十几年，从未离开过。他哽咽地问坤安，二叔，我怎么感觉像做梦一般，咱们还会回来吗？坤安不答，他也没离开过南京，重庆是啥样，他也没见过。坤安隐约看到，虎太郎瘦小挺拔的身影，依然屹立在空无一人的码头，如孤独的猛虎，一点点地退隐在时间的惊涛大浪之中……

很多年后，水生成了重庆有名的京苏菜大厨，也接收了那把银光闪闪的银厨刀。南京光复后，水生没有跟着巽丰回去，而是选择了在重庆娶妻生子，他说，回南京生活，他晚上要做噩梦。又过了好多年，这把带有日文的银厨刀，成了国营利丰饭店大厨蒋水生里通外国当特务的罪证。水生的银厨刀被没收。水生被收押，还在于他有一个曾当过军统特务的义父蒋坤安。民国二十九年初春，南京日本总领事馆举行外务省次长清水留三郎招待会，发生震惊中外的厨师投毒案。日伪政军界高级人员数十人中毒。日本特务机关严格搜查，发现领事馆厨师蒋某留书一封，内书投毒报国仇家恨，乃个人行为云云。经搜捕，发现该中国厨师已从燕子矶码头秘密潜逃。总领事馆厨师长，日本料理大师虎太郎引咎剖腹自杀。再据日本特务机关追查，中国厨师实为军统特别人员。此次行动代号：猎舌。水生曾对审问他的专案组成员详细讲了蒋坤安毒杀日本人的事，造反派们都不太相信，总觉得反动分子蒋水生瞎吹，用钳子夹出了他的舌头，拔了半天，说，看好了，这才叫猎舌。

第二十一章　石头的故事

满眼青山无葬地，斜风细雨打船头。

往事南朝一梦多，兴亡转瞬闹秋虫。

多情最是侯公子，清受桃花扇底风。

——《桃花扇·截矶》

一

民国三十四年夏，南京充满古怪气氛。汪精卫身亡，伪政府一天不如一天，原子弹投放后，日本人更惶惶不可终日，整天龟缩在日人街，再没有了往日气焰。偷窃和抢劫时有发生，在中山路和总统府门前，白天也有人抢东西。警察不怎么管，薪水欠得太多，他们也懒得辞职了，上班应付一下，点卯就走，有的给人搬煤，有的垒房子，被大家讥讽为"煤球警察"和"砖瓦警察"。他们自嘲说，我们算啥警察，就是闲屁，等着重庆过来收编吧。这话开始是私下发牢骚，后来越传越凶，

447

上级也没啥办法，就是正经简任官，也在想出路，有的走重庆的路子，有的去港台或欧美。连"皇军"也不敢随便打中国人。南京街道上，常发生针对日本人的抢劫和凶杀案，宪兵队到伪政府抗议了几次，也不了了之了。"皇军"底层士兵，日子也过得艰难，有的偷军用物资倒卖，有的被中国达官贵人雇佣，在门口站岗。看着门口那些瘦瘦小小、稚气未脱的日本新兵，大伙儿都感到，"大日本皇军"的气数差不多了。

南京市面上，也日渐萧条，城市光秃秃的，铁器和铜器都被汪伪政府拆下，支援大东亚战争了，老百姓烧水，都找不到铁锅铁壶。铺面能卖的东西，更少得可怜，只要有点价值，就被宣传是"军管战略物资"，被收购管理。南京的中国人企业，也被日伪抢光了。南京水泥厂支撑好几年，也没有恢复开工，只能被日本人夺了去。也有不开眼的汉奸，还继续活跃着，"安清道义会"大道首施笑枫、民教馆长刘燕谟、中央感化院马季平，还是每周末早晨，带领"中国青年团"伪童子军，在新街口孙中山铜像下，做"新国民操"，唱《东亚万岁》。孩子们稚嫩的童声唱着"同文同种又连疆，兄弟谊重感情良。为弟贫弱兄富强，全赖我兄来帮忙……"过路中国人，听这些孩子唱歌，都摇头叹息，又怕惹是非，低头离开。这些人还编写《忏悔录》等教材，分发给这些孩子，鼓吹"中华民国与日本帝国共存亡"。"中国青年团"是汪精卫活着时建立的，都是十几岁少年，模仿希特勒冲锋队，穿草绿色军装，戴时髦船形帽，红色领带，左臂是红色袖章，一个圆圈，上面一个"模"字，腰间配黑漆短棍，还挺威风，但他们实际是冲着参加活动发饼干和面饼来的。

一个青年团小童军，刚领了一小包掺着碎石子的北籼米，斜刺闯来个脏兮兮青年乞丐，劈手夺了米，扬得漫天都是，后面跟着其他乞丐，一窝蜂地上前，在地下捡米，小童军气不过，和脏乞丐撕打，嘴里喊着，臭疯子！夺我的粮，和你拼命！乞丐笑嘻嘻地往童军身上蹭，小童军怕脏，躲在一边，乞丐趁机抢了短棍，大声说，我不是臭疯子，我叫花伟傅，人家叫我"花佛"，这样的衣服和短棍，我也有啦，不稀罕。小童军鄙夷地说，你还有童军制服？乞丐摆了个立正造型，喊道，班超义勇，勇往直前，狮吼震天！说着，乞丐就学狮子叫，在地上乱爬。小童军和他的伙伴，本来准备暴打这个抢米的疯子，见他如此滑稽，不免笑弯了腰。

疯子乞丐突然停下，又直挺挺跳起，瑟瑟发抖，眼神都是恐惧，嘴里嚷着，我看见好多死人，好多血，血会跑，跟着机枪叫声跑，它们遍地都是，把中华门都淹没了，它们还跑到燕子矶江滩边，全是死人哇，好可怕！疯子乞丐哇哇地哭着，搞得大家莫名其妙。小童军奇怪地说，哪有那么多死人？中华门右边小门洞，是坍陷了一些，不是说要再修整吗。另一个大概八九岁小童军，撇着嘴道，咱们怎么听疯子胡言乱语，燕子矶我去过，风景好得很，有个小山包，爬上去看江，很壮阔。童

449

军们嬉笑着散去，全然没看到一个青年，蹲在疯子乞丐身边，泪流满面。他递给疯乞丐几个热气腾腾的肉包，疯乞丐眉开眼笑，忙不迭地咬着吃，汤汁流出，烫得他直咧嘴，但还是大口咀嚼。肉包的香气，在夏天的热风中飘散，阳光正毒，疯乞丐瘦削黝黑的脸上，闪烁着油渍光芒，如同一层五彩斑斓的琉璃。

时隔五年，巽丰再次回到南京，他有些恍惚，很多马路改了名字，有的从石子路变成了柏油路，很多地名找不到了，又出现了很多新商家。衣衫褴褛的乞丐挤成一团，四周飘散着鸭市场传来的臭气。他曾经的朋友，磨剑社童军，少年"花佛"，依旧浑浑噩噩地混在南京街头。他完全认不出巽丰，只是吃着肉包，茫然地望着炽热的天空，喃喃地说，有雪花呢，要下雪了。他的记忆，永远停留在1937年冬天。那个冬天的血迹，早吞没了他的理智，堵塞了他的神经，那个冬天的风声和哭号，让他的世界充满了持续不停的雪花。巽丰默默拿出几个花卷，放在他的破兜里，叮嘱他要慢慢吃，不要让别人抢走了。"花佛"嘿嘿笑着，说，我们认识吗？你真是好人。

巽丰扭头快步走开，他不敢回头，他的朋友"花佛"，他的磨剑社，他的少年记忆，再也回不来了。他在这熟悉又陌生的城市游荡着，似乎要寻找当年自己留下的痕迹，可这里没人认识蒋巽丰，好似他从未在这座城市出现过，正如那些血火与杀戮也从未在这座城市出现过。热风吹动街角商店的铜铃，发出轻柔呼唤，日人商店的店员，高声用日语和汉语两种语言，大声叫卖着打折商品。街角垃圾堆，被乞丐们翻腾了一遍又一遍。垃圾堆旁边，濒死的大烟鬼，微弱地哭喊着，不远处的麻将馆，高声的喧哗和打麻将的"啪啪声"，似乎掩盖了这一切。所有记忆和现实重叠，都发生了扭曲。金陵女子大学被日军占领后，改造成部队宿舍，教学仪器和图书被偷运一空。"德祥记酱园"查封后兑现给日本商人，现在开了家"神奈川石锅料理"。小王府巷，二叔住过的地方，如今被扒了，建起了一栋两层小木楼。朝天宫和三山街依旧热闹，但三轮车夫不在这里聚集歇息，听说搬到了鱼市街。高约翰家的大纶纱厂被夷为平地，建起了日本人的洋行。他甚至还寻到静安寺。那里被日军烧成白地，当地信众们凑钱，又修建起一个小庵堂，也没名字，只有三间小屋，两个老比丘尼在此修行。巽丰问她们，可曾听过普忍的名字，她们都茫然不知所以。小红山外嘉善寺，已破败得不成样子。牛首巷美浓旅馆，很久没人住了，陶陶导游社不知所终，周慧也找不到了。他来到秦淮河边一家肮脏的小吃店，默默吃完了一碗鸭血粉丝汤，又吃了两块蟹壳黄的烧饼。客人稀少，天色黯淡，滚滚热浪也清凉不少，窗外的蝉鸣，接连不断，巽丰品着碗浑浊的茶，汗珠从额头滑落……

　　他逃出南京城后，和二叔还有水生，在江北的山中躲藏了一阵子，费尽艰难，才来到重庆。三叔坤模辞去政府行政公职，和陈菊美一起，奔赴美国，逃离了战时陪都。还好他们很快找到了人杰。人豪带领部队，北出四川，四处征战，于民国三十一年秋，血洒疆场。人杰考入成都中央军校，在他的帮助下，巽丰也通过考试，成为军校学员，只读了两年，就投入了军队。巽丰和父亲蒋坤典一样，成了一名后勤军需。人杰不太明白，巽丰原本是勇猛少年，为何不加入野战部队，反而成了军需后勤人员。巽丰也说不清，可能那两年南京城的艰辛遭际，让他对父亲当时的很多想法，有了更多领悟。二叔到达重庆后，很快病倒了。他强撑着，给水生口述了很多菜谱，讲了很多京苏菜心得和诀窍。他说，不能让中国饮食的精华，就此失传。他目光忧郁，心事重重，手总是紧紧攥着那把银色厨刀。他整夜咳嗽，在床上喘息着，瘦成了一把皮包骨。他临终前将厨刀送给水生，吐血而亡。日本战败在即，重庆选派了一批人，先期潜伏回金陵，以待时机成熟，接收南京。巽丰听到消息，软磨硬泡，又让人杰疏通关系。上面念在巽丰二叔曾是军统毒杀日军的英雄，最终批准了他的请求。那些特工人员，一回到南京，就大张旗鼓地在大饭店建立办事处，和来投诚的伪军打得火热，巽丰却一个人在南京城闲逛，好在上峰也不大管他，就随他去了。

吃完饭，巽丰不敢耽搁太久，返回中山东路订的酒店。走在半路，突然听得总统府方向传来了急促钟声。钟声时短时长，时高时低，仿佛生病的人在深夜剧烈咳嗽。他侧耳听去，应是毗卢寺内的钟声。那里供奉着一尊日本名古屋送来的十一面"东来观音"。这尊观音像，被称为昭和国宝，坐落在毗卢寺万佛楼。作为回报，南京蔡市长将毗卢寺千手观音，送给了日本。毗卢寺钟声敲了十几下，没有停歇，反而越来越急迫。钟声似乎有某种传染性，南京大大小小的寺院，钟声都慢慢响起，和毗卢寺钟声不断应和。巽丰仔细听去，似乎还有无数低沉诵佛声，开始只是隐隐的，后来声音越来越大，仿佛四面八方都环绕着钟声和诵佛声，到后来，连圣保罗大教堂、石鼓路大教堂，也跟着敲起钟，一时间，好似南京所有的钟都造了反。

巽丰心中疑惑，顺着街道跑去，沿街的灯也一盏一盏地亮了。民国二十八年以来，南京一直实行灯火管制，晚上分区限电，曾经灯火辉煌的秦淮河，晚上也成了死气沉沉的死河。可这个夜晚不同，所有商家，都违反了限电令和宵禁令，大大小小的灯，新新旧旧的灯，明明暗暗的灯，红红绿绿的灯，无论是高大的路灯，饭店门口的宫灯和汽灯，还是商家门前五颜六色的霓虹灯，百姓家的台灯和电灯，还有街角不起眼的警示灯，就连街道指示交通的红绿灯，都在不停闪烁着欢乐的光芒，向人们预示着某种信息。而那些原本亮堂的日人区商家，无论西亚洋行、昆野洋行、富久美药行、本田洋行、九甲洋行，还是日本堂书药房、大陆西药房、松大药房、新亚西药房，他们店铺的灯，却慢慢地都熄灭了。巽丰先是慢慢走着，然后变成了小跑，再变成快步跑。他的身边跑过很多人，都是兴高采烈的中国人。他们在街上快乐奔跑，嬉笑，打闹，好似他们一生都没有这么自由舒展过。孩子坐在大人肩头，使劲挥舞彩色小旗，几个报童打扮的少年，不断敲铜锣，疯了似的喊。人们听到了他们的喊叫，也疯狂起来，不断传来玻璃碎裂的声音，敲击脸盆的声音，爆竹炸裂的声音，唢呐的声音，笛子的声音，二胡的声音，手风琴的声音，人们唱歌的声音，还有无数哭泣声、欢笑声、尖叫声和咒骂声，那些无比嘈杂又无比巨大的声音，在南京城里炸开。墨绿的天空，似乎也被漫天喊叫声和灯光，照耀得亮堂起来，无数星星在天空上跳着，闹着，闪着，犹如一盏盏黄色火苗。大家聚集最多的，是新街口中山像前，整条街堆积了厚达几寸的爆竹皮。经营各类酒的商家，都打开了门，人们蜂拥而至，买光了所有的酒，从白酒、啤酒、洋酒，到青梅酒、桃花酒和绍兴老酒，连做饭的料酒，也被人们一扫而光。有的商家干脆免费给路上的行人送酒，每人都可以去喝。人们迫不及待地，就在商家门口打开酒瓶，"咕咚咕咚"地畅饮。

巽丰抓住一个在街上狂欢跳舞的中年胖子，问，到底怎么了？胖子流着泪，哽咽着说，十四年了，终于等到了这一天，日本降了……

二

连续很多天，巽丰都沉浸在喜悦中。上峰令他调查日本控制的军事资产，等待新六军的接收。那段日子紧张忙碌，等新六军来了，南京群众组织了盛大游行欢迎活动，他又帮着在中华门外和汤山修建"日军徒手士兵集中营"，让那些放下武器、脱下军服的日本军人，分批登记进入集中营。这些日军战俘，出城时受到市民的"款待"，吐口水，丢石块，扒衣服，勒令他们下跪求饶，如果没有士兵维持秩序，他们很可能被愤怒的中国人活活打死。巽丰很奇怪，为何关押战俘的地方不叫战俘营？而且，日军虽然成了战俘，待遇却相当不错，生病了有医疗，平时吃的有鸡鸭鱼肉，还有鸡蛋和鲜奶供应。除了少数战犯外，他们大部分也不受任何战争罪的惩罚，全部被送回日本老家。上峰告诉巽丰，这叫"以德报怨"，彰显我中华恢宏气度。巽丰非常气愤，仔细一想，就晓得是政治上的图谋，上峰安抚这些战败的日人，还希望他们在中国内战中发挥作用。

也有发誓要报仇的中国百姓。他们完全不理会上层大人物的想法。他们不晓得啥叫"以德报怨"，他们只是想让那些残酷虐待杀戮他们的日本畜生，得到应有的惩罚。很多从浦口战俘营幸存下来的中国劳工，聚集在日俘集中营边，专门等日本看守出来买东西，就捉住他们，往死里揍。这些日本看守，心狠手辣，他们用凉水灌大劳工的肚子，再用大棒将之打爆，让劳工活活疼死。中国战俘们，侥幸活着走出浦口，又怎能不报此仇？还有些南京郊区的农民，也不肯轻易放过那些坏人。

那天下午，巽丰亲眼看到，一群南京郊区的农民，在一个矮个老人的带领下，将"日军徒手官兵集中营"包围得水泄不通。老人驼着背，叼着长长的黄铜旱烟杆，吸上几口，对看守集中营的中国宪兵喊道，让日本宪兵司令部的白鸟出来！中国宪兵开始不答应，但农民们沉默着，纷纷拿出白布裹在头顶，手里的农具攥得越来越紧，手腕的青筋绽放，眼睛似乎要喷出火。他们破旧的衣衫里，露出古铜色的结实胸膛。你们找白鸟干什么？战争结束了，中国宪兵无奈地问。农民们还是不说话，矮个老头挥挥手，人群分开，出现两个照相师傅，都是新街口扬子照相馆的老师傅，穿着"扬子"字样制服，站在照相机前。宪兵们更糊涂了，老头又喊，让白鸟出来！仗打完了，我们的人不能死得稀里糊涂，我们要和他对对账！他梗着脖子，声音嘶哑惨痛，像半空中撕裂的一匹白绫，有种刺入骨髓的力量。中国宪兵只得将日本宪兵司令部的白鸟大尉提出来，巽丰一眼就认出，那就是燕子矶码头华中方面军第二碇泊场司令部的军官。他是负责烧毁尸体、毁灭屠杀证据的白鸟行男。此刻他看到村民，瘫软在地上，说不出一句话。

矮个老头摆手，一个头裹白布的农民站出来，用方言宣布白鸟在这个小村犯下的罪行，杀人，放火，投毒，强奸，虐杀，抢劫，中年汉子念到几处，不得不停下，哽咽着，热泪和鼻涕流下，打湿了衣服。人们还是沉默着，但有了压抑的抽噎。中年汉子读完，另一个村代表再宣读白鸟的罪行，这样一个村一个村的代表控诉，巽丰数了数，足足有九个村，可见白鸟罪孽之深重。农民们没喊口号，没拿农具殴打白鸟，他们就是静静地控诉，默默地流泪，安静得怕人。一个代表读完了，自觉地退到旁边，让给另一个代表。所有人都被这种肃杀氛围震撼住了。白鸟眼光涣散，喃喃自语，似乎说，是我干的吗？我怎么不记得？

门口的宪兵，也哭得眼泪汪汪，一个山东籍宪兵，眼窝里泡着泪，说，蒋参谋，俺是山东临沂的，俺娘也是被鬼子糟蹋死的，俺也想报仇，可上峰不让，还要好吃好喝养着这帮畜生，俺不明白，俺的心口疼，俺不想再听了，俺要撞死自己……巽丰握着宪兵的手，说，兄弟，我家就在南京，死了好几口人，老宅都让日本人占了。山东宪兵同情地说，天杀的鬼子。正说着，村民代表已到最后一个。那是一个少年，也就十六七岁，他拿出控诉词，手抖抖的，几次都捏不住纸，他低低地诉说，仿佛在自言自语。当读到白鸟带人烧死他的妹妹和母亲，把他的父亲拴在马尾狂奔，直到后脑被磨破，脑浆迸溅而出，他再也无法忍耐，爆发出一阵不似人声的惨烈号叫，丢掉控诉词，扑到白鸟身上，生生地咬下一块肉。白鸟疼得乱叫，却始终无法摆脱。头裹白布的村民，也发出震耳欲聋的怒吼，纷纷扑向白鸟。两个宪兵对视一眼，转过身去。不多一会儿，白鸟被活活打死。矮小老者，还是面无表情地蹲在地上，"吧嗒吧嗒"地抽着旱烟。烟气升腾，巽丰似乎看着白鸟的灵魂，从烟雾中慢慢飘远了。当年他是一个多么胆小的日本人，不要说杀人，看到那么多死人，都吓得脸色发白。这样一个日本青年，如何变成了恶魔？巽丰只觉得心里发堵。白鸟被杀后，村民们让摄影师过来拍照，有的还一边用棒子打尸体，一边拍照。

等稍微清闲一点，巽丰终于有时间去做他必须做也是应该做的事，就是重新要回永庆巷蒋家老宅。那天早上，他特意选了两个高大勤务兵跟随，都是荷枪实弹，全套美式装备。他也穿上美式少尉军装，威风凛凛地回到故宅。不知为何，越是要到故居，心越发跳得厉害。赫然抬头，发现已经到了家门口，熟悉的石狮子还在，"小林家宅"的木牌，已摘下了。巽丰拍打房门，跑出个家仆样子的日人。他看到全身戎装的巽丰，非常害怕，一连串地说着日语，又快又急，巽丰用中文告诉日仆，这是中国人的房屋，他就是原来的主人，现在来收回祖产，让小林春之滚出来。蒋家大院已完全被小林改造成日式风格，连庭院的小凉亭，都被改名为"爱日亭"，房间高处供奉的蒋家先人的牌位，不知被丢到了何处，取而代之的，是天皇赏赐的御用军刀和各类军中折扇、小林家族的祖先牌位和牲畜戒名。小林春之除了信奉神道教，还是灵友会的成员。小林这几年的情况，巽丰也略微了解了一些。他已升为少佐，这些年还干着"宣抚"本行，践行着"教化中国人"的方针。果不其然，巽丰进入正厅，看到小林正端坐于墨色长条几后面，前面坐着五六个中国少年，旁边的小黑板，用中日两种语言写着"论中日文化的大统一"。小林春之比五年前胖了不少，两鬓也有了不少白发，可他那副阴冷自傲的样子，还是没啥改变。他正操着生硬的汉语，给那些少年授课。

巽丰冷冷地打断小林春之，说，小林少佐，你还在这里做什么春秋大梦？等着杀头吗？小林脸色苍白，但极力保持着严肃，说，我们不是败给你们中国人，而是败给了他们，说着，他指了指巽丰身上的美军制服。小林又说，蒋巽丰，如果不是我发慈悲，你以为你可以逃出南京？巽丰命令士兵拖走小林。小林坚持不肯，下面的几个少年，又哭又喊，面带惊恐地看着巽丰。小林得意地说，中日亲善的力量是巨大的，它已在中国孩子的心里生了根，用不了几十年，这里还是大日本太阳旗照耀下的东亚新文明之地。你们这些美国走狗，靠欧美人践踏东亚领土，能心安吗？巽丰看着这些孩子，心里一阵悲哀，他吸了口气，说，你的大东亚精神，就是狗屁骗人话，你不是日本林鹤子，你是强盗，我的好友，秦小剪，你到底将他怎么处置了？

听到"秦小剪"这个名字，小林终于不嚣张了，目光有些惴惴的，还是梗着脖子说，他本来有伤，我不过责打他几下，他就伤重不治了。巽丰忍着怒火说，你把他埋在哪里？小林说，葬在你爷爷身边，那个废弃防空洞。我把洞全填平了。巽丰冲上去，狠狠地给了小林两个嘴巴，说，这是我代表小剪打你的，你快醒醒吧，日本已战败，你们杀死了那么多中国人，也死掉了那么多日本人，到底得到了什么？小林秋月，你的亲侄女，就死在你们日本人开的慰安所！

小林春之仿佛遭了重击，好一会儿，才失魂落魄地说，怎么可能？她是日本人，日本人不会杀自己人。巽丰冷笑着说，不杀自己人，就可以随便杀中国人？秋月死在慰安所，是被活活糟蹋死的，这是谁也无法改变的事实！小林颓然地垂下头，趴在了地上。那些中国少年见此情形，也都茫茫然地离开老宅。小林春之说曾将蒋乾中葬在树下，其实根本没管，尸骨还封在那个废弃防空洞里。在巽丰的督促下，小林春之挖开那个简陋防空洞。秦小剪已化为白骨，被卷在一个草席筒里，巽丰凭着他断掉的腿，手中抓着的半边剪子，确认了他的身份。爷爷蒋乾中的棺材也还在，他安睡在当年五哥挖的防空洞，睡了七年多了，就等到赶走日寇，恢复家园的那一天。巽丰指挥小林春之和几个日仆，小心地将棺材抬出。几个日本人抬了好半天，都没抬动，巽丰跪在棺材前，拍了拍棺材盖，小声说，爷爷，巽丰接你啦，你该去咱们家祖坟享福啦，每年清明，我会去看你。说也奇怪，巽丰说了几句，棺材一下子就被抬起来。一行人晃晃悠悠，向城郊蒋家祖坟走去。

他们走走停停了几小时，才来到蒋家祖坟所在地。巽丰刚从重庆回来时，已将奶奶、二叔和蒋巽玉的骨灰，都运了回来。母亲和二婶的骨灰，他也挖出后安葬在此。巽丰和小林春之，又挖了墓坑，已是日暮时分。爷爷和奶奶葬在一起，二叔和二婶葬在一起，母亲只能和巽玉合葬。巽丰竖了碑，磕了头，心里好受了些。小林春之累得瘫软在地，直喊受不了。巽丰冷笑着说，你每出一分力，都是赎你的一分罪恶。你今后赎罪的路，还很长呢。他们又押送小林春之和几个日仆回城，路过花神庙外万人丛葬坑。这些万人坑葬的都是当年日军屠城的死难者。江南雨水大，土壤松动，很多土包已腐朽，长满一人多高的野草，成为野狗的乐园。巽丰停下，揪着小林春之和日仆，让他们跪在坟前，大声喊道，我把这些罪人带来了，你们的冤，有人给你们申，你们的仇，有人给你们报，你们安息吧。

此时已近日暮，残阳如血，聒噪的蝉鸣，突然被齐刷刷地禁了声。巽丰和中国士兵屹立不动，小林春之和两个日仆，吓得朝土沟奔去。小林几乎变得半疯，他时而大笑，时而哭泣，两只手迅速扭动，像某种日本南方舞蹈。他大声地唱着："肥马大刀尚未酬，皇恩空浴几春秋。斗瓢倾尽醉余梦，踏破支那四百州。这难道都是一场梦？"巽丰抬头，仿佛看到土黄色天空，三十万具近乎半透明的中阴身，向着太阳落山的地方，慢慢地飘去，好似深海中美丽的白水母。他们扶老携幼，说说笑笑，脸上带着解脱的满足感，好像是赶赴一场生命最后的盛宴。巽丰揉揉眼，看到了很多熟人，爷爷，父亲，母亲，二婶，老赵头，老姜头，秦小剪，林秋月，高约翰，"糊鸡"，

"铁鹰"，华子，"刺刀"，"撸子"，鲁大料，史攸，胖丫，大孬二孬……巽丰向着天空挥手，他们也向他挥手作别，依依不舍。

小林春之跌在干涸的土沟里，满脸尘土。巽丰和勤务兵，将他们拉出土沟，小林春之颤声问，你要杀我报仇吗？巽丰摇头，说，让政府审判你吧，如果被判死刑，是你罪有应得，如果侥幸活下来，你要记住这几十万个冤魂。你必须用余生忏悔赎罪，死的人足够多了，我不想咱们的后代，继续这样的仇恨与杀戮。

三

还都仪式后，就是抓捕汉奸，巽丰亲眼见到，原华清池陶德武老板，被绑着拉到雨花台，三枪毙命。他死前还不断喊冤，说不过当了几天汉奸，都是日本人拿枪逼着干的，他没干伤天害理的事。接连好几天，很多南京寺院的僧人和比丘尼，道观道士和教堂传教士，都拥向花神庙、阴阳营等丛葬地，利用各种宗教仪式，超度冤死亡魂。巽丰想起，还未给高约翰起灵，就忙着去大纶纱厂旧址，现在是日本人开的东野洋行。这里早已人去楼空，狼藉一片。巽丰寻了半天，找到一个原本给这洋行看门的老头，询问他关于大纶纱厂的事。老头子大约六十岁，老眼昏花，耳朵还有点背，巽丰给了他一些法币，他仔细思索，说，好多年前，这里的确有个纱厂，后来被炸毁了。巽丰问，怎么就炸了？老头子说，被两个新四军俘虏炸的。巽丰越听越糊涂，耐着性子，听他讲了半个多小时，才明白事情原委。老头子说，大纶纱厂被日本人轰炸过，后来恢复生产，产量比从前大减。1941年秋，日本人押着两个新四军战俘过来，一男一女，说是要找物资，这对男女遍体鳞伤，他们介绍，大纶纱厂后面的储存室，是原磨剑社童军团活动基地，他们在那里秘藏了军需物资，还有黄金。谁晓得，储存室地下室，根本没黄金，只有十几箱炸药，结果那对男女引爆炸药，十几个日本兵都被炸上了天，纱厂也被炸毁大半，不能再使用，这才全部平整，又在上面盖了洋行。巽丰的脑袋"轰"的一声，他几乎可以断定，那对男女，就是姑姑蒋坤瑶和她的男友谢东山。他们在地下室偷藏炸药，这只有巽丰知道。他们肯定是逃出南京，在句容参加新四军，后又潜回南京，从事某种秘密使命。他们被捕后，为了不再受辱，毅然和敌人同归于尽。

巽丰情绪激动，他围绕这座东野洋行转来转去，想寻找到一点痕迹，姑姑的痕迹，谢东山的痕迹，高约翰的痕迹，可什么都没有。巽丰抓起把尘土，凑到鼻尖，他闭着眼，泪水混入微尘，有一股淡淡的、熟悉的气息，那是姑姑的香水味，是谢东山油腻腻的袖子的味道，是高约翰身上十字架散发出的气息。爷爷和小剪，好歹还有尸骨在，清明时节，还可让后人去祭奠与怀念，姑姑他们剩下什么？他们的尸骨，化为血水肉糜，他们的名字，淹没在尘土之中。他们舍生取义的故事，有谁会记得？巽丰郑重地对着洋行鞠了一躬，将那把尘土，小心地放到一个透明罐头瓶里。他还留着姑姑用过的钢笔，还有高约翰在他生病时，送给他的锡铁小飞机模型。他将会把这些东西，都放在瓶子里，在蒋家祖坟旁，帮他们修一个合葬衣冠冢。他的心里，其实还有一点不切实际的、小小的奢望，他希望父亲没死，他期盼出现奇迹，父亲逃过一劫，然后逃出了南京。父亲会回来吗？他会等着，直到他也死去的那一天……

光复之后，巽丰跟随上级何长官，进驻太平南路一栋小洋楼，设立筹备处。何长官说，抗战胜利，国府军事机构也要改革，他们要筹备陆军总司经理处，巽丰可以跟着他，继续搞军需业务。何长官因为搞汉奸财产接收，发了横财，在秦淮河边买了别墅，晚上要大宴宾客，巽丰也在受邀之列。他推托说身体不适，不去参加宴会。何长官脸色不太好看，巽丰趁机提出，希望办理退伍，在南京城安居。何长官沉吟着说，抗战胜利，咱们也该享受胜利果实，你们家为抗战做出不少贡献，此时你正该在军界大展宏图，年纪轻轻，怎能心生隐退之意？再说，你退伍后，干点什么？巽丰感谢何长官关心，说，我想开家照相馆，给人们多留点纪念，顺便多读点书，将来机会成熟，也许写写我们这一代人的南京故事，我们的故事太多了，照片能记录一点，文字也可以，我们不记录下来，再过些年，就没人记得啦。何长官听了，也颇多感慨，大方地表示，可打报告给刚筹备的国防部，就说巽丰是因伤退伍，这样还可以提高一阶再退伍，多领取些退伍金。巽丰表示感谢，离开了那座灯火辉煌的小洋楼。

巽丰说出了退伍请求，顿觉浑身轻松，他漫无目的地踱步到一家上档次的饭店，点了几个招牌京苏菜，炖生敲和松鼠鳜鱼，再加上半只泥炉烤鸭、莼菜蛋花汤，又要了冰镇德国黑啤，吃得满头大汗，心里却舒畅，盘算着如何找地方，盘铺面，开照相馆。吃完饭，他也不急着回去。他把小林春之赶走后，找工人重新装修，试图恢复永庆巷老宅原貌。国府高层听闻他爷爷蒋乾中的殉国壮举，特意让于右任写了旌表匾额送来。天色昏暗，巽丰溜达到白塔巷一带，正看着四周风物，突然闯来一人，揪住巽丰的衣服，殷勤地说，先生，闲来无事，看看表演？巽丰看那人猥琐的样子，晓得是皮条客，没好气地扫落他的手，说，没兴趣，你走吧。男人不死心，低声嚷着说，"三潭印月"表演，南京城都有名，不看要后悔的。巽丰停下，心里一惊，这不是小镜在陶陶导游社做的表演吗？难道小镜又回去了？巽丰越想越担心，就跟着那人走，进了白塔巷，里面是大大小小的门脸，厚重油腻的帘子，传来阵阵恶臭气味。小巷后面，是一条堆积着腐烂物的臭水沟，看不清原来的样子。男子在一家门面房停下，招呼巽丰进去。房间外面挂着一块脏兮兮的牌子，上面写着"周家老豆腐居"。

巽丰奇怪，问，这是饭店？男子谄媚地笑着说，啥饭店，窑子窝，先生不是南京人？巽丰说，老南京人，在重庆多年，光复后才回家。男子说，难怪啦，民国二十六年，南京被攻破，妓院重新开张，但生意还是难做，鬼子和汉奸收费太高，上等妓院都在秦淮河，中等在三山街，下等的就在这白塔巷一带。"老豆腐"的意思，就是您出个老豆腐价，就能搞姑娘啦。不过话说回来，我们主家，破城前也是秦淮河畔大名鼎鼎的"六喜台"，房子被炸了，主家没钱再修复，才沦落到这里，姑娘没得说，还有免费表演，保证您满意。你们从前，是不是叫陶陶导游社？巽丰问。男人警惕地看着他，说，哎哟哟，看不出是老主顾，您刚才不是说从重庆回来的吗。

巽丰也不和他纠缠，径直闯进去，看到正屋盘着一张大炕，灯光昏暗，一个肥胖的女人，上身赤裸，正扭动身体，做出各种动物般姿态。屋里还有两个民夫打扮的邋遢男人，嘻嘻地笑着，抽着旱烟，贪婪地看着女人。胖女人见到巽丰闯进来，一声尖叫，后面的男人跟上来，要扯巽丰，巽丰不耐烦了，掀开大衣，露出黑黝黝的配枪，男人不敢再动，民夫抱头鼠窜，胖女人也下了炕，把衣服裹在身上，气咻咻地说，你们这些狗屁臭警察，没光复时，跟着日本人欺负我们，现在光复了，还欺负我们，有完没有哇！巽丰听着熟悉，借着光线，仔细看了看，失声说，"珍珠喜"？胖女人看了看他，想了半天，狐疑地说，蒋家小少爷？巽丰答应着，让"珍珠喜"先穿上衣服再说话。"珍珠喜"尴尬地笑了笑，斥退了拉皮条的男人，穿好衣服，拿出翡翠烟嘴，跷着手指，点上根烟，狠狠吸了口，才叹着口气说，让你见笑了。巽丰也没废话，先问秦小镜是否回来了，"珍珠喜"说，没再见过小镜，我这"三潭印月"是假的，糊弄那些傻男人。

巽丰稍微安定了一点，打量着几间破破烂烂屋子，里面还有三四个女人，都穿得邋遢，见到巽丰，低着头，不敢说话。巽丰掩着鼻子说，你们怎么落到这般田地？杨老鸨呢？周慧呢？"珍珠喜"说，杨老鸨打姑娘太狠，搂住钱，谁都舍不得给，后来几个妓女合伙，收买陶陶导游社的保镖朱四，给她下了砒霜，当时没死成，又生生打了十几分钟，才咽了气。陶陶导游社打死了老鸨，惊动了警察和日本人，盘查了几个月，姑娘们死的死，跑的跑，导游社也就散了摊。好在周慧硬气，她没参与这事，尽力保下几个姑娘，又出钱疏通，打人的姑娘定了"失手杀人"罪名，没判死刑。她领着"珍珠喜"几个女人，来到白塔巷，开了这间"老豆腐居"。周慧现在哪里？巽丰急着问，不知为何，心中有了几许期盼。"珍珠喜"也不答话，红着眼圈，向最里面那间小屋指了指，说，你来得还算及时。巽丰问，怎么了？"珍珠喜"哽咽着说，周姐病了，病得很厉害，我们没钱治病……

巽丰停了一下，但还是径直走到里屋。那间屋更阴暗逼仄，屋里窗户密不通风，散发着莫名恶臭。巽丰熟悉那种气息，那是死神的呼吸。几块青砖垒砌起个台子，上面铺着一张破床板，床板上面还罩着一张破烂黝黑的蚊帐，床上影影绰绰，躺着一个干瘦女人。她干枯的头发垂下，遮住了眼，身上盖着一床薄薄花被单。没等巽丰发问，床上的女人幽幽地说，我烧得头发晕，能帮我倒点水吗？声音又干又硬，像冬天冻住的树枝。巽丰拿起床边板凳上一个水壶，旁边有个缺把的杯，巽丰倒出来点水，水是冷的，有股铁锈味。他刚要掀开蚊帐，女人说，不要掀，我来拿。一只细瘦的手，伸出来，抖抖地接了碗，咕嘟咕嘟地喝了。女人喝完，又说，是巽丰吧，我听到外面有人讲话，像是你。巽丰有些惊讶，几年没见，她居然一下就能听出。巽丰想问她很多事，话到嘴边，又不知如何说，嗫嚅半天，说，你还好吧。女人伏在床板上，声音喑哑，说，还没死，不过也快了，巽丰不知该如何回答，俩人沉默了，过了一会儿，女人又问，你何时回来的？巽丰讲了回来的经过，告诉她，已要回蒋家老宅。女人欣喜地说，在蒋家老宅，是我这一生最安稳的日子，我一遍一遍地想起那些日子……女人的声音低沉下去，巽丰听得似有呜咽，不忍地说，我那时年纪小，不懂事，常找你的麻烦，你不要放在心上。女人叹息着，又说，怎么会呢，这都是命，"六喜台"没了，艾米莉公寓也没了，我是孤魂野鬼。你父亲怎么会音信全无呢？你看看我手上，只有那枚蓝宝石的戒指，是他送我的信物，一直留着，再穷再苦，我也没舍得卖。说着，女人又伸出右手，巽丰果然看到那颗蓝宝石，还那么璀璨夺目。女人又说，我等了他这么多年，生不见人，死不见尸，我闭眼前，恐怕见不到他了。巽丰沉声说，几十万人都死了，活着的，也像蒲公英一样，不知飘往何处。你不必太放在心上。

天色越来越发暗，巽丰留给她一些钱，让她安心养病，就要告辞。女人忙说，再坐一会儿吧，就一小会儿，我得了脏病，浑身溃烂，天天在床上等死，难得有人和我说话。巽丰听她如此说，点起屋里一盏煤油灯。灯光昏黄，女人在帐里慢慢蠕动，继续说，我死后，能否把我的骨灰带回老宅？我这辈子，除了你父亲，没对一个男人动过真心，找到你父亲，他若死了，把我们埋在一起，埋在你母亲旁边吧，他若活着，让他再给我唱出《玉堂春》。那天夜里，我带他去奇芳阁听戏，他唱得真好，官生本念中州韵，不说苏州土白，可他唱得百转千回，把我的魂都勾走了，一个女人，一辈子难得碰上懂自己，又欣赏自己的男人，要是不打仗，该有多好……女人的声音渐渐低沉，似是呢喃自语，巽丰再不想多坐，扭头出来之际，热风吹动幔帐，忍不住回头，见灯光摇曳，一个极瘦的女人的脸庞，出现在视线中。

尾　声

父亲已经很老了，我也已经老了。

父亲说，比起八十多年前的冬天，现在的冬天，不那么冷了。早上我爬起来，院里的铜铃随风响动，鞋子踏在梧桐黑黄的叶片上，会踩出一片片泥土痕迹。我早晨出车，父亲不再喊我，玄凤鹦鹉和金丝雀，只能由我喂食，再提到屋里。鸟儿们很惶恐，它们在清晨叽叽喳喳叫个不停，似乎要叫醒父亲。但父亲昏睡的时候越来越多，清醒的时刻越来越少，他睡得非常香甜，流着哈喇子，翘着嘴角，笑得开心。

他醒来时，思路却很清楚。他不会用微信，我就把微信上的很多文章读给他听。他还是喜欢报纸，叫我做剪报，并指示把它们装订成册，捐给图书馆。我有些哭笑不得，图书馆要剪报何用呢？父亲遗憾地说，他年轻那会儿，答应过何长官，要写一部关于他们那代人的书，快八十年过去了，书看来写不成了。我安慰他说，总会有人写的。

傻儿子，你会写书？父亲看着我。

我羞愧地说，我不会写，可会说，我把你的故事，讲给了别人，他喜欢听，也会写。

好哇，父亲大声说，这人和我一样，也是爱冒傻气的人。

父亲让我陪他玩"童子军"游戏。八十多年了，父亲还能清晰记得童军野营口令，童军礼节，军事指示符号。父亲说，他们组建过童军团，他是团长，他们的团旗是狮子，保护英雄是班超。童军大野营，他还见过何应钦，是个白白胖胖的老头。我告诉他，你讲过很多遍啦，不过，上次你说和姑奶奶一起参加童军野营。他怀疑地看着我说，我说过吗？我有姑姑？他有时学狮子叫，还藏在棕榈树下，让我去找他。

我和苏州教师约好，在"鬼脸子"见面。我们坐在湖水前，看着残垣断壁，讲着八十年前的故事。教师咬着钢笔，说，你讲得不全，我说，后来都死了，母亲死了，三叔死了，陈菊美也死了，也许过几天，你再来，父亲也不在了。我说，我要当正面人物，不要当该死的龙套。教师说，这本书没有龙套，都是主角，大家都一样，没贵贱之别。

教师拿出一沓打印稿，骄傲地说，这是书的开头，你看看。我打开书稿，天色突然暗下来，石头们熠熠生辉，我在看石头，石头也在看着我，仿佛无数只蝴蝶，从那些散发着墨香的纸中飞出，纸张上分明写着这样的文字：

蒋震晖告诉我，很多了，蒋巽丰的梦中常出现那座石头山。

有人说，它像橄榄，浑圆厚重，也有人说，它是蹲坐的虎，睥睨苍黄。它缺乏北地的凶狠，边疆的霸蛮，多了几许颓废感伤。一条秦淮河，妩媚柔顺，从东至西，迤逦着缓缓而来，一条江，强健活泼，黄褐色身躯，自西至东，万山中奔走而出。它们拥吻在一起，缠绵得如江河一体。几条巨型铁索，黑漆漆的，粗粗长长，懒懒地拦在江口。千年前，这石城险固，驻扎军伍，日夜巡防。江河水响，拍打铁索，好似铁甲兵士们的甲衣发出的碰撞之声。蒋巽丰的梦中，常看到那些冷漠的兵士，笔直站立着，紧紧攥住一把把矛。锋利的矛，被夜风吹过，被雾气缠绕过，呜呜咽咽，似低沉的箫。银白的矛头，在雾气中时隐时现。

蒋巽丰的城，就在山上。他的城就是山，山就是城，全是好看的石头。石头垒在西边，掺杂着白色糯米黏合剂，也就筑成了石城。石头都是赭红色的，坚硬又柔软。蒋巽丰常在梦中，见到这些大大小小的石头，像涂了色的冰糖，徐徐地飘升空中，聚散分合，时高时低。它们在乳黄色月亮下碰撞，发出"叮叮当当"的声音。

时光倒流四十多年，蒋震晖和蒋巽丰在石头城游玩，树枝划伤了蒋震晖的胳膊。他很害怕，告诉蒋巽丰，他听到这石头城里，有千军万马的声音，还有无数惨叫声。蒋巽丰丝毫不怀疑他的话。时光倒流八十多年，蒋巽丰那时还是俊美少年，也曾对父亲蒋坤典讲过类似的话。那是他第一次爬上石头山。巽丰激动得发狂，冲着干涸的河床叫喊。他抚摸石头，石头有着风霜雨雪的痕迹。山里古寺钟声如咽，他稚嫩的嗓音，也在远处回荡，又撞回来，在他的脸上，雨点般激荡出去，化为翩跹蝴蝶，飞向遥远的地方。他第一次相信，石头也会有记忆，也会说话。

他问蒋坤典，石头有记忆吗？

蒋坤典拍着身边的石头，说，怎么没有？血腥味，脂粉气，还有眼泪的咸咸味道。

蒋巽丰傻傻地舔了舔石头。石头是苦的。

那时蒋坤典还年轻，三十多岁，头发乌亮，眼睛也亮晶晶的，带着点玩闹的戏谑。民国二十五年一个晴朗下午，蒋坤典穿着少校军官制服，腰间牛皮枪套，斜插着一支漂亮的毛瑟手枪。蒋巽丰闻到枪身的牛油味。他看到父亲雪白的手套，轻轻叩击在枪套上，欢快而轻佻。蒋坤典带着巽丰去墙根，那里凹陷进去一块，形成了长方形凹槽，里面蹲着个小石菩萨。蒋坤典掏出银圆，塞在菩萨头上的石缝，说，小石菩萨窟，据说是虔诚居士所建，灵验得很，你许个愿？巽丰闭上眼，暖和的阳光，从云层倾泻下，将远远近近的石头，都染成暗金色。不知名的翠羽雀，从郁郁葱葱的林中惊起，纷飞，由近及远，变成天空中无数个子弹般的硬点。很多年后，蒋巽丰几经生死，依然能回忆起那个细节。

石头在歌唱，石头在哭泣。长着翅膀的石头，飞翔在天际，奔逃得无影无踪……